Von Dieter Zimmer sind bei Bastei Lübbe Taschenbücher lieferbar

14282 Wie im richtigen Leben
10183 Für'n Groschen Brause
10650 Alles in Butter
11711 Das Mädchen vom Alex
12211 Das Hochzeitsfoto
12440 Bitte rechts ranfahren
61361 Die gelbe Karte

Über den Autor:

Der ZDF-Journalist und Buchautor **Dieter Zimmer** wurde 1939 in Leipzig geboren und flüchtete als Kind mit seiner Mutter nach West-Berlin. Bekannt wurde er durch seinen autobiografischen Roman *Für'n Groschen Brause*, der eine Kindheit im Leipzig der Nachkriegszeit beschreibt. Weitere Romane und Sachbücher folgten. Nach dem Erfolg seines Eheromans *Wie im richtigen Leben* greift er in seinem neuen Roman ein Thema auf, das jeden von uns irgendwann einmal betrifft.

DIETER ZIMMER

Wiedersehn in alter Frische

ROMAN

BASTEI LÜBBE TASCHENBUCH
Band 14829

1. Auflage: Dezember 2002

Vollständige Taschenbuchausgabe
der im Gustav Lübbe Verlag erschienenen Hardcoverausgabe

Bastei Lübbe Taschenbücher und Gustav Lübbe Verlag
sind Imprints der Verlagsgruppe Lübbe

© 2000 by
Verlagsgruppe Lübbe GmbH & Co. KG, Bergisch Gladbach
Einbandgestaltung: DYADEsign, Düsseldorf
Titelabbildung: Mauritius Bildagentur
Satz: Dörlemann Satz, Lemförde
Druck und Verarbeitung: Ebner & Spiegel, Ulm
Printed in Germany
ISBN: 3-404-14829-0

Sie finden uns im Internet unter
http://www.luebbe.de

Der Preis dieses Bandes versteht sich einschließlich
der gesetzlichen Mehrwertsteuer.

KAPITEL 1

Ob das Ganze eine gute Idee war?

Noch einhundertundzwölf Kilometer auf dem blauen Schild am Rande der Autobahn. Wenn kein Stau mehr kam, würde sie pünktlich sein. Cornelia gehörte zu den Menschen, die sich einfach nicht angewöhnen konnten, rechtzeitig loszufahren, weil immer noch etwas scheinbar Unaufschiebbares zu tun war. Sie wusste natürlich: Schnell war nur, wer gemessenen Schrittes ein paar Minuten vor der Zeit erschien; wer mit fliegenden Rockschößen zu spät eintraf, war nicht schnell, sondern hektisch. Aber änderte sich ein Mensch?

Noch mal: War es nun eine gute Idee?

Dreißig Jahre lag das Abitur zurück, morgen genau auf den Tag. Wirklich dreißig Jahre? Doch, wirklich. Und wie man auch rechnete, die Halbzeit des Daseins war deutlich überschritten. Bis zum Vierzigsten konnte man sagen: Bei durchschnittlicher Lebenserwartung hatte man gerade die Hälfte hinter sich. Fünf Jahre später, mit fünfundvierzig, versuchte man sich vielleicht noch einzureden, die ersten zehn Jahre der Kindheit hätten keine großen Spuren in der Erinnerung hinterlassen und müssten deswegen nicht angerechnet werden. Aber mit fünfzig halfen alle mathematischen Spitzfindigkeiten nichts: Man befand sich klar in der zweiten Halbzeit. Cornelia war übrigens gerade eben noch neunundvierzig.

Das Klassentreffen war ihre Idee gewesen. Das erste seit dem Abitur. Es gab Klassen, die sich ständig und begeistert trafen, schon ein Jahr danach, zwei, drei, fünf, zehn, zwanzig Jahre. Cornelias Klasse hatte das nicht gewollt. Oder vielleicht hätten die meisten es gewollt, aber es hatte sich niemand gefunden, der die Sache in die Hand nahm. Es war wie im richtigen Leben: Viele waren für alles Mögliche, aber wenige wollten etwas dafür tun.

Das Handy klingelte. Die Plage der neuen Zeit.

Cornelia hatte sich anfangs geschworen, kein solches Gerät zu besitzen, das jeder Wichtigtuer an jedem Ort laut und lässig vorführte. Dann, nun doch Handy-Besitzerin, wollte sie es nur benutzen, wenn sie im Stau stand oder sonst eine Verabredung nicht einhalten konnte. Bald hatte sie gelernt, wie bequem es war, nicht vor einer Telefonzelle im Regen auf das Ende eines Dauergesprächs zu warten, um, endlich drinnen, festzustellen, dass die Telefonkarte leer war. Schließlich bedeutete erreichbar zu sein für eine Freiberuflerin manchmal bares Geld. Mit anderen Worten, das Handy war immer eingeschaltet.

»Hallo?«

»Ja, Mama.«

Nun geht es wieder los, dachte Cornelia.

»Was ist denn, mein Junge?«

»Ich will hier raus.«

»Darüber haben wir x-mal diskutiert.«

»Aber jetzt will ich endgültig.«

Sollte Cornelia sagen: Mein Sohn, ich verstehe dich ja, ich wollte auch nie aufs Internat, auch nicht auf das teure in der Schweiz, aber nach der Scheidung von Papa war es für dich die beste Lösung?

»Was willst du denn tun?«, fragte sie.

Sie hoffte, Julian wisse immer noch keine Alternative.

»Bloß raus aus dem Internat«, antwortete er trotzig.

»Um dann was zu tun?«

»Was du willst. Alles andere.«

Seit Jahr und Tag führte Cornelia diese quälende Diskussion mit ihrem Sohn. Sie erinnerte sich gut, mit sechzehn, als sie selbst ganz von der Schule wollte, ähnlich nervtötend insistiert zu haben, und leistete im Nachhinein ihren geduldigen, aber kompromisslosen Eltern Abbitte. Sie hatte damals auch nicht gewusst, was sie denn sonst hätte tun sollen. Nur nicht dies!

An diesem Wochenende, hatte sie gehofft, würde Julian sie mal verschonen. Aber da war ja das Handy.

»Da vorn ist ein Stau«, sagte sie, »ich muss das Handy mal beiseite legen.«

Vorn war wirklich ein Stau und keine Ausrede. Sie bremste kontrolliert und kam zum Stand, hinter ihr quietschten Reifen, im Rückspiegel schlingerte und schleuderte ein grauer Mercedes, sie stemmte sich gegen die Rückenlehne und schloss einen Moment die Augen. Der Mercedes landete an der Leitplanke. Dem Fahrer war nichts passiert, nur seinem Auto einiges. Cornelia griff zum Handy: »Hallo, Julian, jetzt stehe ich im Stau. Bist du noch dran?«

Julian war nicht mehr dran. Sie schaltete das Gerät aus. Das war vielleicht unfair gegenüber dem Jungen, aber irgendwo begann für jeden Menschen der Selbstschutz.

Wie so ein Stau entstand? Wahrscheinlich hatte er wieder mal keine Ursache, hatte sich einfach grundlos gebildet oder nach einer Gesetzmäßigkeit, die noch niemand zu Ende erforscht hatte. Wenn alle so gut Auto fahren könnten wie die Schumacher-Brüder, dürfte es theoretisch nie einen

Stau geben. Nur die eine oder die andere Massen-
karambolage. Jedenfalls dauerte der Stau und begann auf die Nerven zu gehen.

Cornelia schaltete ihr Handy wieder ein.

KAPITEL 2

»Viertelstunde Pause«, Dr. Wilfried Honnegger stand
auf und dehnte seine Glieder.

Die übrigen Herrschaften erhoben sich wie auf
Befehl ebenfalls von ihren ledergepolsterten Stühlen, die im Oval um einen schweren Tisch standen,
Eiche oder irgendwas Exotisches, beladen mit
Akten sowie mit Batterien von Flaschen alkohol-
freier Getränke. Einige der Herren lockerten verstohlen die Krawattenknoten, die beiden einzigen
Damen marschierten im Gleichschritt zum Ausgang des Konferenzraums. Es handelte sich um
einen Raum, nicht direkt um einen Saal wie in der
Zentrale, da gab es Abstufungen, aber keinesfalls
nur um ein Besprechungszimmer, ein bisschen
machte die Filiale schon her. Teppichboden, Holz-
täfelung, die Wände mit teurer moderner Grafik
behängt.

Dr. Honnegger winkte seiner Assistentin: »Frau
Mausbach, mein Handy bitte mal!«

Er wandte sich, um ungestört zu sein, zum Fenster, mit Blick auf die Stadt, und wählte mit eigener
Hand eine Nummer.

»Cornelia König«, meldete sich, soweit zu hören
war, aus einem fahrenden Auto.

»Conny, hier ist Wilfried. Es tut mir leid, aber
ich schaffe es nicht.«

Keine Antwort im Handy.

»Wir stecken noch mitten in einer Besprechung«, erläuterte er, »das geht bis in die Puppen, und dann noch dreihundert Kilometer, mitten im Freitagsverkehr.«

Jetzt antwortete Cornelia: »Hör mal, du als Vorstandssprecher hast doch eine Art Präsidentenlimousine und einen sicherheitstrainierten Chauffeur. Das kann doch für dich keine Affäre sein.«

»Was habt ihr davon«, fragte Wilfried, »wenn ich um Mitternacht angehetzt komme? Wenn die meisten schon besoffen sind von lauter Rührung über das Wiedersehn in alter Frische.«

»Was haben wir überhaupt davon«, fragte Cornelia in deutlich gereiztem Ton zurück, »wenn du kommst? Wichtig bist du bloß anderswo, nicht in unseren Kreisen.«

»Eben«, sagte er.

Wilfried wusste, dass Cornelia sich seit einem Jahr bemüht hatte, dieses Klassentreffen zum dreißigjährigen Abitur auf die Beine zu bringen. Und dass sie ihm von Anfang an versprochen hatte, man werde sich nach seinen Terminen richten. Von Rechts wegen durfte er jetzt keine Ausrede haben.

»Weißt du was?«, hörte er Cornelia sagen: »Du bist ein gottverdammtes arrogantes Arschloch. Und wenn du nicht kommst, bist du für mich gestorben.«

Ehe er antworten konnte, beendete sie dieses Gespräch von Handy zu Handy.

Die Konferenzpause war nach genau fünfzehn Minuten zu Ende, zwei der Herren, die zu spät zurückkamen, stahlen sich mit betretenen Mienen an ihre Plätze.

»Wissen Sie«, fragte Wilfried, nun wieder als

Dr. Honnegger, »was mir eine sehr charmante Dame eben am Telefon gesagt hat? Sie hat gesagt, ich sei ein gottverdammtes arrogantes Arschloch.«

Nur zwei lachten, die anderen schauten unsicher.

»Finden Sie, sie hat Recht?«

»Wenn sie Sie kennt, muss sie es ja wissen«, sagte eine der beiden Damen am ovalen Eichentisch.

Honnegger lachte. Dann schaltete er um auf seinen berüchtigten, im ganzen Unternehmen gefürchteten Vorstandssprecherton: »Meine Damen, meine Herren, wir haben uns heute nicht zum Plaudern hier getroffen, sondern um herauszubekommen, warum ausgerechnet diese Filiale von allen die schlechtesten Ergebnisse erwirtschaftet. Hier ist im Jahresmittel kein schlechteres Wetter als anderswo, hier wird kein unverständlicherer Dialekt gesprochen, hier verdienen die Leute nicht weniger Geld. Wir sind nicht mal im Osten. Hier muss jemand etwas falsch machen. Ich nehme an, Sie haben darüber nachgedacht und können mir einige Erklärungen liefern.«

Frau Mausbach, seine Assistentin, trat zu ihm und reichte ihm das Handy: »Der Herr Minister.«

Honnegger überlegte kurz, dann bat er seine Kollegen einschließlich der beiden Kolleginnen, ihn kurz allein zu lassen. Er hätte auch draußen im Vorzimmer telefonieren können, aber hier musste mal auf den Tisch geklopft werden. Diese mittelmäßigen Figuren, die sich angesichts jeder kritischen Frage hinter ihren Sprudelflaschen verkrochen, sollten im Gänsemarsch vor die Tür gehen und warten, bis sie wieder vorgelassen wurden.

»Herr Minister?«, grüßte der Vorstandssprecher.

»Herr Dr. Honnegger, wie sehen Sie die Lage an diesem Freitag?«

»Hoffnungsvoll«, antwortete Honnegger, »hoffnungsvoll.«

»Aber irgendwann, denke ich immer, muss jede Glückssträhne doch abreißen.«

»Irgendwann bestimmt, das ist eine Gesetzmäßigkeit. Aber warum sollte es ausgerechnet gegen Hertha BSC geschehen?«

»Herr Dr. Honnegger, Sie haben mich beruhigt. Ich wünsche Ihnen ein erbauliches Wochenende. Will sagen: ein an Ertrag reiches. Welche Transaktionen haben Sie vor?«

»Klassentreffen«, antwortete Honnegger.

»Oh! Mein Beileid«, wünschte der Minister.

Bevor Wilfried seine Konferenz zurück an den ovalen Tisch befahl, wählte er noch mal Cornelia an.

»Du hast Recht«, sagte er. »Aber ich schaffe es wahrscheinlich nicht vor morgen Früh.«

KAPITEL 3

»Klassentreffen? Find ich mega-beknackt«, urteilte Malve radikal.

»Warum?«, fragte ihre Mutter.

»Weil ich erst glücklich bin, wenn ich Schule und den ganzen Kram meilenweit hinter mir habe.«

»Na ja, das ging mir auch so damals.«

»Aha! Und jetzt? Nostalgie?«

Waltraud nickte: »Gib es deiner alten Mutter

richtig: eine Begleiterscheinung der sich beschleunigenden Vergreisung.«

Tatsächlich hatte Waltraud sich stets geschworen, einen solchen spießigen Brimbamborium nie mitzumachen. Am Tag des knapp bestandenen Abiturs hatte sie sich selbst in die Hand versprochen, für immer Abstand zu halten von allem, was mit ihrer dreizehnjährigen Leidenszeit zu tun gehabt hatte. Nein, es waren, mit Ehrenrunde, sogar vierzehn Jahre gewesen, aber darauf musste man ja nicht immer herumreiten.

»Mal ehrlich«, insistierte ihre Tochter: »Was hast du davon, wenn du alle diese Oldies wiedersiehst?«

»Ich Oldie bin gespannt auf die anderen Oldies.«

»Auf den Big Banker?«

»Auf alle. Vor allem auf die, die nichts geworden sind.«

»So wie du?«

Waltraud fuhr mit mühsam gespielter Gelassenheit fort, Gläser aus dem Regal hinter der Theke zu nehmen, sie gegen das Licht zu halten, um sie auf Fingerabdrücke und Lippenstiftreste zu prüfen, und sie wieder einzuräumen. Das sollte ihr heute abend keiner vorwerfen können, dass »Wally's Schnitzelstube« nachlässig bewirtschaftet sei.

»Ich will keinen bestaunen und beneiden«, erklärte sie ihrer Tochter, »und ich will keinen bedauern und bejammern.«

»Das kannst du mir nicht weismachen«, widersprach Malve: »Den Big Boss Honnegger beneidet ihr tierisch und wünscht ihm alles Schlechte, aber den kleinen Bankangestellten Otto Klausen mögt

12

ihr, weil er noch erfolgloser ist als die meisten von euch.«

»Ein kluges Kind für sechzehn«, lobte Waltraud. »Hilf mir mal ein bisschen mit den Gläsern.«

Dumm war Malve wirklich nicht. Wozu veranstaltete man wirklich Klassentreffen? Doch nicht nur, um alte Erinnerungen aufzufrischen. Sondern auch, um sich zu messen: Was haben die anderen, und was hast du selbst erreicht oder verfehlt? Kannst du dich sehen lassen? Oder musst du dich verstecken?

Sie überließ Malve, die nicht begeistert wirkte, den Gläsern und ging selbst die Küche inspizieren. Ihre kleine Mannschaft von ausländischen Kräften stand heute Abend vor einer vielleicht entscheidenden Bewährungsprobe. Da ging es nicht um Schmalzstullen, Gulaschsuppe und Jägerschnitzel, sondern um ein Menü für ungefähr zwanzig Leute – falls alle kamen, die zugesagt hatten –, und einige davon, nicht nur Wilfried Honnegger, speisten mit Sicherheit hin und wieder in anspruchsvolleren Etablissements als diesem.

Mit Cornelia, der Initiatorin des Treffens, hatte sie am Telefon das Menü abgesprochen. Das war, wie jeder erfahrene Gastronom wusste, eine Frage des kleinsten gemeinsamen Nenners. Nein, tut mir leid, Fisch esse ich nicht, da habe ich eine Allergie. Nein, es tut mir ganz schrecklich leid, aber Lamm vertrage ich nicht. (Die meisten verspeisten es allerdings mit Genuss, wenn man ihnen nur erst hinterher sagte, was sie gegessen hatten.) Nein, Rind traue ich mich noch nicht wieder, nach dieser BSE-Geschichte. Nein, Hühnchen sind doch regelrechte Salmonellenmutterschiffe. Also, wusste Waltraud, musste man aus einem möglichst neutralen

Fleisch, im Zweifel Pute, mit Geschick und Gewürzen etwas zaubern, was allen wohl und keinem wehe tat.

Telefon! Es war Cornelia, von der Autobahn.

»Wally«, rief sie gegen das Fahrgeräusch, »hast du deine Kaschemme desinfiziert?«

Waltraud schluckte einen Moment, bis sie sich erinnerte, dass Cornelia schon damals so gewesen war: einfach flugsmäulig. Ihre gemeinsame Klassenlehrerin, Oberstudienrätin Dr. Mechthild Canisius, hatte einige Male bei der Rückgabe von Deutschaufsätzen geurteilt, Cornelia könne eigentlich nur zu einer Boulevardzeitung gehen: »Mit diesem rotzigen Stil kann man nichts anderes werden.«

»Alles in Ordnung«, antwortete Waltraud, »das Gesundheitsamt hat mir eine Ausnahmegenehmigung erteilt.«

»Wilfried kommt sehr spät, wahrscheinlich erst morgen, muss erst noch wichtige Weichen stellen«, rief Cornelia in den Hörer, »und Otto ziert sich, den muss ich erst noch beknien, ehe ich zu dir komme.«

»Traut er sich nicht, seinem obersten Chef unter die Augen zu treten?«, fragte Waltraud.

»Erraten. Ist aber auch peinlich, wenn der Klassenkamerad plötzlich der oberste Chef ist und man selbst ein kleines Würstchen. Wally, spül deine Gläser noch mal durch! See you!«

Damals haben wir uns ja nicht besonders gemocht, dachte Waltraud. Oder besser: Ich habe sie nicht gemocht. Conny war immer offensiv gewesen, oft sogar aggressiv, stets selbstbewusst und auftrumpfend. Das war den meisten in der Klasse auf den Geist gegangen.

Während Waltraud in der Gaststube die Gedecke kontrollierte, hier und da etwas zurechtrückte oder zum Putzen in die Küche zurückschickte, fiel ihr erstmals ein, warum sie Conny nicht gemocht hatte: Weil sie selbst gern gewesen wäre wie sie.

KAPITEL 4

Wenn du Pius heißt, kannst du gar nichts anderes werden.

Seine Eltern waren gläubige Katholiken gewesen, dennoch früh gestorben, und sie hatten während der Schwangerschaft seiner Mutter inständig gehofft, es möge ein Sohn werden, damit er die Laufbahn eines Priesters einschlagen konnte. Er hatte gefolgt.

Hochwürden Pius Heinzelmann schloss die Seitentür seiner Kirche auf und trat ein. Auch nach über zwanzig Jahren im Dienst des Herrn fühlte er sich hier immer noch nicht an seinem Arbeitsplatz, sondern an einem geheiligten Ort. Er überquerte den Mittelgang, nicht ohne im Gehen den Knicks anzudeuten, der ihm in Fleisch und Blut übergegangen war. Auch wenn die Kirche leer schien, war man an diesem Ort bekanntlich nie unbeobachtet. Pius begab sich zur Kanzel, löste die weinrote Kordel, die die gewundene Treppe für Laien und Besucher unzugänglich machte, stieg hinauf und drehte aus der kleinen Leselampe über dem Pult die kaputte Fünfzehn-Watt-Birne heraus, um sie durch eine heile zu ersetzen. Normalerweise war so etwas die Aufgabe des Küsters, aber der war seit zwei Monaten krank. Außerdem schadete es nicht, auch einmal einfache Pflichten zu erledigen.

Pius blickte über die leeren Bänke und stellte sich vor, seine Kirche wäre am Sonntag ein weiteres Mal im Jahr außer am Heiligen Abend bis auf den letzten Platz gefüllt. Die Aufzeichnungen der Gemeinde gaben keinen Aufschluss darüber, wann das zum letzten Mal der Fall gewesen war. Nach dem Krieg, als alle einen Sinn suchten nach dem grauenhaften Unsinn? Oder doch schon vor dem Krieg? Aber vor welchem dann? Diese Kirche hatte immerhin schon, wenn auch in frühester Jugend und aus der Distanz, den Krieg von 1870/71 erlebt.

Pius. Mit so einem Vornamen war man gezeichnet. Man konnte sich allerdings einzureden versuchen, man sei ausgezeichnet. Das brauchte man, wenn die Klassenkameraden damals jede auch noch so weit hergeholte Gelegenheit nicht ausließen, ihn zu verspotten. Das Prinzip: No jokes about names! hatte sich einfach nicht durchgesetzt. Wenn er selbstkritisch zurückdachte, musste er sich freilich eingestehen, dass er sich unter dem Einfluss seiner strenggläubigen Familie zu einem etwas komischen Heiligen entwickelt hatte, auf den der erstmals von Wilfried Honnegger angewandte Spitzname »Merkwürden« durchaus zutraf.

Letzte Woche war er noch in Rom gewesen, im Vatikan. Er war am Nabel der Welt freundlich aufgenommen worden wie jeder Bruder von weit her. Aber interessiert hatte sich eigentlich niemand für ihn. Woher er kam? Aus Deutschland. Welche Diözese? Ach so, schon mal gehört. Den Heiligen Vater hatte er nur von Ferne gesehen und über

Lautsprecher gehört, dafür wenigstens die renovierte Sixtinische Kapelle besucht, diesen lärmenden Touristenrummel, der irgendwann vorübergehend der nächsten Papstwahl weichen würde. Die engen Treppen der Kuppel war er hinaufgestiegen, in deren letztem Teil man sich schräg halten musste, um nicht mit dem Kopf anzustoßen. Mit dem Blick vom Petersdom über die sieben Hügel hatte er sinniert: Auch der Papst, jeder Papst, hatte mal als ein kleiner Theologiestudent angefangen. Aber danach musste er alles richtig gemacht haben und Pius etwas falsch.

Er stieg wieder von seiner Kanzel und inspizierte den Altar. Morgen musste er noch Blumen besorgen, eigenhändig, anstelle des kranken Küsters. Die Kirche war kein prunkvoller Tempel. In ihrer Schlichtheit schlug sich nieder, dass hier die Katholiken, wenn nicht gerade in der Diaspora, so doch in der Minderheit waren. (Wobei die Heiden inzwischen sowieso die stärkste Gruppe darstellten.) Kurz hatte Pius erwogen, die Klassenkameraden am Sonntag zu einem ökumenischen Gottesdienst zu bitten, zusammen mit einem seiner protestantischen Amtsbrüder, aber er war schnell davon abgekommen. Es sollte *sein* Auftritt sein. Und die nichtkatholischen Klassenkameraden sollten sich ihm zuliebe dareinfügen.

Das Handy. Hochwürden Heinzelmann besaß ein solches, denn er wollte immer abrufbar sein für einen Dienst am Herrn.

»Hallo?«, fragte er.

»Senta hier. Sag mal, was wird nun morgen?«

»Ich weiß es noch nicht«, antwortete Pius gereizt.

»Aber bis morgen ist es nur noch ein Tag! Nicht

viel mehr als vierundzwanzig Stunden. Irgendwann musst du dich jetzt mal entscheiden.«

»Ich weiß.«

»Du hast gesagt, an diesem Wochenende passiert es.«

»Ich weiß«, entgegnete Pius genervt.

»Und?«

»Es ist jetzt Freitagnachmittag. Lass mir Zeit bis morgen.«

»Dann bis morgen.«

Sie hatte eingehängt, ehe Pius noch etwas erwidern konnte.

Morgen musste noch einmal Staub gewischt werden. Übermorgen beim Gottesdienst sollte es hier sauber sein. Die Blumen konnte in Gottes Namen auch eine der Betschwestern besorgen, die sonntags in der ersten Reihe saßen und die Augen verdrehten, sodass man nicht wusste, ob sie den Herrn im Blick hatten oder seinen irdischen Knecht.

Pius schloss die Tür zu. Eigentlich sollte sie nach gut katholischer Tradition stets offen stehen, aber seit dem letzten Diebstahl von ziemlich wertvollem Gerät wurde sie bis auf weiteres geschlossen gehalten.

KAPITEL 5

»Mein Gott, was treibe ich hier eigentlich?«, dachte Saskia.

Sie schaute auf das goldene Ührchen zwischen ihren Kosmetiktöpfchen, tatsächlich stand sie seit einer Dreiviertelstunde vor dem Badezimmerspiegel und arbeitete an ihrem Gesicht, mit den Haaren hatte sie noch nicht einmal begonnen. Mit Ende fünfzig musste man natürlich mehr Zeit auf sich verwenden als damals mit Mitte zwanzig, aber heute brauchte sie so lange wie noch nie.

Saskia war nicht unzufrieden mit sich. Den Kummerspeck, den sie nach ihrer Scheidung an verschiedenen kritischen Stellen angesetzt hatte, hatte sie mit eiserner Konsequenz und sichtbarem Erfolg bekämpft. Den letzten Anstoß für die restlichen Pfunde hatte der Anruf von Cornelia König gegeben: Klassentreffen! Doch, sie konnte sich wieder sehen lassen, im Spiegel und unter Menschen, sogar im Schwimmbad und am Strand. Mehr noch, sie gefiel sich selbst wieder. Dieses Gefühl schien sie auch auszustrahlen, wenn sie Blicke und Bemerkungen, zum Beispiel in der Pause im Lehrerzimmer, sogar auf dem Pausenhof, richtig deutete. Seit kurzem war sie auch der festen Überzeugung, sie müsse nur gelassen abwarten, bis einem attraktiven Witwer – nein, sie wollte nicht zerstörerisch in eine Beziehung eindringen – auffiel, welchen Reiz eine Frau ihres Alters ausstrahlen konnte.

Jetzt konnte sie einen Schluck Sekt vertragen. Die Preise in der Minibar ihres Hotelzimmers waren, wie meistens, unverschämt, aber sie mochte nicht halb geschminkt hinunterlaufen und im nächsten Supermarkt einen Piccolo besorgen.

Oberstudienrätin Saskia Weseler setzte sich in einen Sessel, legte die Beine hoch und sah ohne Interesse bei ausgeschaltetem Ton Fernsehbilder mit Pferden und Reitern. Sie dachte ein bisschen zurück.

Mit fünfundzwanzig hatte man ihr als Studienreferendarin mutig eine Elfte als Klassenlehrerin anvertraut. Sie hatte buchstäblich vor Angst gezittert, als sie erstmals vor ihre Schülerinnen und Schüler trat. Sie hatte an jenem Morgen fast so viel Zeit vor dem Badezimmerspiegel verbracht wie heute: Was sollte sie anziehen? Etwas Graumäusiges, um die Jungen nicht auf dumme Gedanken zu bringen und den Mädchen nicht als Konkurrenz vorzukommen? Oder etwas Aufreizendes, um die Jungen sofort auf ihrer Seite zu haben, dabei trotzdem den Mädchen als Verbündete im Kampf der Geschlechter zu erscheinen? Sie hatte sich, sie erinnerte sich noch genau daran, für den Mittelweg entschieden: ziemlich enger Pullover, aber ein locker geschlungenes, viel verhüllendes buntes Tuch; ein enger, aber wadenlanger Rock, der erlaubte, sich auch ungezwungen vor der Klasse auf das Pult zu setzen. An den anerkennenden Blicken beider Geschlechter hatte sie gemerkt, dass sie richtig lag. Es war sozusagen ihre Schuluniform geworden. Nach einem Jahr hatte sie zum beiderseitigen Bedauern die Klassenleitung abgeben müssen an die weit ältere Oberstudienrätin Dr. Canisius und selbst nur noch zwei Fächer behalten.

Sie fragte sich, wie Cornelia sie überhaupt ausfindig gemacht hatte. Durch Recherche, hatte Cornelia geantwortet. So schwer sei es nicht gewesen, den Weg einer Lehrerin durch ein paar Gymnasien in ein paar Städten in ein paar Bundesländern nachzuvollziehen, zumal sie Weseler als Bindestrichnamen beibehalten hatte.

Sie schlürfte den letzten Schluck des Piccolo, ohnehin ein Tropfen auf einen heißen Stein, und machte sich wieder über ihr Gesicht her. Wir wollen nicht übertreiben, dachte sie. Du siehst fabel-

haft aus, nicht nur für Mitte oder fast schon Ende
fünfzig. Die eine oder andere deiner ehemaligen
Schülerinnen wird vielleicht neidisch die Augenbrauen hochziehen.

KAPITEL 6

Umkehren, umkehren, umkehren! klopfte es in
Cornelias Hirn. Was, zum Kuckuck, suchte sie in
dieser einst vertrauten, längst fremden, sogar verhassten Stadt? Zum ersten Mal seit dreißig Jahren,
in denen sie sich tausendmal geschworen hatte,
nie zurückzukehren. Und dieses Klassentreffen?
Was suchte sie überhaupt bei Leuten, die sie fast
alle seit der Abiturfeier nicht mehr gesehen hatte,
auch nicht dringend hatte sehen wollen?

Sie kannte sich aus auf ihrem ehemaligen Ter-
rain. Seit der Abfahrt von der Autobahn fuhr sie,
als würde sie über einen Satelliten gesteuert werden, der dem Bordcomputer befahl, mit monoto-
ner Kunststimme anzusagen: nach hundert Metern
rechts abbiegen, dreihundert Meter geradeaus,
links einordnen, an der Ampel links abbiegen. Den
Computer hatte sie im Kopf. Es war die alte Geschichte: Auf den Trampelpfaden der frühen Jahre
musste man nicht nachdenken.

Das galt aber nur bis an die Kreuzung, wo Cornelias Weg plötzlich von Schildern und Blumen-
kübeln aufgehalten wurde: Fußgängerzone! Seit
wann das? Die Sucherei begann.

Farbige Gesichter schauten von Plakaten. Richtig, hier im Lande war Wahlkampf, übermorgen
sollte der Souverän an die Urnen gerufen wer-

den. Plakate, Plakate. Freundliches Zähneblecken als politisches Argument. Und austauschbare Parolen. Schau mal da! dachte Cornelia: Die kennst du doch! Für unsere Stadt in den Landtag! Das war sie, Editha, die Klassenkameradin.

Bin ich hier in meiner Heimat? fragte sich Cornelia. Ach, um Gottes willen! Geburt, Kindergarten, Grundschule, Gymnasium, Konfirmation, Tanzstunde, Abitur: ein normaler Ablauf.

Einige Liebeleien. Es hätte auch anderswo sein können. Zum Schluss allerdings ein paar unangenehme Erlebnisse. Auch ein Thema für dieses Wochenende?

Sie versuchte die Fußgängerzone von rechts her zu überlisten. An dieser Ecke war ein Lichtspieltheater gewesen, ein echtes Puschenkino, wo sie über »Love Story« schlosshundmäßig geheult, aber auch Eddie Constantine mit Sprechchören angefeuert hatten. Jetzt, nahm sie im Vorbeifahren wahr, gab es dort eine Passage mit Douglas-Parfümerie, Uhren-Christ und McDonald's. War das nun ein Zeichen von Kulturlosigkeit oder von Globalisierung? Links ab, anders herum um die Fußgängerzone. Otto Klausen hatte ihr am Telefon den Weg beschreiben wollen, sogar angeboten, sie vom Bahnhof zum Hotel zu lotsen, aber Cornelia hatte gedankt: Sie kannte sich doch aus!

Am Tag nach der Abiturfeier hatte sie die Stadt verlassen und war nur noch ein einziges Mal gekommen, um mit ihrem gebrauchten Käfer ihre paar Klamotten abzutransportieren in ihre enge Bude in der zeittypischen Studenten-WG. Da war sie schon im vierten Monat gewesen. Auch ihre Eltern, der Vater schon Pensionär, konnten nun endlich fortziehen in den geliebten Chiemgau. Dort hatten sie jedoch lange nicht die erhoffte Muße gefunden, weil sie immer wieder wochenlang ihr Enkelkind betreuen mussten.

Wenn man sich um die Fußgängerzone herumdachte und die Richtung im Kopf behielt, gelangte man schließlich doch an sein Ziel. Cornelia fand einen Parkplatz und stieg die Stufen des Mehrfamilienhauses hinauf, bis sie vor dem Türschild »Veronika & Otto Klausen« stand. Veronika, dachte sie, seit wie vielen Jahren lebt sie schon nicht mehr hier?

»Conny, lass dich anschauen! Hast dich natürlich keinen Deut verändert.«

Derart aufgeschwemmt war Otto aber früher nicht gewesen, dachte Cornelia, nur ein pummeliger junger Mann mit Ansatz zu Hamsterbäckchen.

»Komm rein! Ich habe einen Sekt kalt gestellt.«

Seine Gesichtsfarbe fiel ihr auf, die Haut, die Adern. Es geht eben nicht alles spurlos an einem vorbei.

»Wie geht's?«, fragte sie.

Dumme Frage, dachte sie, er hat doch am Telefon geklagt, es gehe ihm schlecht, nicht nur gesundheitlich, und er wolle deswegen nicht zum Klassentreffen kommen. Warum fragte man immer gedankenlos: Wie geht's? Interessierte es sie in diesem Fall überhaupt? Oder hatte sie wirklich nur ihren Rekord im Sinn: Ich hab's wirklich geschafft, die komplette Klasse ist versammelt? Bis auf die natürlich, die nicht mehr am Leben waren.

Es stank nach kaltem Zigarettenrauch. Jahrelang hatten Cornelias Buden, später ihre Wohnungen, auch ihre Autos genauso gestunken. Seitdem sie sich heroisch und ohne teure Mittelchen von der Sucht befreit hatte, störten sie verqualmte

Räume. Aber als Alt-Süchtige hätte sie sich nicht mit Fug beschweren können.

Otto ließ den Korken knallen und den Sekt aus der Flasche schäumen, dass der Tisch schwamm, was Cornelia überhaupt nicht ausstehen konnte. Gleich, dachte sie, duscht er mich wie bei der Siegerehrung in der Formel Eins. Sie stieß mit ihm an, nippte aber nur zurückhaltend.

Otto schaute sie an: »Erzähl! Wie ist es dir ergangen?«

Das wäre eine lange Geschichte geworden, für die jetzt keine Zeit war. Außerdem sollte ja darüber heute Abend im großen Kreis geredet werden.

»Du musst mitkommen«, sagte sie. »Es geht nicht, dass wir hier in der Stadt Klassentreffen machen, und du hockst zu Hause.«

»Du weißt doch«, sagte er.

Sie wusste. Mindestens ein Dutzend Mal hatten sie telefoniert in den letzten Monaten. Mindestens ein Dutzend Gründe hatte Otto angegeben, weswegen er nicht kommen könne. Und allmählich hatte Cornelia begriffen: Er wollte nicht seinem obersten Chef begegnen. Der kleine Schalterangestellte der großen Bank wollte nicht dem mächtigen Vorstandssprecher entgegentreten.

»Wahrscheinlich wird Wilfried erst morgen kommen«, sagte sie. »Er hat angerufen, er verhandelt noch irgendwo.«

»Was hat das damit zu tun?«, fragte Otto ein wenig barsch.

»Du willst ihm doch nicht begegnen«, sagte sie.

Er schaute sie misstrauisch an.

»Otto, mir musst du nichts vormachen. Klassenkameraden musst du überhaupt nichts vormachen. Niemand kennt sich besser als Klassenkameraden. Auch wenn sie sich ewig nicht gesehen haben.«

Otto überlegte. Wahrscheinlich, dachte sie, überlegt er, ob er es zugeben soll.

»Manchmal denke ich«, sagte Otto, »es hat mit ihm zu tun, dass sie mich in der Firma nicht vorankommen lassen.«

»Wissen sie denn überhaupt davon?«

»Jeder weiß, dass Dr. Honnegger von hier stammt und dass wir Klassenkameraden waren. Wenn sie mich nun entsprechend meinen Fähigkeiten und Erfahrungen befördern würden, dann hieße es: Aha, da steckt natürlich Honnegger dahinter!«

»Und warum hast du nicht irgendwann gewechselt?«

Er winkte ab: »Das hätte nicht geholfen. Die Branche ist ein großer Klüngel.«

Also, dachte Cornelia, hat die Tatsache, dass Wilfried ein Big Boss geworden ist, Otto an seiner beruflichen Entfaltung gehindert. So einfach stellte er sich das vor.

Plötzlich wusste sie, warum sie Otto schon damals nicht gemocht hatte: Er war nie an etwas schuld gewesen. Seine an sich originellen Aufsätze waren missverstanden worden, seine Tanzstundendame war zu ungeschickt gewesen, der Fahrlehrer hatte ihn nicht richtig auf die Prüfung vorbereitet, seine Eltern hatten ihm das verkehrte Studienfach aufgedrängt. Später, so hatte man über drei Ecken gehört, war seine Ehefrau zu eigenwillig und anspruchsvoll gewesen, seine Töchter hatten sich nach seiner Scheidung undankbar auf die verkehrte Seite geschlagen. Schließlich hatte auch noch Wilfried Ottos Karriere blockiert.

»Hast du ihn seit dem Abi jemals gesehen?«, fragte sie.

»Wie denn! So eine kleine Zweigstelle besucht der doch nicht.«

»Hättet ihr ihm eben einen Grund dafür gegeben! Die höchste Steigerung der Spareinlagen aller Zweigstellen. Die wenigsten Insolvenzen großer Kreditnehmer. Oder irgend so was.«

»Das wäre schön. Aber dafür brauchst du auch den richtigen Zweigstellenleiter.«

Du kommst ihm nicht bei, dachte sie, er legt Wert darauf, dass alles ungerecht ist.

»Otto, nun stell dich nicht an, und komm heute Abend!«, versuchte sie es noch einmal. »Da kommen Leute, die Glück hatten, und solche, die weniger Glück hatten. Wir kennen uns so lange, da muss sich keiner vor den anderen maskieren. Das ist kein Wettbewerb und auch kein Schaulaufen.«

Sie wusste, dass es in Wahrheit genau das war.

Otto schien es auch zu wissen.

»Lass mal«, winkte er ab. »Wenn Honnegger aus irgendeinem Grund ganz absagt, dann ruf mich noch mal an.«

»Bist du das Wochenende zu Hause?«, fragte sie.

»Wo soll ich denn sonst sein?«

KAPITEL 7

Wo diese Kassette bloß steckte? Hilde hatte sie wirklich dreißig Jahre lang wie ihren Augapfel gehütet: ein Zeitdokument. Doch jetzt, im entscheidenden Augenblick, fand sie sie nicht. Genau genommen handelte es sich nicht um eine dreißig

Jahre alte Kassette, sondern um eine dreißig Jahre alte Aufnahme, und Hilde hatte sie irgendwann, als sie ihr mordsschweres Tonbandgerät gegen einen modernen leichten Recorder austauschte, auf eine Musikkassette überspielt. Höllische Angst hatte sie dabei gehabt, als technisch nicht sehr begabter Mensch das Unwiederbringliche zu löschen. Es war gut gegangen. Vor einer Woche noch hatte sie sich vergewissert und noch einmal alles abgehört, doch nun suchte und suchte sie und wurde langsam nervös.

Das Wort »Klassentreffen« im Radio lenkte für einen Augenblick ihre Aufmerksamkeit ab. Die meldeten doch tatsächlich jeden Kleinkram! Die »bekannte TV-Moderatorin und Gesellschaftsreporterin« Cornelia König, die von hier stamme, habe ihre Abiturklasse zusammengetrommelt, darunter den großen Bankboss Wilfried Honnegger und die Landtagsabgeordnete Editha Gernreich. Wen sollte eigentlich diese Neuigkeit bewegen? Aber dieser rührige Stadtfunk, den Hilde viel hörte, ließ buchstäblich nichts aus, und er hatte damit Erfolg. Zum Glück hatte er nicht gemeldet, in welchem noblen Etablissement man sich treffen werde, sonst wäre Wallys Kneipe wahrscheinlich von Neugierigen überrannt worden.

Die Kassette! Hilde begann die Schubfächer ihres Sekretärs herauszuziehen und zu durchsuchen. Was sich alles ansammelte in ein paar Jahrzehnten! Wie oft hatte sie sich vorgenommen, gründlich auszumisten, um nicht irgendeinem unglücklichen Menschen die Last aufzubürden, ihren Nachlass zu sortieren und zu entscheiden, ob alles auf den Müll gehörte oder nur fast alles. Aber dann sagte sie sich wieder, erstens sei es noch zu früh für derartige Überlegungen, und zweitens könne es ihr letzten Endes egal sein.

Es klopfte, und Hilde wurde gefragt, ob sie heute definitiv nicht zum Abendessen kommen werde. Nein, sagte sie, endgültig nicht. Morgen zum Frühstück ja, dann den Rest des Tages auch wieder nicht, das sei alles arrangiert. Aber ein Taxi möge man ihr bestellen für nachher, Abfahrt kurz vor zwanzig Uhr.

Wilfried Honnegger: Sie war sich nie darüber im Klaren gewesen, ob sie ihn mochte oder nicht. Er war aus wohlhabendem Haus, vielleicht sogar aus gutem, und machte nie einen Hehl daraus, dass ihm an dieser Feststellung lag. Das schuf Neider. Andererseits ließ er alle teilhaben am Reichtum seiner Eltern, den er erben würde, lud ein zu Partys und brachte großzügige Geschenke mit, wenn er eingeladen war. Das schuf Anhänger. Die politisch Bewussten in der Klasse waren verpflichtet, Wilfried abzulehnen, und seine Freunde hatten immer ein etwas schlechtes Gewissen. Hilde war hin und her gerissen.

In der Kostümtasche! Hilde hatte frühzeitig beschlossen, zum Klassentreffen das dezente graue Kostüm anzuziehen, und hatte schon letzte Woche die Kassette eingesteckt. Sie ging zum Kleiderschrank und überprüfte die Tasche. Gott sei Dank! Es wäre jammerschade gewesen! Sie ging ins Badezimmer, stellte sich vor den Spiegel und begann sich sorgfältig zurechtzumachen, was immer sehr viel Zeit in Anspruch nahm.

Man musste ungeheuer genau planen, penibel kontrollieren und x-mal prüfen, wenn man nicht mehr sehen konnte.

KAPITEL 2

Cornelia schaute die Frau, die neben ihr an der Hotelrezeption stand und ebenfalls einen Meldezettel ausfüllte, prüfend an: War sie es oder war sie es nicht?

»Zwei Nächte«, sagte die Frau.

Zwei Wörter genügten zur Identifizierung von Stimme und Person: »Sissi!«, rief Cornelia.

»Conny!«, rief Elisabeth.

Sie schauten sich ein paar Sekunden lang prüfend in die Augen, dann öffneten beide gleichzeitig die Arme und sanken sich gegenseitig in dieselben.

Wieder voneinander befreit, nahmen sie sich erst einmal richtig in Augenschein.

»Du musst jetzt sagen, ich hätte mich überhaupt nicht verändert.«

»Hast du auch nicht.«

»Das ist Quatsch. Die Wahrheit ist, wir sind gemeinsam älter geworden. Oder wenigstens parallel.«

»Fühlst du dich schon alt?«, fragte Elisabeth.

»Jedenfalls nicht mehr ganz jung«, antwortete Cornelia. »Aber ich will jetzt nicht pseudo philosophieren. Lass uns einen Begrüßungsschluck miteinander trinken!«

Die Rezeptionistin hatte gewartet und übergab die Zimmerschlüssel. Die beiden Frauen gingen Arm in Arm an die Bar.

»Ich fand es eine überraschende Idee, dieses Klassentreffen«, sagte Elisabeth. »Bist du ganz allein darauf gekommen?«

»Ja, mit großer Mühe und unter Aufbietung meiner ganzen geistigen Kraft.«

29

Der Barkeeper fragte nach ihren Wünschen.

»Zwei Caipirinha«, bestellte Elisabeth und erklärte: »Das ist unser Nationalgetränk.«

Cornelia lächelte: »Wir haben inzwischen davon läuten hören. Deutschland ist auf dem Weg zum internationalen Standard.«

»Tut mir leid, aber ich bin schon zu lange weg. Ich find's toll, dass du meine Adresse ausfindig gemacht hast.«

»Und ich find's toll, dass du deine Deutschlandreise extra geschoben hast.«

Cornelia war aufgekratzt. Der Besuch bei Otto Klausen hatte sie ein wenig deprimiert, das Telefonat mit Wilfried Honnegger genervt und von Wallys Lokal erwartete sie keine gehobene Erlebnisgastronomie. Die ganze Idee des Klassentreffens war ihr zwischendurch überflüssig erschienen. Was wollte sie von den Leuten? Sie hatte die meisten nie wieder gesehen und nur wenige richtig vermisst. Aber Sissi zu treffen, machte sie mit einem Schlag fröhlich.

Die Caipirinha war ziemlich süffig. Elisabeth sagte, daheim in Amazonien bereiteten sie sie mit Cachassa, einem billigen Zuckerrohrschnaps, der, in größeren Mengen getrunken, innerhalb kürzester Zeit blind machen solle.

»Du musst uns mal besuchen kommen. Ich sag das nicht einfach so. Warst du schon in Brasilien?«

Cornelia schüttelte den Kopf: »Nicht richtig. Bloß zum Karneval in Rio.«

»Das ist natürlich echt brasilianisch«, spottete Elisabeth. »Ach Conny, es ist schön, dich zu sehen. Ich fing schon gerade an, mich zu fragen, wozu ich eigentlich alle diese Leute heute wiedersehen soll. Die meisten haben mich schon damals nicht wirklich interessiert. Und heute habe ich nicht nur mein Leben, sondern auch meinen Kopf endlos weit weg von hier. Lichtjahre sozusagen.«

»Ich weiß ja auch nicht, was es soll«, gab Cornelia zu. »Aber vielleicht bist du ja hinterher noch glücklicher, am Amazonas zu leben.«

KAPITEL 9

»Habt ihr wenigstens einen Notarzt bestellt für euer Greisentreffen?«, lästerte Elke.

Hansjörg versuchte gelassen, vielleicht sogar überlegen zu lächeln: »Vergiss nicht, meine Liebe, ich habe sogar die Ehe mit dir überlebt. Bisher.«

In Wahrheit fand er es nicht zum Spaßen, sondern zum Kotzen.

Elke war vor zwei Stunden von Dreharbeiten zurückgekommen, zwei Tage früher als geplant. Das kam selten vor beim Film, meistens mussten sogar die Reservetage ausgeschöpft werden. Hansjörg kannte sich inzwischen aus im Gewerbe seiner Frau. Es war für Laien unvorstellbar, was bei Dreharbeiten, vor allem unter freiem Himmel, dazwischenkommen konnte. Nicht einfach nur schlechtes Wetter, wie es bei der Deutschen Bahn sofort für Verspätungen sorgte: zu kalt, zu warm, zu nass, zu trocken. Damit konnte man leben, wenn nur das Licht gleich blieb und nicht mit jeder Wolke wechselte, sodass keine Einstellung mehr an die andere passte. Es störten auch Flugzeuge und ihre Kondensstreifen am Himmel, die bei einer historischen Fontane-Adaption sehr eigenartig gewirkt hätten. Außerdem war die Welt

31

an jedem Ort und zu jeder Zeit voller Geräusche. Irgendwo kläffte immer ein Hund, kreischte eine Säge, hupte ein Auto, klopfte ein Hammer, heulte eine Sirene. Aber diesmal war wie durch ein Wunder alles glatt gegangen. Elke packte ihren Koffer aus und schenkte sich einen Wein ein.

Hansjörg hatte gehofft, seine Frau werde erst am Sonntagabend oder am Montagmorgen wieder da sein, jedenfalls nach dem Klassentreffen. Manchmal in letzter Zeit hoffte er sogar, sie werde überhaupt nicht zurückkehren. Manchmal stellte er sich vor, sie würde mit einem ihrer Filmpartner durchbrennen und von den Seychellen oder den Fidschi-Inseln ein Fax schicken: Sorry, Hajö, aber das war's! So weit war es gekommen in ihrer Ehe.

»Heute trefft ihr euch ja ohne Anhang«, sagte Elke, »aber morgen: Muss ich eigentlich mit zu dieser Mumienshow?«

»Du wirst der Mittelpunkt sein«, höhnte er.

Sie verstand ihn: »Ich werde es mir überlegen.«

Er empfand es als Drohung.

Hansjörg wäre gern dieses Wochenende unbeobachtet abgetaucht in seine Vergangenheit. Dreißig Jahre war das Abitur her, folglich zweiunddreißig Jahre jene Klassenfahrt, auf der ihn die erste von mehreren großen und endgültigen Lieben seines Lebens wie ein Blitz getroffen hatte. Achtzehn war er gewesen, sie folglich ebenfalls. Achtzehn! Heutzutage machte man sich lächerlich, wenn man Jüngeren gestand, erstmals in diesem vorgerückten Alter, vorsichtig tastend, die Grenzen des Platonischen überschritten zu haben. Aber war es nicht eine phantastische Erfahrung gewesen? Und war es nicht immer noch eher zu früh als zu spät gewesen?

»Ich bin ja mal gespannt«, sagte Elke, »wie die Damen sich gehalten haben.«

Elke war ziemlich genau zehn Jahre jünger als Hansjörg.

»Wenn du irgendwas Dringendes vor hast, tu dir keinen Zwang an«, sagte Hansjörg.

»Bin ich also nicht in der Pflicht?«

Er schüttelte den Kopf.

»Ich überleg's mir.«

KAPITEL 10

Hier muss gelüftet werden, war Cornelias erster Gedanke, als sie das Lokal betrat. Und helleres Licht brauchen wir.

Ein junges Mädchen trat auf sie zu: »Sind Sie diese Tante Conny?«

»Ja. Ohne Tante.«

»Die das Oldie-Treffen erfunden hat?«

»Und du bist die charmante Malve, stimmt's? Ist deine Mutter da?«

»Die ist oben und zickt sich auf«, antwortete Malve.

Cornelia trat in die Mitte des Lokals und schaute sich um.

»Kann man hier mehr Licht machen?«, fragte sie.

»Ich glaube nicht. Aber die Gäste hier mögen's schummrig. Da sieht man die Falten nicht. Und auch nicht, dass renoviert werden müsste.«

Cornelia lächelte: Genau wie Julian! Hauptsache cool. Für einen flapsigen Spruch verrieten sie bedenkenlos den Ruf ihrer Erzeuger.

Ziemlich rustikal war »Wally's Schnitzelstube«.

33

Wie man ein Lokal so nennen konnte? Klang wie »Willy's Bierbrunnen« oder »Kalle's Futterkrippe«. Viel Eiche an den Wänden, eichene Deckenlampen mit gestrickten Schirmen, eichene Theke, eichene Tische und Stühle. Rings um den Raum, einen halben Meter über Kopfhöhe, ein umlaufendes Brett mit Dutzenden Bierkrügen aller denkbaren Brauereien. Alles war hier ganz anders als in Cornelias Erinnerung. Damals, vor über dreißig Jahren, als man sich noch nicht darum scherte, ob ein Lokal in einem Gourmet-Führer Erwähnung fand, als Croquetten noch der letzte Schrei waren und trockener Wein eben erst auf dem Vormarsch, damals war hier das beste Haus am Platze gewesen. Zu besonderen Gelegenheiten hatten Cornelias Eltern einen Tisch reserviert, nach der ersten Flasche nur noch Schoppen bestellt und beim Zahlen die Rechnung Posten für Posten kopfschüttelnd kontrolliert. Wenn der Anlass entsprechend sei, hatten sie aber jedes Mal draußen festgestellt, könne man durchaus ab und an hierher gehen.

»Lüften«, sagte Cornelia, »dringend lüften.«

Malve lächelte verstehend und ging einige Fenster öffnen.

»Mal ohne Fez«, sagte sie, als sie wieder zu Cornelia trat: »Warum machen Sie so ein Kalkriesel-Meeting? Ich behaupte, jeder will sehen, ob er besser konserviert ist als die anderen Mumien.«

»Da hast du Recht.«

»Können Sie mir nicht mal widersprechen? Meine Mutter sagt nämlich dasselbe. Sie gibt mir sowieso immer Recht, bloß damit ich die Klappe halte.«

»Dann macht Provozieren ja überhaupt keinen

Spaß. Also, wir treffen uns, um uns darüber auszutauschen, ob wir alle wirklich alles falsch gemacht haben oder ob noch etwas zu retten ist.«

»Das ist doch endlich 'ne Antwort«, lobte Malve.

Auf den Tischen, entdeckte Cornelia, lagen festliche Karten, DIN A 5, vierfarbig gedruckt: »30jähriges Klassentreffen der 13 b, 21. April 2000«. Sie klappte eine auf: das Klassenfoto! Sie hatte es seit damals nicht mehr gesehen; ihr Abzug war in den Wirren des überhasteten Weggangs abhanden gekommen. Sie ließ den Finger über die Köpfe gleiten. Sie erkannte alle, aber das hatte auch damit zu tun, dass sie seit einem Jahr nach ihnen geforscht und mit ihnen korrespondiert hatte. Auf einem der Gesichter blieb ihr Blick länger hängen. Viel zu lange Haare hatte er! Aber die hatte man damals eben, und Cornelia hatte es geliebt. Und ihn.

»Frau Wirtin kommt«, kündigte Malve an.

»Conny!«

»Wally!«

Sie fielen sich in die Arme. Es ist verrückt, dachte Cornelia, aber ich bin schon wieder gerührt. Soll das etwa das ganze Wochenende so weitergehen?

Sie nahmen sich gegenseitig in Augenschein, prüfend. Wally hat nicht sehr auf sich Acht gegeben, dachte Cornelia. Zehn Kilo weniger täten ihr gut. Auch die Haut war nicht mehr sehr straff. Aber in einem Lokal wie diesem konnte man sich wohl den Gästen nicht entziehen, wenn sie anstoßen wollten. Und schon gar nicht dem Qualm.

»Du bist schön schlank geblieben«, sagte Waltraud anerkennend.

»Hauptsache, man ist fröhlich geblieben«, antwortete Cornelia und fand sich ziemlich platt.

»Ich musste mich irgendwann entscheiden: Wirst du Kuh, oder wirst du Ziege? Und Ziege wäre mir zu zickig gewesen.«

Sie lachten und nahmen sich noch mal kurz in die Arme.

Cornelia kam zum Geschäftlichen: »Hast du alles im Griff für heute Abend?«

»Meine Leute sind wahnsinnig aufgeregt.«

»Und du?«

»Ich vertraue meinem Leitstern.«

»Also wird alles schief gehen.«

Waltraud schaute Cornelia fest in die Augen: »Das hier ist kein Sterne-Restaurant. Das wusstest du. Aber für mich ist es vielleicht die letzte Chance, in der Stadt auf mich aufmerksam zu machen. Da muss ich jetzt durch.«

»Solange du uns nicht vergiftest«, versuchte Cornelia zu ulken.

Sie hoffte, dass Wilfried Honnegger und die anderen, die sich leisten konnten, gelegentlich oder gar regelmäßig in besten Häusern zu verkehren, ihr Hauptaugenmerk auf das Wiedersehen richten würden.

Das Handy schnarrte, die moderne Geißel.

»Hallo, Mama?«

Das fehlte ihr noch! Ausgerechnet jetzt. Aber sie musste das verdammte Handy eingeschaltet lassen, falls Wilfried von seiner Sitzung anrief oder sonst jemand, der absagen wollte oder seine Verspätung ankündigen.

»Du musst mit mir reden«, drängte Julian, »ich muss hier raus aus diesem Scheiß-Internat!«

»Tut mir leid, dass es dir nicht gefällt. Es ist das beste, das ich für dich bezahlen kann.«

»Bezahlen!«, rief Julian verächtlich. »Hier sind

lauter Typen, die für teures Geld abgeschoben wurden, weil sie zu Hause stören.«

»Julian«, Cornelia versuchte per Handy eindringlich zu sein, »zu Hause bei uns ist meistens keiner anzutreffen, weil ich mit einem verdammt aufreibenden Job versuche, uns zu ernähren. Dein Vater zahlt ja nicht, und es wäre mir zu würdelos, deswegen vor Gericht zu ziehen. Das alles habe ich dir mindestens zweitausendmal zu erklären versucht. Und jetzt bitte ich dich, diese Debatte auf Montag zu verschieben, weil ich mich dringend um dieses Klassentreffen kümmern muss.«

»Ich weiß«, blaffte Julian, »das ist wichtiger. Aber ich lasse mich nicht einfach abwimmeln. Ich möchte, dass du mir jetzt erklärst, warum ich nicht wie ein normaler Mensch eine normale Ausbildung machen kann, um einem normalen Leben nachzugehen. Das möchte ich jetzt wissen.«

Verdammt noch mal! dachte Cornelia, warum können sie mich nicht alle in Ruhe lassen? Warum kann ich nicht dieses verflixte Handy in die Ecke pfeffern, dieses drittklassige Etablissement verlassen und draußen an der frischen Luft meiner Wege gehen? Sollen sie doch machen, was sie wollen! Wozu Klassentreffen? Wozu gemeinsam in die Vergangenheit abtauchen? Wozu gemeinsam klären, warum die einen zu lichten Höhen des Erfolgs aufgestiegen und die anderen auf halber Strecke oder früher abgestürzt sind? Wen interessierte das eigentlich? Die Erfolgreichen oder die Gescheiterten?

»Julian, was du da betreibst, ist Telefonterror.«

»Ich weiß. Aber was du betreibst, ist Erziehungsterror.«

»Julian, ich beende jetzt dieses Gespräch und

verspreche dir, beim nächsten Anruf nicht mehr zu antworten.«

O Gott! dachte sie. Aber sie schaltete wirklich aus.

Waltraud rief aus der Küche: »Kannst du mal kommen?«

Natürlich konnte sie, sie war ja nun für alles zuständig.

»Die Mousse au chocolat«, klagte Waltraud und hielt ihr mit bedauernder Gebärde eine große Schüssel vor die Nase, in der eine flüssige braune Masse schwappte. »Mein Koch hat mir hoch und heilig versichert, er kann es.«

»Wally, warum verlässt du dich auf so was? Warum kaufst du dieses verdammte Zeug nicht einfach bei der METRO? Besser kriegst du es sowieso nicht hin.«

Waltraud hatte Tränen in den Augen.

»Hast du was anderes im Haus?«

Waltraud schüttelte den Kopf: »Nicht für so viele Leute.«

»Wo ist hier das zweitbeste Lokal am Ort?«, fragte Cornelia.

Waltraud schaute sie groß an: »Du kannst doch nicht ...«

»Ich kann«, beschied Cornelia. »Also wo? Wir haben nicht mehr viel Zeit.«

KAPITEL 11

»Herr Chefredakteur, Sie müssen etwas über unser Klassentreffen bringen!«

»Frau Abgeordnete, wir werden ganz sicher

etwas über dieses Klassentreffen bringen. Wahrscheinlich einen Dreispalter mit Foto.«

»Aber erst am Montag.«

»Richtig. Erst am Montag.«

Editha Gernreich legte ihre Hand auf den Unterarm von Chefredakteur Bernhardt, sah ihn durchdringend an und raunte wie eine Verschwörerin: »Aber am Montag hilft es doch niemandem mehr.«

»Habe etwa ich«, fragte Bernhardt, »Ihr Klassentreffen ausgerechnet auf das Wochenende der Landtagswahl gelegt?«

»Es hat sich halt so ergeben«, antwortete MdL Gernreich: »Wir hatten eben vor genau dreißig Jahren Abitur.« Sie strich sanft über seinen Ärmel: »Ist wirklich nichts zu machen?«

Er schwieg.

Editha widerte es im Grunde an, Klinke zu putzen. Wer war schon dieser Bernhardt? Sie hatte seinen Werdegang gefördert, hatte geraten, Bernhardt an die Spitze des Blattes zu setzen, einen soliden Journalisten, der für Seriosität stand und nach menschlichem Ermessen nicht mit wildem Enthüllungsjournalismus auf sich aufmerksam machen würde. Nun musste sie ihn drängen.

»Sie denken also«, fragte sie mit dem Versuch eines spitzbübischen Lächelns, »ich wolle mit dem Klassentreffen Wahlkampf machen?«

»Ja«, antwortete er.

»Herr Bernhardt, Sie wissen nicht, wovon Sie reden!«

»Das kann sein. Ich selbst habe noch nie Wahlkampf gemacht. Aber ich stelle mir vor, dass man im Wahlkampf alle Möglichkeiten nutzen muss, auf sich aufmerksam zu machen.«

Es war kein Ausweis besonderer Intelligenz, dachte Editha, dass Bernhardt sie durchschaut hatte. Eigentlich war alles ganz einfach. Man musste als Politiker im Gespräch bleiben, wenn man gewählt werden wollte. Einfach in der Zeitung stehen, womit auch immer. Außer natürlich im Zusammenhang mit Schwarzgeldkonten und ähnlichen negativ besetzten Begriffen. Möglichst oft drinstehen. Damit ein paar dumme, unentschlossene Wähler, wenn sie in der Wahlkabine mit gezücktem Kugelschreiber ratlos vor ihrem Wahlzettel standen, möglichst dachten: Gernreich? Editha Gernreich? Den Namen habe ich doch schon mal gehört. Ist mir nie negativ aufgefallen. Kann nicht schlecht sein. Die anderen kenne ich nicht. Kreuze ich mal Gernreich an. Das war alles, worauf es ankam. Weiter nichts.

Editha schaute den Chefredakteur lächelnd an. Sie war lange genug im Geschäft, um zu wissen, dass man jemanden, von dem man etwas wollte, nicht mit einem Schwall von Worten zuschütten durfte. Man musste ihn kommen lassen. Ihn auf den Punkt zutreiben, an dem er seine konsequente Haltung selbst nicht mehr ertrug. Sie lächelte. Vor dreißig Jahren, wusste sie, hatte ihr Lächeln noch unmittelbarer gewirkt.

»Also, was stellen Sie sich vor?«, fragte er.

»Bin ich die Expertin«, fragte sie zurück, »oder sind Sie der Experte?«

»Wer kommt denn zu dem Klassentreffen?«, fragte er.

Das war die Frage, auf die Editha gewartet hatte.

»Zunächst einmal ich«, sagte sie.

»Und sonst?«

»Fast alle.«

»Ich meine«, fragte er, »jemand Bekanntes? Außer Ihnen.«

»Honnegger«, sagte sie.

»Honnegger?«, fragte er erstaunt, »*der* Honnegger?«

Dieser Zeitungs-Fuzzy! dachte Editha. Weiß alles über die Welt, aber dass Dr. Wilfried Honnegger von hier stammt, hat er noch nie gehört.

»Honnegger«, bestätigte sie. »Höchstselbst. In Fleisch und Blut. Er kommt tatsächlich in die Mauern unserer Stadt.«

»Und Sie waren echt Klassenkameraden?«

Sie antwortete nicht. Es war nicht mehr nötig. Bernhardt war überwältigt.

»Gut«, sagte er, »wir machen etwas. Wo findet das Ganze statt?«

Editha erklärte es ihm.

»Ein Foto mit Unterzeile, mehr kriegen wir auf die Schnelle nicht mehr hin.«

»Das genügt mir«, sagte Editha und erhob sich.

KAPITEL 12

»Mann!«, staunte Malve und musterte Cornelia von oben bis unten, als diese das Lokal betrat, »Sie sind ja schrill aufgezickt.«

Cornelia runzelte nur leicht die Brauen: »Wenn schon, dann sag bitte Frau! Hier ist die Mousse au chocolat, die muss sofort in den Kühlschrank. Wo ist deine Mutter?«

»Die ist zusammengeklappt«, erwiderte Malve ernst, aber ohne Anzeichen besonderer Besorgnis.

»Warum denn das?«, rief Cornelia erschrocken.

41

»Das hat sie öfter, wenn's irgendwie eng wird. Morgen ist sie wieder auf dem Damm. Garantiert.«

»Na, das ist ja sehr beruhigend.«

Cornelia ließ sich den Weg zeigen in die Wohnung im ersten Stock und zum Schlafzimmer, wo Waltraud bei geöffnetem Fenster, aber zugezogenen Vorhängen mit geschlossenen Augen ruhte, ein feuchtes Tuch auf der Stirn. Sie blinzelte etwas darunter hervor, als Cornelia an ihr Bett trat.

»Tut mir leid, Conny«, flüsterte sie, »aber ich hatte zu viel um die Ohren.«

Cornelia wollte gerade Mitleid zeigen, als sie die Alkoholfahne roch. Sie spürte Ärger, beinahe Wut aufsteigen. Mussten denn die Menschen gleich zusammenbrechen und sich in Krankheit oder Suff flüchten, wenn sie mal vor eine nicht alltägliche Aufgabe gestellt waren?

»Komm, raff dich auf!«, sagte sie. »Schlappmachen kannst du morgen. Oder ab Montag.«

Waltraud schüttelte den Kopf: »Conny, ich schaff's nicht.«

»Ich schaff's nicht, ich schaff's nicht! Sollen wir alles absagen? Frau Wirtin ist es schwindlig geworden! Kommt bitte in zehn Jahren wieder! Und bringt euch vorsichtshalber was zu essen mit!«

»Conny, sei nicht gemein!«

Cornelia zog hörbar die Luft ein und musste sich zusammenreißen, um nicht mit lautem Knall zu explodieren.

»Dann muss deine Tochter in die Bresche springen«, entschied sie.

»Malve? Die hat heute Abend eine Verabredung«, erklärte Waltraud mit matter Stimme.

Jetzt explodierte Cornelia wirklich: »Sagtest du, eine Verabredung? Ach wirklich? Zu Hause bricht alles zusammen, die Mutter blamiert sich – und übrigens auch mich – bis auf die Knochen, aber das Kind muss auf die Rolle?«

Sie stürmte die Treppe hinunter und stellte die verdutzte Malve, die gerade in angesagten Klamotten das Haus verlassen wollte: »Malve?«

»Ja?«

»Du musst heute Abend hier den Laden schmeißen.«

»Ich?«, rief Malve entsetzt. »Ich hab was vor.«

»Ich weiß. Und ich kann dir sogar sagen, was du vorhast: Du bist heute hier die Chefin.«

Malve stand verdattert und unschlüssig in der Tür. Sie wirkte, als traue sie sich nicht zu widersprechen, angesichts der furiosen Entschlossenheit der Klassenkameradin ihrer Mutter.

»Alles klar?«, fragte Cornelia. »Nur Küche und Service. Den Grußaugust mache ich. Ich war ja auch so verblendet, diese Veranstaltung hier anzuzetteln. Irgendwie muss das bestraft werden.«

Sie hatte das Gefühl, ihre Aufregung habe sich auf ihr Äußeres niedergeschlagen, und suchte die Toilette, um sich vor dem Spiegel zu ordnen. Sie sah ganz anständig aus, fand sie, jetzt und auch überhaupt. Das lindgrüne Seidenkostüm, nicht ganz up to date, aber ihr Lieblingsstück seit Jahren, stand ihr immer noch.

Ob es heute Abend wirklich das erwartete Schaulaufen geben würde? War es um die fünfzig immer noch so wichtig, gute äußere Form zu demonstrieren? Oder kam es nur darauf an, wer was vorzuweisen hatte an Erfolg im Leben, wie immer sich dieser berechnete?

Ja, Cornelia war froh, nicht nur vorzeigbar, sondern attraktiv geblieben zu sein. Es hatte sie einen lebenslangen Kampf gekostet. Tausendmal mit knurrendem Magen ins Bett, tausendmal beim geliebten Dessert abgewinkt, tausendmal das letzte Glas Wein von sich geschoben. Mit heroischer Anstrengung das Kettenrauchen beendet. Aber es hatte sich ausgezahlt.

Das Klopapier in der Damentoilette war alle, und es lagen mehrere feuchte, zerknüllte Handtücher im Korb über dem Waschbecken.

»Malve!«, rief sie.

KAPITEL 13

»Eine Schnapsidee!«, schimpfte Vera: »Ich soll mich heute einen ganzen Abend lang in diesem trostlosen Nest allein vergnügen, während du mit deinen Leuten hoch die Tassen machst. Da hätte ich auch zu Hause bleiben können.«

Hättest du auch! wollte Heiner antworten, aber er konnte sich gerade noch den Mund verbieten. Es reichte ihm schon, morgen, wenn ›Treffen mit Partnern‹ anstand, eine harmonische Lebensgemeinschaft vorführen zu müssen. Heute wollte er einfach Ruhe an der Ehefront haben. Zumal er ahnte, dass die Klassenkameraden ihn aufs Korn nehmen würden. Er würde sich rechtfertigen müssen für seine großen Ankündigungen von damals, für seine Laufbahn seither, für seinen Arbeitgeber.

»Du wirst dich schick anziehen«, sagte Heiner und legte seiner Frau versöhnlich die Hand auf die Schulter, »mit dem Taxi ins beste Haus am Platze fahren, erlesen speisen und abschließend in der Hotelbar noch einen Digestif nehmen.«

»Wie viel darf ich maximal ausgeben?«, fragte sie anzüglich.

»Es kostet dich nichts, du hast doch eine Kreditkarte.«

»Ja, deine. Ich werde meinen Bademantel anziehen, mich abschminken, beim Etagenservice ein Sandwich und eine Flasche Wein bestellen, mich vor den Fernseher lümmeln und irgendwann einschlafen.«

Vera packte weiter den Koffer aus und füllte die Bügel des Kleiderschranks. Der Fernseher lief, eine Talkshow, Heiner war, als habe er genau diese Gäste schon in ein paar anderen Talkshows gesehen, wo sie auf die gleichen Fragen das Gleiche geantwortet hatten. Er selbst war, entgegen der statistischen Wahrscheinlichkeit, noch nie in eine Talkshow eingeladen worden, was er jedoch beruhigt darauf zurückführte, daß er keine der wichtigsten Voraussetzungen dafür erfüllte, also weder Exhibitionist noch Asozialer war, noch einer psychiatrischen Behandlung bedurfte.

»Hörst du dem Gequassel zu?«, fragte Vera.

»Um Gottes willen!«, antwortete er.

Sie schaltete aus.

Am ersten Abend »legere Kleidung«, hatte auf der Einladung gestanden. Heiner holte sich aus seinem Koffer ein legeres, farbig kariertes Hemd, das er nie im Dienst hätte tragen können. Er probierte ein Halstuch der Art, die man vor Jahren geschlungen hatte, war aber unsicher, als er im Spiegel das Ergebnis sah, und ließ es sein. Offener Kragen also, auch wenn das ein bisschen an die proletarische Mode der zwanziger Jahre erinnerte. Irgendwie war Heiner nicht mit sich im Reinen. In der Abiturklasse war er der Künstler gewesen, der

45

Nonkonformist, der Unangepasste, der Revoluzzer, der vorgab, nach den Sternen zu greifen. Aber als es drauf ankam, hatte er nach einem Brotjob gegriffen, einem sehr gut bezahlten, mit sozialer Sicherheit und Pensionsanspruch.

Morgen Abend, beim Galadiner, war er in seinem Element: dunkler Anzug wie bei wichtigen Konferenzen. Aber heute musste jeder Farbe bekennen, von papageienbunt bis mausgrau. Heiner war unzufrieden mit sich.

Er machte sich auf den Weg zum Josephs-Stift. Er hatte geschwankt, ob er seiner Mutter Mitteilung machen sollte von dem Klassentreffen und also von seinem Aufenthalt in der Stadt. Vera hatte, wie seit einigen Jahren, abgelehnt, mitzugehen ins Heim. Sie wollte, wie sie sagte, die böse alte Frau nicht sehen.

Heiner, der laut Personalausweis Hans Heinrich hieß, besorgte auf dem Weg noch ein paar Blumen, dreißig Tulpen in allen Farben. Vor dem Herrenmodegeschäft, in dem er als Junge widerwillig und unter Protest seinen ersten langhosigen Anzug anprobiert hatte, blieb er stehen. Er hätte, dank der heutigen Ladenschlusszeiten, sich noch rasch einkleiden können, war auch schon halb über die Schwelle, aber dann drehte er sich unwillig auf dem Absatz um.

»Hättest noch mal kurz durchrufen können«, bemerkte seine alte Dame, als er in ihr kleines Appartement trat.

»Ich wusste doch«, erwiderte er mit einem flüchtigen Wangenkuss, »dass du heute Abend kein Remmidemmi vorhattest.«

Sie stopfte die Tulpen in eine Vase. O Gott, fiel Heiner ein, sie mag doch nur einfarbige Sträuße!

»Klassentreffen«, sagte sie, »das haben wir vor dreißig Jahren zum letzten Mal gemacht. Genauer gesagt, ich war damals zum letzten Mal dabei. Es hat mir keinen Spaß gemacht. Alle haben sich in die Tasche gelogen und gegenseitig gebauchpinselt. Keiner hat mal Tacheles geredet. Es war einfach nur nett. Und tödlich langweilig.«

»Das wird bei uns natürlich ganz anders.«

Sie erkundigte sich nach ihren beiden Enkeln, die es schon wieder sehr lange nicht als nötig erachtet hätten, der Großmutter einen Brief zu schreiben. Aber sie riefen doch mindestens jede Woche an, erwiderte Heiner. Das sei nicht das Gleiche, da es mit keinerlei Mühe verbunden sei, nicht einmal der geringen, ein Blatt Papier zur Hand zu nehmen und einen Füllfederhalter. Seine Kinder seien so gut wie erwachsen und zum Studium aus dem Haus, bemerkte Heiner etwas unwirsch, er könne sie nicht ständig zu etwas anhalten.

Er war froh, als er ankündigen konnte, nun gehen zu müssen, um pünktlich zu sein.

»Diese Blumen«, sagte seine Mutter, »möchtest du die nicht deiner Frau mitnehmen.«

»Ich weiß, du magst keine bunten Sträuße. Entschuldige bitte.«

Als Heiner vor dem Klassentreffen noch mal im Hotel reinschaute, hing der Zimmerschlüssel an der Rezeption. Das Zimmer war dunkel. Heiner schaute im Kleiderschrank nach, das beigefarbene Kostüm, das Vera vorhin aufgehängt hatte, hing nicht mehr. Ich hätte es mir denken können, sagte er zu sich.

Er überlegte, seinen Tulpenstrauß der Dame an der Rezeption zu schenken, aber dann rief er dort an und bat um eine Vase.

47

Er machte sich auf den Weg. Was hätte er selbst an Veras Stelle getan heute Abend? Treu auf dem Zimmer gewartet? Es gab keinen Grund, beleidigt zu sein. Außerdem wusste man, dass man sich jeden Tag aufs Neue zusammenraufen musste. So war das Leben zu zweit.

KAPITEL 14

»Wissen Sie, wie Sie mir vorkommen?«, fragte Malve kess.

Cornelia schüttelte den Kopf.

»Wie die Queen.«

»Ich wirke etwas jünger.«

»Ich meine, wie die Queen, wenn sie in ihrem Schloss in London auf der großen Freitreppe steht und auf den König von Frankreich wartet.«

»Ach ja? Frankreich hat übrigens zur Zeit keinen König.«

»War ja auch nur ein Beispiel«, sagte Malve.

Es war drei Minuten vor zwanzig Uhr, und Cornelia hatte alles im Griff: die Mousse au chocolat kalt gestellt, das Küchenpersonal verdonnert und eingeschüchtert, die Aschenbecher geleert und ausgewischt, das Lokal gefegt und gelüftet, das Mädchen Malve strikt angewiesen, anstelle der ausgefallenen Mutter aufmerksam und geräuschlos den Abend zu schmeißen. Wenn das gelänge, hatte Cornelia versprochen, werde sie Malve einladen zum nächsten Konzert der nicht kleinzukriegenden Kelly Family oder einem Musical ihrer Wahl zwischen Reeperbahn und Neuschwanstein.

Cornelia wettete mit sich selbst, wer wohl zu-

48

erst einträfe. Hochwürden Pius Heinzelmann war zu Schulzeiten immer penibel pünktlich gewesen, aber da er nun für die Ewigkeit zuständig war, mochte er die irdischen Termine nicht mehr so streng sehen. Sissi war geradezu notorisch zu spät gekommen, was ihr damals manche Unannehmlichkeit eingebracht hatte, aber heute, in ihrem immer grünen und immer feuchten südamerikanischen Urwald, spielte Zeit bestimmt keine Rolle mehr. Editha, die Abgeordnete, war schon damals in der ständigen Furcht, sie könne etwas versäumen oder gar übersehen werden, stets zu früh gekommen. Andreas Aumüller wiederum war seit seinem Unfall immer unpünktlich gewesen, weil damals die ganze Stadt noch nicht darauf eingerichtet war, einen Menschen im Rollstuhl überall dorthin gelangen zu lassen, wohin Menschen ohne Rollstühle selbstverständlich gelangten.

Andreas würde natürlich jeder sofort wiedererkennen. Wilfried Honnegger kannte man aus dem Fernsehen. Editha aus dem Regionalfernsehen. Aber die anderen? Die Menschen, war ja die Erfahrung, veränderten sich über eine solche Zeit nur unwesentlich und fast nur äußerlich. Was auf verblüffende Weise gleich blieb, waren die Art, zu reden, zu lachen, zu glucksen, zu blinzeln, sich zu bewegen.

Sissi trat ein.

»Wow!«, machte Malve halblaut.

Sissi hatte sich, offenbar ohne Mühe, in ein knallbuntes und vor allem knallenges wadenlanges Kleid begeben. Die schwarzen Haare hochgesteckt und mit einer prachtvollen, wenn auch wahrscheinlich nicht echten Perlenkette kunstvoll umschlungen.

»Du bist ja ein ziemlich heißes Geschoss!«, flüsterte ihr Cornelia anerkennend zu.

»Ja, ja, ich weiß, was ihr erwartet habt«, erwiderte Sissi: »Liane aus dem Urwald, mit Lendenschurz und geflochtenen Sandalen.«

Eine kleine Frau war eingetreten, in einem schlichten grauen Strickkleid, und nach zwei Schritten mitten im Raum stehen geblieben, wie um sich umzuhören. Cornelia schaute ihr ins Gesicht und überlegte. O ja! Hilde war das. Natürlich Hilde Scholz.

Cornelia ging auf sie zu und legte die Hände auf ihre Schultern: »He, Hilde, schau mich an!«

»Conny«, erwiderte Hilde freudig, aber ohne sie anzuschauen.

O Gott! dachte Cornelia. Warum habe ich das nicht gewusst?

»Hilde, ich hatte keine Ahnung ...« Sie schwieg einen Moment verlegen. »Du musst mir erzählen, wie das gekommen ist. Du hast mir nie gesagt, dass du nicht mehr sehen kannst.«

»Ich denke halt immer«, sagte Hilde, »das muss ich nicht jedem gleich auf die Nase binden.«

Cornelia, immer noch irritiert, schob Hilde in die Arme von Sissi, denn in der Tür stand schon wieder jemand. Er war ziemlich groß und ziemlich schlank für sein – oder ihr gemeinsames – Alter und ziemlich schick angezogen in seinem blauen Zweireiher mit gelber Krawatte, wie es gerade die Mode war.

»Ich sehe schon, du kennst mich nicht mehr«, sagte er.

»Das stimmt. Also lass mich bitte nicht dumm sterben!«

»Ruslan.«

»Klar!«, rief sie. »Ruslan Rodmistrenko! Weißt du was? Früher sahst du immer aus wie ein Sowjetmensch, aber jetzt hast du internationalen Standard. Zumindest äußerlich.«

»Habe ich in jeder Weise«, erwiderte Ruslan mit seinem alten harten Zungenschlag und umarmte die Gastgeberin: »Ich bin nicht mehr der arme Flüchtling aus Leningrad, jetzt bin ich der Businessman aus St. Petersburg.«

»Du musst uns nachher alles über die russische Mafia erzählen«, sagte Cornelia.

»Gibt es überhaupt nicht«, flüsterte ihr Ruslan ins Ohr. »Alles eine böswillige Erfindung eurer sensationsgierigen Medien.«

»Wie viele Millionen hast du schon ergaunert?«, fragte Cornelia leise zurück.

»Höchstens zwanzig Millionen. Aber leider alles Rubel.«

Cornelia sah schon wieder jemanden in der Tür. Diesmal war sie sich ganz sicher. Die alte Dame war nur älter geworden, hatte sich aber nicht verändert. Der leicht indignierte Blick unter hochgezogenen Augenbrauen, wenn bei ihrem Eintreten die Klasse nicht sofort verstummte. Der feste Schritt in den Raum, das kurze Verharren auf dem Weg zum Pult, es fehlte nur die Handbewegung: Nehmen Sie bitte Platz!

Dr. Mechthild Canisius, ein wunderschöner Name für eine Philologin und Oberstudienrätin, fast so schön wie Pius Heinzelmann für einen Priester. Sie hatten sich damals immer wieder gefragt, ob sie diese Frau OStR eigentlich mochten oder sie vielmehr nur respektierten, gar fürchteten. Sie hatten sich nie entscheiden können.

Sie musste inzwischen achtzig sein, hatte Cornelia nachgerechnet. Genau herausbekommen hatten sie das Geburtsdatum ihrer Klassenlehrerin nie, daraus hatte sie stets ein Geheimnis gemacht. Wenn aber die Schätzung stimmte, war Frau Dr. Canisius damals so alt gewesen wie ihre ehemaligen Schüler heute.

Cornelia ging auf die Lehrerin zu, hätte sie fast umarmt wie die anderen, hielt sich aber im letzten Augenblick zurück und streckte die Hand aus: »Wir freuen uns, dass Sie gekommen sind.«

»Und ich bedanke mich für die Einladung«, erwiderte Frau Dr. Canisius.

Cornelia hätte gern eine ganz normale, vernünftige Frage nach dem Wohlergehen gestellt, aber sie hatte das gleiche merkwürdige Gefühl der Distanz wie vor dreißig Jahren.

»Wir haben Ihnen einen Ehrenplatz reserviert«, sagte sie und geleitete die Klassenlehrerin zu dem mittleren Tisch nächst der Theke.

Hoffentlich kriege ich alle diese Leute drei Tage lang unter einen Hut, dachte Cornelia und musste schon wieder zur Tür.

KAPITEL 15

Im holzgetäfelten Konferenzraum der Bankfiliale rauchten die Köpfe. Vorstandssprecher Dr. Wilfried Honnegger sah einigen der Herren an, dass sie sich jetzt gern eine Zigarette angezündet oder ein Glas Wein eingeschenkt hätten, aber er wollte diese Marathonsitzung durchziehen bis zum Ende, unerbittlich, ohne Marscherleichterung, ohne Jackett ablegen und Krawattenknoten lockern. Bis

Dr. Herrlein, der Filialleiter, das Handtuch werfen und seinen Posten zur Verfügung stellen würde.

Seit nunmehr dreieinhalb Stunden versuchte Honnegger die leitenden Herren samt zwei Damen an den Punkt zu drängen, an dem sie ihre nibelungenhafte Solidarität mit Dr. Herrlein aufgeben würden. Die Aufforderung zum Rücktritt, fand Honnegger, durfte nicht von ganz oben, sie musste aus dem engsten Umkreis kommen. Es sollte nicht, was einfach gewesen wäre, die Zentrale einen Statthalter installieren, die Basis musste jemanden aus dem eigenen Kreis in die Pflicht nehmen, um ihn künftig nach Kräften zu unterstützen.

Honnegger merkte, dass die Konferenz an einem toten Punkt angelangt war. Aber wenn er sie jetzt vertagte oder auch nur für ein paar Lungenzüge frischer Luft unterbrach, ging der Tanz von vorn los. Auch wenn der Vergleich unangemessen war, fiel ihm das Konklave der Kardinäle ein, das auch erst dann aufgelöst werden durfte, wenn weißer Rauch aus der Sixtinischen Kapelle das Habemus Papam verkündete. Er schaute auffordernd in die Runde, als erwarte er endlich einen strategischen Vorschlag.

»Ich glaube«, sagte Frau Munstermann, eine der beiden Damen am Tisch, »wir sollten nicht länger um den heißen Brei herumreden.«

Aller Augen erwachten und wandten sich der Kollegin erwartungsvoll zu.

»Wenn wir uns nicht selbst zu einer Entscheidung durchringen«, fuhr Frau Munstermann fort, »wird man uns eine bestimmte Lösung, sagen wir mal: dringend nahe legen. Und dagegen könnten wir uns nicht mal wehren. Jedenfalls nicht mit Anstand.«

Honnegger nickte zustimmend, wobei er etwas ärgerlich registrierte, dass sein Nicken eine Spur zu demonstrativ ausgefallen war. Aber immerhin bahnte sich endlich etwas an. Er schaute der Kollegin auffordernd in die Augen. Er hatte im Vorfeld des Besuchs Beurteilungen aller hier anwesenden Personen studiert und, wie er es immer tat, sich auch ohne Porträtfotos vorzustellen versucht, wie die Betreffenden aussahen. Frau Munstermann war so attraktiv, dass man sie gern mit männlichem Respekt anschaute, und wirkte so selbstbewusst, dass man nicht gewagt hätte, sie mit Belanglosem zu belästigen oder gar mit Anzüglichem zu beleidigen.

»Es müsste nur gewährleistet werden«, sagte sie, nunmehr richtig am Zuge, »dass unser Kollege Dr. Herrlein nicht als Alleinverantwortlicher in den Senkel gestellt wird. Jeder hat Fehler gemacht oder Fehler nicht verhindert.«

Jetzt müsste jemand diese Frau als Filialleiterin vorschlagen, dachte Honnegger. Er würde selbstverständlich zustimmen, mit gespielter Überraschung und nach angemessener Bedenkzeit. Ihre Beurteilungen waren einwandfrei. Die erste Frau als Filialleiterin der Bank! Das würde ihm als Chef sogar öffentlich Punkte bringen: ein moderner, aufgeschlossener, unvoreingenommener Spitzenmanager! Aber niemand schlug die Kollegin vor.

Honnegger konnte sich die psychologische Situation der Anwesenden vorstellen. Sie waren heilfroh, dass endlich jemand aus ihrem Kreis allen Mut zusammengerafft hatte, um die unvermeidliche Personalentscheidung einzuleiten. Nun kam es aber für jeden darauf an, sich selbst in der Nachfolgefrage zu positionieren. Einen guten Eindruck zu machen, ohne sich in den Vordergrund zu drängen, aber um Gottes willen auch ohne einen anderen dorthin zu schieben. Honnegger hatte in früheren Jahren so viele Kurse über Betriebspsychologie absolviert, dass er hätte hineinkriechen können in die Gehirnwindungen der Anwesenden.

Er entschloss sich nun doch, die Chose zum Ende zu bringen: »Ich sehe in diesem Kreis zwei Personen«, sagte er, »die mir geeignet erscheinen, die Nachfolge von Dr. Herrlein anzutreten. Die eine Person«, dabei schaute er Frau Munstermann an, »scheint mir sogar besonders geeignet. Ich bitte Sie nun, sich auf die richtige Person zu einigen, um sie der Geschäftsleitung vorzuschlagen, und empfehle mich für zehn Minuten.«

Er verließ den Konferenzraum und wäre gern hinter der Tür stehen geblieben, um zu lauschen: Fügten sich die Unterlegenen in das Unvermeidliche? Versuchte noch irgendjemand, in letzter Minute selbst das Ruder in die Hand zu bekommen?

Er wählte auf seinem Handy die Nummer von Cornelias Handy.

»Hallo«, rief er, »hier ist das arrogante Arschloch. In zehn Minuten können wir losfahren. Wenn's glatt geht, sind wir in drei Stunden da.«

»Was heißt: wir?«, fragte Cornelia.

»Sekretärin, Chauffeur, zwei Bodyguards, meine Wenigkeit, macht fünf.«

»Mist! Ich habe bloß ein Hotelzimmer bestellt. Ich dachte, du kämst als Mensch. Ich werde mich drum kümmern.«

»Bitte zwei Garagenplätze! Wie weit seid ihr?«, fragte Wilfried.

»Fast das ganze Panoptikum versammelt«, antwortete Cornelia. »Ich muss gleich eine Begrüßung stammeln.«

»Dann bis dann!«

Er schaute auf die Uhr. Fünf Minuten, das sollte genügen. Er war sich sicher und hätte hoch gewettet auf den Ausgang des Auswahlverfahrens. Er trat in den Konferenzraum. Er schaute fragend in die Runde.

Dr. Herrlein stand auf: »Wir haben uns auf Frau Munstermann geeinigt.«

»Tatsächlich?« Honnegger spielte den Überraschten. Er trat auf Frau Munstermann zu und drückte ihr kurz die Hand: »Herzlichen Glückwunsch und auf gute Zusammenarbeit! Gewarnt sind Sie ja, Sie wissen, ich bin ein arrogantes Arschloch.«

Im Fond seines gepanzerten Mercedes, auf dem Weg zur Autobahn, lockerte Honnegger den Krawattenknoten. Das tat er immer erst im Auto.

»Was hätten Sie getan«, fragte Frau Mausbach, seine Assistentin, »wenn die sich nicht auf Ihre Wunschkandidatin geeinigt hätten?«

»Das lag nicht im Bereich des Möglichen.«

Auf der Autobahn fragte sie: »Und dieses Klassentreffen, freuen Sie sich eigentlich darauf?«

»Sagen wir so: Anfangs fand ich es eine reizvolle Idee. Dann, bis heute Nachmittag, fand ich es vergeudete Zeit. Seit einer Viertelstunde freue ich mich darauf.«

»Und warum?«

»Endlich mal andere Leute. Unwichtige.«

KAPITEL 16

Es war wie damals in der Oberstufe, dachte Cornelia: Wenn Frau OStR Dr. Mechthild Canisius sich im Raum aufhielt, füllte sie ihn, auch ohne ein Wort, von Wand zu Wand. Die meisten Gespräche erstarben, jeder wandte seine Aufmerksamkeit der Klassenlehrerin zu, nicht in Erwartung besonderer Erkenntnisse, sondern um zu vermeiden, dass sie aufs Massivste ihr Missfallen ausdrückte, indem sie die Stirn runzelte. Daran fühlte sich Cornelia erinnert.

Dabei war Frau Dr. Canisius damals an sich ein Anachronismus gewesen. Man schrieb beim Abitur immerhin das Jahr 1970, befand sich also mitten in der wirren Aufbruchstimmung der 68er-Bewegung, hätte folglich jede Art von Autorität, wie immer sie sich begründete, mit lässiger Bewegung beiseite schieben müssen. Aber Frau Dr. Canisius stand wie ein Fels in der Brandung, mit der erklärten Absicht, auf der Zielgeraden ihrer beruflichen Laufbahn keine Fisimatenten hinzunehmen.

»Die Canni«, wie sie damals genannt wurde – wahrlich kein besonders origineller Spitzname, aber einen solchen verbot möglicherweise der Respekt vor dem pädagogischen Urgestein –, die Canni saß also jetzt auf ihrem Platz und musterte die Runde.

Cornelia zählte indessen die Häupter der Anwesenden. Fünfzehn Klassenkamerad(inn)en, sie selbst eingeschlossen, hatten zugesagt, eine erstaunlich hohe Quote bei zwanzig Abiturient(inn)en damals, vor dreißig Jahren. Wobei sie sich fragte, ob man die unglückselige Anita hinzuzählen musste, denn sie hatte kurz vor dem Abitur

Selbstmord begangen, aus Gründen, die niemand genau wusste, die man aber ahnte. Rechnete man Anita mit, so war also heute Abend – wie gesagt: nach dreißig Jahren! – mit fünfzehn von den zwanzig zu rechnen. Genau fünfundsiebzig Prozent! Dazu drei Lehrkräfte. Wer war noch nicht eingetroffen? Wilfried Honnegger, der Big Boss, war seit ein paar Minuten mit Vollgas und Leibwächtern auf der Autobahn. Editha Gernreich, die Abgeordnete, die übermorgen so gern wiedergewählt werden würde, war vermutlich noch auf der Hatz nach entscheidenden Stimmen. Außerdem war Hansjörg Maslowski noch nicht eingetroffen. Ausgerechnet Hajö! Auf den sie besonders gespannt war. Fehlte noch eine Person. Cornelia ging die Namen und Gesichter durch, zählte im Kopf und mit den Fingern, aber irgendwo musste in ihrem Gedächtnis eine Art Karteileiche versteckt sein.

Cornelia sah Malve und winkte sie herbei: »Bitte in unserem Hotel noch vier Zimmer auf den Namen Honnegger. Dr. Honnegger, mit zwei n und zwei g.«

»Und wie soll ich das machen?«, fragte Malve.

»Mach's sinnvoll«, erwiderte Cornelia.

Wer, zum Kuckuck, fehlte jetzt noch? Außer Wilfried, Editha und Hansjörg.

Hedwig Weiss hatte sich nicht sehr verändert: Jetzt trat sie auf sie zu: »Wo ist denn eigentlich unsere Frau Wirtin?«

Richtig! schoss es Cornelia durch den Kopf: Wally hatte sie nicht mitgezählt. Wally, die oben im Bett litt.

»Kreislaufprobleme«, erklärte sie.

»Aha«, Hedwig lächelte süffisant, »die würde ich auch kriegen, Mitte der zweiten Flasche Schnaps.«

»Bitte, Hedwig, verschone mich mit diesem Thema!«

Es war zwanzig Uhr c.t., Cornelia wollte nicht unpünktlich sein und schlug mit einem Dessertlöffel an ihr Weinglas. Nach dem dritten Mal war Stille.

»Liebe Freunde«, sagte sie vernehmlich.

»Und Freundinnen«, ergänzte Hedwig.

Cornelia streifte sie mit einem milden Blick. Hedwig war offenbar die alte Besserwisserin geblieben.

»Dreißig Jahre, fast auf den Tag«, fuhr Cornelia fort, »und wir haben uns kein bisschen verändert.«

Sie bekam für diese Behauptung aufmunternden Beifall.

»Ich will damit sagen: Ihr alle wirkt auf mich, als wären wir immer noch so alt wie damals.«

Leicht aufgekratztes Klatschen.

»Aber lasst mich zuerst, als Ehrengast dieses Abends, Frau Dr. Canisius begrüßen. Sie hat uns rechtzeitig prophezeit, dass aus uns allen nichts Gescheites wird. Damit hat sie uns manche Enttäuschung erspart.«

Ein verspäteter Gast trat ein. Cornelia fing seinen Blick auf. Er lächelte. Sie spürte tatsächlich ihr Herz etwas schneller schlagen. Es hat sich nicht verändert, dachte sie, sein Lächeln, fast nur angedeutet um die Augen und in den Mundwinkeln. Oder bildete man sich so was bloß ein? O ja, Hansjörg sah richtig gut aus. Wie früher. Es ließ sich immer noch vorstellen, dass man sich als Mädchen in ihn verknallte.

»Warum haben wir uns seit dem Abitur niemals in dieser großen Runde getroffen?«, fragte Cornelia sich selbst und die anderen. »Viele Klassen ent-

59

wickeln von Anfang an eine Art Kult daraus, mindestens einmal im Jahr beisammenzusitzen und die persönlichen Erfolgsbilanzen auszutauschen. Wir hingegen haben uns offenbar nie füreinander interessiert. Ich kann ja nur für mich sprechen: Ich habe, sobald es ging, diese Stadt verlassen. Fluchtartig. Und wollte sie nie wieder sehen.«

Hansjörg hatte inzwischen einen Platz gefunden und hörte Cornelia aufmerksam zu.

»Aber das war eine ganz persönliche Geschichte«, sagte sie.

Schon wieder ging die Tür auf. Die Abgeordnete Editha Gernreich trat ein, in ihrem Schlepptau ein salopper junger Mann mit Fotoausrüstung. Editha lächelte entschuldigend und schaute sich um, als suche sie jemanden.

»Kann ich dir helfen, Editha?«, fragte Cornelia.

»Nein, nein. Ich dachte nur.«

Der junge Reporter schien ungeduldig: »Welcher ist denn nun der Honnegger?«

Nach einer Sekunde des Verstehens lachten die Ersten, dann fielen alle anderen ein. Editha errötete und zögerte, bis auch sie ein wenig gequält die Mundwinkel heraufzog.

»Schießen Sie bitte ihre Bilder«, raunte sie dem jungen Mann zu, »damit wir hier weitermachen können.«

»Ich wollte schon immer mal in die Zeitung«, lästerte Cornelia, als die Knipserei beendet war.

Editha fand nur noch einen Platz am Ende des Tisches. Tja, dachte Cornelia: Wer zu spät kommt ...

»Wir waren zwanzig in der Abiturklasse«, nahm sie ihre Begrüßung wieder auf, »heute sind wir fünfzehn, einschließlich Wilfried, der auf dem Weg

60

hierher ist, und einschließlich Wally, die oben mit ihrem Kreislauf kämpft und entschuldigt fehlt. Fünfzehn von zwanzig. Immerhin. Wir leben ja auch in vergleichsweise ruhigen Zeiten. Anita«, sie machte eine Pause, und ihr Blick fiel auf Ruslan, »hat uns ja auf tragische Weise schon vor dem Abitur verlassen. Karin ist, was manche von euch vielleicht erst durch meinen Brief erfahren haben, vor ein paar Jahren an Krebs gestorben. Die Spur von Ute habe ich trotz intensiver Suche nicht mehr ausfindig machen können. Ihr werdet vielleicht ohnehin fragen, wie ich euch alle aufgespürt habe, bis hin nach St. Petersburg und an den Amazonas. Aber das ist eben die Kunst der Recherche. Zu irgendetwas muss meine Berufserfahrung ja nütze sein. Otto habe ich heute noch einmal zu überzeugen versucht, aber er ist in einer Lebenssituation, in der er sich einem Zusammentreffen mit uns nicht aussetzen will. Obwohl doch kaum irgendwelche Menschen füreinander derart viel Verständnis aufbringen wie ehemalige Klassenkameraden. Und auch Bodo, den ich nach langer Mühe gefunden habe, obwohl er nirgendwo mehr polizeilich gemeldet ist, möchte, wie er sagte, in seiner Lage nicht vor uns treten. Also sind wir fünfzehn.«

»Darf ich mal«, rief Editha Gernreich, »im Namen der gesamten Fraktion ein Wort des Dankes sagen an unsere Vorsitzende. Niemand von uns hätte sich dieser Mühe unterzogen. Und sie tut es, obwohl sie nicht mal im Wahlkampf ist.«

Diesmal richtig kräftiger Beifall.

»Vielleicht«, fuhr Cornelia fort, »treffen wir uns künftig nicht alle dreißig, sondern alle zehn Jahre. Dann sind wir nächstes Mal vielleicht noch vierzehn, übernächstes Mal noch zwölf, dann können wir jedes Mal Wetten abschließen fürs nächste Treffen, und wenn eines Tages nur noch eine Einzige übrig ist, werde ich auf euch alle trinken.«

Lauter Protest von allen Seiten. Die Anlaufschwierigkeiten, die Cornelia befürchtet hatte, schienen nicht eingetreten zu sein. Als Moderatorin wusste sie, man musste die Stimmung aufbauen, bis die Chose ein Selbstläufer wurde, und dann nur noch anschieben, wenn ab und zu ein Durchhänger war. Oder dazwischengehen, wenn die Leute sich an die Gurgel wollten. Im Augenblick war alles im grünen Bereich.

KAPITEL 17

Hinter den Kulissen scheuchte das Mädchen Malve das Personal ihrer Mutter. Cornelia hatte ihr aufgetragen, die Suppe bereitzuhaben, nicht zu heiß, aber auch ohne Haut, für den Zeitpunkt, wenn um zwanzig Uhr zwanzig, spätestens dreiundzwanzig die Begrüßung der Gäste abgeschlossen sei.

Malve hatte ein gespaltenes Verhältnis zu den Arbeitskräften, die bei ihrer Mutter das Essen anrichteten und servierten, die Getränke ausschenkten und das Geschirr spülten. Einerseits verteidigte sie bei Schulhofdiskussionen die zwei Köche aus Sri Lanka, die zwei Kellnerinnen aus dem Kosovo und den Tellerwäscher aus Bangladesh, die sich ins Gelobte Land eingeschleust hatten, um auf unterster Stufe teilzuhaben am sagenhaften Reichtum. Andererseits war sie stets in der Versuchung, den Parolen zuzustimmen, die das ausländische Pack verantwortlich machten für alle inländischen

Miseren, einschließlich schlechter Berufschancen junger Leute. Auch einige Stammgäste des Lokals vertraten, vor allem zu vorgerückter Stunde, vehement diese Meinung, bis sie den strafenden Blick der Wirtin auffingen. Es wäre Malve eigentlich lieber gewesen, deutsches Personal um sich zu haben, aber sie wusste, dass dessen Ansprüche den endgültigen finanziellen Ruin des mütterlichen Lokals bedeutet hätten.

Eine Suppe aus frisch pürierten Tomaten mit Basilikum, Carpaccio vom Rind mit Kürbiskernöl, Spaghetti mit dreierlei Saucen – die Vorspeisen und das Zwischengericht schienen mehrheitsfähig. Auch die Mousse au chocolat hinterher, die ja beinahe schon als typisch deutsches Dessert galt. Als Hauptgang keinen Fisch, kein Lamm, kein Rind, schon gar keine Innereien, sondern Putengeschnetzeltes, allerdings auf Sri-Lanka-Art. Nicht zu scharf! hatte die Chefin dringend gebeten. Doch, Mama hatte sich was vorgenommen. Zumal auf der Alltagskarte der Kneipe das »Holzfällersteak mit großer Beilage« als Spezialität ganz oben stand und »Rindswurst mit Kartoffelsalat« am besten ging. Malve wusste: Der heutige Abend musste ein Erfolg werden, sonst war ihre Mutter am Ende.

Malve lauschte an der Tür zum Gastraum und hörte Beifall, es schien Zeit zum Auftragen. Sie nahm die Mädchen aus dem Kosovo scharf ins Auge: »Ihr wisst Bescheid?« Die beiden nickten gesammelt.

Malve trat auf. Sie hatte ihr einziges Kleid angelegt, schwarz und schenkelkurz und eng. Sie verbeugte sich leicht: »Soupe de tomate.« Wahrscheinlich hieß es ganz anders. Vielleicht Potage. Oder Consommé. Die Gäste klatschten amüsiert.

Jetzt hing alles an ihr. Vor ein paar Stunden noch hatte sie für ausgeschlossen gehalten, den Freitagabend mit diesen Oldies zu vergeuden, anstatt mit ihren Freundinnen auf die Rolle zu gehen. Kurze Zeit war sie empört gewesen, dass ihre Mutter sich selbst an diesem wichtigen Abend nicht hatte zusammenreißen können. Aber nun gab es kein Zurück.

Sie hatte keine Ahnung vom Kochen und wusste nicht, welcher Wein zu welcher Speise in welches Glas gehörte und wie er temperiert sein musste. Sie wusste eigentlich nur, dass Cola eiskalt getrunken wurde. Sie nahm sich vor, in heiklen Momenten unauffällig Cornelia zurate zu ziehen. Das war eine Frau, die augenscheinlich alles im Griff hatte!

Von der Eingangstür her hörte sie ungehaltene Stimmen. Fünf Stammgäste standen im Windfang und beschwerten sich, dass ihre gewohnten Tische umgeräumt und obendrein von Fremden besetzt waren.

»Gucken Sie mal das Schild«, sagte Malve: »Geschlossene Gesellschaft.«

»Willst du uns vielleicht rausschmeißen?«

»Klassentreffen«, erläuterte Malve. »Klassentreffen, heute ist kein Publikumsverkehr.«

»Aber da hinten ist doch noch …«

Malve drängte die Stammgäste mit Nachdruck zurück: »Bitte kommen Sie morgen wieder. Es geht heute wirklich nicht.«

Die Stammgäste wandten sich murrend zum Gehen.

»Und morgen gibt's Freibier«, rief ihnen Malve nach und hetzte zurück in die Küche.

Mensch, dachte sie, ich habe eine selbstständige Entscheidung getroffen.

64

Cornelia kam, um nach dem Rechten zu sehen: »Alles in Butter?«

Malve nickte eifrig: »Wie war die Suppe?«

»Es ist noch niemand grün im Gesicht. Das Carpaccio kann jetzt kommen. Können eure Leute Spaghetti? Bitte ins sprudelnde Wasser und acht Minuten. Keine Sekunde länger.«

Malve nickte wissend: »Was denn sonst! Und den Wein auch al dente.«

»Du kannst ja richtig witzig sein«, lobte Cornelia. »Macht es dir Spaß?«

»Si, si«, antwortete das Mädchen, »tutto molto!«

KAPITEL 18

Die Tomatensuppe war in Ordnung, aber Cordt Rosen schob die halb volle Tasse von sich. Er hatte geahnt, dass er heute Abend an zugeschnürter Kehle leiden würde. Er war ja auch nicht des Vergnügens wegen zum Klassentreffen gekommen, nicht mal aus Neugierde, sondern um die alte Geschichte, die ihn seit damals belastete, vielleicht doch zu bereinigen.

Bei der Begrüßung vorhin, im allgemeinen Auftrieb, hatte er seinem ehemaligen Schüler Andreas Aumüller nur kurz und wortlos die Hand gereicht, und auch Aumüller hatte sich sofort wieder abgewandt, um mit anderen zu reden. Es schien, als könnten sie sich immer noch nicht wieder in die Augen schauen.

Aber so konnte es nicht weitergehen, so konnte nicht der ganze Abend verlaufen. Sollten sie sich vorsichtig aus den Augenwinkeln beobachten, um

65

rasch wegzuschauen, wenn sich ihre Blicke zufällig kreuzten? Zumal die Anwesenden sich natürlich alle gut erinnerten und interessiert, vielleicht sogar gespannt darauf warteten, wie Andreas und der Sportlehrer miteinander umgehen würden. Rosen atmete durch und stand auf.

Wie sprach man einen ehemaligen Schüler nach dreißig Jahren an? Zumal wenn man ein problematisches Verhältnis zueinander hatte? Damals, in der Oberstufe, hatte man sich darauf verständigt: Vornamen und »Sie«. Obwohl ja die Mode des allgemeinen kumpelhaften Geduzes gerade um sich griff und als Beweis politisch-weltanschaulichen Fortschritts propagiert wurde. Aber heute? »Andreas« ging nicht mehr gegenüber einem fast Fünfzigjährigen, der seinen Weg gemacht hatte. »Aumüller« hätte geklungen wie in der Grundausbildung beim Bund. Also wohl doch »Herr Aumüller«.

»Herr Aumüller«, sagte Cordt Rosen und beugte sich hinab.

Andreas Aumüller wandte sich um: »Herr Rosen, wie geht es Ihnen?«

»Das muss ich wohl Sie fragen.«

»Danke«, erwiderte Aumüller, »ich hatte Zeit, mich daran zu gewöhnen. Dreißig Jahre. Falls sie das gemeint haben.«

Damit, dachte Rosen, konnte der Versuch der Annäherung beendet sein, wenn ihm jetzt nicht eine vernünftige Frage einfiel.

»Kann man sich jemals daran gewöhnen?«, fragte er. Und als Aumüller nicht sofort antwortete: »Wird man nicht jeden Morgen beim Aufwachen daran erinnert, dass einem etwas fehlt zum normalen Leben?«

»Nee«, sagte Aumüller.

Er setzte seinen elektrischen Rollstuhl in Bewegung und wendete ihn, so dass er nun Rosen gegenübersaß. Dieser zog sich irgendeinen unbesetzten Stuhl heran. Sie schauten sich in die Augen.

»Nee«, sagte Aumüller noch einmal. »Wenn Sie sich jeden Morgen beim Aufwachen die Frage stellen: wieso? und wieso gerade ich? – dann werden Sie verrückt. Ich meine das wörtlich: verrückt im klinischen Sinn.«

Was war darauf zu antworten? Rosen hatte das unangenehme Gefühl, sich jede neue Frage blitzschnell tausendmal überlegen zu müssen.

»Haben Sie Familie?«, fragte er rasch.

»Ja. Unvorstellbar, nicht wahr? Sogar zwei Kinder. Aber sie sind nicht von mir. Aus erster Ehe meiner Frau. Ich kriege seit damals keinen mehr hoch, wenn ich das mal so direkt sagen darf.«

Rosen lächelte flüchtig. Nach den Möglichkeiten einer künstlichen Befruchtung zu fragen, schien ihm in diesem Augenblick nicht passend. Er war fast ein wenig erleichtert, dass Aumüller mit seinem Zustand derart umgehen konnte. Aber nun durfte man nicht in eine flachsige, kumpelhafte Redeweise verfallen. Denn der Vorfall von damals stand immer noch zwischen ihnen, samt seinen Folgen.

»Wir haben uns seit damals nie richtig aussprechen können«, sagte Rosen, wie in einer spontanen Anwandlung. »Es ging ja immer nur um juristisch qualifizierbare Schuld, nie um menschliches Schicksal.«

Aumüller lächelte: »Wir beide sind quasi eine Schicksalsgemeinschaft.«

Cordt Rosen lächelte zurück.

Vor dieser Begegnung hatte er immer Angst gehabt. Nicht einfach nur Manschetten, sondern Angst, Magenschmerzen beim Gedanken daran. Es hatte zum Glück, wie er fand, nie einen Anlass gegeben, sich wiederzusehen. Bis diese Cornelia König, diese Umtriebige, angerufen hatte: Klassentreffen! Klassentreffen? Aber Cornelia, was soll ich dabei? Sie wissen doch, diese Geschichte mit Andreas Aumüller. Ach so, hatte sie geantwortet, aber deswegen können wir die Sache doch nicht platzen lassen. Wir brauchen auch ein paar Lehrer, aber einige leben schon nicht mehr. Überlegen Sie's sich! Er hatte wochenlang überlegt. Und dann zugesagt. Nun saßen sie sich gegenüber.

»Ich habe immer gehofft«, sagte Aumüller, »wir sehen uns nicht wieder. Aber nun müssen wir die Sache wohl mal endlich ausräumen. Also fangen Sie an!«

»Aber nicht zwischen Suppe und Vorspeise.«

»Richtig. Also, dann bis nachher.«

Er wendete seinen Rollstuhl zurück an den Tisch.

KAPITEL 14

Verdammt gut sah Conny aus! Fünfzig war ja auch kein Alter. Eine Frau wie sie konnte, wenn sie auf sich hielt, hinreißend wirken und fast jede jüngere nach Belieben ausstechen. Conny konnte.

Wie war sie, wie war er selbst damals, mit zwanzig, gewesen? Kindisch vermutlich. Besserwisserisch, von sich überzeugt und nichtswissend vorlaut. Faltenlos im Gesicht und spurenlos im Gehirn. Was sollte er heute, als Erwachsener, anstellen, wenn er sich Knall auf Fall in eine Neunzehn- oder Zwanzigjährige verliebte? Imponieren mit Wissen und Erfahrungen? Mit Techniken? Mit etwas teureren Lokalen als diesem hier?

Er fing einen Blick von Conny auf, die im Zentrum des Geschehens saß, neben dem Ehrengast, Frau Oberstudienrätin Dr. Canisius, und dem Treffen quasi inoffiziell präsidierte. Ihre Art zu lächeln! Oh, er konnte sich selbst gut verstehen, sich und seinen damaligen Seelenzustand.

Am Tag nach der Abiturfeier war Conny aus der Stadt verschwunden, ohne Verabschiedung, ohne Angabe ihres Ziels. Hansjörg hatte geglaubt, einen Anspruch auf Information zu haben, so nahe, wie er ihr stand. Aber sie hatte einfach alle sitzen lassen. Alle und auch ihn.

Während Hansjörg noch überlegte, nach der Tomatensuppe aufzustehen und Conny zu begrüßen, tat sie es bereits. Sie kam mit offenen Armen auf ihn zu und strahlte ihn an: »Nun, Hajö, du Traum meiner Mädchenseele! Hast dich tapfer gehalten. Wie geht es dir?«

»Gut, wenn ich dich sehe.«

Keine sehr geistreiche Antwort, dachte er.

Sie schlang ihre Arme um seinen Nacken und küßte ihn auf beide Wangen. Er spürte ihren Körper, ihren Busen, ihr Haar. Ihren Geruch. Ihren Zauber. Wie damals. Zum Verrücktwerden!

»Bist du im Allgemeinen eher glücklich oder eher unglücklich?«, fragte sie.

Das war original Conny! Immer die unangenehmen Fragen an der unpassenden Stelle frei heraus.

»Heute Abend, habe ich beschlossen, geht es mir gut.«

Sie schaute ihn prüfend an: »Klingt nicht nach erfülltem Lebenstraum.«

Verdammt! dachte Hansjörg: Müssen wir denn beim ersten Wiedersehen nach dreißig Jahren umgehend grundsätzlich werden?

»Siehst wirklich gut aus«, sagte er.

»Du meinst: immer noch! Mir geht's aber auch gut.«

»Richtig gut?«, fragte er.

»Richtig gut. Außer dass ich am Montag zum dritten Mal geschieden werde. Und meine Tochter demnächst zum zweiten Mal. Scheint in der Familie zu liegen. Und mein Sohn will das Internat schmeißen. Und die Redaktion sucht eine Jüngere für meinen Job. Und das Finanzamt will eine Nachzahlung. Aber sonst geht's mir glänzend.«

Sie lächelte ihn an. Sie hatte Fältchen um die Augen und um die Mundwinkel, auch eine Falte zwischen den Brauen. Gott sei Dank! dachte er. Nichts schlimmer als die Barbie-Puppen, in deren Gesichter sich noch reinweg nichts eingegraben hatte.

»Da kann ich mit meinen kleinen Wehwehchen nicht brillieren«, sagte er.

»Lass mich raten: Mangelnde Anerkennung als Künstler, drückende Geldsorgen, bohrende Eheprobleme.«

»Du kennst dich aus«, bestätigte er.

»Vergiss nicht: Ich bin Klatschkolumnistin. Oder vornehmer: Gesellschaftsreporterin. In meinen Artikeln tobt das Leben. Und ich habe erkannt: Es geht den Menschen wie den Leuten.«

Hajö las unregelmäßig, was Conny in ihrem Blatt schrieb. Es konnte unmöglich das sein, was sie sich ganz zu Anfang ihrer Laufbahn mal zum

Ziel gesetzt hatte. Da kannte er sie noch zu gut, sie und ihre Ansprüche an sich selbst. Was sie jetzt machte, war Klatsch und Tratsch, Margret Dünser für Arme. Aber konnte sich Hansjörg etwa darüber erhaben fühlen? Er hatte auch nicht den großen Durchbruch geschafft, musste sich mit der Gestaltung von Skulpturen und Springbrunnen auf öffentlichen Plätzen begnügen und Rathäuser, Bahnhöfe, Postämter mit »Kunst am Bau« verschönern. War nicht eingeladen worden, als es galt, die neue Mitte Berlins zu gestalten oder den deutschen Pavillon auf der Expo 2000.

»Damals, nach dem Abi, bist du geradezu fluchtartig aus der Stadt verschwunden. Das war nicht besonders nett«, hörte er sich plötzlich sagen. Wenn es darauf ankam, konnte auch er umgehend grundsätzlich werden.

»Hajö, mein Lieber«, erwiderte sie und strich ihm über die Wange, »wir haben ein ganzes Wochenende Zeit. Jetzt muss ich wieder Gastgeberin spielen. Sie haben ja sonst niemanden.«

Sie schwebte zurück an ihren Platz, wo gerade der nächste Gang aufgetragen wurde.

KAPITEL 20

Wie auf dem falschen Dampfer!

Sissi hatte es auch nicht anders erwartet. Diese Welt, in der sie sich nach zwanzig Jahren zufällig und besuchsweise aufhielt, war nicht mehr die ihre. Sie saß zwischen Amadeus Ibensee, der also im Stadtorchester die Oboe blies, und Konrad Ziese, der als Oberstleutnant der Bundeswehr in

Ostdeutschland diente, ihr gegenüber saß Lukas Förster, der für eine mittelständische Firma in Bayern arbeitete. Die beiden Letzteren hatten sich demnach immerhin ein kleines Stück weit von ihren geografischen Wurzeln entfernt.

»Das musst du uns erklären«, sagte Konrad zu Lukas, »was ihr da herstellt: Clips für Würste?«

Lukas' Miene demonstrierte beinahe väterliche Geduld, so oft musste er schon erklärt haben: »Ich mach's besonders gern für einen Soldaten, der sonst nur in strategischen Dimensionen denkt. Jede Wurst hat zwei Enden, ein vorderes und ein hinteres. Oder ein linkes und ein rechtes. Kannst du noch folgen?«

»Oder ein oberes und ein unteres.«

»Richtig. Wobei diese beiden Enden ohne weiteres austauschbar sind. Hauptsache, sie sind beide dicht. Damit sie jedoch dicht sind, werden sie mit Metallclips, wie du sie nennst, verschlossen. Man könnte sie auch, wie früher, mit einem Bindfaden, respektive zwei Bindfäden abdichten. Oder elektrisch verschweißen. Oder von Hand zunähen. Aber all das würde zu viel Manpower oder auch Womanpower binden. Ihr schaut so merkwürdig. Soll ich noch mal von vorn anfangen?«

»Nicht nötig«, sagte Amadeus. »Ich kann mir bloß nicht vorstellen, dass das ein Beruf ist.«

»Es ist auch mehr eine Berufung«, erklärte Lukas. »Milliarden Metallclips für Milliarden Würste für Hunderte Millionen Wurstesser weltweit. Wenn es uns nicht gäbe!«

»Also«, fragte Konrad, der Oberstleutnant, »seid ihr kriegswichtig?«

»Für die Würste auf jeden Fall.«

Sissi lächelte: Das waren vielleicht Probleme!

Zu Hause, dachte sie, am Rio Negro, war jetzt Nachmittag, und es regnete, als hätte jemand da oben einen Schieber geöffnet. Eine Stunde lang, selten länger, anschließend dampfte die Welt unter dem grünen Dach. Ungefähr dreißig Grad rund ums Jahr, niemand besaß einen Mantel. Sissi war nicht direkt am Rio Negro zu Hause, sondern an einem Nebenfluss, aber den kannte noch nicht mal in Rio de Janeiro jemand. Hier kannte man sogar nur den Amazonas und allenfalls Manaus, weil es sich verrückterweise dieses pompöse Opernhaus leistete, mit Marmor aus Carrara und Lüstern aus Murano. Also sagte sie: Ich lebe in der Nähe von Manaus. Es waren ja auch keine tausend Kilometer von dort.

»Und du«, fragte Konrad Ziese seinen Klassenkameraden Amadeus, »bist nie von hier weg?«

»Doch, doch«, beeilte sich Wolfgang, genannt Amadeus Ibensee zu sagen, »auf dem Konservatorium war ich.«

»Und wolltest die große Solistenkarriere machen?«

»Nicht doch! Wahrscheinlich ebenso wenig wie du Oberbefehlshaber der NATO werden wolltest. Wir beide kennen doch unsere Grenzen. Nein, nein, ich war nicht begnadet genug. Ich war immer nur Regionalliga. Weißt du, alle um mich herum wollten Yehudi Menuhin stürzen und Swjatoslaw Richter beerben. Mein Gott, was sind die alle bös erwacht! Nein, ich habe in realistischer Einschätzung meines Talents gesagt: Ich werde im Stadtorchester meine Oboe blasen, ein paar Bürgerkinder in Blockflöte unterrichten und mein Auskommen haben. Du beispielsweise«, sagte er zu Sissi, »warst zu Höherem geboren, das wussten wir alle.«

»Nicht höher«, widersprach sie: »nur weiter weg.«

»Nenn es, wie du willst«, sagte Amadeus. »Du musstest weit weg. Wenn du hier geblieben wärst, dann wärst du wahrscheinlich schon lange tot. Wenigstens im übertragenen Sinn.«

»Was machst du nun genau in deinem Urwald«, fragte Konrad.

»Ich trage einen Lendenschurz und schwinge mich geschickt von Baum zu Baum.«

»Das ist ja noch keine Lebensaufgabe.«

»Außerdem«, warf Lukas, der Mann mit den Wurstclips, anerkennend ein, »darf ich mal ganz unverhohlen sagen, dass du rein frauenmäßig am wenigsten von allen hier urwaldmäßig aussiehst.«

Sissi dankte. Aber wie sah man gefälligst urwaldmäßig aus? Zottelig, barfuß und halb nackt, bis auf das Stück Leder um die Hüften. Ängstlich und verschreckt. Wie damals Marion Michael als »Liane aus dem Urwald«.

»Also, was machst du dort?«

»Wir züchten Schmetterlinge«, antwortete Sissi.

Konrad schaute sie verblüfft an: »Schmetterlinge? Gute Idee! In Amazonien gibt es ja bekanntlich keine.«

Sissi lachte. Konrad, der geborene olle Kommisskopp, hatte wenigstens bodenständigen Witz.

»Schmetterlinge«, bestätigte sie.

»Mal im Ernst: Wozu braucht man die?«

»Wozu braucht man Schmetterlinge?«, fragte sie zurück. »Für das ökologische Gleichgewicht. Aber vor allem, damit es schön ist auf der Welt. Wenn ich mich richtig erinnere, hast du früher welche gesammelt. In solchen blöden Kästen. Leichen, mit Nadeln aufgespießt.«

»Ach Gott ja! Hab ich längst vergessen. Hab ich irgendwann dem Heimatkundemuseum geschenkt. Aber wir sind noch kein Stück weiter: wozu?«

»Siehst du: Bei uns in Brasilien gibt es die größten Schmetterlinge der Welt. Bis zu dreißig Zentimeter Flügelspannweite. Ich könnte euch die lateinischen Namen herbeten.«

»He, hört mal zu!«, rief Amadeus. »Sissi erklärt gerade, warum sie ausgerechnet im Amazonas-Urwald Schmetterlinge züchtet.«

Die Gespräche erstarben.

»Bis zu dreißig Zentimeter Flügelspannweite«, wiederholte Sissi, »und knallbunt. Auf der ganzen Welt gibt es Leute wie Konrad früher, die sich Schmetterlingsfriedhöfe anlegen. Mit Stecknadeln unter Glas. Ungefähr so geschmackvoll wie Hirschgeweihe oder andere Leichenteile an der Wand. Also, es gibt eine riesige Nachfrage nach seltenen und vor allem großen Schmetterlingen, und es werden astronomische Preise gezahlt. Folglich gibt es Schmetterlingsjäger, die mit ihren Käschern ohne Rücksicht auf Verluste fangen, was sie erwischen können. Die meisten Schmetterlinge gehen dabei drauf oder werden so beschädigt, dass sie keinen Sammlerwert mehr haben. Aber vom Rest leben die Fänger besser als die meisten Goldschürfer oder Kautschukzapfer. Der Amazonas-Urwald, müsst ihr wissen, steckt voll von armen Schweinen, die bloß überleben wollen, egal wie.«

»Kapiert!«, rief Amadeus: »Ihr züchtet billige Schmetterlinge für den Markt, damit sich der Schwarzmarkt nicht mehr lohnt.«

»Du bist gar nicht so weltfremd, wie du wirkst«, lobte Konrad.

»Dann seid ihr ja echte Gutmenschen«, lobte Amadeus.

»Deswegen wollen sie uns ja auch ermorden.«

»Wer will euch ermorden?«

»Wer schon! Die, denen wir das Geschäft vermasseln. Zweimal haben sie uns die Hütte angezündet, einmal für eine Woche unsere Kinder entführt, einmal auf uns geschossen, einmal unser Wasser vergiftet. Sie hassen uns wie die Pest.«

Schweigen.

Sissi versuchte sich vorzustellen, was in den Köpfen vorging. Warum treibst du auch so einen gefährlichen Unsinn: für Schmetterlinge Kopf und Kragen riskieren! Und wenn sie nicht gefangen werden, deine riesigen bunten Flattermänner, dann werden sie ohnehin eines Tages von Pestiziden vergiftet. Der ganze Urwald sieht seiner Vernichtung entgegen: Kolonisation, Brandrodung, Abholzung, Straßenbau. Rinderfarmen, Stahlwerke, Goldwäsche mit giftigem Quecksilber. Ganze Indianerstämme wie die Yanomami wurden fast ausgerottet, bis Rüdiger Nehberg seine tausend Aktionen startete. Aber Sissi spielte die Mutter Teresa der Schmetterlinge! Bis sie selbst aufgespießt wurde.

Sie fragte sich ja auch manchmal, ob sie noch bei Vernunft war oder sich verrannt hatte in eine fixe Idee.

»Da müsste man euch mal vorschlagen für irgend so einen Umweltpreis«, unterbrach Amadeus das Schweigen.

»Haben wir schon gekriegt«, sagte sie, »leider ohne Geld. Aber wir verkaufen ja ganz gut.«

»Wer ist eigentlich: wir?«, fragte Cornelia vom anderen Tisch.

»Eine Hand voll Leute. Vor allem mein Freund

Carlos da Silva. Wir sind seit fast zwanzig Jahren zusammen. Er ist dort aufgewachsen. Man sagt, da Silva sei alter brasilianischer Adel. Wer nicht sagen konnte, wie er hieß und wann er geboren war und wo, den habe man da Silva genannt: der aus dem Wald kommt. Aber Carlos hat sogar studiert.«

»Foto?«, fragte Cornelia.

»Klar.«

Sissi packte aus und ließ einen Stapel Fotos herumgehen: das Holzhaus, das sie ihre Hütte genannt hatte, einmal halb abgebrannt, einmal im Wiederaufbau, noch mal angekokelt, die Familie mit den beiden Kindern, fast schon erwachsen, die Schmetterlingszucht, die Mitstreiter auf dem Gruppenfoto, große bunte Papageien auf einem Baum, Churrasco auf der Terrasse, mit dem Boot auf dem Nebenfluss des Rio Negro.

Sissi musste tausend Fragen beantworten, aber die entscheidende kam von Cornelia: »Wie kommt man zu so was?«

»Wie immer im Leben durch Zufall«, antwortete Sissi. »So was kannst du nicht planen. Nach dem Biostudium eine Reise nach Brasilien, an den Amazonas. Wenn du so willst, um zu überprüfen, was sie uns beigebracht hatten. Nach Manaus, darüber hat man ja gelesen, romantische Vorstellung. Aber alles war ganz anders. Wäre es gewesen wie erwartet, wäre ich befriedigt nach Hause gefahren. Aber so musste ich bleiben und rauskriegen. Nun weiß ich es ungefähr. So spielt manchmal das Leben.«

»Und was vermisst du dort am meisten?«, fragte Amadeus.

Sissi dachte kurz nach.

»Wenn es euch nicht beleidigt«, sagte sie: »Nichts.«

KAPITEL 21

War diese 13b eine besondere Klasse gewesen?

Oberstudienrätin Dr. Mechthild Canisius versuchte sich zu erinnern. Wie viele Klassen hatte sie überhaupt unter sich gehabt in ihren fast fünfunddreißig Dienstjahren? Sie musste das mal nachrechnen. Über alles Mögliche hatte sie Buch geführt und Listen angelegt, vor allem über ihre zahlreichen Bildungsreisen in fünf Kontinente, über ihre Theater- und Konzertbesuche, ihre Lektüren, nicht aber über ihre Klassen. War das etwa, dachte sie, Ausdruck von Prioritäten in ihrem Leben? Wenn sie jede Klasse zwei bis drei Jahre lang als Klassenlehrerin geführt hatte, mussten es rund vierzehn gewesen sein. Acht oder neun hatte sie zum Abitur geführt, vielleicht sogar zehn. War das eigentlich eine große Leistung, eine Bilanz, die ausreichte für ein Berufsleben? Auch darüber war in einer ruhigen Minute intensiver nachzudenken.

War diese hier eine besondere Klasse gewesen? Zumindest durch zwei schlimme Ereignisse. Erstens: Anita Kramer, die kleine, zarte, nervöse, unendlich ehrgeizige Schülerin, die sich jeden Misserfolg zu Herzen nahm, wie sie über jeden Erfolg aus dem Häuschen sein konnte. Sie hatte einen Monat vor dem Abitur Selbstmord begangen. Aus dem Fenster gesprungen, aus der achten Etage, wo sie wohnte. Warum, warum, warum? Die einfachste Erklärung wurde am liebsten kolportiert: unglückliche, unerhörte Liebe zu einem Klassenkameraden. Ob er heute oder morgen oder übermorgen ein Wort dazu sagen würde? Damals hatte er heftig bestritten, Anita in irgendeiner Weise nahe gestanden, ihr gar Hoffnungen

78

gemacht zu haben. Mechthild Canisius hatte ohnehin nicht an diese wohlfeile Theorie geglaubt. Nein, sie war von Anfang an von etwas anderem überzeugt gewesen: Versagensangst. Die überehrgeizigen Eltern, die ihre einzige Tochter aus kleinen Verhältnissen aufsteigen sehen wollten. Dabei war das Abitur für Anita bombensicher gewesen. Wilfried Honnegger zum Beispiel hatte durchaus noch auf der Kippe gestanden, aber ihm war es egal gewesen. Mit seinem Elternhaus im Rücken konnte ihm nicht viel passieren, ein Jahr früher oder zwei später, mit oder sogar ohne Abitur. Aber Anita! Warum, dachte Mechthild Canisius, habe ich dem armen Mädchen nicht unter vier Augen gesagt: Anita, machen Sie sich keinen Kopf, der Hase ist gelaufen. Warum nicht? Diese Frage war ihr seit dreißig Jahren nicht aus dem Kopf gegangen.

Dann, wenige Wochen nach Anitas Tod, die zweite Katastrophe: Andreas Aumüller und der Schwimmunfall. Auch so ein Albtraum für verantwortliche Lehrpersonen. Sie erinnerte sich, als sei es heute, an den Anruf: Der Aumüller ist verunglückt, beim Schwimmunterricht im Stadtbad mit Studienrat Rosen. In der Klinik, wahrscheinlich sehr schwer verletzt. Natürlich war sie stante pede hingefahren, natürlich hatte sie nichts ausrichten können, nur warten und hoffen, vergeblich. Jahrelang war der Fall in der Lehrerschaft diskutiert worden, über die Stadt hinaus: Wie weit geht Verantwortung? Wenn ein Neunzehnjähriger einen Kopfsprung ins Nichtschwimmerbecken macht und auf den Boden knallt: Wen trifft dann die Schuld? Das Gericht hatte entschieden: gegen Studienrat Rosen. Er hatte den Schuldienst quittieren müssen. Niemanden hatte das befriedigt. Aber die Versicherung hatte für Andreas Aumüller bezahlt, und wahrscheinlich tat sie es bis heute. Zum Glück, dachte die Klassenlehrerin, war ihr ein weiterer derartiger Doppelschlag in so kurzer Zeit erspart geblieben in ihren Dienstjahrzehnten.

Sie hatte vorhin beobachtet, wie Cordt Rosen, der Sportlehrer a. D., Andreas Aumüller an dessen Platz an der Tafel aufgesucht hatte. Was mochte er ihm gesagt haben? Was sagte man, wenn man sich drei Jahrzehnte nach der Gerichtsverhandlung zum ersten Mal wieder traf? Sorry, es tut mir leid, wie ist es Ihnen gegangen bis heute? Sie hätte es gern gehört. Aumüller hatte abweisend gewirkt, aber wann, wenn nicht heute Abend, war die Gelegenheit, zu bereden, was die beiden trennte, andererseits auch verband?

Die Lehrerin beobachtete weiter. Cornelia schmiss den Laden. Das überraschte sie nicht. Cornelia war wie damals, aktiv, impulsiv, alles an sich reißend. Menschen wie sie konnten hundertmal auf die Nase fallen und standen immer wieder gestärkt auf. Sissi Rost, die Liane vom Amazonas, war auch keine Überraschung. Nicht dass sich damals abgezeichnet hätte, dass sie in den Urwald gehen und bedrohte Schmetterlinge züchten würde; aber was immer jemand an Ausgefallenem prophezeit hätte, man hätte gesagt: Das macht sie! Editha aus dem Landtag wurde an diesem Wochenende wiedergewählt oder abgewählt, wahrscheinlich eher abgewählt. Na ja, sie hatte sich nicht geändert. Und Hedwig Weiss hatte Studienrätin werden müssen. Müssen! Manchmal, wie in diesem Fall, war Frau Dr. Canisius ganz giftig gegenüber ihrem Berufsstand.

Die Herren? Dass Pius Heinzelmann, vorge-
prägt durch ein frommes Elternhaus, Priester hatte
werden müssen, überraschte sie nicht; es hätte sie
nur überrascht, wenn er ein guter Priester geworden wäre. Was Ruslan Rodmistrenko, das Schlitz-
ohr, heute trieb, hoffte sie bald zu erfahren. Sofern
es überhaupt zu erfahren war. Amadeus Ibensee,
fand sie, war mit seiner Oboe im städtischen Orchester bestens bedient, aber von Heiner Hollerbach war sie bitter enttäuscht: Nichts war geworden aus seinen hochfliegenden Plänen. Das würde
er heute erklären müssen. Richtig gespannt war
sie aber nur auf einen: Honnegger. Seine provo-
zierende Selbstsicherheit hatte die Klassenlehrerin
manches Mal bis zur Weißglut reizen mögen –
wäre sie nicht ebenso selbstsicher gewesen. Dieser verdammte Kerl, hatte sie dennoch oft, inner-
lich bebend, gedacht, dieser Kerl soll eines Tages
platt auf die Nase fallen! Aber sie hatte gewusst,
dass das nicht geschehen würde. Nicht bei diesem familiären Hintergrund und nicht bei dieser
alles überspielenden, offenbar angeborenen Gran-
dezza. Nun stand er fast jeden Tag in der Zeitung.

»Frau Dr. Canisius«, hörte sie Cornelia sagen,
»ich möchte Sie als Ehrengast unseres Abends
bitten, ein paar Worte zu sprechen. Es muss nicht
originell sein, Hauptsache, es ist kurz.«

»Nun ja«, sagte sie, »ich habe mir gerade überlegt, welche der Klassen, die ich im Lauf der Jahrzehnte hatte, am nachhaltigsten in meiner Erinnerung geblieben ist. Es wäre jetzt billig zu sagen:
diese! Nein, es sind schon mehrere, die ich nicht
vergessen habe. Manche waren besonders harmo-
nisch, andere besonders streitlustig, manche hatten ein hohes Niveau der Auseinandersetzung, an-

dere prügelten sich wie die Kesselflicker. Bei Ihrer Klasse fielen mir die vielen Begabungen auf, und ich bin sehr gespannt, heute und morgen zu erfahren, was daraus geworden ist.«

Erstaunlich, dachte Oberstudienrätin Canisius, wie man mit so wenigen Sätzen so ein nachdenkliches Schweigen in einen Raum pflanzen kann.

KAPITEL 22

Es fiel anscheinend keinem auf, dass das Hauptgericht schon viel zu lange auf sich warten ließ. Alle redeten lautstark aufeinander ein. Im Moment hätten die Serviermädchen eher gestört. Nur Getränkenachschub war dringend, Cornelia gab einen Wink. Ansonsten hatte sie – endlich! – nichts zu bedenken und nichts zu organisieren.

Sie lehnte sich zurück, lauschte und beobachtete. Man sagte, Menschen würden zwar älter, aber nicht anders. Das schien sich auch hier zu bestätigen. Lukas zum Beispiel hatte genau das meckernde Lachen wie damals. Ruslan drehte nervös seine Zigarette unablässig zwischen den Fingern. Wie damals. Editha, die Abgeordnete auf Abruf, hatte immer noch diesen Blick von oben herab; eine gewisse Kunst, da sie körperlich eher klein war. Pfarrer Pius, es war wirklich kein Vorurteil, zelebrierte nach wie vor den alles verstehenden und alles verzeihenden Gestus des Dulders, der Cornelia damals fuchsteufelswild gemacht hatte. Und Mechthild Canisius thronte. Niemand hatte sich verändert. Cornelia selbst wahrscheinlich auch nicht.

Sie sah das Mädchen Malve verstohlen aus der Küchentür winken. Die Pflicht rief.

»Die kriegen das hier nicht auf die Reihe«, flüsterte Malve aufgeregt.

»Was denn?«

»Na, das Futter.«

»Was schlägst du vor?«, fragte Cornelia.

»Können Sie kochen?«, fragte Malve.

»Nicht aus dem Stand. Und nicht für fast zwanzig Leute.«

Malve schaute der Älteren eindringlich in die Augen: »Hier gibt's 'ne Hintertür. Sollen wir einfach abhauen?«

Cornelia lachte: »Ich hab dieses Wochenende erfunden und angestiftet, ich steh's auch durch.«

Sie schritt entschlossen zum Herd und betrachtete das Desaster aus verbrutzelten Zutaten.

»Warum klappt das hier eigentlich nicht?«, fragte sie streng.

Der Koch, mit durchnässtem T-Shirt über dem gewölbten Bauch und Schweißperlen auf der Stirn, musterte sie mit einem langen feindseligen Blick. Dann riss er einen Topf vom Herd und streckte ihn mit beiden Händen vor sich hin: »Wer hat gewollt diese Scheiß-Haute-Cuisine? Wir sind nicht Aubergine. Keine drei Sterne. Kneipe, verstehen Sie, Kneipe!«

Er feuerte den Topf zurück auf den Herd, dass es schwappte, sein Redeschwall war nicht mehr zu bremsen: »Habe ich gesagt zu Chefin, hier dritte Kategorie. Bier, Buletten, Gulaschsuppe. Na, noch Holzfällersteak für zwölf Mark. Aber Chefin wollte« – er machte eine weit ausladende Bewegung mit beiden Händen über dem Kopf – »Spitzenmenü! Zwanzig Leute. Tolle Gäste! Big Boss von

Bank! Montag in Zeitung. Dann vielleicht Kneipe nicht mehr pleite. Aber geht nicht. Kannst auch nicht Formel Eins gewinnen mit Opel Omega.«

»Und was ist mit dem Putengeschnetzelten?«

»Was ist? Nix ist. Verbrutzelt, verstehn?«

Ganz schöne Pleite! dachte Cornelia. Warum war sie, um das Jahrhundertereignis Klassentreffen vorzubereiten, nicht beizeiten für ein Wochenende hierher gefahren und hatte sich alles angeschaut? Es wäre ihr schon kurz hinter der Schwelle aufgefallen, dass man in Wallys verräucherter Kneipe kein gediegenes Fest feiern konnte, gerade noch einen deutschen Sieg in der Champions League. Aber Cornelia hatte nicht in diese Stadt fahren wollen, nicht früher als nötig, nicht vor dem Treffen. Nun rächte sich ihr Verstoß gegen alle Lebensweisheit.

»Was können Sie denn?«, fragte sie.

»Alles«, antwortete der Koch trotzig.

»Alles nicht, wie wir gerade gesehen haben. Machen Sie irgendwas. Und machen Sie's so scharf, dass man nicht schmeckt, dass es nicht schmeckt!«

Der Koch verstand das Wortspiel nicht.

»Also irgendwas Asiatisches«, ordnete Cornelia an. »In einer halben Stunde muss es auf dem Tisch stehen. Und jetzt, Malve, Schnaps für alle. Indischen Enzian. Chinesischen Obstler. Völlig egal. Hauptsache viel und stark.«

Das hat mir gerade noch gefehlt! dachte sie.

Malve schaute Cornelia achtungsvoll an: »Sie sind so 'ne Art Mutter Courage, was? Ich find Sie bärenstark. Und Sie retten meine Mutter. Die hat sich total übernommen. Und wieder mal in den Suff geflüchtet.«

84

Cornelia nahm Malve in den Arm: »Macht sie das öfter?«

»Früher nur, wenn's ein Problem gab. Heute ist der Suff das Problem.«

Wallys Kreislaufproblem! Wer trug nicht alles ein Problem mit sich herum und kaschierte es mit falschen Diagnosen? Wer von den Klassenkameraden war eigentlich noch intakt? Otto Klausen, der kleine Bankangestellte mit seinem Hass auf den Big Boss, war fast kaputt. Bodo Klug, der Penner, schien sogar ganz kaputt. Was war mit »Erfolgreichen« wie Editha, die vor dem Wahlabend zitterte? Mit Pfarrer Pius, von dem man hörte, er wäre am liebsten ausgebrochen aus seinem Käfig? Mit Heiner, der nicht geworden war, was er sich und den anderen versprochen hatte? Das Wochenende schien spannend zu werden.

»Haben Sie eigentlich Kinder?«, fragte Malve unvermittelt.

»Ja. Zwei. Aber Tanja ist schon fast dreißig. Und Julian sechzehn.«

Er hat übrigens nicht mehr angerufen, dachte sie. Ich würde mich allerdings nicht wundern, wenn er dieses Wochenende plötzlich hier auftauchte. So was bringt er!

»Julian findet zur Zeit alles, was ich gut finde, total beknackt«, sagte sie. »Er würde dir gut gefallen.«

»Ganz ehrlich«, sagte Malve: »Ich finde Sie ziemlich in Ordnung. Jedenfalls so im Vergleich mit anderen Oldies.«

Man kann sich die Komplimente nicht aussuchen, dachte Cornelia.

Kaputt? dachte sie noch mal: Was ist übrigens mit mir selbst? Drei Ehen und jetzt die dritte Scheidung, das war ein Zeichen wofür? Flexibilität? Konsequenz? Tollkühnheit? Oder Unfähigkeit zu lieben? Angeboren oder anerzogen?

Montag war Termin beim Familiengericht. Das kannte sie ja schon. Es sollte dennoch nicht ganz zur Routine werden. Ehe sah sie zwar nicht als Sakrament, aber auch nicht als Scherz. Irgendwann sollte doch noch etwas Endgültiges dabei herauskommen.

»Ich muss wieder rein«, sagte sie zu Malve, »sonst werde ich vermisst.«

Das war jedoch nicht der Fall. Die Klassenkameraden und -dinnen diskutierten kreuz und quer und überbrückten die paar Jahrzehnte, die die meisten sich nicht mehr gesehen hatten. Keiner fragte nach dem Hauptgericht.

KAPITEL 23

Jetzt musste man etwas tun. Alle hatten verstohlen, aber aufmerksam verfolgt, wie sich Andreas Aumüller und sein ehemaliger Sportlehrer begegneten, zum ersten Mal seit der Gerichtsverhandlung vor beinahe dreißig Jahren, in der die Jungen der Klasse als Zeugen hatten auftreten müssen. Cordt Rosen hatte vorhin den Anfang gemacht, war auf Andreas zugegangen. Andreas hatte ihn nicht gerade abblitzen lassen, das hätte auch nicht in seiner Absicht gelegen, aber er hatte das Gefühl, nicht besonders entgegenkommend gewesen zu sein.

Man musste die Geschichte endlich bereinigen, wenn sie sich schon nicht ungeschehen machen ließ. Die Chance war da. Conny hatte sich gewiss etwas dabei gedacht, auch Lehrer einzuladen, vor allem auch diesen Lehrer. Also! Es war im Übrigen, wie es nun mal war. Andreas hatte dreißig Jahre Zeit gehabt, seinen Zustand zu akzeptieren. Vorhin hatte er behauptet, er denke nicht jeden Morgen beim Aufwachen daran, weil er sonst verrückt würde. Das war seine übliche flotte Bemerkung, mit der er lästige Ansätze von Mitleid abzublocken versuchte. Aber daran gewöhnt, gewöhnt im wirklichen Sinn des Wortes, hatte er sich nie. Allenfalls hatte er sich damit eingerichtet. Ja, das war das Wort.

Das Hauptgericht hätte längst da sein müssen, konnte vielleicht jeden Augenblick aufgetragen werden, aber Andreas beschloss, nicht zu zögern. Nach dreißig Jahren, dachte er und musste lächeln, warten wir nicht auch noch das Essen ab.

Er fuhr um den Tisch herum zu Cordt Rosens Platz. Immer sprangen alle auf, wenn er mit seinem Rollstuhl angesurrt kam. Als hätte die Queen den Raum betreten. Warum konnten die Menschen sich in Gegenwart von Behinderten nicht normal benehmen? Es konnte doch wohl nicht sein, dass alle ein schlechtes Gewissen hatten, weil sie selbst gesund waren. Man hätte sich ein Schild um den Hals hängen müssen: Bitte, behalten Sie Platz, ich bin ansonsten normal!

Auch Rosen war aufgesprungen. Er schob seinen Stuhl ein Stück weg vom Tisch, als wolle er ihn auffordern, sich unter vier Augen zu unterhalten.

Andreas hielt es für das Beste, das Thema nicht vorsichtig von den Rändern her einzukreisen, sondern ohne Umschweife zum Kern zu kommen.

»Wir mussten damals gegen Sie prozessieren, meine Eltern und ich«, sagte er.

»Das war mir klar«, antwortete Rosen.

»Das war Ihnen klar?«

Rosen lächelte erstmals: »Das war jedem klar. In einer Situation wie der Ihren kam es darauf an, wenigstens jede Mark zu erkämpfen. Also auch von meiner Versicherung. Es sei Ihnen jede Mark gegönnt!«

»Sind Sie denn der Meinung«, fragte Andreas, »dass Sie als aufsichtführende Person keine Verantwortung traf?«

Rosen schien zu überlegen, als wolle er um Gottes willen nichts Verkehrtes sagen bei dem heiklen Thema.

»Herr Aumüller, wenn ein neunzehnjähriger intelligenter Oberschüler einen Kopfsprung ins flache Nichtschwimmerbecken macht, dann trägt der Aufsichtführende die Verantwortung. Die habe ich ja auch übernommen. Aber die Schuld?«

Der Freitag damals im Stadtbad. Andreas erinnerte sich daran. Sie hatten in der Stunde davor demokratisch abgestimmt: nächstes Mal Geräteturnen, Basketball oder Schwimmen? Barren, Reck und Pferd hassten die meisten, die Prüfungen im Fach Leibeserziehung waren zum Glück vorbei, mit gemischten Ergebnissen. Basketball hatten sie zuletzt schon dreimal gespielt. Die Jungen entschieden sich mit zehn von elf Stimmen für Schwimmen. Nur Honnegger war für Skat, seine Stimme wurde für ungültig erklärt. Also Badezeug mitbringen!

Sie waren ausgelassen, das Abitur hatte man praktisch in der Tasche, Rosen gab freie Hand, die Hälfte ging zum Sprungbecken, der Rest ins Schwimmerbecken. Sie konnten alle schwimmen wie die Fische. Rosen hatte auch die letzten bleiernen Enten in der Elften durch den Freischwimmer gescheucht. Das, sagte er, war sein Ehrgeiz in jeder Klasse, die er unterrichtete. Zu viert machten sie über Eck Fangen: Förster, Hollerbach, Ziese und er selbst, Andreas. Immer rundherum, Köpper ins Tiefe, Arschbombe ins Flache.

Später im Krankenhaus, in den endlosen verschlafenen Tagen und schlaflosen Nächten, hatte Andreas hundertmal versucht zu rekonstruieren, warum er kopfüber ins Flache gesprungen war. Alle hatten ihn das später gefragt, immer wieder, natürlich auch der Verteidiger des Sportlehrers im Prozess um die Verantwortung. Da hatte Andreas auf Anraten seines Anwalts darauf beharrt, nicht ausreichend gewarnt worden zu sein, wie flach das Becken an dieser Stelle war. Und irgendwann hatte er selbst daran geglaubt, dass Studienrat Rosen seine Aufsichtspflicht vernachlässigt haben müsse.

»Schuld oder Verantwortung«, fragte Andreas: »Was ist letzten Endes der Unterschied?«

»Ein fundamentaler«, antwortete Rosen: »Mit der Verantwortung kann man leben, mit der Schuld könnte man es nur sehr schwer.«

»Sehen Sie«, fragte Andreas, »wie uns alle beobachten? Scheint, wir sind die Sensation des Abends. Sagen Sie, Herr Rosen, was machen Sie seit damals?«

»Was mache ich? Als ich nicht mehr Lehrer sein durfte, habe ich einen Beruf ergriffen – nein: einen Gelderwerb –, der mir vorher nicht in den Sinn gekommen wäre, weil er nicht sehr angesehen ist: Ich bin Immobilienmakler. Ehe Sie danach fragen: mit Erfolg!«

Andreas lachte: »Ich kann mir keine moralischen Vorurteile leisten, als Entwicklungsingenieur einer Waffenfirma. Ich werde immer gefragt: Wie kannst ausgerechnet du als Behinderter Waffen bauen? Als hätte das etwas miteinander zu tun. Wir bauen saubere Waffen. Keine Landminen oder ähnliche Scheußlichkeiten. Panzer, Geschütze. Jedes Land muss sich verteidigen können.«

Rosen lächelte, diesmal vielsagend, sodass Andreas sich daran erinnert fühlte, wie sie damals, obwohl es kein Stoff für den Sportunterricht war, erbittert über den Vietnam-Krieg diskutiert hatten und über verbotene Angriffs- und gerade eben noch erlaubte Verteidigungskriege. Und was für einer der Vietnam-Krieg eigentlich gewesen sei. Andreas hatte mehr als die anderen den konsequenten Pazifisten herausgekehrt und den Lehrer attackiert wegen dessen Vergangenheit als Offizier beim Bund.

»Ja, ich weiß«, sagte Andreas jetzt, »aber lassen Sie uns heute keine Diskussion über das Ethos des Soldaten führen.«

»Warum nicht? Mir als ehemaligem Zeitsoldat wäre schon an einer späten Rechtfertigung gelegen.«

»Das Wochenende ist noch lang«, sagte Andreas. »Außerdem muss ich erst mal über Ihre Argumente nachdenken.«

KAPITEL 24

»Bist ganz schön hibbelich, was?«

Editha schreckte aus einem Gedanken auf: »Wer? Ich?«

Sie hatte in der Tat gerade an etwas anderes gedacht. Beziehungsweise genau daran.

»Wird eng für dich übermorgen«, sagte Heiner Hollerbach.

Das wusste sie selbst. Das sagten alle, ihre Freunde, ihre Parteifreunde, ihre Parteigegner, auch die Demoskopen, auch die Journalisten: Edithas Direktmandat stand auf der Kippe, und auf der Landesliste war sie viel zu weit hinten platziert.

Ruslan Rodmistrenko mit seinem unverändert rollenden R versuchte zu trösten: »Na! Ein richtiger Demokrat muss auch mal verlieren können!«

Editha riss sich los von ihrem trüben Gedanken: »Ruslan, Ruslan, erzähl du mir nichts von« – sie rollte auch die R – »richtigen Demokraten und richtiger Demokratie! Wie oft war ich inzwischen bei euch in St. Petersburg. Wie haben wir geredet, um euch die Anfangsgründe der Demokratie beizubringen. Ihr wollt sie nicht! Ihr wollt alle nur ganz schnell ganz viel Kohle machen. Und jeden aus dem Feld schlagen, der auch ganz schnell ganz viel Kohle machen will. Weiter wollt ihr nichts.«

Ruslan grinste. »Bei manchen funktioniert's sogar.«

»Ruslan, Ruslan!«, bestätigte nun auch Heiner, »wir Klassenkameraden haben dir Flüchtlingsjungen damals alles Wahre und Edle mit auf den Weg zu geben versucht. Damit du, wenn du eines Tages doch in deine befreite Heimat zurückkehren kannst, ein Kämpfer für Gleichheit und Gerechtigkeit wirst.«

»Na! Bin ich ja auch«, erwiderte Ruslan treuherzig. »Aber eins nach dem anderen!«

Das Leben hielt manchmal die unglaublichsten Zufälle parat. Editha hatte nie daran gedacht, mitten in St. Petersburg einem Klassenkameraden zu begegnen. Politische Gespräche mit demokratischen Kräften hatten sie und ihre Landtagskollegen führen wollen, vor allem mit den Jabloko-Leuten, auf die man damals setzte im Kampf zwischen Schirinowskijs Rechtsradikalen und Sjuganows Kommunisten. Wirtschaftlichen Aufschwung hier und Einbruch dort wollten sie begutachten und die Chancen deutscher Investoren ausloten. Auch die Möglichkeiten des Tourismus. Einen Bericht über das alles schreiben, denn sie waren ja auf Kosten des Steuerzahlers unterwegs.

Und dann die Begegnung. Bei Jelissejew auf dem Newskij Prospekt, in dem Feinschmeckergeschäft, das nicht – oder noch längst nicht wieder – für Feinschmeckereien berühmt war, aber nach wie vor für sein überladenes Dekor aus reinstem Jugendstil, original und fast hundert Jahre alt. Da konnte Editha stehen und schauen und stehen und schauen, sie liebte Jugendstil, in Darmstadt, in Prag, in Wien und Paris, in Moskau und St. Petersburg.

»Wenn das nicht Editha ist«, sagte eine männliche Stimme.

Sie drehte sich um, stutzte einen Moment – und fiel Ruslan in die Arme: »Was machst du denn hier?«

»Entschuldige, ich bin hier geboren«, antwortete er, »aber was machst du hier?«

Arm in Arm wie ein Paar schlenderten sie über den Newskij Prospekt und tauschten ihre Geschichten vom Abitur bis heute aus. Ruslan wusste noch, dass Editha Ende der achtziger Jahre in den

Landtag gewählt worden war, hatte ihr sogar einen Glückwunsch geschickt, woran sie sich jedoch nicht mehr erinnern konnte. Aber Editha wusste nicht, was Ruslan seit dem Abitur getan hatte. Sie hatte sich nur bisweilen gefragt, ob er, sobald die Umstände es erlaubten, zurückgekehrt war in die Stadt, die seine Eltern mit dem kleinen Jungen auf abenteuerlichen Wegen verlassen hatten.

»Was machst du hier in Russland?«, fragte sie mitten auf dem Newskij Prospekt.

»Die freie Marktwirtschaft aufbauen«, antwortete er augenzwinkernd.

»Da habt ihr aber noch einen weiten Weg!«

Allein wenn sich Editha die trostlos schlechten Lokale anschaute! Das weltberühmte Literaturcafé zum Beispiel. Dort – es hatte damals noch Wolff & Béranger geheißen – hatte Puschkin seine letzte Limonade getrunken, ehe er sich in das für ihn tödliche Duell begab. Von dieser Geschichte und von nichts sonst lebte das Lokal offenbar bis heute.

Ruslan winkte lässig ab: »Dort kann man sich nur erschießen. Ich zeig dir was Richtiges.«

Er bog mit Editha ab ins Grand Hotel Europe. Wieder Jugendstil, ihre Leidenschaft. Service wie in der großen weiten Welt, die Preise auch, aber Ruslan bestand darauf, zu bezahlen.

»Was machst du nun wirklich?«, fragte sie.

Er grinste sein altes Grinsen und drehte die Zigarette zwischen den Fingern: »Na! Import, Export.«

»Aber was?«, insistierte sie.

»Was dringend gebraucht wird. Computer. Hardware, Software. Schnürsenkel können wir in Russland selbst.«

Editha hatte Ruslan später noch zweimal in St. Petersburg getroffen, hatte viel von ihm erfahren und viel über die Stadt und das Land gelernt, aber was er machte, wovon er – offenbar glänzend – lebte, wusste sie bis heute nicht. Nur dass er immer ein dickes Bündel Dollarnoten in der Hosentasche trug, das ihm jede Tür öffnete, von dem er aber auch verteilte, wenn er vor den Metro-Stationen an den Reihen der Mütterchen vorbeiging, die für ein paar Rubel handgestrickte Fäustlinge oder eingewecktes Obst feilboten. Editha hatte Ruslans Adresse an Cornelia vermittelt, und nun war er für das Klassentreffen eben mal für ein Wochenende aus St. Petersburg eingeflogen und saß ihr gegenüber.

»Na! Das hast du von deiner Demokratie«, sagte Ruslan, »dass du nicht weißt, ob du ab nächster Woche noch wichtig bist. Aber was hast du auch dafür getan: Reden gehalten! Sonst noch was?«

»Gut gearbeitet«, antwortete Editha.

»Das merkt doch keiner. Du musst den Leuten was bieten. Wovon sie was haben. Geld oder Spaß. Oder beides. Von deinen Reden haben sie nix.«

»Wovon lebst du eigentlich«, unterbrach dankenswerter Weise Heiner Hollerbach seinen alten Klassenkameraden.

»Import, Export«, antwortete Ruslan.

»Also bist du Schieber?«

»Das ist kein gutes Wort.«

»Aber das richtige.«

Ruslan schaute in die Runde, es hörten inzwischen mehrere am Tisch zu.

»Was starrt ihr mich an?«, rief er. »Was wollt ihr eigentlich? In Deutschland ist alles eingeschlafen. Keine Ideen, keine Initiative, kein Risiko. Achtzig Millionen Beamte. Fünf-Tage-Woche, Vorruhestand. Bei uns muss sich jeder durchbeißen wie ein Bär. Aber ich sage euch: In zwanzig Jahren fressen wir euch alle auf. Na, sagen wir, in dreißig.«

»Da bist du aber nicht mehr dabei«, rief Hollerbach.

»Ach«, machte Ruslan verächtlich, »wenn du's schneller schaffst, dann komm zu uns!«

Editha wusste nicht so recht. Je öfter sie mit Ruslan geredet hatte in den vergangenen Jahren, desto mehr bewunderte sie sein Geschick, aber desto mehr störte sie auch seine zur Schau getragene Skrupellosigkeit. Brachten Leute wie er Russland voran, oder stießen sie es zurück – mit Hauen und Stechen wie zur Zeit von Iwan dem Schrecklichen?

»Wenn du nun am Sonntag nicht wiedergewählt wirst«, sagte Ruslan, »dann brauchst du ja einen Job.«

Das stimmte. Editha konnte zwar mit reichlichen Übergangsgeldern rechnen, damit hatte das Parlament sich ja versorgt, ausnahmsweise einstimmig übrigens; aber von Übergangsgeldern zu leben war noch keine Lebensaufgabe, und Editha war keine fünfzig.

»Ich brauche jemanden«, sagte Ruslan, »der meine Kontakte in Deutschland pflegt. Ich zahle gut!«

»Ruslan! Deine Geschäfte können nicht meine Geschäfte sein.«

»Überleg's dir.«

Editha nahm sich in diesem Moment fest vor, ganz sauber zu bleiben, unabhängig davon, wie

95

übermorgen die Wahl ausging. Keine krummen Geschäfte! Wenn sie eigentlich Ruslan auch mochte. Sie hatte ihn schon damals in der Oberstufe ganz gern gemocht und lange nicht verwunden, dass er einfach nicht anbeißen wollte. Dieser undankbare Flüchtlingsjunge!

KAPITEL 25

»Warum hätte ich auf Teufel komm raus woanders hingehen sollen?«, fragte Hedwig. »Was ist in Posemuckel oder Hamburg oder New York fundamental anders als hier? Du hast deine Familie, deinen Beruf, deine Aufgaben, deine Freunde, deine Feinde, deine Lokale, deine Gewohnheiten. Und wenn mir nach New York zumute ist, verdiene ich genug Geld, um hinzufahren. Also?«

»Warst du schon dort?«, fragte Cornelia.

»Nein, es hat mich noch nicht so interessiert.«

Cornelia schüttelte den Kopf: »Wenn jemand sagt: New York interessiert mich nicht, dann werde ich misstrauisch. Du musst doch mal ein paar Meilen weiter weg. Du kannst doch nicht dein Leben lang dieselben Pfade trampeln und dieselben Nasen sehen. Da wirst du doch wahnsinnig.«

»Wirke ich auf dich wie eine Wahnsinnige?«

Hedwig Weiss fand nicht, daß sie sich verteidigen musste. War es etwa ein Wert an sich, gar ein Verdienst, fünfhundert oder fünftausend Kilometer entfernt zu leben von dem Ort, an dem man aufgewachsen war? Dieses Neumodewort: Mobilität! Wie viele Millionen Menschen waren mobil geworden, weil sie mussten! Weil wieder mal ein

Größenwahnsinniger geglaubt hatte, auf der Landkarte neue Linien ziehen zu müssen. Oder war es erstrebenswert, in seinem Haus auf Rädern quer durch die USA wechselnden Jobs nachzufahren? Und musste man in jedes exotische Land der Welt seine Nase hineinstecken, anstatt die Leute unbehelligt ihr anderes Leben leben zu lassen? Wenn man meinte, man müsse ihnen helfen, dann konnte man ihnen ihre Kaffeebohnen und ihre Baumwollhemden abkaufen, anstatt Menschen zu Objekten der Tourismusindustrie zu degradieren. Nein, Hedwig ließ sich keinen Komplex einreden, weil sie noch im selben Haus wohnte, in dem sie ihre Kindheit verbracht hatte, mit ihrer verwitweten Mutter unterm Dach und mit den Kinderzimmern im ersten Stock, die in den Semesterferien bewohnt waren oder wenn eines der drei Mädchen mal am Wochenende nach Hause kam.

»Hedwig hat Recht«, sagte Sissi.

»Das sagst ausgerechnet du?«, wunderte sich Cornelia. »Wo du dich bis nach Brasilien hast verschlagen lassen?«

»Ach, weißt du, es ist alles relativ. Von unserer Hütte am Fluss aus betrachtet, ist die große weite Welt hier.«

»Wenn du es so siehst.«

»Heute haben wir natürlich Satellitenfernsehen«, erklärte Sissi, »aber früher haben wir knarzendes Radio gehört und auf die zerknitterte Zeitung aus Manaus gewartet. Und um nicht ganz zu verblöden, ließ ich mir immer »Die Zeit« kommen, mit drei Wochen Verspätung. Das ist unsere große weite Welt.«

»Du hast vorhin gesagt«, wechselte Hedwig das Thema, »ihr lebt verdammt gefährlich. Wegen eurer Schmetterlingszüchterei. Hast du nicht dauernd Angst?«

»Um ehrlich zu sein: Ich habe manchmal einen Heidenschiss! Aber was willst du machen?«

»Könnt ihr euch überhaupt nicht schützen?«

Sissi hob die Schultern. »Im Prinzip nicht. Ein bisschen durch gute Nachbarschaft mit Gleichgesinnten. Wenn wir die Polizei dringend rufen, kann es passieren, dass wirklich in den nächsten sechs Wochen jemand vorbeikommt und ein Protokoll aufnimmt. Das wird dann irgendwo abgeheftet. Du musst wissen: In Ländern wie unserem gibt es Gesetze, aber keine Hüter.«

»Und da kann man leben?«

»Ich bin noch nicht tot. Nein, die Sache ist die: Du kannst bei uns mitplanschen in dem Sumpf aus Betrug, Korruption und Gewalt, dann bleibst du halbwegs unbehelligt. Oder du versuchst gegen den Strom zu schwimmen, dann musst du höllisch aufpassen, dass du nicht ersäufst. Das ist ja überall auf der Welt so, nur ist bei uns alles noch, sagen wir mal, sehr ursprünglich.«

»Ein bisschen zivilisierter geht es bei uns schon zu«, gestand Hedwig. »Aber die Intrigen, zum Beispiel an einem Gymnasium, unterscheiden sich wirklich nur durch den Verzicht auf Schusswaffen.«

»Du scheinst es aber zu mögen«, lästerte Cornelia.

Manchmal fragte sich Studienrätin Dr. Hedwig Weiss, was sie an ihrem Beruf so festhielt. Zumal sie seit ein paar Jahren vergeblich auf die ihrer Meinung nach überfällige Beförderung zur Oberstudienrätin wartete. Das war nicht direkt ihr Lebenstraum, aber schon ein abschließendes Ziel.

Doch ihr Rektor hatte ihr eines Abends, nach einer Zeugniskonferenz, unter vier Augen unverblümt mitgeteilt, solange er an dieser Schule das Sagen habe, könne sie nicht mit dem Sprung aufs Treppchen rechnen. Warum nicht? Das wisse sie schon selbst. Ja, das wusste sie schon selbst. Ihre altmodische Auffassung, dass man von den Schülern etwas verlangen müsse, ehe man etwas dafür zurückgab, zum Beispiel gute Zensuren für gute Leistungen. Und dass es nichts mit Zucht und Ordnung zu tun habe, wenn die Schüler zu Beginn der Stunde guten Tag sagten und den Kaugummi aus dem Mund nahmen. Komischerweise hatten ihre Klassen das immer akzeptiert, nur nicht dieser Direktor. Er gehörte, wie sie selbst, dem Jahrgang nach zur viel gepriesenen, viel geschmähten 68er-Generation oder zumindest zu deren unmittelbaren Ausläufern. Aber diese Bewegung war an Hedwig spurlos vorübergegangen, trotz ihrer Erziehung in einem Elternhaus, das sich stolz als wertkonservativ bezeichnete und gegen das sie sich nach landläufiger Meinung hätte aufbäumen müssen. War es wegen dieser Erziehung? Denn protestiert, dachte Hedwig, hatte auch sie: protestiert gegen den Protest der 68er.

Ihr Rektor würde morgen Vormittag seinen großen Auftritt haben, wenn er die versammelten Jubilare in ihrem alten Klassenzimmer durch eine fiktive Unterrichtsstunde scheuchen wollte. Ob er damit die Bereitschaft von Erwachsenen, darunter einem leibhaftigen Bankboss, sich à la »Feuerzangenbowle« vorführen zu lassen, nicht überstrapazieren werde, das hatte sie ihn gefragt. Aber der Rektor war sich seines Humors sicher. Man würde sehen.

»Noch nie in New York?«, fragte Cornelia, wie um sich zu versichern.

»Stell dir vor«, antwortete Hedwig, »wir leben reinweg hinterm Mond.«

»Aber klassisches Griechenland mit den Kindern.«

»Natürlich.«

Da war es wieder: das Gefühl, sich dauernd gegen Conny verteidigen zu müssen, obwohl Hedwig schon damals felsenfest davon überzeugt gewesen war, keinen Grund dafür zu haben. Conny hatte immer bestimmen müssen. Recht haben. Sagen, wo's langging. Und was war aus ihr geworden? Gesellschaftsreporterin! Zu deutsch: Klatschkolumnistin. Mit Zugang zu jenen halbseidenen besseren Kreisen, in denen sich Hedwig um Gottes willen nie wollte aufhalten müssen. Expertin auch für gescheiterte Ehen. Vor allem eigene.

Sissi schien die gereizte Stimmung zu spüren und lenkte über auf rein praktische Fragen: »Ich finde, es sollte jetzt mal jeder coram publico erzählen, was er seit dem Abi gemacht hat.«

»Du meinst«, fragte Hedwig, »was er sich vorgenommen und nicht geschafft hat?«

»So ähnlich.«

Ja, das war an der Zeit. Wozu sonst hatte man sich getroffen? Zum ersten Mal seit dreißig Jahren. Merkwürdig, dachte Hedwig: Selbst diejenigen, die in der Stadt geblieben waren, und das war immerhin, wie sie nachgezählt hatte, über ein Drittel, begegneten sich kaum mehr. Wallys Kneipe mied man, wenn man nicht ins Gerede kommen wollte. Die Abgeordnete Editha hatte abgehoben vom gemeinen Stimmvieh. Mit Otto Klausen war nur über seinen Hass zu reden auf alle nicht Erfolglosen.

Mit Pius hätte man aus gegebenem Anlass dringend über die Probleme des Zölibats reden müssen, aber darüber redete er nicht. Hansjörg Maslowski musste man allein erwischen, wenn man nicht Zeuge von ehelichen Zerwürfnissen sein wollte. Hilde Scholz lebte seit ihrer Erblindung völlig zurückgezogen. Also? Also traf man sich manchmal am Samstag auf dem Markt, sagte hallo und talkte small, trat von einem Bein aufs andere und wartete auf den Moment, mit Anstand tschüss sagen zu können. Einzig mit dem immer freundlichen Amadeus Ibensee, überlegte Hedwig, konnte man nett beim Weizenbier sitzen, wenn er und sein städtisches Orchester am Sonntagmorgen ihr Programm abgefiedelt hatten, wie er selbst es respektlos nannte.

Das Mädchen Malve kam aus der Küche, beugte sich zu Cornelia und flüsterte ihr etwas ins Ohr. Die nickte.

Cornelia klopfte an ihr Glas, bis es fast ruhig geworden war: »Liebe Freunde, wir sind ja nicht in erster Linie zum Essen hier. Aber da ich eine gewisse Ratlosigkeit in manchen Gesichtern lese: In einer halben Stunde haben wir garantiert etwas auf dem Teller.«

KAPITEL 26

»Wir kommen zum offiziellen Teil«, rief Cornelia, »und damit zur Wahl eines Tagungspräsidenten. Ich bitte um ernst gemeinte Vorschläge.«

»Conny!«, rief jemand. Und aus verschiedenen Kehlen, anschwellend und in einen allgemeinen

Sprechchor mündend: »Conny! Conny! Conny! Conny!«

»Nehmen Sie die Wahl an?«, fragte Hansjörg.

»Ich habe ja keine Wahl. Vorschläge für die Stellvertreter?«

»Auch Conny! Conny! Conny!«

»Schriftführer?«

»Brauchen wir nicht. Wir merken uns alles.«

»Aber jetzt wird's ernst: Schatzmeister. Denkt nach, ehe ihr Conny brüllt!«

»Honnegger!«, rief jemand.

»Gute Idee«, lobte sie. »Falls am Ende eine Deckungslücke bleibt. Wilfried kann das irgendwie vermauscheln.«

»Sie holen es uns sowieso aus der Tasche«, bemerkte Ruslan, »über die Kontoführungsgebühren.«

Cornelia fragte sich übrigens, warum sie Kundin bei Wilfrieds Bank geworden war. Hatte sie unterschwellig gedacht: Wenn es mal Ärger gibt, rufe ich meinen Klassenkameraden an? Nein, versicherte sie sich, es war nur, weil die Zweigstelle so günstig lag und einen eigenen Parkplatz hatte und weil sowieso alle die gleichen Beutelschneider waren.

»Kann man überhaupt in Abwesenheit zu was gewählt werden?«, fragte Amadeus, der Musiker. »Ich meine, nach der Satzung.«

»Du bist genauso pingelig wie früher«, rügte Hansjörg. »Einfach kein Künstlerblut in den Adern!«

»Aber du!«, fuhr Amadeus auf. »Du wirst ja in die Geschichte der bildenden Kunst eingehen, weil du entdeckt hast, dass man auch Sperrmüll zum Kunstwerk erklären kann.«

Hansjörg lachte: »Da verwechselst du mich. Das

war Joseph Beuys. Schrammel du mal auf deiner Flöte, und misch dich nicht in kulturtheoretische Themen ein.«

Aha, dachte Cornelia, es geht langsam los. Bei den meisten Klassentreffen, von denen sie gehört hatte, waren nach einer gewissen Zeit der Umarmungen erste alte Animositäten aufgebrochen, zunächst im Scherz, bald auch im Ernst. Vor allem die tiefsitzenden Ressentiments gegen Lehrer, von denen man sich verkannt und ungerecht behandelt gefühlt hatte. Oberstudienrätin Dr. Canisius würde bestimmt irgendwann ihr Fett bekommen, mindestens von Hedwig Weiss, der Studienrätin an der alten Penne. Aber es ging vielleicht auch gegen Klassenkameraden, die man beneidet hatte: wegen der Leichtigkeit, mit der sie sich an die Spitze setzten; wegen ihrer Fähigkeiten und Vorzüge, deretwegen sie bewundert wurden; wegen ihrer sozialen Herkunft, die es ihnen ermöglicht hatte, auf leichte Weise beim anderen Geschlecht Eindruck zu schinden. Viele der Jungen hatten zum Beispiel Wilfried Honnegger insgeheim oder offen beneidet und hinter seinem Rücken gelästert, weil er Haus und Swimming-Pool, Autos und Weinkeller seiner Eltern oft zur freien Verfügung hatte. Keiner der Jungen hätte freilich zugegeben, dass Wilfried außerdem oder sogar in erster Linie aufgrund seines Charmes und Witzes beliebt war bei den Mädchen. Und nicht zuletzt wegen des Gerüchts, er beherrsche für sein Alter schon ziemlich viele Künste der Verführung. Wenn die gewusst hätten!

»Also, für das morgige Galadiner im besten Haus am Platze«, fuhr Cornelia mit fester Stimme endlich fort, »muss ich nachher mit dem Hut rumgehen. Aber das stand ja in der Einladung, samt Preis. Heute Abend sind wir bei Wally eingeladen.«

»Eingeladen?«, rief Malve entsetzt. »Wovon denn?«

Aller Augen richteten sich auf das Mädchen.

»Okay«, sagte Malve trotzig, »wir sind sowieso pleite, da kommt's nicht mehr drauf an.«

Cornelia fiel zum Glück etwas ein. »Malve, ich habe gesagt, wir sind *bei* Wally eingeladen, nicht *von* Wally.«

Irgendwie ließen sich doch die paar verdammten Piepen auftreiben! Cornelia begann der Abend Spaß zu machen.

»Morgen Vormittag«, fuhr sie fort, »sind wir in unsere alte Penne eingeladen. Der Direktor hat ein volles Programm angedroht. Am besten ziehen wir den Kopf ein und halten uns fest an den Händen. Anschließend Empfang beim Oberbürgermeister himself, das ist, schätze ich, wegen Wilfried, aber wir dürfen dabei sein. Der Nachmittag ist bislang noch nicht verplant, weil ich mir denke, dass der eine oder die andere auch mal auf alten Trampelpfaden allein sein möchte. Abends festliches Dinner.«

Besonders originell, fiel Cornelia auf, war das Programm nicht. Aber was erwartete man von einem Klassentreffen? Sich wiedersehen und Zeit zum Quatschen haben. Auch um sich zu produzieren oder sich rauszureden. Da störte schon, wenn der ohrenbetäubende Lärm vom Keyboard eines örtlichen Entertainers einen zwang, jede Frage zweimal über den Tisch zu brüllen, bis man vor der Heiserkeit kapitulierte. Miteinander reden. Und ein bisschen herumgereicht werden in der

Stadt, damit man nicht das Gefühl hatte, nach dreißig Jahren immer noch nicht weiter gekommen zu sein.

»Am Sonntag«, fuhr Cornelia fort, »wird es ernst. Pius erwartet uns an seinem Arbeitsplatz, um mit uns die heilige Messe zu feiern. Nun sind wir ja teilweise lutherische Dissidenten oder völlig abtrünnige Heiden. Aber Pius hat versprochen, uns alle in seinen Segen einzubeziehen, was auf keinen Fall schaden kann. Gibt es jemanden, der diese kostenlose Vergünstigung nicht in Anspruch nehmen möchte?«

Pius lächelte gequält, und wieder meldete sich niemand. Es war wie in der Redaktion, wenn grundsätzliche, zukunftweisende Fragen gestellt wurden.

»Vor der Messe«, Cornelia wurde ernst, »wollen wir auf dem Friedhof das Grab von Anita besuchen. Gibt es noch Fragen, Wünsche, Beschwerden?«

»Ja«, sagte Hedwig, »ich beantrage, dass wir beschließen, bei unseren Zusammenkünften nicht zu rauchen. Ich empfinde es als extrem intolerant, wenn …«

»Ich habe verstanden«, unterbrach Cornelia. »Andere empfinden es als extrem intolerant, wenn sie nicht rauchen dürfen. Ich schlage vor, ohne Aussprache abzustimmen. Wer ist der Meinung der Mehrheit?«

Zehn Hände gingen in die Höhe, das war die klare Mehrheit, die Gegenprobe war überflüssig.

»Also haltet euch bitte demokratisch daran«, sagte Cornelia.

»Was haben wir denn jetzt beschlossen?«, fragte Hedwig.

»Siehst du, warum ich einen Schriftführer wollte?«

Nun konnte das Klassentreffen richtig beginnen.

»Die meisten von uns«, behielt Cornelia das Wort, »haben sich dreißig Jahre lang nicht gesehen, und bei den meisten wird inzwischen nicht viel passiert sein. Über das Wenige sollten wir uns auf den neuesten Stand bringen. Weil ihr vermutlich Hemmungen habt, fange ich mal an. Ich habe diese Stadt am Tag nach dem Abitur verlassen, aus Gründen, die nur mich und meine bald danach geborene Tochter etwas angehen, nicht mal ihren Vater. Heute ist sie fast dreißig und eifert mir nach, was die Zahl der Scheidungen angeht.«

»Findest du das etwa toll?«, fragte Editha Gernreich dazwischen.

»Überhaupt nicht. Aber jede Scheidung ist besser als eine schlechte Ehe. Ich hoffe, du führst eine gute.«

Jemand lachte halblaut, aber herzlich; Cornelia konnte so rasch nicht feststellen, wer es gewesen war, schaute aber in mehrere fröhlich schmunzelnde Gesichter.

»Aus meiner bislang letzten Ehe habe ich einen Sohn Julian«, fuhr Cornelia fort, »der völlig normal ist. Das heißt, dass er zur Zeit, mit sechzehn, Weltschmerz hat, alles infrage stellt und vom Internat will. Ich würde mich nicht wundern, wenn er plötzlich in der Tür stünde, um eine grundsätzliche Entscheidung einzufordern.«

»Hast du auch was Positives vorzubringen?«, fragte Editha.

»Was ist denn am bisher Gesagten negativ?«, fragte Cornelia zurück. »Dass ich mich nicht gern auf faule Kompromisse einlasse? Ich habe allerdings ein Geständnis zu machen: Als so genannte Gesellschaftsreporterin kriege ich so viel Geld, dass ich natürlich schweren Herzens alle meine moralischen Bedenken zurückgestellt habe. Ich werde also nicht die Welt verbessern. Dafür ist Editha zuständig. Editha, du hast das Wort. Bitte!«

KAPITEL 27

»Wer war denn nun damals der glückliche Vater?«, fragte Amadeus und rief, als er nicht gleich gehört wurde: »Hallo, Conny! Du bist noch nicht entlassen. Du machst immer nur Andeutungen. Damals beim Abi hast du einen dicken Bauch angedeutet, jetzt eine dubiose Vaterschaftsgeschichte. Also, was ist?«

»Lieber Amadeus«, beruhigte ihn Cornelia, »ich versichere dir hoch und heilig, es war niemand, der sich hier im Raum befindet.«

»Wie schade für uns alle«, rief Ruslan.

Amadeus, den sie damals, naheliegend, Mozart gerufen hatten, gehörte zu der Mehrheit der Jungen in der Klasse, die vorübergehend und bisweilen gleichzeitig um Conny geworben hatten. Soweit man wusste, hatte aber nur einer Erfolg gehabt. Nur Hansjörg Maslowski war die Gunst einer längeren Beziehung zuteil geworden, was neidbedingte Sticheleien ausgelöst hatte, die manchmal bis an die Grenze der Diffamierung gingen. Mannhaft hinzunehmen und trotzig zu ertragen, dass man offenbar zu unattraktiv, zu langweilig, zu uncharmant für ein Mädchen wie Conny war, dazu hatte sich keiner in der Lage gefühlt. Stattdessen wurde kolportiert, sie sei zu anspruchsvoll, zu hochnäsig, zu kaltschnäuzig. Und Hansjörg wurde mit ohnmächtigem Spott verfolgt. Scheißkerle waren wir allesamt, dachte Amadeus.

»Wirst du irgendwann das Geheimnis lüften?«, fragte Ruslan.

Cornelia lächelte sibyllinisch.

»Aber dein Job«, sagte Amadeus, »da gehst du einfach so drüber hinweg. Du wolltest doch nicht ernsthaft werden, was du heute bist!«

»Wollte das sonst jemand hier?«, fragte sie. »Mal ganz im Ernst: Wer ist geworden, was er werden wollte? Hände hoch!«

Drei Hände streckten sich in die Höhe – spontan die von Studienrätin Dr. Hedwig Weiss und die von Amadeus Ibensee, etwas zögerlich die von Hochwürden Pius Heinzelmann.

»Das hatte ich mir gedacht«, nickte Cornelia.

Noch eine Hand hob sich, die von Ruslan Rodmistrenko: »Mir war schon früher klar«, sagte er mit seinem rollenden R, »dass ich für etwas Seriöses nicht geboren bin. Darum habe ich gar nicht erst darum gekämpft.«

»Und was, zum Teufel«, rief Amadeus, »machst du in eurem verdammten St. Petersburg?«

»Geschäfte«, Ruslan lächelte, »Import, Export. Aber jetzt bist du dran mit der Lebensbeichte«, sagte er und zeigte mit dem Finger auf Amadeus.

»Ich bin dafür«, widersprach der, »wir machen es alphabetisch. Dann wäre jetzt Aumüller dran.«

»Ich sag's ja«, rief Hansjörg Maslowski, »du bist und bleibst ein Bürokrat, der sich gemäß dem Dienstplan des städtischen Klangkörpers als Künstler ausgibt.«

Dieser Maslowski! Wie Conny damals auf diesen Blender hatte hereinfallen können! Wichtig getan hatte er sich mit seinem zusammengeschweißten Schrott, den er so beharrlich als neue Stilrichtung ausgab, dass am Ende der Kunsterzieher eine Ausstellung im Eingangsbereich des Gymnasiums arrangierte, über die die örtliche Presse verwundert bis verwirrt berichtete, aber mit dem Bemerken: In unserer Stadt reift ein Rohdiamant heran, der eines Tages mit den Großen um die Wette funkeln wird, mit Ücker und Hajek und Hrdlicka. So hatten sie wirklich geschrieben. Der Diamant, fand Amadeus, hatte sich als Fensterglas erwiesen, aber im Kunstbetrieb fanden sich immer einige Experten, die ihren eigenen Ruhm mehrten, indem sie Fensterglas zu Diamanten hochschrieben. Das war ja in der Musik nicht anders.

»Mozart, du bist an der Reihe«, erinnerte Ruslan.

»Ja, was soll ich sagen? Die Berliner Philharmoniker haben sich um mich gerissen, aber ich war ihnen zu teuer. Als Solist hätte ich mich einfach zu allein gefühlt. Also bin ich halt nach Hause ins städtische Orchester. Das hat den Vorteil, dass du nicht so auffällst, wenn du mal einen schlechten Tag hast und einen halben Ton danebenliegst. In Berlin machen sie gleich einen Bohei.«

»Bist du dabei glücklich?«, fragte Editha.

O Gott! dachte Amadeus. Ausgerechnet Frau MdL Editha mit der politischen Karriere und der privaten Katastrophe. Die Stadt zerriss sich das Maul über ihre gescheiterte Ehe, aber Editha schien zu glauben, keiner habe etwas bemerkt. Oder gab es vielleicht diesen Mechanismus, der

Personen des öffentlichen Lebens felsenfest glauben ließ, die einfältigen Journalisten und die vertrottelten Bürger bekämen von diesen Dingen nichts mit? Bei offiziellen Anlässen mit Orchesterbegleitung saß Frau MdL mit gefrorenem Lächeln in der ersten Reihe, neben ihrem gelangweilten Ehemann, und nickte huldvoll hinauf zum Klassenkameraden, wenn dieser seine Oboe zum Einsatz an die Lippen hob.

»Ich will dir was ganz Komisches sagen«, antwortete Amadeus: »Ich bin seit achtundzwanzig Jahren verheiratet, und zwar am Stück, immer mit derselben Frau. Und wenn ich noch mal heirate, dann nehme ich wieder dieselbe. Wir haben fünf Kinder, vier Mädchen und beim fünften Versuch endlich einen Jungen. Die Mädchen studieren, was uns verdammte Mühe kostet. Und die Stadt bezahlt erbärmlich. Aber das Komische ist: Mir gefällt's.«

»Du warst schon damals nicht so anspruchsvoll«, bemerkte Editha.

Es lachte niemand darüber, und Amadeus hatte keine Lust zu antworten.

»Wie viele Kinder haben wir eigentlich?«, rief Cornelia rettend in die Runde. »Hebt mal die Finger!«

Sie zeigte zwei an, Amadeus als Rekordhalter die besagten fünf. Sissi meldete ihre zwei, Andreas Aumüller, Heiner Hollerbach und Konrad Ziese ebenfalls je zwei, Lukas Förster drei. Hedwig Weiss ihre drei Töchter. Wallys Malve war mitzuzählen, und Wilfried Honnegger, auf den man noch wartete, hatte dem Vernehmen nach zwei Töchter.

»Pius, was ist mit dir?«, rief Cornelia.

»Nichts bekannt«, antwortete er relativ geistes-
gegenwärtig.

Amadeus hatte mitgezählt und meldete vierundzwanzig. Eine Abiturklasse von zwanzig Leuten hinterließ, sofern niemand übersehen worden war, der nächsten Generation vierundzwanzig
Nachkommen. Konnte Deutschland damit überleben? fragte sich Amadeus. Er selbst hatte das
Seine getan, ihm war kein Vorwurf zu machen.

»Morgen in unserer alten Penne«, kündigte Cornelia an, »gibt's vom Familienseptett Amadeus
Ibensee eine musikalische Darbietung. Mozart,
glaube ich. Wisst ihr was? Ich finde das toll. Ich
könnte ja noch mal eine Umfrage starten: Wer von
uns lebt in einer harmonischen Beziehung? In
einer intakten Familie? Aber ich frage das bewusst
nicht, ihr braucht euch also nicht zu outen.«

Ach, Conny! Sie hatte sich nicht geändert,
dachte Amadeus. Sie war schon immer jeder Situation gewachsen gewesen. An jenem gewittrigen
Sommerabend im Stadtpark hatte sie ihm mit En-
gelsgeduld erklärt, warum sie seine Leidenschaft,
die sie für eine vorübergehende hielt, nicht erwidern könne. Mein lieber Mozart, hatte sie getrös-
tet, du bist der genaue Gegensatz von mir, aber
nicht alle Gegensätze ziehen sich an. Du würdest
mich unglücklich machen und ich dich. Und was
hätten wir davon? Ein kurzes Flackern und ein
langes Erlöschen, hatte sie gesagt, beinahe lite-
rarisch. Es war die einfühlsamste Abfuhr, die er
sich je in seinem Leben eingehandelt hatte. Sie
waren noch zusammen einen Milk-Shake trinken
gegangen.

KAPITEL 28

»Nun will ich aber endlich wissen«, rief Oberstleutnant Konrad Ziese, »warum unser genialer Freund der Musen nicht aufgestiegen ist in den Olymp der Götter.«

Er schaute dabei Heiner Hollerbach erwartungsvoll an.

»Jeder hier erinnert sich an deine Ankündigung«, legte Konrad nach, »du würdest zu den großen Mimen der Geschichte gehören, neben Eleonore Duse, Gustav Gründgens und, sagen wir, John Wayne. Sodann würdest du als früh Vollendeter vor Erreichen des dreißigsten Lebensjahrs mit Lorbeer umkränzt sterben. Ich frage dich also: Warum lebst du immer noch?«

»John Wayne habe ich nie gesagt«, korrigierte Heiner.

»Red dich nicht heraus! Antworte!«

Auf diese Frage war Heiner gefasst gewesen. Sie war unausweichlich. Er hatte damals den Mund randvoll genommen und musste nun rechtfertigen, warum er nicht im Feuilleton der FAZ besprochen wurde oder in »aspekte« und im »Kulturweltspiegel«. Das zu erklären wäre ihm leichter gefallen, wenn er es auf anderem Gebiet zu Bemerkenswertem gebracht hätte und nicht nur zu einer allerdings leitenden Position mit anständigem Einkommen. Anstatt in der deutschsprachigen Bühnenlandschaft Jubelstürme auszulösen, befand er darüber, in welchen Fällen seine Versicherung Geschädigte entschädigen und in welchen sie es darauf ankommen lassen solle. Wobei jeder wusste, daß das Geschäft einer Versicherung darin bestand, möglichst nicht auszubezahlen. Heiner entschied, seinem Status angemessen, allerdings nur in heiklen und teuren Fällen höchstselbst.

»Du warst vermutlich vom gnadenlosen Theaterkommerz abgestoßen«, baute ihm Cornelia eine Brücke.

Aber er beschritt sie nicht: »Nein, mir fehlte das Talent.«

»Das kann überhaupt nicht sein!«, widersprach Ruslan. »Wenn du damals was deklamiert hast, haben wir auf dem Boden gelegen.«

»Ich weiß. Vor allem bei den dramatischen Stellen.«

Für Heiner hatte sein berufliches Ziel seit dem zehnten Lebensjahr festgestanden. Er hatte nicht nur sein gesamtes Taschengeld vor Leinwänden voller besonders wertvoller Filme verpulvert, sondern war schon damals ins städtische Theater gelaufen wie andere auf den Fußballplatz und hatte sich Schillers »Räuber« zugemutet, als den lästernden Klassenkameraden nur erst Räuber und Gendarm geläufig waren. Den Eltern hatte er zu einer Zeit, als die Weichenstellung noch meilenweit vor ihm lag, das Zugeständnis abgerungen, dass er keinen bürgerlichen Brotberuf erlernen müsse, sondern unter die Gaukler gehen dürfe. Talent war die Bedingung, die sie ihm wenigstens gestellt hatten. Aber Talent hatte er doch, oder?

»Wir waren ja damals sehr beeindruckt von dir und glaubten an dich«, schwor Cornelia.

O Conny! dachte Heiner. Musst dich immer für Verfolgte und Verspottete in die Bresche werfen.

»Obwohl«, schränkte Ruslan ein, »wir nicht genau wussten, ob Schauspielern wirklich so gemacht wird.«

113

»Wir haben dich ja immer mit Klaus Kinski verglichen«, erinnerte sich Amadeus. »Obwohl du nicht ganz so zurückhaltend warst wie er.«

Ja, ja, ja! Nun reichte es. Aber wer den Mund so voll genommen hatte, musste auch mit dem Spott leben. Irgendwann musste im Übrigen der Hauptgang aufgetragen werden, dann war der Spießrutenlauf zu Ende.

Wann, fragte sich Heiner, hatte er eigentlich aufgesteckt? Auf der Autofahrt zu diesem Klassentreffen hatte er zu rekonstruieren versucht, was ihn zu welchem Zeitpunkt bewogen hatte, seinen Lebenstraum zu beerdigen. Bei den Inszenierungen der Theatergruppe des Gymnasiums hatte er mit seinem intensiven Spiel bisweilen wahre Ovationen eingeheimst, vor allem von den Mädchen der Mittelstufe, während ihm der Rezensent der örtlichen Zeitung bei aller Anerkennung immer wieder unerträgliche Exaltiertheit vorwarf. Dieser kleine Tintenkleckser! Die große Falkenberg-Schule hatte Heiner nach bestandener Prüfung aufgenommen. Nun konnte nichts mehr schief gehen, nun war die Karriere aufs Gleis gesetzt. Aber die Lehrer hatten ihn gequält. Hundertmal zum Beispiel ein Glas Wasser, das ein Glas Wein darstellen sollte, so auf den Tisch stellen, dass das Publikum instinktiv begriff: Der Kellner verachtet diesen Gast. War das der große Atem der Schauspielkunst? Die ersten Rollen im »Theater der Jugend«, vor unablässig schwatzenden und an verkehrter Stelle kichernden Mittelstuflern. Ochsentour! Abends beim Bier in Schwabing oder Bogenhausen die Bekenntnisse der etwas älteren Berufskollegen, sie seien gerade einmal wieder blank, weil die Muse allenfalls mit trocken Brot belohne. Schließlich die immer bohrendere Frage: Musste man sich die Seele aus dem Leib spielen, um ein knickriges Publikum zu ergötzen, das sich über die Eintrittspreise aufregte und für seine paar Kröten wenigstens Anspruch auf O. W. Fischer zu haben glaubte? Sollte man hauptberuflich Perlen vor die Säue streuen? Sich selbst dazuschmeißen? Seine Leidenschaft für die Muse Thalia, das wurde ihm immer klarer, reichte nicht für ein gemeinsames Leben.

Da traf es sich eines Sommerabends, dass er im Biergarten im Grüntal mit einem entfernten Bekannten beisammensaß, der ihm die Vorzüge eines Studiums der Jurisprudenz schilderte. Man müsse viel pauken, mechanisch in den Kopf hämmern, behauptete er jedenfalls, aber nichts Schwieriges begreifen. Er führte die Mathematik als Gegenbeispiel an: Die müsse man einfach kapieren. Klick! musste es machen. Oder eben nicht Klick. Talent oder nicht. Aber auch wenn Talent: Was konnte man schon damit anfangen? Mit einer neuen Art des Rechnens das alte Gebäude der Mathematik zum Einsturz bringen? Nein, man hatte sich ein Berufsleben lang mit unwilligen, begriffsstutzigen Pennälern herumzuplagen.

Also Jura! Mit Jura konnte man alles werden, Oberbürgermeister oder Bundestagsabgeordneter, Justizminister oder irgend sonst ein Minister, Vorstandsvorsitzender oder Verbandspräsident, und wenn alle Stricke rissen, sogar Jurist.

»Soll ich euch ganz ehrlich sagen«, fragte Heiner in die Runde, »warum ich nicht Schauspieler geworden bin?«

Sie nickten gespannt.

»Weil ich«, sagte Heiner, »nicht begabt genug war für das, was ich eigentlich werden wollte. Genau wie ihr!«

KAPITEL 29

»Halt! Halt! Halt!«, rief Hilde Scholz und war selbst erstaunt über ihre unerwartet kräftige Stimme. Und verwundert, dass tatsächlich alle im Raum sofort den Mund hielten. Das war vermutlich diese ewige Rücksicht auf Behinderte.

»Wisst ihr noch«, sagte sie, »damals, bei der Abiturfeier, da habe ich jedem ein Mikrofon unter die Nase gehalten und gefragt, was er werden will.«

»Ach, du kriegst die Motten!«, rief jemand, es war die Stimme von Amadeus Ibensee. »Sag bloß, du hast unser Gestammel archiviert?«

»Habe ich. Ich bin eine geborene Archivarin. Dreißig Jahre lang hab ich's aufgehoben für den heutigen Tag. Und jetzt hören wir es uns an!«

Hilde fingerte das Gerät aus ihrer großen Umhängetasche und drückte es Sissi, die neben ihr saß, in die Hand: »Hier. Immer nur ein Statement abspielen und dann auf Pause drücken. Und vor allem nicht löschen!«

»Hast du keine Kopie zu Hause? Ganz schön unprofessionell für eine gelernte Archivarin!«

»Es handelt sich ja nicht direkt um ein Zeitdokument«, antwortete Hilde.

Es war mucksmäuschenstill im Raum, aus der Küche hörte man gedämpft das Geklapper von Töpfen oder Pfannen. So hatte sich Hilde den Augenblick der Wahrheit vorgestellt: Farbe bekennen! Eine Fernsehsendung hieß so, die sie manchmal hörte. Aber da wurde, fand sie, nur um den heißen Brei herumgeredet. Hier und jetzt sollten die alten Kameraden mal begründen, warum sie nicht geworden waren, was sie so vollmundig nach der bestandenen Reifeprüfung angekündigt hatten. Heiner hatte das Stichwort geliefert.

Hilde hätte den Klassenkameraden dabei in die Augen schauen mögen. Es war eine jener Situationen, in denen sie es immer noch als schmerzhaft empfand, sich nur vorstellen zu können, wie ein jeder reagierte.

»Lass mal das Band laufen«, bat sie.

»Ich frage jetzt jeden von euch«, hörte Hilde ihre eigene Stimme von damals, »was er mal im Leben werden will. Sozusagen welchen Lebensentwurf er, sagen wir mal, sozusagen entworfen hat.«

Ja, das war eine etwas dusslige Frage gewesen damals, holprig in der Aufregung und beim Versuch, modisches Soziologendeutsch zu kopieren. Aber dieses Kauderwelsch musste stehen bleiben, es war authentisch wie die Antworten.

»Wer will was sagen? Wilfried? Immer Wilfried als Erster. Bloß nicht im Unterricht, aber sonst überall. Also, was willst du werden?«

Die Stimme von Wilfried: »Ich will Chef werden. – Du willst Chef werden? Chef wovon? – Das ist mir egal. Hauptsache, es redet mir keiner rein.«

Die Klasse stutzte, dann lachte sie, und einige klatschten.

»Er ist, wie er ist«, sagte Cornelia, »und war schon damals so.«

»Aber er hat Recht behalten«, rief Ruslan.

»Wir können ja ein Spiel machen«, schlug Amadeus vor: »Wer Recht behalten hat, gibt einen aus.«

117

»Da verdursten wir aber«, widersprach Ruslan. »Umgekehrt: Wer nicht geschafft hat, was er angekündigt hat, der schmeißt 'ne Runde. Dann sind wir am Ende wenigstens fröhlich besoffen und nicht so deprimiert.«

Vom Tonband die nächste Frage: *»Pius, was soll aus dir mal werden? – Aus mir? Papst! – Oh! Da musst du aber erst mal Italiener werden. Und Priester und Bischof und Erzbischof und Kardinal. – Für so ein hohes Ziel nehme ich das alles auf mich.«*

»Sie haben mich einfach nicht gelassen«, entschuldigte sich Pius. »Ich war denen zu unkonventionell. Eigener Kopp, versteht ihr? Nicht genau Stromlinie.«

»Dann geht es wieder mal den Menschen wie den Leuten«, tröstete Amadeus. »Also haben wir eben keinen Papst. Und demnächst nicht mal mehr eine Landtagsabgeordnete.«

»Woher willst du das wissen?«, rief MdL Editha.

»Das sagt mir mein politischer Instinkt. Wart's ab bis zur Prognose am Sonntag um achtzehn Uhr.«

Rasch weiter das Tonband: *»Lukas, dein Lebenstraum? – Mein Lebenstraum? O Gott! Etwas Nützliches für die Menschheit. Etwas Revolutionäres. Wie Gutenberg.«*

»Er hat's geschafft!«, rief Hansjörg. »Er hat die Wurst revolutioniert! Sonst wäre die ganze Welt eine einzige Wurst ohne Anfang und ohne Ende.«

»Bleibt doch mal ein bisschen ernst«, bat Hilde.

Sooft sie das Band abgehört hatte, und sie hatte seit Jahren viel Zeit, war ihr immer wieder die Frage durch den Kopf gegangen, wodurch so ein Lebensweg vor allem bestimmt sei: durch Erbanlagen oder Erziehung. Der alte Streit, in dem alle paar Jahrzehnte oder sogar öfter eine der beiden wissenschaftlichen Schulen behauptete, die endgültige Lösung zu wissen. Dabei gab es in der Sache wenig Neues, es war nur mal wieder Zeit für das Gegenteil. Und wer auf der Höhe sein wollte, musste möglichst schnell umschwenken.

War Wilfried Honnegger, jedenfalls nach bürgerlichen Kriterien, mit Abstand der Erfolgreichste, weil ihm seine Eltern überdurchschnittlich viel Grips vererbt hatten? In der Oberstufe hatte sich dieser Verdacht nicht aufgedrängt. Wilfried hatte sogar regelmäßig um die Versetzung bangen müssen (richtig bange war ihm darob freilich nie gewesen), während Hedwig, die Studienrätin in spe, oder Heiner, der genialische Künstler, mit links ihre Notenschnitte von deutlich weniger als zwei hinlegten, was damals etwas galt. Aber Wilfried war auf allen anderen Gebieten immer der Erste gewesen. Wie selbstverständlich. Sogar bei Banalitäten. Er rauchte immer als Erster die Zigarettenmarke und las die Zeitschrift, die demnächst in Mode kamen. Es hatte nirgendwo gestanden, man hatte es ahnen müssen. Wilfried war offensichtlich zum Trend-Scout geboren und zum Trend-Setter bestimmt. Aber nicht zum Klassenprimus.

Und das Glück? War dieser dritte, von der Wissenschaft vernachlässigte Faktor nicht manchmal der entscheidende? Glück nicht als Lottogewinn oder plötzliche Erbschaft, sondern in Form der richtigen Begegnungen zur richtigen Zeit, der richtigen Entscheidungen in der richtigen Situation. Hilde hatte, ganz banal, Pech gehabt, indem vor Jahren ihr Augenlicht geschwunden und nicht zu retten gewesen war. Sie hatte ihren Beruf noch eine Weile ausgeübt, weil man als Musikarchivarin

beim Rundfunk vor allem hören und sich auskennen musste und sich eine Zeit lang behelfen
konnte. Aber irgendwann hatte sie die tausend
neuen Techniken nicht mehr lernen können und
war, sogar mit einer Ansprache des Intendanten,
in den so genannten wohlverdienten Ruhestand
verabschiedet worden. Verdient gehabt hätte sie,
wie sie fand, weiter arbeiten zu dürfen. Pech?

Aber was hätte sie denn ohne ihre Erkrankung
anderes, höheres, besseres erreicht im Leben?
Ganz ehrlich: was denn? Sie hätte ihren Beruf auf
dieselbe Weise ein paar Jahre länger ausgeübt.
Nichts weiter. So gesehen: kein Pech gehabt?

»Weiter mit dem Tonband«, bat sie Sissi. »Jetzt
kommst du übrigens selbst.«

*»Sissi, du bist an der Reihe. Was möchtest du
eines Tages erreichen? – Da hab ich keine hehren
Ziele. – Das kann nicht sein. Sissi, jeder hat einen
Lebenstraum. Du auch. – Ich habe keinen. Ich
möchte irgendetwas machen, was mir ein sorgen-
freies Leben ermöglicht. – Das ist aber wenig. –
Ach, Hilde! Ihr wollt alle die Welt auf den Kopf stellen. Die wird davon nicht besser. Höchstens auf
andere Art beschissen. Du musst ohne Schram-
men durchkommen und ein bisschen Spaß dabei
haben. That's life!«*

»Na also«, sagte Sissi, »dann habe ich doch
erreicht, was ich wollte.«

»Sissi, du hast dir doch eine Mission gewählt ...«

»Ich habe sehr viel Spaß. Wenn uns die Schmet-
terlings-Mafia nicht gerade wieder das Haus an-
zündet. Wenn du abends mit einer Caipirinha auf
der Terrasse sitzt und zwei riesige bunte Aras mit
Gekreisch von einem Baum zum anderen fliegen

und die Nachbarskinder aufgeregt rufen, dass sie am anderen Flussufer wieder mal einen Tapir gesichtet haben, das ist so 'n ziemlich großes Tier bei uns, und wenn das Satellitenfernsehen mal wieder funktioniert, dann hast du Spaß am Leben. Mehr habe ich ja nicht gewollt.«

»Du bist die alte Zynikerin von damals«, sagte Editha.

Sissi lächelte: »Wir werden ja irgendwann hören, was du dir damals vorgenommen hast. Da bist du sicher auch gespannt.«

»Den nächsten Take«, bat Hilde.

Aber sie wurde unterbrochen, da alle um sie herum klatschten.

»Was ist los?«, fragte sie enttäuscht.

»Die Frau Wirtin«, erklärte Sissi. »Wally ist aufgetreten. Wie Lady Macbeth. Fehlt bloß der Kerzenleuchter.«

»Aber wir machen nachher weiter«, bat Hilde.

KAPITEL 30

Das wollen wir doch mal sehen!

Waltraud spürte aller Augen auf sich gerichtet und badete im Beifall. Sie spürte, wie einer von beiden, entweder sie oder der Fußboden, leise schwankte. Wenn sie es war, dann konnte es nur ein vorübergehendes Kreislaufproblem sein. Man musste tief durchatmen und sich unauffällig mit einer Hand an der Tischkante abstützen.

»Freunde!«, sagte sie, und noch mal, weil das Wort nicht richtig über die Lippen gewollt hatte: »Lie – be Freun – de!«

Ihr Blick kreuzte sich mit dem ihrer Tochter. Sie kannte diesen Gesichtsausdruck von Malve: ungnädig, streng, strafend, ein bisschen verächtlich. Das Kind müpfte neuerdings häufiger auf: Mama, du musst das lassen! Aber was konnte Waltraud dafür, dass sie Probleme mit dem Kreislauf hatte? Die kamen eben, wenn man fast fünfzig war und hart arbeitete.

»Freunde!«, sagte sie zum dritten Mal, jetzt kräftig und entschlossen: »Unsere Menüfolge! Meine Leute wollen euch als Hauptgericht unbedingt etwas Typisches aus ihrer Heimat präsentieren. Es dauert noch ein bisschen, sie wollen es sorgfältig machen, aber lasst euch bitte überraschen!«

Die Ankündigung wurde mit Applaus beantwortet.

Waltraud fing den Blick von Cornelia auf, die den Kopf schüttelte.

»Conny, du schüttelst den Kopf?«, fragte Waltraud. »Warum schüttelst du den Kopf?«

»Wally! Komm, es ist schon gut! Es läuft, und alle sind zufrieden.«

»Aber es ist meine Sache«, beharrte Waltraud.

»So lass dir doch helfen!«

Waltraud ging auf Cornelia zu, wobei sie sich wieder unauffällig an den Stuhllehnen abzustützen versuchte. Du schaffst es! sagte sie sich.

»Du hast ja Recht. Conny, du hast so was von Recht!«, sagte sie. »Wie damals. Du hattest schon immer Recht. Ich hatte mir ein tolles Menü für euch ausgedacht, was ganz Edles. Aber meine Leute schaffen es nicht. Versteht ihr? Das hier ist eine Kneipe, die für einen Abend Drei-Sterne-Restaurant spielen wollte. Aber das funktioniert nicht. Das haut einfach nicht hin.«

122

Cornelia war jetzt aufgestanden und kam ihr entgegen.

»Conny, du hast das hier zu retten versucht. Schönen Dank. Ich kann dir, wenn du willst, das Lokal schenken. Aber du müsstest auch die Schulden übernehmen. Du tätest mir einen großen Gefallen. Quatsch! Du würdest mich retten.«

Es war völlig still. Betreten, peinlich? Oder eher neugierig, anteilnehmend? Cornelia versuchte sie in den Arm zu nehmen.

»Nur keine sentimentale Szene«, wehrte Waltraud ab. »Ich habe mein Lokal in den Sand gesetzt. Es war sowieso nie eine gute Adresse. Ich glaube, ihr seid alle heute Abend zum ersten Mal hier, auch die Einheimischen. Nee, Pius war schon mal da und wollte meine Seele retten. Ach, und Otto kommt manchmal, und wir trinken was. Meistens Tee. Aber sonst? In dieses Lokal geht man nicht. Versteht ihr? Obendrein bin ich geschieden und bin eine schlechte Mutter. Stimmt's, Malve? Ja, so ist das. Dabei wollte ich mal ganz groß rauskommen.«

»Ich kann dir vorspielen«, hörte sie die Stimme von Hilde, »was du damals gesagt hast. Was du werden willst. Ich habe es auf Tonband.«

»Was für 'n Tonband?«

»Von damals, von der Abifete.«

»Ach das? Das hast du noch? Lass das mal lieber stecken. Ich weiß schon Bescheid.«

Warum bin ich eigentlich aufgestanden? dachte Waltraud. Wenn man einmal seinen Kreislauf genommen hatte, sollte man ihn auch durchziehen.

KAPITEL 31

Nein, nicht schon wieder! dachte Malve.

Diese Szenen fast jeden Abend. Dieses Hin und Her. Die große, die großzügige Frau Wirtin. Lokalrunde! Schnaps für alle. Nachts, nach der Abrechnung, dann der Katzenjammer. Wieder Miese gemacht. Noch einen Jägermeister, auf eigene Rechnung. Es war ja doch alles für die Katz.

Alle paar Monate besuchte Malve ihren Vater in Berlin. Er führte sie in schöne Lokale, zeigte ihr Berlins neue Mitte, den Potsdamer Platz, das Nikolai-Viertel, die Hackeschen Höfe, die Oranienburger, den Hamburger Bahnhof. Fuhr mit ihr auch mal im Ausflugsdampfer unter den Brücken der Spree und des Landwehrkanals. Jedesmal dachte Malve, wenn sie am Bahnhof Zoo wieder in den ICE stieg: Warum bleibe ich nicht hier? Lasse mir meine paar Klamotten schicken. Warum muss ich zurück zu Suff und Pleite? Aber sie mochte sie halt, ihre Mutter.

Malve griff Waltraud beim Arm und versuchte sie in die Küche zu ziehen. Wenn man noch den richtigen Augenblick erwischte, konnte es gelingen. Aber diesmal hatte sie Pech.

»Ich bin völlig in Ordnung!«, rief ihre Mutter. »Ich bin nur bankrott, aber sonst völlig in Ordnung. Wie wir alle hier. Oder ist hier jemand, der irgendwelche Probleme hat? Überschuldet? Pleite? Nicht doch! Ihr doch nicht. Beziehung kaputt? I wo! Ihr doch nicht. Wir haben alle keine Probleme.«

Malve schaute in Gesichter. Einige der Gäste wirkten betreten, peinlich berührt. Andere belustigt, gar hämisch. War es wirklich so bei den

Oldies, dass jeder seinen Erfolg im Leben am Misserfolg der anderen maß? Die einfache Relativitätstheorie.

Warum war Malve heute Abend nicht mit ihren Freunden um die Häuser gezogen? Die saßen jetzt beim alkoholfreien Punsch und quatschten, fröhlich, für nichts verantwortlich. Warum hatte Malve sich breitschlagen lassen, heute Abend einzuspringen? Das war doch nicht ihre Sache. Konnte nicht jemand aufstehen und dem Spuk ein Ende bereiten?

Doch.

»Jetzt woll'n wir erstmal 'n Happen essen«, stellte Cornelia fest.

Das war, fand Malve, das einzig Sinnvolle, das man in dieser Lage sagen konnte. Das Personal sollte jetzt endlich etwas auf den Tisch bringen, genießbar oder nicht.

Malve suchte den Blick von Cornelia. Man musste, sagte dieser, Waltraud aus dem Verkehr ziehen. Unauffällig. Sensibel.

Cornelia kümmerte sich. Sie nahm Waltraud beim Arm und führte sie ab, ohne auf Widerstand zu stoßen. Im Vorbeigehen flüsterte sie: »Jetzt müssen wir euren Leuten anständig auf die Füße treten. Sonst sehen wir beide ziemlich alt aus.«

Warum, dachte Malve, kann ich nicht so jemanden wie Conny als Mutter haben?

»Warum«, fragte Malve, als Conny zurückkam, »kann ich nicht so jemanden wie Sie als Mutter haben?«

»Kannst mich ja noch als Schwiegermutter kriegen«, antwortete Cornelia.

»Wie ist der Typ denn?«

»Er würde dir gefallen«, antwortete Cornelia.

»Ein totaler Chaot. Ich habe irgendwie das Gefühl, er ist im Anmarsch hierher.«

Malve hatte noch eine Frage: »War meine Mutter eigentlich schon immer so?«

»Weißt du«, antwortete Cornelia, »im Prinzip haben wir alle uns nicht geändert. Aber wir können jetzt nicht übers Leben an sich diskutieren. Ich kümmere mich, dass das Futter endlich in die Krippe kommt. Und du kümmerst dich um deine Mutter.«

Im Schlafzimmer oben, als Malve ihre Mutter versorgte, spürte sie neben dem Zorn doch so etwas wie Mitleid. Waltraud hatte sich wirklich die Beine ausgerissen, um aus diesem Abend einen Erfolg für ihr Lokal zu machen. Einmal in der Zeitung stehen! hatte sie heute Morgen beim Frühstück gesagt. Wilfried Honnegger vielleicht mit Foto und dickem Lob. Warum soll er lügen? hatte Malve gefragt, er macht sich doch nur lächerlich.

Sie kippte das Fenster, löschte das Licht und ging hinunter ins Lokal. Es wurde tatsächlich aufgetragen. Sie rannte in die Küche, wo ihre Freundin Conny energisch dirigierte, und griff sich zwei Weinflaschen zum Nachschenken. Entweder, dachte sie, die Leute finden's originell, oder es gibt eine Katastrophe.

KAPITEL 32

Ein paar auswärtige Kennzeichen an den Autos vor Wallys Lokal. Ihr klappriger roter Golf dazwischen. Aber keine gepanzert wirkende schwarze Limousine, wie sie dem Vorstandssprecher

126

einer Großbank angestanden hätte. Vielleicht hatte Wilfried Honnegger im letzten Moment abgesagt, weil ihm diese Veranstaltung doch zu poplig vorkam?

Manchmal ging Otto Klausen hinein und sagte Wally guten Abend. Dann gab sie einen aus oder zwei oder drei, und er sagte, er wolle aber diesmal seine Zeche bezahlen, schließlich sei er nicht arbeitslos, die Bank zahle ihm ein festes Gehalt. Aber Wally bestand darauf, dass sie die Wirtin sei und er ein uralter Kumpel.

Dabei waren sie früher, zu Schulzeiten, nie befreundet gewesen. Nicht dass sie sich befehdet hätten, sie waren sich nur immer fremd geblieben. Zu unterschiedlich in jeder Hinsicht, und nicht mal auf jene Weise, die wieder anziehend wirken konnte. Einfach die falsche Wellenlänge. Wally mit der losen Klappe und den burschikosen Sprüchen war nicht sein Fall gewesen. Umgekehrt hatte sie ihm mal auf den Kopf zu gesagt, sie könne keinen ertragen, der schon mit achtzehn seine Laufbahn im Kopf habe und sie nur noch praktisch nachvollziehen müsse. Aber seit einiger Zeit hatte Otto das Gefühl, dass sie beide, nur auf unterschiedliche Weise, ihre berufliche Laufbahn in den Sand gesetzt hatten. Das verband miteinander, und er kam immer häufiger auf vier oder fünf Schnäpse vorbei.

Hineingehen ins Lokal? Warum eigentlich nicht? Erstens gehörte er dazu, war seit Monaten eingeladen wie alle. Conny hatte ihn heute noch eigens aufgesucht, um ihn umzustimmen. Nachdem sie gegangen war, hatte ihn stundenlang ein schales Gefühl bedrückt, sogar eine gewisse Wut über sich selbst. Zweitens war Otto kein wohnsitzloser Penner wie sein Klassenkamerad Bodo Klug, der inzwischen auf die unterste Stufe der sozialen Rangordnung abgesunken war. Zwar hatte Ottos Arbeitgeber in Gestalt des Filialleiters ihn wegen häufiger Ausfallzeiten und gelegentlicher Fehlleistungen mehrmals abgemahnt, aber noch stets war das Schlimmste durch die dezente Andeutung verhindert worden, er wolle auf keinen Fall den üblichen Weg gehen und seinen Klassenkameraden bemühen, der bekanntlich in der Firma einen gewissen Einfluss ausübe.

Noch mal: hineingehen? Sie würden verwundert schauen: Den kenne ich doch! Ja, Otto hatte kräftig zugenommen, aber da war er bestimmt nicht der Einzige. Conny würde aufspringen: Otto! Find ich super, dass du's doch gepackt hast! Conny, die Positive. Hände schütteln, Schulter klopfen, Umarmungen. Hineinschlüpfen in die alte Gemeinschaft. Die Vokabel Geborgenheit fiel ihm ein. Hier durfte jeder zugeben, dass zumindest nicht alles reibungslos funktioniert hatte im Leben.

Aber Wilfried! Vorbild damals oder Feindbild? Hatte man nicht nur deswegen ganz anders sein wollen, weil man es nie geschafft hätte, wie er zu sein?

Es wäre alles nicht so schlimm, dachte Otto, wenn der Kerl bloß Bundeskanzler geworden wäre oder Chef von VW oder von mir aus Nobelpreisträger für Chemie. Aber er ist dummerweise mein oberster Dienstherr!

Otto überquerte die Straße. Er drückte sich ans Fenster und versuchte auszuspähen, ob Wilfried da war. Wenn ja, dann musste er am Kopf der Tafel platziert sein, einer wie er saß nicht am Katzentisch.

Die Klassenkameraden waren beim Essen. Wer weiß, womit Wally die armen Schweine vergiftete! Sie wollte ja groß rauskommen an diesem Abend. Er hatte sie gewarnt: Das schaffst du nicht! Mach dein Holzfällersteak, das kannst du! Und sie finden's originell. Aber sie musste ja zu den drei Sternen greifen.

Ach ja, da saß Editha! Die Arme musste zittern um ihr Landtagsmandat. Karriere beendet? Ehe war schon so gut wie beendet. Daneben der fromme Pius, gestresst, beinahe hohlwangig. Ob er es schaffte, an diesem Wochenende sein Problem, über das jeder redete, öffentlich zu machen?

O Sissi! Otto spürte einen Herzschlag. Soweit man durch die weichzeichnende Gardine hindurch urteilen konnte, war Sissi immer noch jeden sündigen Gedanken wert. Damals, vor dreißig Jahren, nach der Abiturfeier, hatte Otto geglaubt, seine letzte Chance wahrnehmen zu müssen, bevor Sissi an einen Studienort entschwand und er selbst da blieb für seine Banklehre. Er hatte sich nicht getraut. Einfach Schiss gehabt. Was sie wohl inzwischen machte?

Vielleicht ging man doch einfach hinein?

Zwei schwarze Limousinen rollten näher. Otto verzog sich einen Hauseingang weiter und lugte hinaus. Aus der ersten Limousine stiegen zwei Männer und sicherten. Aus der zweiten Wilfried Honnegger, bekannt vom Bildschirm, und eine junge Frau im dunklen Kostüm. Sie gingen in Wallys Lokal.

Otto trollte sich.

KAPITEL 33

Die Tür ging auf, nach außen, wie in jeder anständigen Kneipe, weil man ja frühmorgens möglichst einfach den Weg nach Hause finden sollte. Konrad Ziese sah zwei junge Männer hereintreten, schlank, drahtig, dunkler Anzug, Krawatte, kurzer Haarschnitt, aufmerksamer Blick, die Rechte unauffällig in der Nähe des Schulterholsters. Insgesamt wirkten sie wie geklont. Aber professionell, das Urteil traute er sich zu. Der große Bankboss musste im Anmarsch sein.

Wilfried Honnegger trat auf. Oder trat ein. Es war auf die Schnelle nicht auszumachen: ob Wilfried seine Ankunft großartig zelebrierte oder ob er nur selbstbewusst den Raum für sich in Anspruch nahm. Wahrscheinlich empfand das ein jeder anders, je nach Sympathie.

Die Gespräche erstarben. Ein paar aus der Klasse klatschten. Conny sprang auf und eilte Wilfried entgegen.

Wenn ich irgendwo im Kasernement auftauche, sogar draußen im Manöver, überlegte Konrad, dann springen alle auf die Füße, klappen die Hacken, bauen ihr Männchen, brüllen ihr Guten-Tag-Herr-Oberstleutnant! Anerzogene Reflexe. Lächerlich im Grunde. Aber es musste ja Zack sein in seiner Truppe, falls sie mal ernsthaft benötigt wurde wie in Bosnien damals oder letzthin im Kosovo.

»Wir freuen uns riesig«, strahlte Conny.

»I me also«, flachste Wilfried. »Bitte sitzt bequem. Und keine Ovulationen. Ich konnte nicht früher hier sein. Strategische Entscheidungen! Ihr versteht. Und mein Chauffeur ist schon zweihundertfünfzig gefahren.«

130

»Wir freuen uns«, wiederholte Conny, »dass es überhaupt geklappt hat.«

Konrad glaubte im Gesicht seines ehemaligen Klassenkameraden einen Ausdruck zu lesen wie: Komm, Mädchen, ist ja gut!

»Gibt's noch Bier?«, fragte Wilfried.

In seinem Schlepptau hatte er, wie Konrad erst jetzt bemerkte, eine auffallend hübsche junge Dame, im klassischen Kostüm, wie es im Frankfurter Bankenviertel Uniform war. Offenbar seine Kofferträgerin, jedenfalls trug sie ein leibhaftiges schmales, elegantes Aktenköfferchen. Ein rotes Telefon hätte nicht hineingepasst, aber heute trug man ja Handy. Die Chauffeure warteten wohl draußen, vielleicht sogar noch mehr Security? Wilfried mit seinem Tross, der sich durch Deutschland bewegte. Ein bisschen wie damals, wenn die Kaiser von Kaiserpfalz zu Kaiserpfalz ritten, um Hof zu halten. Hätte ich auch so eine aufwändige Begleitung auf die Beine gebracht? überlegte Konrad. Meinen Stellvertreter, Major seines Zeichens, ein paar Adjutanten: kein Problem. Obwohl er als Bataillonskommandeur einen solchen Einsatz bei einer eindeutig privaten Unternehmung schwer als Werbung für die Truppe hätte ausgeben können. Aber man hätte etwas ähnlich Eindrucksvolles hinbekommen. Bis auf die elegante Sekretärin natürlich oder welche Funktion die junge Dame auch immer haben mochte. Da hätte Konrad, solange das Urteil in Sachen Frauen in die Bundeswehr noch nicht umgesetzt war, allenfalls ein hübsches Karbolmäuschen aus seiner Sanitätstruppe aufbieten können.

»Habe ich was versäumt?«, fragte Wilfried aufgekratzt nach dem ersten Schluck Bier.

»Nur die Vorspeisen. Wir haben uns beschnuppert«, erklärte ihm Cornelia. »Erste kleine Animositäten sind schon wieder aufgebrochen, aber im Vergleich zu morgen ist alles sehr friedlich.«

»Sind wir denn komplett?«, wollte Wilfried wissen. Seitdem er eingetreten war, hatten die anderen die Unterhaltung eingestellt.

Cornelia machte Meldung: »Fünfzehn sind gekommen, zwei haben abgesagt, eine haben wir nicht mehr gefunden, zwei leben nicht mehr.«

»Wer ist gestorben?«, fragte Wilfried. »Ich weiß nur von Anita, damals in der Dreizehnten.«

»Karin Quasten ist vor kurzem gestorben«, berichtete Cornelia.

»O ja«, sagte Wilfried. Nichts weiter.

Konrad Ziese war sich, wie auch andere, nie schlüssig gewesen in seinem Urteil über Wilfried. Eigentlich hatte er ihn für einen Blender gehalten, der mit geringer Mühe, aber großem Geschick und bestrickendem Charme stets für sich einzunehmen wusste. Vor allem auf Mädchen und auf Lehrkörper machte er Eindruck. Die Ersteren ließen sich nicht lange bitten, die Zweiteren waren schon einmal bereit, nach einem vermutlich harmonischen Gespräch im Bungalow von Wilfrieds Eltern ein Auge zuzudrücken. Mit Ausnahme des Mathematiklehrers, der stur blieb und Wilfried coram publico den guten Rat auf den Lebensweg mitgab, er möge sich niemals von Berufs wegen mit Zahlen befassen. Diesen Gag würde Wilfried sicher im Laufe des Wochenendes zum Besten geben. Übrigens hielt es Konrad für sehr unwahrscheinlich, fast für ausgeschlossen, dass Wilfrieds Vater, Direktor der städtischen Sparkasse, irgendeinem Lehrer mit günstigen Zinsen oder anderen geldwerten Vorteilen unter die Arme gegriffen hätte. Zwar war schon damals niemandem entgangen, dass sich Deutschland auf den Weg von preußischer Korrektheit zu sizilianischen Gebräuchen gemacht hatte. Aber noch mochte er nicht wie Klein-Fritzchen an eine so einfache Formel glauben: niedrige Kreditzinsen gegen hohe Schulnoten.

Was war nun also mit Wilfried, der interessanterweise nie einen Spitznamen gehabt hatte? Vielleicht eröffnete sich an diesem kurzen Wochenende ein Einblick in den Charakter des Menschen, den sie fast alle damals aus vielerlei Gründen und meist uneingestanden beneidet hatten. Und der heute durchaus auch eine schillernde Figur genannt werden konnte: mächtig wie ein Regierungschef oder sogar mächtiger, einflussreich in oberen Etagen aller Hauptstädte, verrufen wegen seiner spitzen Zunge und ebensolcher Ellbogen, Neugierden ausgesetzt wegen der wasserdichten Abschottung seiner Privatsphäre. Einen Spalt weit musste sich der Vorhang doch öffnen lassen.

Die beiden geklonten jungen Herren in Schwarz hatten an einem Tisch nahe der Tür Position bezogen, tranken Mineralwasser und waren aufmerksam. Bodyguard, der boomende Berufszweig. Security war in. Schusssichere Westen, gepanzerte Limousinen, raffinierte Alarmanlagen. Aber ich kann, dachte Konrad mit einem plötzlichen Schmunzeln, ein ganzes Bataillon schießen lassen, Wilfried höchstens ein paar Geklonte. Wenn Wichtigkeit einzig nach diesem Kriterium berechnet würde …

In diesem Moment schrillte ein Handy, Wilfrieds Kostümdame wühlte in ihrer Handtasche. Im Lokal war es mucksmäuschenstill. Ein Gespräch für

Wilfried Honnegger! Ein Bundeskanzler? Ein Intendant? Ein Vorstandsvorsitzender? Die Dame übergab und flüsterte: »Der Herr Minister.«

»Hallo?«, rief Honnegger und hörte eine Zeit lang zu, indes die Spannung im Lokal stieg: Wurde man Ohrenzeuge einer Transaktion mit weittragenden Folgen?

»Ach was!«, rief Honnegger. »Wenn bekannt wird, dass ich gegen Sie auf einen Sieg von Hertha BSC wette, dann heißt es sofort, wir wollen den Verein kaufen. Bitte? Was sagen Sie? Die anderen? Soll ich Ihnen was verraten: Die gehören uns schon. Schönen Abend noch!«

Honnegger griff zu dem zweiten Bier, das ihm unaufgefordert gezapft worden war, und lächelte verschmitzt: »So erzeugt man Stoff für die Börse.«

»Sag mal, Wilfried«, fragte Konrad, »findest du es eigentlich in Ordnung, dass du als Einziger hier mit Personal antrittst? Ich meine, das ist doch ein ganz privates Treffen.«

»Du bist Konrad Ziese, oder?«, fragte Wilfried. »Bist auch nicht älter geworden. Ja, du hast eigentlich Recht. Ich werde ja wohl nicht ausgerechnet beim Klassentreffen erschossen. Obwohl es ein guter Gag wäre. Frau Mausbach, meine Herren: Feierabend! So, ich werde jetzt meinen Krawattenknoten etwas lockern. Bei Vorstandssitzungen bedeutet das immer, jetzt können auch Themen von banalem Interesse angesprochen werden.«

In die winzige Pause hinein ertönte eine Stimme vom Tonband. *»Ich frage jetzt jeden von euch, was er mal im Leben werden will. Sozusagen welchen Lebensentwurf er, sagen wir mal, sozusagen entworfen hat.«*

Das hatte Hilde klug eingefädelt!

»Wer will was sagen? Wilfried? Immer Wilfried
als Erster. Bloß nicht im Unterricht, aber sonst über-
all. Also, was willst du werden?«

Hilde stoppte das Tonband diesmal selbst, sie
schien nicht mehr so aufgeregt wie vorhin.

»Wilfried«, fragte sie, »weißt du noch, was du
damals geantwortet hast?«

»Keine Ahnung. Kassierer bei der Volksbank?«

»So ähnlich. Hier, ich spiel's dir vor.«

»Ich will Chef werden. – Du willst Chef werden?
Chef wovon? – Das ist mir egal. Hauptsache, es
redet mir keiner rein.«

»O ja«, gab Wilfried zu, »das waren prophetische Worte. Ja, das wäre wirklich mein Traum gewesen.«

»Aber es redet dir doch keiner rein«, sagte
Konrad. »Nicht mal die mächtigen Vertreter der
Kleinaktionäre.«

Wilfried schaute ihn traurig an: »Wenn du wüss-
test! Alle versuchen sie mir reinzureden. Mich
zu manipulieren. Der Personalrat. Der Fahrstuhl-
führer. Die Bankenaufsicht. Der Bundeskanzler.
Die EU-Kommission. Der amerikanische Präsident.
Alle wollen sie was. Gott sei Dank kümmert sich
nicht auch noch der Papst um mich, weil er eine
eigene Bank hat. Und wisst ihr, wer am schlimms-
ten ist? Diese Dame vorhin, die ich weggeschickt
habe. Meine Assistentin, Frau Mausbach. Sie steuert
alles aus dem Hintergrund. Bis hin zu meinem
Frühstücksmüsli. Und ich habe noch nicht herausbekommen, von wem sie selbst gesteuert wird.
Früher hätte ich gesagt, vom KGB. Aber inzwischen glaube ich, meine Frau steckt dahinter.«

Konrad war sich immer noch nicht sicher, ob
ihm Wilfried gefiel.

KAPITEL 34

Sie hatten für Wilfried einen Stuhl am Kopfende des Tisches dazwischengeschoben, einen ganz normalen Stuhl, keinen mit erhöhter Lehne, und waren zusammengerückt, sodass keine Chance mehr bestand, sich neben ihn zu quetschen. Und eigentlich war ja auch alles zu spät. Ja, ein Foto mit Wilfried auf der Titelseite der Samstagsausgabe hätte am Sonntag noch ein paar Stimmen gebracht, vielleicht die hauchdünn entscheidenden für das Direktmandat.

Editha wusste, auch wenn sie es weder öffentlich noch privat je eingestanden hätte, dass sie praktisch draußen war aus dem Landtag. MdL ade! Ja, früher, da hatte man gespannt auf die erste Hochrechnung gewartet, und wenn sie schlecht ausfiel, konnte man noch aufs vorläufige amtliche Endergebnis des Landeswahlleiters um Mitternacht hoffen. Aber heute wussten die Wahlforscher lange vor achtzehn Uhr fast aufs zehntel Prozent Bescheid, oft Tage vorher, und wenn man seine Kontakte zu einem Institut hatte, wusste man es ebenfalls. Sorry, hatte Edithas Gewährsmann ihr gestern am Telefon geflüstert: There is no chance! Wozu sich also noch mit Wilfried schmücken? Andererseits hielt sich Editha für eine Kämpferin, die nie aufgab. Also!

Die Tür zur Küche öffnete sich, die beiden Serviermädchen trugen fast feierlich die ersten Teller herein. Von den Tischen erleichtertes, fast erlöstes Klatschen. Wilfrieds Nachbarin erhob sich, um an ihren Platz zurückzugehen. Editha schlug blitzschnell zu und saß schon neben ihm.

»Na, Mädel?«, sagte Wilfried jovial. »Wirst ab Montag einen neuen Job brauchen.«

So direkt hatte ihr das noch keiner angekündigt, außer ihrem Wahlforscher. Doch, auch ihr Mann, aber das war ein Kapitel für sich.

»Noch ist alles offen«, erwiderte sie.

Wilfried schüttelte den Kopf und schaute ihr tief in die Augen: »Nein, Mädel, diesmal bist du weg vom Fenster. Ihr habt zu lange Mist gebaut. Ihr habt zu lange gedacht, euer Häuptling kann keine Fehler machen. Wie der liebe Gott. So was rächt sich.«

»Aber wir wussten doch wirklich nichts.«

Wilfried lachte: »Ihr kanntet doch das System Kohl. Aber ihr wolltet keine Einzelheiten wissen. Sonst hättet ihr ja die Revolution ausrufen müssen.«

»Vielleicht hast du trotzdem Lust«, sagte sie mit allem zusammengekratzten Mut, »morgen Mittag mit mir auf den Marktplatz zu gehen.«

»Um Wahlkampf zu machen?«, fragte Wilfried. »Für wen?«

Sie überging die Frage: »Es wäre mal was anderes als deine ewigen Vorstandssitzungen! Außerdem sind die Wähler auch deine Kunden.«

»Aber ich kandidiere nicht«, erwiderte Wilfried. »Ich kandidiere nie.«

Der Vorstoß, dachte Editha, kann wohl als elegant abgewehrt gelten.

Nun ja, was hätte es auch gesollt? Diese krampfhaften Versuche, in letzter Minute das Schicksal zu wenden, den Absturz in die Bedeutungslosigkeit zu vermeiden. Editha wusste, wer alles sich freute auf ihren Misserfolg und wer ihr helfen würde, die Enttäuschung zu verkraften. In diesem Augenblick beschloss sie, am morgigen Samstag nicht mehr zwischen Marktständen und Kneipenstühlen Handzettel zu verteilen mit dem Aufruf, sich die Wahl gut zu überlegen. Überflüssig end-

lich die Kalkulation, ob man als attraktive Fünfzig-
jährige im kurzen Kostüm mehr Männerstimmen
gewänne, als man möglicherweise an Frauenstim-
men einbüßte. All dieser Quatsch! Morgen also
volles Programm mit der Klasse, wie von Conny
geplant.

»Wie geht's eigentlich bei dir zu Hause?«, fragte
Wilfried zwischen zwei Bissen.

»Wie meinst du das?«

»Deine Ehe meine ich natürlich. Du wirst einem
alten Klassenkameraden mit besten Verbindungen
und Informationskanälen sicher nicht erzählen, du
seist glücklich verheiratet.«

»Ach, was du nun wieder alles weißt.«

»Na, bis Sonntagabend«, sagte Wilfried und
schmunzelte, »musst du noch stillhalten.«

»Was ist denn übrigens mit deiner Ehe?«, drehte
Editha den Spieß um. »Da hört man ja auch nichts
Gutes.«

»Da hörst du gar nichts, und das ist das Gute.«

»Und diese elegante junge Dame, wie heißt sie
gleich noch?«

»Frau Mausbach? Eine glänzende Assistentin.
Rechte Hand, linke Hand, Hirn, Herz, Terminka-
lender, Telefonzentrale. Alles in einem.«

»Und attraktiv!«

Wilfried musste doch wenigstens zu einem
leichten Erröten gebracht werden!

Er lachte: »Im Parlament kommt es bekanntlich
nur auf den Intellekt an. Ihr seid eine Kopf-Elite.
Aber in unserem Geschäft kannst du dich nicht mit
irgendwelchen Brachvögeln umgeben. Eine dop-
pelte Qualifikation ist gefragt. Sozusagen.«

Du kommst ihm nicht bei, dachte Editha. Da hat
sich nichts geändert.

KAPITEL 35

Irgendein verstohlener Wink, ein Blickekreuzen oder sonst ein Zeichen, eine Geste. Das hatte sie eigentlich erwartet. Denn da war doch etwas gewesen, damals.

Saskia Weseler, sie hatte nach der Scheidung vor einigen Jahren ihren Mädchennamen wieder angenommen, Saskia war gespannt gewesen auf dieses Zusammentreffen heute Abend, das erste seither. Nein, sie hatte nicht gefiebert, dazu war die Geschichte viel zu lange her. Lichtjahre! Und was war inzwischen alles vor sich gegangen, im Leben und in der Liebe. Nochmals nein. Es war eher ein empirisches Interesse: Wie begegnet einem ein Mann, mit dem man vor so langer Zeit, als er beinahe noch ein Jüngling gewesen war, eine sogenannte Affäre gehabt hatte? Eine verbotene Liebschaft.

Auch eine anerkennende Geste hätte er sich ja leisten können: Donnerwetter, Frau Studienassessorin, inzwischen mindestens Studienrätin, Sie sehen noch erstaunlich gut aus für über Mitte fünfzig! Nicht dass sie eine Bestätigung benötigt hätte; sie wusste, dass sie sich, wie man landläufig sagte, hervorragend gehalten hatte. Sie tat ja auch was dafür, dieses stupide Fitness-Studio zweimal die Woche, nachdem ihr das stupide Jogging zweimal die Woche endgültig auf die Nerven gegangen war. Nein, es musste ihr niemand etwas versichern, sie hörte es nur, wie denn sonst, jedes Mal gern.

Was hatte sie Lampenfieber gehabt, als sie zum ersten Mal vor diese Klasse getreten war. Die Knie hatten ihr gezittert, und weil man damals im Unter-

139

richt noch nicht lange Hosen trug, sondern Rock, hatten es alle bemerkt. Das glaubte sie jedenfalls. Vierundzwanzig war sie gewesen. Ihr Gesicht kaum älter als die Gesichter vor ihr. Die Blicke! Abschätzend. Spöttisch. Herausfordernd. Von oben herab – wie ging das überhaupt, da doch die Schüler saßen und die Lehrerin stand? Einer der Kerle hatte sie besonders frech gemustert. Dem musst du es geben, hatte sie instinktiv gedacht und ihm auf Englisch eine Frage unter die Nase gerieben. Welche, wusste sie heute nicht mehr. Aber der Kerl hatte den Kopf schief gelegt, ein Auge halb zugekniffen und mit Südstaatenakzent gekaut: »Well, mylady, let's try to have a good time together!« Den musst du dir angeln, hatte sie gedacht, wenn du die Klasse fangen willst. Und wie sie sich ihn geangelt hatte! Wer hatte damals von der Affäre gewusst?

Du darfst nicht dauernd zu ihm hinschauen, dachte sie.

»Frau Weseler«, hörte sie eine Stimme sagen, »Sie sehen verteufelt gut aus für vierzig.«

Du Lump! dachte sie, du hast dich kein bisschen geändert.

»Herr Honnegger«, antwortete sie beherrscht, »ich beobachte, wenn ich Sie im Fernsehen verfolge, dass Sie ein ziemliches Gewicht haben.«

Er schaute sie spöttisch an: »Richtig, in Kreisen der Banker.«

Es war plötzlich still am Tisch. Kam jetzt der Augenblick der Wahrheit? Des Bekenntnisses? Der Offenbarung?

»Ihr müsst wissen«, sagte Wilfried, »dass Frau Studienassessorin und ich in der Zwölften ein Verhältnis hatten.«

140

»In der Dreizehnten«, korrigierte sie, ehe sie nun doch Hitze in ihre Wangen steigen fühlte.

»Nein«, beharrte er, »es muss schon in der Zwölften gewesen sein. Wir haben noch beim Frühstück darüber spekuliert, ob ich versetzt werde, wenn es herauskommt.«

»Bei uns ist ein Pauker deswegen rausgeflogen«, erklärte Malve.

»Das hätte mir auch passieren können«, sagte Saskia. »Aber zum Glück wusste niemand davon.«

»Wie bitte?«, rief die pensionierte Oberstudienrätin Dr. Mechthild Canisius.

Kollektives Gelächter durchbrach endlich die gespannte Stille, bis sich Hilde Scholz Gehör verschaffen konnte: »Ihr wart über Wochen Tagesgespräch. Ihr wurdet von uns allen beneidet. Aber wir haben eisern dichtgehalten. Was im Sozialismus nie funktioniert hat, wir haben's hingekriegt: Klassensolidarität!«

Saskia entschloss sich kurzerhand, mit den anderen zu lachen. Da hatte sie nun dreißig Jahre und etwas mehr ein Geheimnis bewahrt, das keines war. Sie erinnerte sich all der Heimlichkeiten, der Verschleierungstaktiken und der angestrengten Beobachtung, ob irgendjemand Lunte gerochen haben könnte. Alles überflüssig, denn alle hatten Bescheid gewusst. Auch später hatte sie mit niemandem darüber geredet. Aber nicht mehr, weil sie etwas zu verbergen hatte, sondern weil sie etwas ganz für sich behalten wollte.

»Mal im Ernst«, hörte sie Wilfried sagen: »Die Geschichte mit dir, Saskia, war meine aufregendste Liebesgeschichte. Das würde ich sogar sagen, wenn meine Frau dabei wäre, und sie würde es verstehen.«

»Aber ihr habt euch nie wieder gesehen?« fragte Hilde.

»Doch«, sagte Saskia, »im Fernsehen.«

Hilde fragte nach: »Besteht denn da noch eine Gefahr?«

»Das Essen«, lobte Wilfried, »ist ein bisschen ausgefallen, aber wenn man sonst dauernd diese langweilige Haute Cuisine vorgesetzt kriegt...«

KAPITEL 36

»Was ist denn nun mit dem beknackten Dessert, Herr Chefkoch?«

»Immer mit der Ruhe«, brummte er.

»Nee, mein Lieber!« Malve war richtig aufgebracht. »Es ist halb zwölf durch, und die Gäste warten immer noch auf den letzten Gang. Nicht zu reden von Espresso und Digestif.«

Früher hätte sie Kaffee und Schnaps gesagt, aber heute war sie Chefin.

»Haben Gäste noch was vor heute Abend? Oder warum können nicht warten?«

»Weil wir ein bisschen Eindruck machen wollten! Kapiert?«

Mr. Morani lachte. Er nahm seine zerknautschte halbweiße Mütze vom Kopf und wischte sich damit gemächlich Schweißperlen von der Stirn. Dann holte er aus seiner Jackentasche eine etwas platt gedrückte Pappschachtel, fingerte eine Zigarette heraus und suchte nach Streichhölzern, die er in der anderen Jackentasche fand. Malve schaute ihm mit zähneknirschender Ungeduld zu.

»Und?«, fragte sie.

142

»Bis jetzt alles geklappt«, stellte der Koch fest.
»Aber wie! Noch mal schaffen wir so was nicht.«
Er schüttelte den Kopf: »Gibt kein Nochmal.«
»Wie meinen Sie das?«
»Gibt kein Nochmal. Nicht hier. Schluss. Finito.«
Malve nickte, halb erstaunt, halb wissend. Da hatte Morani wahrscheinlich Recht.

Seit Stunden wirbelte Malve durchs Haus, scheuchte das Personal, half Speisen auftragen, spähte nach leeren Gläsern und vollen Aschenbechern, schleppte benutztes Geschirr. Sie spürte sogar einen Spaß daran, hatte sich fast in eine Art Arbeitsrausch hineingesteigert. Das wollte sie doch mal sehen, ob sie wenigstens für dieses Mal die drohende Katastrophe abwenden konnte!

Der Koch hatte seine Mütze wieder aufgesetzt, wie zum Zeichen, dass endlich etwas passieren würde. Tatsächlich schritt er zum Kühlschrank und holte die große Plastikschüssel Mousse au chocolat heraus, die Cornelia noch nachmittags im besten Restaurant am Platze besorgt hatte.

»Wissen Sie überhaupt, Fräulein Malve«, fragte Morani, »unsere Leute diesen Monat noch kein Pfennig Lohn. Kein Pfennig!«

»Nein, das wusste ich nicht. Warum denn?«

Er lachte wieder: »Gute Frage. Vielleicht Lokal läuft zu gut?«

»Oh, machen Sie keine Witze!«

»Sehen Sie, deswegen Leute auch nicht so begeistert bei Arbeit. Aber müssen hier bleiben. Keine Arbeitserlaubnis, Sie verstehen?«

Er winkte zwei der Unbezahlten herbei und wies sie an, die Mousse au chocolat herzurichten.

»Ihre Frau Mutter«, fuhr Morani fort, »ehe heute krank wurde, hat mir Rechnungen gegeben.«

»Was für Rechnungen?«

»Für Gäste. Für Abendessen.«

»Ach so, ja. Ich weiß schon. Irgendwie peinlich.«

Morani nickte: »Für Trinken auch. Aber nicht sehr teuer bei uns.«

Malve hatte das Gefühl, an der Kehle gewürgt zu werden. Welche Peinlichkeit! Conny hatte versprochen, sich zu kümmern. Und trotzdem: Wirkte es nicht schäbig, dass die Klassenkameraden nun plötzlich ihre Zeche selbst bezahlen sollten? Arm waren sie ja nicht direkt, aber seit Wochen hatte Malves Mutter allen angekündigt, sie werde ihre alte Truppe bewirten, dass sich der Ruf ihres Lokals wie Donnerhall verbreiten werde. Und nun das!

Malve lief zur Tür und winkte Cornelia herbei.

»Was machen wir denn nun mit der Zeche? Ich meine, denen müssten wir eher noch was drauflegen für den Härtetest mit dem flauen Futter und dem klammen Service.«

»Wir regeln das«, sagte Cornelia.

»Wollen Sie das vielleicht aus eigener Tasche bezahlen?«

»Wir regeln das.«

»Können Sie nicht wenigstens diesen Bankfuzzi drankriegen?«

»Wir regeln das«, wiederholte Cornelia. »Hauptsache, das Dessert kommt vor morgen Früh.«

KAPITEL 37

»Ruslan, du steckbrieflich gesuchter Ganove! Mit welchen Gaunereien verdienst du derzeit deine Millionen?«

Ruslan, überrumpelt, überlegte blitzschnell, ob er die Frage demonstrativ überhören sollte, als fühle er sich nicht angesprochen.

Aber Wilfried legte schon nach: »Na, komm schon, alter Verbrecher! Wir wissen doch, dass du der Pate von St. Petersburg bist.«

»Was für 'n Pate! Jeder russische Pate ist eine trübe Funzel gegen einen deutschen Großbanker.«

Wilfried lachte. »Aber immer streng legal.«

»Wart's ab!«, entgegnete Ruslan, von der Überrumpelung genesen. »Irgendwann kriegen sie auch dich. Kleine Steuerhinterziehung, nichts Weltbewegendes, zweistelliger Millionenbetrag. Euro, nicht Rubel. Dann kannst du mich in St. Petersburg besuchen. Ich garantiere Sicherheit vor der Polizei, freie Kost und Logis.«

»In deiner Zweizimmerwohnung? Und jeden Tag Borschtsch? Dann lieber in ein anständiges deutsches Gefängnis.«

Das Publikum verfolgte den verbalen Schlagabtausch belustigt. Jetzt, dachte Ruslan, könnte ich meine Brieftasche aufmachen und die Fotos herumreichen von meiner renovierten Villa vor den Toren von St. Petersburg, mit der aufgereihten Familie samt Leibwächter, Gärtner, Köchin, Chauffeur im beigefarbenen Mercedes. Aber gerade jetzt, nach Wilfrieds Attacke, würde es wirken wie das trotzige Auftrumpfen eines Neureichen. Es waren ja noch eineinhalb Tage Zeit, um ihnen klar zu machen, dass der Flüchtlingsjunge etwas darstellte in der neuen russischen Society.

Die hatten doch alle keine Ahnung! Ruslan hätte sie am liebsten an den Ohren gezogen. Die sollten doch mal versuchen, in Russland ein ehrliches Geschäft zu machen. Das brachten sie doch kaum mehr in Deutschland hin! Ruslan war bis zu seiner Rückkehr in die Heimat lange genug tätig gewesen zwischen Hamburg und München, auch zwischen Istanbul und Antwerpen, um sich auszukennen mit der vornehm so umschriebenen Schattenwirtschaft. In Bayern galt es ja traditionell als Volkssport, den Staat zu bescheißen, aber selbst einen wahrhaft ehrbaren hanseatischen Kaufmann musste man inzwischen mit der Lupe suchen. Und da wollten sie sich über Russland mokieren?

»Wir wissen alles über dich«, stichelte Wilfried weiter.

»Was denn zum Beispiel, du Angeber?«, forderte ihn Ruslan heraus. Inzwischen waren jegliche Unterhaltungen erstorben, alle schauten und lauschten.

Wilfried lächelte sein feinsinnigstes Lächeln: »Zum Beispiel könnte ich dich fragen, wo die spottbilligen, angeblich originalen und fabrikgeprüften Markenersatzteile hergestellt werden, die du nach Deutschland exportierst.«

Ruslan war überrumpelt, aber er hielt tapfer dagegen: »Die Teile sind einwandfrei. Es ist noch kein Auto deswegen verunglückt. Und ist es unsere Schuld, dass ihr so viel teurer produziert?«

Woher weiß der Kerl, dachte Ruslan mit etwas feuchten Handflächen, dass ich in diesem Geschäft stecke? Wenn Wilfried es wusste, bestand die Gefahr, dass auch andere Wind bekommen hatten. Zum Beispiel die Zollfahndung. Zum Beispiel die Staatsanwaltschaft.

Ruslan versuchte abzulenken: »Wer von euch war denn schon mal in St. Petersburg?«

Hedwig Weiss bekannte es. Vorletzten Sommer. Eine knappe Woche.

146

»Und wie hat es dir gefallen?«

»Furchtbar. Das altmodische Hotel! Die schlechten Restaurants! Die schäbigen Fassaden. Ich hatte so viel erwartet, aber ich war furchtbar enttäuscht.«

Ruslan musste schlucken. Diese anspruchsvollen Bildungstouristen, vor allem die aus Deutschland, die an allem etwas auszusetzen hatten. Klar war die Stadt heruntergekommen. Wie denn nicht nach über siebzig Jahren Sowjetkommunismus. Und ein paar Jahren Belagerung durch die Wehrmacht. Hatte sich schon mal ein deutscher Tourist nach dieser Geschichte erkundigt? Nein, sie mussten mäkeln.

»Wir waren zu den berühmten weissen Nächten da«, ergänzte Hedwig, »aber was wurde geboten? Regen, Wind, Kälte. Am liebsten hätte ich mein Geld zurückverlangt.«

»Nicht mal das Wetter haben sie im Griff«, spottete Wilfried.

»Als wir hinkamen«, fuhr Hedwig fort, »war gerade die Ausstellung mit den geraubten deutschen Kunstwerken. Beutekunst. Da habt ihr ja ganz schön was abgegriffen.«

O Gott, dachte Ruslan, auch das noch! Muss ich jetzt wieder aufzählen, was sie uns alles geraubt und kaputtgeschlagen haben? Wie konnte eine promovierte Studienrätin so einen Stuss reden!

In diesem Moment wurde zum Glück das Dessert aufgetragen, Mousse au chocolat, mit Beifall bedacht, weil vermutlich keiner mehr damit gerechnet hatte. Malve dirigierte ihr Personal, was Ruslan rührend fand: wie der Chef des Protokolls bei einem Staatsempfang im Kreml.

Er versuchte einen Scherz: »Die rote Grütze ist aber heute ein bisschen dunkel geraten.«

Er sah, wie Malves Miene gefror und Tränen in ihre Augen schossen: »Mensch, Sie Russe!«, rief sie. »Ich reiß mir hier den Arsch auf, und Sie machen ihre blöden Witze.«

Ruslan sprang auf und versuchte sie zu trösten, wogegen sie sich vehement sträubte.

»War doch wirklich nur 'n blöder Witz«, beteuerte er. »Weil mich alle hier anmachen. Da willst du auch mal 'n Stich gewinnen, verstehst du?«

»Aber nicht auf meine Kosten«, sagte sie.

»Es geht immer auf Kosten von jemand anderem. Tut mir leid.«

Malve schnäuzte sich: »In Ordnung. Ich wusste nicht, dass Sie auch so 'n armes Schwein sind.«

Alle löffelten und betonten, das Dessert sei ausgezeichnet gelungen. Die Köche müssten sich eben auf die Dinge konzentrieren, die sie wirklich beherrschten. Malve lächelte vielsagend.

In einer stillen Sekunde zog Ruslan Wilfried beiseite: »Sag mal, was weißt du wirklich über unsere Autoteile?«

Wilfried hatte sich einen Zigarillo angezündet und zog zweimal daran, ehe er antwortete: »Man redet so. Es wird ja viel geredet. Keiner schaut da ganz durch. Aber wenn du es mir jetzt bestätigst ...«

»Also weißt du gar nichts Genaues?«

»Doch, jetzt schon.«

Ruslan ballte eine Faust: Wilfried war und blieb ein Oberganove.

»Sag mir mal ganz was anderes«, meinte Wilfried mit gedämpfter Stimme: »Hattest du damals in der Dreizehnten nun ein Verhältnis mit Anita Kramer oder nicht?«

148

Ruslan machte ein erstauntes Gesicht: »Ich? Mit Anita?«

»Warum hat sie sich das Leben genommen? Etwa aus Angst vorm Abi? Das glaubt doch kein Mensch.«

Ja, ja, ja! Sie hatten ein Verhältnis gehabt. Was hieß eigentlich Verhältnis? Sie waren verknallt gewesen. Ein paar Monate lang. Bis eben eine andere kam. Selbstverständlich wechselte man, wenn die Neue attraktiver war. Warum nicht? War man zu irgendetwas verpflichtet?

»Gut, da war etwas«, sagte Ruslan. »Aber nur so eine Liebelei. Mit ihrem Tod hatte das nichts zu tun.«

»Das glaube ich dir nicht«, antwortete Wilfried.

Ruslan hob die Schultern: Sollte Wilfried glauben, was er wollte. Hier war schließlich kein Tribunal.

»Was übrigens deine florierenden Geschäfte angeht«, sagte Wilfried: »Leute wie dich können wir als Partner brauchen. Keine politischen Träumer. Aktive, innovative, flexible Leute. Egal, ob sie nun aus dem alten Apparat stammen oder nicht. Es muss nur alles halbwegs legal sein.«

Na, dachte Ruslan, fängt die Reise doch an, sich zu lohnen?

KAPITEL 38

»Hedwig, warum sind Sie eigentlich noch nicht Oberstudienrätin?«, fragte mit freundlichem Lächeln Oberstudienrätin a.D. Dr. Mechthild Canisius.

Hedwig Weiss warf ihrer ehemaligen Klassenlehrerin einen prüfenden, eigentlich misstrauischen Blick zu. Sie konnte sich nicht vorstellen, dass die Frage aus menschlicher Anteilnahme gestellt war. Diese alte Giftspritze!

»Ich habe wichtigere Ziele im Leben verfolgt«, antwortete Hedwig kühl. »Familie, drei Töchter, alle gut geraten. Da brauche ich nicht die höheren Weihen der Kultusverwaltung.«

»Kinder hatte ich auch«, entgegnete Frau Dr. Canisius. »Und trotzdem habe ich gesagt: Wenn du etwas machst, dann machst du es ganz. Oder?«

»Stehen Sie auch auf dem Standpunkt«, fragte Hedwig betont spitz zurück, »dass der Mensch erst beim Oberstudienrat beginnt?«

Frau Dr. Canisius lächelte.

Wie oft, überlegte Hedwig, hatten die Klassenkameraden damals gestritten, ob Frau Doktor eine hervorragende Pädagogin sei oder eine Katastrophe. Sie verstehe es, sagten die einen wie Wilfried Honnegger, ihre Schüler zu motivieren, um sie dann an langer Leine laufen zu lassen. Das sei langfristig viel effektiver, als ständig zu kontrollieren und zu ermahnen. Aber warum die lange Leine? fragten die anderen wie Pius Heinzelmann. Doch nur, damit sie selbst sich nicht mühen müsse. Sie spule doch nur noch routiniert ihr Pensum ab, das sie auswendig beherrsche, und versuche, mit möglichst wenig zeitlichem und intellektuellem Aufwand ihre Pensionierung zu erreichen. Sei das nicht ihr gutes Recht nach dreißig Jahren im Dienst? fragte zum Beispiel Conny. Und sei es nicht ein unschätzbarer Vorteil für die Schüler, dass sie eben nicht Versuchskaninchen sein mussten für – sagen wir einmal – eine unerfahrene Kraft

wie ihre hübsche, charmante, aber oftmals hilflose
Jungpädagogin Saskia Weseler? Aber die, sagten
Wally und Sissi, habe sich, bei aller erkennbaren
Unsicherheit, wenigstens bemüht, ihre Schüler ge-
recht zu behandeln. Die alte Dame hingegen habe
sich ziemlich hemmungslos ihren Sympathien und
Antipathien hingegeben. Sei das etwa pädago-
gisch wertvoll? So damals der Streit.

»Was macht Ihr Herr Gemahl?«, fragte Frau
Dr. Canisius.

»Oberstudienrat«, antwortete Hedwig beiläufig.

Die alte Dame lächelte, und Hedwig dachte: Ein
gewisses Format konnte man ihr ja nicht abspre-
chen; jede andere hätte jetzt eine unpassende Bemerkung über Rollenverteilung der Geschlechter
gemacht.

»Und Ihre Kinder?«

»Setzen die Dynastie fort. Studieren alle höheres Lehramt. Die Älteste ist gerade Referendarin
an unserem Gymnasium.«

»Sehen Sie, das ist es ja!«, rief Frau Dr. Canisius.
»Ich habe schon damals gefunden, Sie sollten nicht
an der Schule Abitur machen, an der Ihre Mutter
unterrichtete. Das führt zu nichts Gutem. Da werden Sie immer anders behandelt als jede andere.«

»Von Ihnen, erinnere ich mich, wurde ich jedenfalls nicht gut behandelt.«

Es war wieder so eine Situation, in der die anderen im Raum ihre Gespräche einstellten, um zu
lauschen. Damals, vor über dreißig Jahren, hatten
alle die Spannung zwischen ihrer Klassenkameradin und ihrer Klassenlehrerin mitbekommen. Und
schon damals war die Solidarität geteilt gewesen.

»Ich habe Sie, glaube ich, nicht ungerecht
behandelt«, erwiderte Frau Dr. Canisius. »Sagen

wir, nicht ungerechter als andere. Aber ich muss Ihnen im Nachhinein schon mitteilen, dass es mir auf die Nerven ging, wenn Ihre Frau Mutter mich im Lehrerzimmer beiseite nahm und sich dringend erkundigte, ob die letzte Note für ihre Tochter gerechtfertigt gewesen sei. Sie habe den Aufsatz gelesen und sei ganz objektiv der Meinung ...«

»Das glaube ich nicht!«, rief Hedwig.

Sie glaubte es wirklich nicht. Sie hatte auch nie ihre Mutter gebeten, in irgendeiner Weise zu intervenieren. Es wäre ihr unbeschreiblich peinlich gewesen.

»Sie glauben es nicht?«, fragte Frau Dr. Canisius. »Ich bin zwar schon achtzig, aber ich habe noch ein präzises Gedächtnis. Es war misslich, solche Gespräche zu führen. Und nun sind Sie Studienrätin an derselben Schule wie damals Ihre Mutter. Ihre Töchter waren dort Schülerinnen, und die älteste ist dort Referendarin. Haben Sie nicht das Gefühl, es müsste mal jemand ausbrechen?«

»Es gibt eben bodenständige Typen«, mischte sich Wilfried Honnegger ein. »Unsere Wirtin Wally könnte kein Bistro in Paris eröffnen, unser Seelsorger Pius braucht den warmen Mief seiner Schäfchen, unser Künstler Hansjörg muss mit seinen regional bedeutenden Werken in die örtliche Presse, und unser Musiker Amadeus wäre bei den New Yorker Philharmonikern selbstmordgefährdet. Ebenso kann Hedwig zum Segen der nachwachsenden Generationen nur wirken, wenn sie nicht dauernd ihre Bodenständigkeit infrage stellt.«

Jaja, so war Wilfried immer schon gewesen: den Bedrängten beispringen, indem man sie auf die Schippe nahm und dem allgemeinen Amüsement zur Verfügung stellte.

»Ich wollte Ihnen keine Vorwürfe machen«, lenkte Frau Dr. Canisius ein. »Mich geht es ja auch nichts mehr an. Aber eines Tages wird die Planstelle sicher erblich.«

»Ach, jetzt hören Sie doch auf!«, rief Hedwig. »Es kommt doch darauf an, wie man seinen Job macht. Sie haben ja immer nur nach einem Weg gesucht, möglichst unbehelligt ihre Pensionierung zu erreichen.«

Hedwig erschrak über ihre eigenen Worte und schaute sich hilfesuchend um.

»Leute, es ist vierundzwanzig Uhr!«, rief in diesem Augenblick Conny und stimmte an: »Happy birthday to you!«

Alle fielen ein, und Hedwig war, wie offenbar ein jeder, gespannt, um wessen Birthday es sich handeln könne.

»Happy birthday, liebe Hilde«, sang Conny, »Happy birthday to you!«

»Mensch, dass du daran gedacht hast!«, rief Hilde. Mehrere standen von ihren Stühlen auf und stellten sich an, bald in einer langen Schlange, um Hilde in die Arme zu nehmen und ihr einen Kuss aufzudrücken. Das Lied wurde spontan ein weiteres Mal angestimmt. Die Jubilarin streckte die Arme aus und herzte alle, wobei sie jeweils fragte, wer denn als Nächstes vor ihr stand. Hedwig reihte sich ebenfalls ein und kam neben Frau Dr. Canisius zu stehen.

»Seien Sie doch mal ganz ehrlich«, sagte Hedwig: »Wenn ich nicht so gut gewesen wäre, hätten Sie mich mit Wonne vor dem Abi abgesägt.«

»Wem hätte ich damit einen Gefallen getan?«

»Ihrer Eitelkeit.«

»Ach Gottchen!«, sagte Frau Dr. Canisius.

153

KAPITEL 39

»Nein, ehrlich, Conny! Dass du daran gedacht hast!«

Hilde konnte sich nicht fassen und spürte Tränen aufsteigen. Woher wusste Conny, dass sie heute Geburtstag hatte? Bei den paar Malen, die sie telefoniert hatten im Vorfeld des Klassentreffens, auch über den Termin, war kein Wort darüber gefallen. Hilde hatte sogar überlegt, ob sie heute selbst um vierundzwanzig Uhr damit herausrücken sollte, denn der Anlass, immerhin das halbe Jahrhundert, konnte nicht einfach mit Schweigen übergangen werden. Nun also Conny! So war sie eben.

Hilde schüttelte Hände und nahm Umarmungen entgegen. Sie kannte eine jede und einen jeden an der Stimme, da gab es keinen Zweifel und kein Vertun. Sie nahm alle in den Arm und fühlte manches, was sie nicht hatte sehen können. Zum Beispiel, dass sich Lukas Förster, der Mann mit den Wurstclipsen, einen bemerkenswerten Bauch angefuttert hatte.

»Musst du Werbung für Wurstessen machen?«, fragte sie.

»Mein Job ist hart« erwiderte Lukas, »und erfordert in der Tat körperlichen Einsatz.«

Pius Heinzelmann wirkte hager wie damals, wie die Karikatur eines frommen Asketen, äußerlich jedenfalls. Ansonsten hörte man ja so manches. Editha wie früher mit beherrschendem Busen, an dem man nicht vorbeikam, wenn man die Gratulation entgegennehmen wollte. Zu Andreas Aumüller in seinem Rollstuhl musste Hilde sich hinunterbeugen.

»Wir zwei Krüppel«, murmelte er und schüttelte lange ihre Hand.

154

»Aber wir leben noch«, antwortete Hilde. »Anita: Selbstmord. Karin: Krebs.«

Sissi, Hansjörg, Heiner, Konrad, Amadeus.

»Amadeus, bei eurem letzten Konzert vorige Woche habe ich dich genau herausgehört. Bei der Mozart-Sinfonie. Im dritten Satz. Da hast du deinen Einsatz total verschlafen.«

»Aber ich habe es doch wieder reingeholt!«

»Am Ende warst du sogar zu früh fertig. Lass mir den Spaß an eurem Bemühen! Viel anderes habe ich ja nicht mehr.«

Hedwig, Wilfried, Ruslan. Hilde hatte die Gesichter vor Augen, wie sie damals ausgesehen hatten. Sie tastete mit den Fingern über Stirn, Wangen, Lippen, Kinn und machte sich ihr Bild. Das hätte sie früher nie für möglich gehalten, dass das Gehirn in der Lage war, aus Berührungen der Fingerspitzen Bilder im Kopf zu formen. Doch, sie erkannte alle wieder. Die Lehrkräfte danach. Zum Schluss Conny.

»Was schenkt man jemandem«, fragte diese, »der alles hat, was er braucht, außer dem einen? Etwas zum Hören natürlich. Du mochtest früher immer George Gershwin besonders. Hier hast du ihn auf CDs. Alles von Gershwin. Oder fast alles, ich hab's nicht nachkontrolliert. Und jetzt lasst uns endlich anstoßen!«, rief sie, »es ist schon zehn Minuten nach Mitternacht.«

Eigentlich fühlte sich Hilde zu einer Rede gedrängt. Aber sie fand keinen Gedanken. Irgendetwas von damals? Darüber sollten Begabtere, Gewandtere reden. Über ihr Leben? Ihre Ehe? Ihre Scheidung, als die Krankheit unausweichlich war. Die Rückkehr in die Heimatstadt, weil sie dort alle Wege auswendig wusste seit Kindesbeinen. Das

Heim, ihr Zimmer, ihre Stereoanlage. Wenn jemand das alles wissen wollte, würde er sie fragen. Keine Rede!

Das Tonband! dachte sie. Ihr Tonband, das sie vorhin nur ansatzweise gehört hatten. Die Statements von damals mit den Plänen, Wünschen und Träumen, ohne die Ahnung, dass meistens alles ganz anders kam.

»Wenn ihr mir einen Gefallen tun wollt«, sagte Hilde, »dann hört euch mit mir zusammen die Interviews an, die ich damals bei der Abifeier gemacht habe. Was ein jeder sich vorstellte und erhoffte.«

Es kam kein Widerspruch.

»Ich weiß nicht, mit wem es weitergeht, ich drücke einfach mal ab.«

»Andreas«, ließ das Tonband hören, *»was du möchtest, kann ich mir denken.«*

»Du hast Recht. Ich kann mir nicht vorstellen, für immer in diesem verfluchten Rollstuhl zu sitzen. Ich muss da wieder raus. Und ich komme da wieder raus! Ich meine, ich kann mir einfach nicht vorstellen … Anderenfalls … Na ja, ihr versteht schon.«

»Ich wünsche es dir. Wir wünschen es dir. Als Nächste Editha: deine Pläne?«

»Am liebsten was Vernünftiges. Am liebsten Professorin. Aber wenn alle Stricke reißen, gehe ich in die Politik.«

Es wurde Beifall geklatscht, und jemand, es schien Amadeus zu sein, das war in dem Stimmengewirr nicht genau zu hören, rief: »Editha for President! Sie hat die Qualifikation dafür: Sie hat nichts Vernünftiges geschafft!«

Hilde musste das Band ein kleines Stück zurücklaufen lassen, damit die nächste Frage zu verstehen war.

»*Amadeus, du wirst in den Konzertsälen der Welt gastieren?*«

»*Um Gottes willen!*«, hörte man ihn entsetzt rufen: »*Deutschland hat eine Musiktradition zu verteidigen! Soll ich die verraten?*«

»*Ruslan, Generalsekretär der KPdSU kannst du ja mit deiner Familiengeschichte nicht werden. Worauf weichst du also aus?*«

»*Mein Traum ist*«, hörte man Ruslan mit seinem rollenden R und großem Ernst sagen, »*eines Tages in meine befreite Heimat zurückzukehren und zu helfen, dass Russland ein Land der Gerechtigkeit und der Ehrlichkeit wird.*«

»Und warum machst du es dann nicht?«, rief Wilfried.

»Eins nach dem anderen! Erst mal die Grundlage.«

Hedwig war an der Reihe und antwortete auf Hildes Frage: »*Ich? Ich werde mir die große weite Welt im Fernsehen ansehen und ganz unoriginell Lehrerin an unserer Schule werden.*«

»Sehen Sie!«, rief Frau Dr. Canisius: »Unoriginell haben Sie selbst sich damals genannt. Unoriginell! Der Sprung vom Klassenzimmer ins Lehrerzimmer: ungefähr fünfundvierzig Meter.«

Wieder war es Wilfried, der etwas dazu zu sagen hatte; wahrscheinlich, dachte Hilde, muss er in seiner Position zu allem etwas zu sagen haben.

»Glauben Sie, Frau Dr. Canisius«, fragte er diesmal ganz ernsthaft, »irgendwo auf der Welt ist es fundamental anders als irgendwo anders auf der Welt? Wärmer ist es, kälter, ärmer, reicher, chinesischer. Aber anders? Ist es also ein Wert an sich, einfach anderswo zu sein. Ich frage Sissi: Was ist bei euch am Amazonas anders?«

»Du hast Recht. Wärmer ist es. Aber nicht chinesischer.«

»Otto, wie ich dich kenne, ist deine Laufbahn vorgezeichnet bis zur Pensionierung?«

»Ja, fünfundvierzigeinhalb Jahre muss ich noch runterreißen, dann ziehe ich mich nach Gran Canaria zurück.«

»Und bis dahin?«

»Nein, im Ernst«, erklärte Otto, *»Vorstandsmitglied einer Großbank ist das Mindeste.«*

»Das ist normalerweise auch kein Problem«, warf Wilfried ein. »Seitdem ich es geworden bin, staune ich, wer alles so etwas werden kann.«

»Heiner, du bist dran. Du wirst auf der Bühne völlig neue Maßstäbe setzen, oder?«

»Kannst du mir sagen, wie spät es ist?« »Na gut, dann eben nicht.«

»Ihr habt mich damals nicht richtig ernst genommen«, beklagte sich Hilde. »Ich wollte ein Zeitdokument schaffen, aber es ist mir nicht gelungen. Ihr wart nicht reif genug dafür.«

»Was hast du denn für dich selbst vorher gesagt«, fragte Cornelia.

»Eins nach dem anderen! Erst mal kommt Hansjörg.«

Sie drückte auf Play, aber es war nichts zu hören.

»Ich glaube«, sagte sie, »ich habe irgendwelchen Mist gebaut. Aber keine Angst, ihr kriegt es noch zu Ende zu hören.«

»Vielleicht ist es ja gelöscht«, hörte sie jemanden sagen.

Das hättet ihr gern! dachte Hilde.

KAPITEL 40

Malve war völlig kaputt.

So einen Tag hatte sie noch nie durchgestanden. Ein bisschen spürte sie Hochachtung vor ihrer Mutter, die jeden Abend bis in die Puppen hinter diesem Tresen stand. Außer montags. Ein paarmal in diesem Jahr hatte Malve miterlebt, wie ihre Mutter minütlich trunkener werdenden Gästen einschenkte, denen man eigentlich das nächste Glas hätte verweigern müssen. Aber sie wollten weitertrinken und dafür vor allem weiterzahlen. Bis sie sich im Morgengrauen mit sanfter Gewalt hinausdrängen ließen. Mit schöner Regelmäßigkeit erzählte Wally Masebach dann ihren Lieblingswitz aus dem beruflichen Umfeld: Komme ich heute Morgen aus meiner Stammkneipe, tritt mir doch so ein besoffener Kerl auf die Hand!

Die Gäste des Klassentreffens waren nach der Beglückwünschung der blinden Hilde nach und nach aufgebrochen, bis auf Cornelia und diesen Hajö, der, wie Malve heute Abend begriffen hatte, damals Cornelias Lover gewesen war. Irgendwie witzig die Vorstellung, dass diese Oldies sich seinerzeit verknallt und angebaggert hatten! Richtig pervers. Der Gedanke, dass die Oldies damals dreißig Jahre jünger waren, kam ihr freilich nicht.

»Malve, du hast einen guten Job gemacht heute Abend«, lobte Cornelia. »Du musst auch ziemlich Scholle sein.«

»Ziemlich was?«

»Groggy. Oder wie ihr das heute nennt. Die Sache mit der Rechnung fürs Abendessen regeln wir.

159

Mach dir da keine Gedanken! Hajö und ich machen uns mal auf die Socken. Schlaf gut!«

Malve schloss die Tür. Mann, so ein Abend! Irgendwie auch witzig. Viel hatte sie nicht mitbekommen von den Sympathien und Animositäten zwischen den alten Klassenkameraden. Sie war fast pausenlos hinterher gewesen, dass das Personal, das sie inzwischen nach Hause geschickt hatte, den Abend nicht zu einem völligen Fiasko werden ließ. Spätestens am Montag, dem Ruhetag, würde man darüber reden müssen, ob es überhaupt weiterging. Derartige Fragen waren bisher an Malve nicht herangetreten.

Sie begann volle Aschenbecher und leere Gläser einzusammeln. Das machte jetzt, lange nach Mitternacht, eigentlich keinen Sinn, aber sie musste etwas tun, sinnvoll oder nicht. Malve hatte sich wirklich wenig gekümmert um das Lokal ihrer Mutter, das sie nur Kneipe nannte oder im Stillen für sich auch Kaschemme. Aber heute Abend war ihr erstmals richtig bewusst geworden, dass die ganze Chose auch sie etwas anging.

»Was machst du denn hier?«

Malve erschrak. Sie hatte nicht damit gerechnet, dass ihre Mutter so spät noch auftauchte, im Morgenmantel und mit vom Schlaf zerdrückten Haaren.

»Wieso sind die Gäste alle weg?«

»Es ist halb eins.«

»Na und? Sind auch nicht mehr das, was sie mal waren: um halb eins schlappmachen!«

Malve lag die Erwiderung auf der Zunge, dass man gut reden habe, wenn man sich den ganzen Abend ins Bett verdrückt hatte, aber sie hielt sich zurück.

»Hat alles geklappt?«, fragte ihre Mutter.

»Wir haben großen Eindruck gemacht«, spottete Malve.

Ihre Mutter griff nach einer Zigarettenschachtel auf dem Tisch, die sich als leer herausstellte. Auch in den Taschen ihres Morgenmantels fand sich nichts. Sie nahm irgendein halb volles Glas vom Tisch und leerte es.

»Haben die Gäste bezahlt?«, fragte sie.

»Was für Gäste?«, fuhr Malve auf. »Du kannst doch hier nicht die Superwirtin mimen und hinterher mit dem Hut rumgehen. Das ist doch peinlich.«

»Wer soll es sonst bezahlen?«, fragte Malves Mutter. »Du vielleicht?«

Das war doch nicht die Frage! Es war doch alles nicht Malves Schuld. Sie hatte doch schon, die Lage ahnend, alle persönlichen Ansprüche auf ein Minimum herabgeschraubt. Keine Designer-Klamotten, auf die ihre Klassenkameradinnen Wert legten, allenfalls aus dem Second-Hand-Shop. Tennis interessiere sie nicht, antwortete sie ihren Freundinnen, um zu kaschieren, dass sie das Geld dafür nicht hatte. Einen Motorroller hätte sie gern gehabt, aber sie gab sich vernünftig und versicherte, Zweiradfahrer seien im Straßenverkehr extrem gefährdet. Was sollte also die Frage, ob Malve das Menü zahlen wolle?

»Vielleicht sollte ich wirklich Wilfried ansprechen«, überlegte ihre Mutter.

»Und was soll der tun?«

»Dafür sorgen, dass ich noch mal einen Kredit kriege.«

Malve verstand nur das Nötigste von Schulden und Krediten und Zinsen und diesem ganzen Er-

161

wachsenenkram. Auf dem Gymnasium stand eine derart lebensnahe Materie nicht im Lehrplan, und ihre Mutter hatte sie stets außen vor gehalten. Aber Malve hatte mitbekommen, dass niemand mehr ihrer Mutter Geld pumpen wollte, weil keine Chance war, es jemals wiederzusehen.

»Euer Big Boss«, sagte sie, »könnte dir bestimmt zu einem Kredit verhelfen. Aber zurückzahlen musst du ihn blöderweise selbst.«

Malve sah, wie ihrer Mutter Tränen in die Augen stiegen. Das konnte sie gerade noch brauchen, am Ende dieses aufwühlenden Abends.

»Lass uns am Montag über alles reden«, schlug sie vor. »Vielleicht müssen wir Personal abbauen. Vielleicht muss ich mit einsteigen. Ich weiß es doch auch nicht.«

»Wenn für heute Abend keiner bezahlt«, rechnete ihre Mutter, »dann macht das über tausend Mark Einnahmeausfall. Plus die Gäste, die wir mit unserer geschlossenen Gesellschaft vergrault haben. Wie viel Wein ist überhaupt getrunken worden?«

»Ich hab nicht nachgezählt. Außerdem wird Conny sich um das alles kümmern.«

»Ach ja, Conny!«, rief sie. »Immer müssen andere es für mich richten!«

Malve hätte ihre Mutter gern in den Arm genommen. Aber noch wurmte sie, den ganzen Abend im Stich gelassen worden zu sein. Also keine Vertraulichkeit jetzt.

»Lass uns schlafen gehen«, sagte sie. »Heute Nacht retten wir die Kneipe nicht mehr. Pardon: das Restaurant.«

KAPITEL 41

So eine laue Nacht!

In Wallys Kneipe hatte sich eine Mischung aus Zigarettenqualm und Bierdunst festgekrallt, die man wahrscheinlich auch mit energischstem Durchzug nicht vertrieben hätte. Jetzt frische Luft um die Nase. Ein Kilometer etwa bis zum Hotel. Bitte kein Taxi! Wieder mal die oft beschriebene Beobachtung, dass man auf den Pfaden von früher instinktiv seine Richtung einschlug, ohne nachdenken zu müssen. Freilich, hier war auch nicht Berlin oder Paris, das machte es einfach.

Dieses Nest! In dem Hochglanzfaltprospekt mit Hotelempfehlungen, den Conny als Anlage zur Einladung verschickt hatte, war das Städtchen wie der Mittelpunkt des Universums eingezeichnet, blaue Pfeile wiesen sternförmig von London, Brüssel, Paris, Mailand, Wien, Prag, Warschau, Berlin auf einen satten roten Punkt: der Nabel der zivilisierten Welt! Dass die Tourismus-Manager nie merkten, wo die Grenze zur Lächerlichkeit war.

Wilfrieds Vater war zur Mitte seiner Laufbahn irgendwie in dieser Stadt hängen geblieben. Eigentlich hatte er vorgehabt, an einem der großen internationalen Finanzplätze eine dominierende Rolle zu spielen und Geldströme um den Globus zu lenken. Es war ihm schwer gefallen, vor sich und anderen zu rechtfertigen, dass es eben nicht Frankfurt, Brüssel, Paris oder New York geworden war. Am Ende hatte das Argument herhalten müssen, er habe seiner Familie so ein Zigeunerleben nicht zumuten wollen. Wilfried hatte das eine Zeit lang sogar geglaubt und seinem Vater dafür gedankt.

»Dachtest du wirklich«, fragte Wilfried, »dass

damals keiner was mitbekommen hat von unserer Affäre?«

Saskia Weseler blieb stehen und nickte nachdrücklich. »Ich habe es felsenfest geglaubt.«

Auch Wilfried blieb stehen: »Du kannst dich nicht jede Minute so benehmen, als sei da nichts. Das hältst du nicht durch. Vor allem hat jeder bemerkt, wie sich die Frau Studienassessorin über ihren Schüler gebeugt hat, um in sein Heft zu schauen. Übrigens ein besonders angenehmes, wärmendes Gefühl im Nacken.«

»Herr Honnegger, jetzt gehen Sie zu weit!«

»Ich weiß, ich weiß. Bist du eigentlich verheiratet?«

»Nicht mehr.«

Wilfried legte seinen Arm um ihre Schulter: »Saskia, aus uns wäre nichts geworden. Aber du bist und bleibst wirklich meine schönste Liebesgeschichte.«

Sie antwortete nicht. Sie gingen weiter, und er schaute sie von der Seite an. Ihm war, als schimmerte etwas in ihren Augen, aber vermutlich war es nur der Schein der Laterne. Es war nicht die große Liebe gewesen, nur eine kurze Leidenschaft mit dem Reiz des Verborgenen und Verbotenen. Wobei die Rollen so verteilt waren, dass er, der Jüngere, das Heft in der Hand und die Richtung angegeben hatte. Er hatte das Auto besorgt, das Lokal im Nachbarort ausgesucht, das Hotel auf dem Lande. Sogar die Rechnung bezahlt. Sie hatte sich führen lassen, in jeglicher Hinsicht. Manchmal hatte er sogar gedacht: Warum haben wir nicht mal Streit um etwas und sei es eine Kleinigkeit! Aber Saskia wollte offenbar nichts weiter als diese heimliche Liebelei genießen.

»Sag mal, kannst du einfach so ohne Bodyguards hier herumlaufen?«, meinte Saskia.

Das fiel ihm erst jetzt auf: dass er seine Leute vorhin ins Hotel geschickt hatte und ohne seine Schatten nächtens unterwegs war. Das hatte er lange nicht getan. Im Grunde ging ihm die dauernde Einengung seiner Freiheit auf die Nerven. Wenn er über ihre Notwendigkeit und ihren Umfang verhandelte, hatte er manchmal das Gefühl, die Sicherheitsbehörden wollten ihm den Schutz rund um die Uhr förmlich aufdrängen. Warum? Nur aus Angst, nach einem Anschlag des Versäumnisses gescholten zu werden? Oder doch um die Wichtigkeit ihrer Institution zu demonstrieren? Es war lange nichts mehr vorgefallen, die verblendeten Desperados hatten, jedenfalls in diesen Breiten, die Waffen gestreckt. Was also drohte noch? Natürlich der Anschlag eines Geistesgestörten. Oder eine Entführung durch Erpresser. War nicht so gut wie jeder Erpresser früher oder später ins Netz gegangen? Weil einfach keiner von ihnen intelligent genug war? Aber immer wieder hielten sich welche dafür. Also durfte man eigentlich nicht nach Mitternacht ohne Schutz herumlaufen.

»Du hast Recht«, sagte er, »eigentlich ist diese Stadt ein viel zu gefährliches Pflaster.«

»Ich habe das schon ernst gemeint. Macht dich das nicht verrückt, dass du ständig hinter so jemandem hertrotten musst?«

»Im Ernst: Wenn du einen Job machst wie ich, bist du ohnehin total fremdbestimmt. In den praktischen Dingen sowieso. Aber sie legen dir auch irgendwelche Blätter Papier zum Unterschreiben vor, sie drücken dir irgendwelche Festreden zum Vorlesen in die Hand, sie schreiben dir irgendwelche Strategien für Verhandlungen auf. Manchmal hast du das Gefühl, du hast ganz allein was entschieden. Aber dann siehst du das ironische Lächeln in den Augen deiner engsten Mitarbeiter und weißt: Du hattest gar keine Alternative.«

»Und das macht dir Spaß?«, fragte Saskia.

Wieder blieb Wilfried stehen: »Du kannst vielleicht Fragen stellen.«

»Ich nehme an, du wolltest im Leben einfach nur nach oben.«

»Ich nehme an, du hast Recht.«

Als sie sich ihrem Hotel näherten, kam Wilfried der unvermeidliche Gedanke, wie es wäre, ihre Liebschaft von damals für eine Nacht wieder aufleben zu lassen. Daran hatte er oft gedacht, noch viele Jahre lang, bis er Saskia fast aus seiner Erinnerung verloren hatte. Nun stand alles wieder vor seinen Augen, ihrer beider Leidenschaft und Hingabe. Die Gelegenheit war da, sie wohnten im selben Hotel, niemand würde ihnen auflauern und nachspionieren. Nicht mal seine Bodyguards, die waren entlassen bis morgen Früh. Ein paar Drinks an der Hotelbar und dann das standardisierte Ritual. Nehmen wir noch einen letzten Schluck aus meiner Minibar?

»Diese Sekretärin, die du da bei dir hast«, sagte Saskia, »ist eine verteufelt hübsche Person. Ist sie auch gut?«

»Meine Sekretärinnen gehen nicht mit mir auf Reisen«, antwortete Wilfried und betonte die Mehrzahl. »Frau Mausbach ist meine Assistentin.«

»Und ist sie gut?«

»Sie ist sehr gut. Sonst wäre sie nicht meine Assistentin. Wir sind keine karitative Organisation.«

Warum musste Saskia jetzt danach fragen?

Als sie die Hotelhalle betraten, erhob sich Frau Mausbach von einem Sofa und steuerte auf Wilfried zu: »Herr Dr. Honnegger, der Herr Minister wünscht sie dringend zu sprechen.«

Wilfried schaute auf seine Uhr und schüttelte den Kopf: »Mausi! Es ist halb zwei Uhr früh.«

»Sie sollen ihn auch spät noch anrufen, ich verbinde sie.«

Frau Mausbach zückte ihr Handy und wählte.

»Ja, Herr Minister«, meldete sich Wilfried, »geht es wieder um die Bundesliga?«

»Ich brauche einen neuen Staatssekretär«, antwortete der Minister.

»Oh, wenn es sonst nichts ist. Ich könnte Ihnen verschiedene empfehlen, auch aus unserem Hause.«

»Sie wissen doch, was ich meine.«

»Um Gottes willen!«, rief Wilfried und merkte im selben Augenblick, dass er undiplomatisch spontan reagiert hatte. »Ich meine, dafür bin ich überhaupt nicht geeignet. Verstehen Sie: Politische Taktik ist mir viel zu anspruchsvoll. Ich kann bloß rechnen, und manchmal geht es auf.«

»Ich habe schon verstanden«, antwortete der Minister. »Sie sind ein wichtiger Mensch und wollen es bleiben. Aber ich werde nicht so schnell aufgeben! Rechnen Sie mit meiner Hartnäckigkeit. Kennen Sie schon die Bundesliga-Ergebnisse? Fast nur Unentschieden. Wozu sie bloß diese Drei-Punkte-Regel eingeführt haben!«

Staatssekretär! Wilfried schüttelte, als der Minister aufgelegt hatte, energisch den Kopf. Staatssekretär! Ein besserer Assistenten-Job. Etwas für Frau Mausbach, aber nicht für Wilfried Honnegger! Nein, das war zu überheblich, er nahm es zu-

167

rück. Unter den Beamteten waren hervorragende Leute, er kannte viele, sie waren fachlich meistens um Längen besser als die wechselnden Minister und Parlamentarischen. Aber welche Macht, welchen Einfluss hatten sie? Sie versuchten ihrem Herrn und Meister geduldig nahe zu bringen, wo es langgehen müsste, wenn alles mit rechten Dingen zugehen sollte. Aber entschieden wurde letzten Endes in Zirkeln und Küchenkabinetten nach politischer Opportunität. Nein, auch wieder verkehrt! Entschieden über die wichtigen Dinge wurde in den Aufsichtsgremien der großen Banken und Konzerne. Entschieden wurde von Leuten wie ihm. Wilfried als Staatssekretär? Er wäre nach der ersten Woche mit lautem Knall geplatzt.

»Darf ich die Damen noch zu einem Drink einladen?«, fragte er.

Frau Mausbach lehnte lächelnd ab. »Es ist spät. Wenn noch etwas sein sollte: Ich habe Zimmer zweihundertzwanzig.«

»Und wie ist es mit dir?«

Saskia schüttelte den Kopf: »Es war ein langer Tag.«

Wilfried geleitete sie zum Aufzug und verabschiedete sie mit dezentem Kuss. Dann gesellte er sich zu sich selbst an die Bar und bestellte einen Scotch Whisky. Nein, ohne Eis und ohne Wasser, sondern so, wie die Schotten ihn tranken. Er wärmte das Glas zwischen den Händen, bis der Whisky sein Aroma hergab. Der Barkeeper nickte fachmännisch anerkennend.

Merkwürdig, Wilfried war plötzlich völlig unter sich. Der Barkeeper hätte ihn eigentlich erkennen müssen, den Vorstandssprecher. Aber wahrscheinlich rechnete der Mann nicht damit, dass Leute dieses Kalibers hierher kamen. Ein Hotel für Handelsvertreter, für die es zu den erstrebenswertesten Ausbrüchen aus dem Trott zählte, sich an einer Hotelbar wie dieser festzuklammern. Wilfried hasste Hotelbars, schon gar, wenn er dort allein war.

Er begann unwillkürlich über sich nachzudenken. Normalerweise war er in Anspruch genommen. Minütlich. Es war völlig ungewohnt, dass niemand etwas von ihm verlangte. Die Frage war nur, ob es ihn beunruhigte, schon seit mehreren Minuten nicht mehr wichtig zu erscheinen. Wo doch sonst immer alle eifrig nickten und buckelten und nach seiner Hand griffen. Und nun? Ein paar gelangweilte Barhocker, die dringend ins Bett gehört hätten, schauten durch ihn hindurch. Ein noch halb nüchterner Vertreter prostete ihm angeregt zu, Wilfried prostete gnädig zurück. Ob er aus Wattenscheid sei, fragte der Mann, man müsse sich schon mal begegnet sein. Aus Bottrop, log Wilfried, daher wohl. Er hätte nur sagen müssen, wer er war, und alles wäre aufgesprungen. Fast hätte er es getan.

»Hey, Wilfried! Gut, dass ich dich noch treffe.«

Conny war hereingekommen, Hansjörg im Schlepptau.

»Wir haben ein Problem«, eröffnete sie. »Wally kann uns nicht einladen zu dem köstlichen Menü, das wir heute Abend genossen haben. Wally ist nämlich pleite. Was machen wir da?«

»Mir fällt schon was ein«, erwiderte Wilfried. »In meinem Job ereilt mich alle naslang ein mehr oder weniger dezenter Wunsch.«

»Du bist eben wichtig«, sagte Hansjörg. »Kommst du dir hier jetzt nicht ganz einsam vor?«

»Was meinst du damit?«

»Mein Gott, allein in so einer schäbigen Hotelbar, wo keiner dir ansieht, dass die Welt sich ohne dich nicht dreht!«

»Meinst du, ich bin darauf angewiesen?«, fragte Wilfried.

»Ja«, antwortete Hansjörg.

Wilfried lächelte überlegen: »Lieber Freund, ich hatte gerade angefangen, meine Anonymität zu genießen, als ihr beide hereingetrampelt kamt. Wie ist es denn mit euch: Ihr wart mal ein hinreißendes Liebespaar. Beginnt das alte Feuer nicht wieder zu lodern?«

Er beobachtete amüsiert und befriedigt, wie die beiden sich unsicher anschauten.

»Ich meine, du, Conny, lebst in Scheidung, und du, Hajö, stehst kurz davor ...«

»Wie kommst du denn darauf?«, protestierte Hajö etwas zu heftig.

»Also doch«, stellte Wilfried fest. »Mit unserer Lebenserfahrung sieht man es den wenigen an, die in einer glücklichen Beziehung leben.«

»Vielleicht klärt ihr das unter euch«, schlug Conny vor. »Ich ziehe mich für heute aus dem Verkehr.«

»Wollen wir noch einen trinken?«, fragte Wilfried, als sie gegangen war.

»Danke, ich muss mal zu Hause nach dem Rechten sehen.«

Verdammte Langweiler! dachte Wilfried und ließ sich noch einen Whisky kommen.

Wenn er nicht heute Frau Munstermann als Filialleiterin installiert hätte, gegen den unausgesprochenen, aber unüberhörbaren Willen ihrer männlichen Kollegen, hätte er den Tag als unbedeutend abschreiben müssen. Klassentreffen? Man konnte ja morgen dringende Geschäfte vortäuschen und vorzeitig abreisen.

KAPITEL 42

Luft, Luft, Luft!

Als Cornelia irgendwann nach Mitternacht mit Hansjörg endlich »Wallys Schnitzelstube« verließ, blieb sie erst einmal stehen und atmete so tief durch, dass ihr beinahe schwindlig wurde. Es erinnerte sie an die gesteckt vollen Studentenkneipen damals, mit Qualm bis unter die Decke, aus denen man früh hinausfiel in den jungen Morgen.

Hansjörg legte die Hände auf ihre Schultern. »Kein Kinderspiel, so was. Warum musstest du das auf dich nehmen?«

»Ich muss immer alles an mich reißen«, antwortete sie. »Ich bin einfach von Natur aus dominant.«

»Ich erinnere mich. Bereust du's?«

Nein, eigentlich bereute sie nicht, dieses Wochenende angezettelt zu haben, das erste Klassentreffen nach dreißig Jahren. Zwar hatte sie im Lauf des Abends ein paarmal kurz überlegt, wie sie jetzt zu Hause die Beine hoch legen könnte. Aber in Wahrheit fühlte sie sich in ihrem Element. Die kleine verbale Rangelei zwischen Hedwig Weiss und Frau Dr. Canisius hatte nichts gesprengt. Der Totalausfall der Wirtin Wally war unauffällig überspielt worden, nicht zuletzt mithilfe des erstaunlichen Mädchens Malve. Das wäre, dachte Cornelia wieder, eine patente Freundin für Julian, die würde ihn auf den Boden der Tatsachen befördern. Ob er

171

noch mal angerufen hatte? Cornelia hatte ihn völlig vergessen. Sie hörte rasch ihre Mailbox ab, aber es war bloß ein einziger Anruf gespeichert: Klassenkamerad Otto erklärte mit großer Mühe und schwerer Zunge, er finde die ganze Idee eines Klassentreffens zum Kotzen und sei heilfroh, die eitle Darstellung zweifelhafter Existenzen gemieden zu haben. Dich werde ich mir morgen Früh noch mal vorknöpfen, dachte Cornelia.

Cornelia schlug mit Hansjörg den Weg zum Hotel ein. Er legte den Arm um ihre Schulter, sie den ihren um seine Hüfte. Sie glaubte für einen Moment ein vertrautes Gefühl zu spüren, aber sie sagte sich, dass sich alle Männer, wenn sie nicht zu dick oder zu dünn, zu groß oder zu klein waren, gleich anfühlten. Meistens angenehm. Sie hatte es ja oft genug festgestellt.

»Damals, als ich Knall auf Fall weg bin«, sagte sie, »hast du ja noch mal bei meinen Eltern nach mir gefragt.«

»Aber die schwiegen wie ein Grab. Da habe ich nicht weiter insistiert.«

»War es dir nicht so wichtig?«

»Hätte ich einen Detektiv auf dich ansetzen sollen?«

»Schon gut«, sagte sie, »ich wollte ja auch alles hinter mir lassen.«

»Wirst du mir vielleicht doch irgendwann verraten, von wem deine Tochter Tanja ist?«

»Irgendwann sicher«, antwortete Cornelia.

Und wenn sie damals hier geblieben wäre? An der nächstgelegenen Uni studiert und, wie Hedwig Weiss und ihre drei Töchter, am Wochenende daheim ihre Wäsche hätte waschen lassen? Ihre Liebesbeziehung mit Hansjörg gepflegt? Für das örtliche Käseblatt über lokale Belange und Belanglosigkeiten berichtet und den Aufstieg bis in die Sphären der landespolitischen Kommentierung geschafft? Haus mit Mann, Kindern und Au-pair-Mädchen? Mitglied im literarischen Zirkel? Nein, damals war ihr das alles völlig unvorstellbar gewesen. Raus aus dem Nest! Die Welt verbessern! Sie wartete ja auf Conny. Ruhig dabei auch ein bisschen Stuyvesant-Duft schnuppern! Reportage aus Cannes. Interview in New York. Feature über Las Vegas.

Und Hansjörg? Wenn er etwas Großes geworden wäre, ein zweiter oder dritter Joseph Beuys, wäre man doch zwangsläufig wieder aufeinander gestoßen. Bei der Biennale. Bei der »documenta«. Bei Guggenheim. Aber leider! Es hatte nicht gereicht zu einem der Stars der Szene.

»Bist du wenigstens glücklich verheiratet?«, fragte sie ihn.

»Nein.«

»Das ist eine klare Antwort.«

»Es ist ja auch ein klarer Zustand.«

»Und wirklich nicht«, fragte sie, »die männliche Masche: Meine Frau versteht mich nicht?«

»Nein. Kein Lamento. Ich verstehe sie ja auch nicht. Es bedarf nur noch eines Anlasses.«

»Da komme ich vielleicht gerade recht.«

Diesmal war es Hansjörg, der stehen blieb, weil er offenbar etwas zu sagen hatte. Aber dann sagte er nur: »Ach, weißt du.«

»Nein?«, antwortete sie.

»Natürlich weißt du.«

»Ja.«

Sie küsste ihn auf die Wange.

»Wir hätten auf den Champs-Elysées gewohnt«,

sagte sie. »Wenigstens in einer Mansarde in einer Seitenstraße. Oder auf dem Montmartre, du bist ja ein Künstler. Du hättest mich gemalt, und ich hätte dich ernährt. Bis sie dich entdeckten. Aber du hast mich ja einfach laufen lassen. Hast mir nicht nachgestellt. Ich habe das sehr genau registriert. Du hast einfach aufgegeben, als ich wegging. Und da habe ich mir gesagt: Es muss noch einer kommen, der sich für dich in der Luft zerreißt.«

»Ist er gekommen?«

»Lass uns so früh am Morgen nicht so schwere Fragen stellen.«

Sie küsste ihn auf den Mundwinkel, ehe sie weitergingen.

Die Erfolgreichen! Cornelia hatte, berufsbedingt, viele von ihnen aus der Nähe erlebt. Unter vier Augen waren die meisten gar keine Titanen. Ich kann ein bisschen malen, hatte ihr ein ziemlich großer Star der Kunstszene einmal spätnachts anvertraut, aber deswegen kann man mich doch nicht gleich nach den letzten philosophischen Verästelungen der menschlichen Existenz fragen. Hansjörg war offenbar in derartige Zwiespälte gar nicht erst geraten. Landesverband Bildender Künstler. Aber er wirkte nicht unbefriedigt, jedenfalls nicht in dieser Hinsicht.

Kurz vor dem Hotel fragte Cornelia: »Wartet deine Frau auf dich?«

»Ich denke schon«, antwortete er.

»Noch ein letztes Glas an der Bar?«

Dort saß Wilfried, fast als Einziger. Cornelia fand den Anblick bemerkenswert: ein wichtiger Mensch vor einem einsamen Glas. Sie überfiel ihn sofort mit dem Problem, dass Wally die abendliche Einladung nicht finanzieren könne. Er nahm es auf sich.

174

Cornelia fand es an der Zeit, den langen Tag zu beenden. Sie verabschiedete sich, ein wenig zu knapp, wie sie schon im Fahrstuhl fand. Auf dem Weg zu ihrem Zimmer Nummer 222 kämpfte sie kurz mit einem zwiespältigen Gedanken: Sie hätte gern Hansjörg nach dreißig Jahren wieder einmal ganz nah bei sich gehabt, hätte dafür sogar allen Stolz verdrängt, der sich damals und seither aufgetürmt hatte. Aber sollte sie ihn auffordern? Reichte es nicht zu fragen: Wartet deine Frau auf dich?

Cornelia wollte ihr Zimmer aufschließen, aber es war offen. Das Licht brannte. In ihrem breiten Doppelbett lag Julian, ihr Sohn, und schlief fest. Auch das noch! stöhnte sie.

Sie wollte ihn wecken, aber dann überlegte sie es sich anders. Sie zog vorsichtig ihr Nachthemd unter der Bettdecke hervor, schlich ins Badezimmer und drückte leise die Tür hinter sich zu. Sie hatte trotz der späten oder frühen Stunde plötzlich Lust auf ein Bad und ließ den Wasserhahn sacht laufen. Sie schminkte sich in Ruhe ab. Sie schaute in müde Augen. Der Tag war lang gewesen. Morgens zu Hause noch einen Text überarbeitet und in die Redaktion gefaxt. Den Koffer gepackt. Die lange Fahrt. Der Besuch bei Otto. Der Besuch bei Wally. Die Telefonate mit Wilfried. Der Wirbel um das Menü und das Dessert. Die Mühe, den Abend im Griff zu behalten. Es reichte!

Als sie gerade in die Wanne gestiegen war und sich wohlig ausgestreckt hatte, klingelte im Zimmer das Telefon. Verdammt, welcher Idiot ... Sie sprang auf, glitt mit den nassen Füßen auf dem Steinboden aus, kriegte die Kurve, griff nach dem Badetuch, drückte die Tür auf.

Julian telefonierte. »Meine Mutter? Die ist noch

auf der Rolle. Nee, gerade kommt sie angeschossen. Wen darf ich anmelden? ... Hansjörg?«

Julian übergab seiner Mutter grinsend den Hörer: »Hansjörg. Bitte.«

»Macht ihr Familienwochenende?«, fragte Hansjörg.

»Du hast mir noch gefehlt!«, rief sie. »Musstest du den Jungen wecken?«

»Tut mir leid. Aber ich wollte dir erzählen, dass meine Frau einen Zettel auf dem Küchentisch hinterlassen hat: Bin ein paar Tage weg. Nichts weiter: Bin ein paar Tage weg. Wie findest du das?«

»Dann such sie eben!«

»Deinen Humor möchte ich haben! Sie lässt mich einfach allein. Das ist doch ein Ding, oder?«

Cornelia spürte das Badewasser an verschiedenen Stellen ihres Körpers rieseln und versuchte, diese Stellen mit dem Badetuch zu erreichen, was ihr mit einer Hand nicht richtig gelang. Julian saß auf der Bettkante und schaute halb verschlafen, halb belustigt zu.

»Hör mal, Hajö«, sagte sie, »dein Eheproblem lösen wir heute Nacht garantiert nicht mehr. Aber die existenziellen Probleme meines Sohnes muss ich wahrscheinlich noch lösen. Außerdem läuft mir das Badewasser an pikanten Stellen herunter. Können wir uns auf morgen vertagen?«

»Aber die kann doch nicht einfach ...«

»Bis morgen, Hajö!«

Julian stand auf und gab seiner Mutter einen Kuss auf die Wange. »Ich muss mit dir reden.«

»Ja, gleich.«

Cornelia riegelte diesmal das Badezimmer ab und stieg wieder in die Wanne. Die Nacht würde lang werden. Oder kurz, wie man's nahm. Julian

176

hatte von seiner Mutter unter anderem Hartnäckigkeit geerbt, wenn man es nicht gar Penetranz nennen musste. Auch Cornelia konnte, wenn sie etwas partout wollte, anderen so lange auf die Nerven gehen, bis sie ihr Ziel erreicht hatte. Und Julian wollte partout nicht mehr aufs Internat.

Hatte sie wirklich ihren Sohn »abgeschoben« in diese alles andere als billige Zuchtanstalt in den schweizerischen Bergen? Damit sie freies Tanzen hatte? Wenn es wirklich so wäre: Welche Freiheiten nahm sie sich denn? Sie lebte allein, in Scheidung, und ackerte wie eine Verrückte, um sich und ihrem Sohn einen gewissen Luxus zu erlauben sowie ihrer Tochter ab und an etwas zuzustecken. Sie war dauernd auf Achse und konnte niemanden bemuttern, daran war schon zum wiederholten Mal eine Beziehung gescheitert. Natürlich war das Ganze nicht frei von Egoismus: mit Wichtigen oder scheinbar Wichtigen Umgang zu haben, sich manchmal selbst wichtig zu fühlen, Spaß zu haben.

Sie spürte, wie das warme Wasser sie müde machte, und stand auf, um sich mit einer warmen Dusche aufzuwecken für die Verhandlungen. Sie schlüpfte in ihr Nachthemd und trat ins Zimmer: »Also?«

»Ich will raus aus dem Internat.«

»Können wir das morgen oder übermorgen besprechen?«

»Nein, jetzt.«

»Ich bin seit zwanzig Stunden auf den Beinen.«

»Ich auch.«

»Wie bist du eigentlich hierher gekommen?«

»Mit der Bahn. Bis Basel hatte ich eine Fahrkarte, aber dann musste ich mich entscheiden zwischen Fahrkarte und Speisewagen, und da habe ich mich entschieden.«

»Das ist aber kriminell.«

»Mundraub«, verbesserte Julian.

»Was gefällt dir denn nicht?«

»Was mir nicht gefällt?« Julian schaute sie erstaunt an: »Alles! Oder nichts! Soll ich dir das wirklich aufzählen?«

Cornelia nickte.

»Also! Diese ganzen aufgeblasenen Scheißer mit den großen Namen. Da geht's den Gotha rauf und runter und quer durchs deutsche Who is Who. Und alle tun, als könnten sie was für ihren tollen Papi. Und ich? Julian König. Aha. Sohn von Cornelia König? Ach, diese Klatschreporterin? Das ist deine Alte? Na bravo! Nein, Mama, das ist nicht unser Milieu.«

»Klatschreporterin?«

»Klatschreporterin! Und wenn du trotz deiner niedrigen sozialen Herkunft mithalten willst, dann musst du Taschengeld haben wie Heu. Markenklamotten tragen. Feten schmeißen. Golf spielen. Paragliding. Urlaub mit den Alten in Marbella. Nee, Mama, das ist nicht unser Ding.«

»Aber da musst du durch! Julian, wenn du das geschafft hast, stehst du da wie eine Eins.«

Julian schüttelte heftig den Kopf: »Sie werden dich immer anschauen, als hättest du dich in der Tür geirrt.«

Cornelia hatte das Gefühl, sie brauche einen Schnaps aus der Minibar. Irgendeinen. Sie griff zufällig einen Whisky und hatte ihn geöffnet, ehe ihr einfiel, dass sie Whisky schon seit Jahren nicht mehr mochte.

»Klatschreporterin!«

»Nun tu nicht so, als kennst du das Wort nicht.«

»Und wie stellst du dir das vor?«, fragte sie.

»Dass ich noch mal hinfahre und meine Klamotten hole.«

»Und wie weiter?«

»Hör mal, ich bin sechzehn. Ich kann mir was zu essen kochen, wenn du auf Achse bist. Und nächstes Jahr mache ich sowieso Austauschschüler in Amerika.«

»Kind, Kind! Und das alles nachts um zwei! Können wir morgen darüber reden? Nein, übermorgen, wenn wir zu Hause sind.«

»Aber du musst es mir versprechen.«

»Was bleibt mir übrig? Also, großes Indianerehrenwort.«

Julian gab ihr einen Kuss: »Mama, du bist echt okay.«

Cornelia wählte die rechte Hälfte des Bettes, um bei Bedarf rasch nach dem Telefon zu greifen. Innerhalb von Minuten war sie eingeschlafen.

KAPITEL 43

Viel zu früh!

Zur Feierstunde für den Jubiläumsjahrgang hatte der Rektor für halb zehn in die Aula geladen, in der vorausschauenden Annahme, dass es am Vorabend mit dem Wiedersehn nach dreißig Jahren spät würde.

Aber die Oberstudienrätin Dr. Canisius stand schon um viertel vor neun im Eingang. Sie rechnete nach, wie viele Jahre sie Tag für Tag mit ihrer Aktentasche hier eingetreten war. Sie hatte auf

179

eigenen Wunsch erst mit dreiundsechzig aufgehört und war mit vierunddreißig aus Berlin in diese Stadt und an dieses Gymnasium gekommen. Machte nach Adam Riese rund neunundzwanzig Jahre. Wenn das Jahr rund vierzig Unterrichtswochen hatte, waren das rund zweihundert Tage, wobei berücksichtigt war, dass einige Tage wegen Klassenfahrten und Ähnlichem abgezogen, aber etwa ebenso viele wieder hinzugezählt werden mussten, weil diese Schule, damals wie heute, an jedem zweiten Samstag ihre Schüler zum Unterricht zitierte. Zweihundert Tage mal neunundzwanzig Jahre, das waren – Moment, gleich haben wir's! –, das waren rund fünftausendachthundert Tage. Sie hatte nie Mathematik gelehrt, aber einfaches Kopfrechnen ging noch ziemlich rasch, trotz ihrer achtzig Jahre. Krank gewesen war sie in der ganzen Zeit so gut wie nie. Also war sie an rund fünftausendachthundert Tagen durch dieses Tor geschritten. War das nun ein besonderes Verdienst oder ein Ausdruck veränderungsfeindlicher Bequemlichkeit? Das hatte sie sich schon oft gefragt, um dann immer die ausweichende Antwort zu finden, sie habe ja in ihrem Privatleben reichlich Abwechslung gehabt, in zwei Ehen, mit fünf Kindern, die auch ihrerseits nicht alle in der ersten Ehe gleich das Glück fürs Leben gefunden hatten, mit elf Enkeln, mit großen Gesellschaften, mit Ehrenämtern, mit weiten Reisen. Und außerdem: Eine Lehrerin begegnete jedes Jahr neuen Schülern, Tausenden über die Jahrzehnte, das war Abwechslung genug. Merkwürdigerweise hatte man die meisten im Gedächtnis behalten, nicht nur die ungewöhnlichen wie Cornelia König oder Wilfried Honnegger.

Sie trat ein. Aus dem Hausmeisterbüro schaute sie ein fragendes Gesicht an.

»Zu dieser Feier«, sagte sie, »ich bin ein bisschen früh.«

»Frau Dr. Canisius? Das ist ja ein Ding! Kennen Sie mich nicht mehr? Ich gehöre doch hier zum Inventar.« Er kam heraus und schüttelte ihr die Hand. »Morgenstern. An meinen Namen müssen Sie sich doch wenigstens erinnern. Morgenstern, aber ohne Gedichte.«

Doch, jetzt. An das Gesicht allein nicht, aber an das Gesicht in Kombination mit diesem Namen.

»Und wie geht's hier?«, fragte sie.

Er legte sein Gesicht in Falten, und sie bereute ihre Frage. Wenn man trostlose Klagen hören wollte, musste man die Menschen nur fragen: Wie geht's?

»Sagen wir mal: Es wird immer rauher. Das Benehmen. Der Ton. Der Umgang. Auch mit den Gegenständen, dem Inventar. Die mutwilligen Zerstörungen. Ich habe jedenfalls gut zu tun.«

»So hat jedes auch ein Positives«, bemerkte sie, und Herr Morgenstern lachte wenigstens.

»Soll ich Sie rumführen?«, fragte er.

»O danke, sehr freundlich, aber ich kenne mich noch aus. Ich bin ja gerade erst siebzehn Jahre außer Dienst.«

Er lachte wieder höflich und zog sich zurück.

Sie trat bis in die Mitte der Eingangshalle und schaute sich um. Damals hatte sie den neuen Bau aus den sechziger Jahren als modern empfunden, fast avantgardistisch, klar in den Konturen, mutig in den Farben, von Licht durchflutet. Jetzt kam er ihr vor wie ein verstaubtes Museum. Lag das nur daran, dass man heute anderes als modern emp-

181

fand? Nein, es fiel ihr auf, dass die Eingangshalle abgewetzt und schmuddelig wirkte. Und vor allem unaufgeräumt. Plakate und Wandzeitungen an den Wänden. Aufkleber an den Fensterscheiben. Ein Regal mit Turnschuhen an der Wand. Ein Eimer mit Schirmen. Ein Kasten mit leeren Flaschen. Schade, dachte sie, der Architekt hatte sich etwas dabei gedacht, damals. Aber er hatte offenbar die heutigen Benutzer überschätzt.

Die Schulglocke schepperte, es war noch dieselbe wie damals, so ein Geräusch war einem auch nach Jahrzehnten noch im Ohr. Plappernde Jugendliche strömten aus Türen und Gängen, liefen durcheinander, scheinbar ziellos wie Ameisen. Mein Gott, wie waren die Menschen heutzutage angezogen! Nein, man konnte nicht die Uhr zurückdrehen und verlangen, dass die Mädchen, wie noch bis in die sechziger Jahre, in adretten Röcken zur Schule kamen und auch die Jungen aussahen wie auf dem Weg in die Tanzstunde. Das war out, mega-out, wie man sagte. Aber mussten sie sich, im Zweifel sogar für teures Geld, anziehen, als hätten sie sich aus der Altkleidersammlung bedient? Nun ja, es ging sie ja nichts mehr an. Und ihre Enkel sahen nicht anders aus.

Auf dem Hof wurde getobt und geschrien wie früher. Frau Canisius hatte öfter gelesen, dass heute sogar Dealer sich unter die Schüler mischten, um ihr dreckiges Geschäft zu machen. Unwillkürlich taxierte sie Gestalten und Gesichter, natürlich ohne Ergebnis. Ihre Kinder hatte sie noch ohne diese Art von Gefährdungen durchgebracht. Aber ihre Enkel? Doch auch dafür war sie nicht zuständig. Gott sei Dank!

Graffiti an den Wänden. Offenbar musste man

damit leben, dass die Welt mit Sprühdosen verschönert war. Wer hatte diese Dinger bloß erfunden? Eines der Graffiti gab ihr kurz ein Rätsel auf: 69 statt 68! Aber sie kam darauf, sie war ja nicht von gestern, kannte auch Sexpraktiken, und sei es vom Hörensagen. Von den 68ern hatten sie hier zuerst gar nichts und dann ziemlich wenig gespürt. Das lag nicht nur am hinhaltenden Widerstand des Lehrerkollegiums, sondern auch an der beruhigenden Provinzialität der Stadt. Die revolutionären Ereignisse in West-Berlin oder Frankfurt am Main, die Demos und Sit-ins, Hausbesetzungen und Straßenschlachten wurden nur als ein ferner Widerschein wahrgenommen. Manchmal wirkten sie sogar wie fürs Fernsehen inszeniert. Für die Schüler von heute war das ohnehin graue Vorzeit. Allerdings war Frau Dr. Canisius der festen Überzeugung, dass zwischen den Demos der 68er und den Graffiti und übrigen Vandalismen der 90er und 2000er ein Zusammenhang bestand. Damals, erinnerte sie sich, war propagiert worden, alles gehöre legitimerweise allen, aber persönlicher Besitz sei per se, wenn nicht ohnehin kriminell angeeignet, so doch politisch und moralisch unanständig. Jeder könne sich also alles aneignen oder damit zumindest so umgehen, als gehöre alles jedem und damit auch ihm. Mauern und Wände durften also besprüht werden, mit revolutionären Parolen oder mit Nonsens.

»Frau Dr. Canisius«, wurde sie angesprochen.

Es war ein jüngerer Mann. Aber was hieß: jünger? Jünger als sie jedenfalls, deutlich jünger. Ungefähr Anfang bis Mitte fünfzig. Sie grüßte freundlich zurück.

»Ich bin der Rektor«, stellte er sich vor,

»Dr. Bauernfeind. Sie kennen mich nicht, aber ich habe von Ihnen gehört.«

Darauf ließ sich eigentlich nichts erwidern. Sie nickte und reichte ihm die Hand.

»Wie gefällt es Ihnen?«, fragte er.

»Es hat sich nicht viel verändert«, sagte sie.

»O doch!«, widersprach er. »Die lockere Form des Unterrichts, die Abkehr vom Katheterprinzip, das Einbeziehen der Schülerinnen und Schüler, die Weckung der Eigeninitiative. Das gab es damals in dieser Form alles nicht.«

»Was Sie nicht sagen«, erwiderte Frau Dr. Canisius, nach ihrem Gefühl etwas zu ironisch. Sie wollte den jungen Mann ja nicht bremsen in seinem Elan.

Sie dachte kurz daran, wie Cornelia König oder Wilfried Honnegger sich, auch ungefragt, mit Widerspruch und Gegenvorschlägen in den Unterricht eingebracht hatten, obwohl diese Vokabel noch ungebräuchlich war. Wahrscheinlich fehlte ihnen damals der theoretische Über- oder auch Unterbau. Aber es sollte jede Generation in dem Gefühl leben, der vorigen überlegen zu sein. Sie selbst hatten es ja auch geglaubt.

»Es ist noch Zeit, bis die Jubilare kommen«, sagte Dr. Bauernfeind. »Darf ich Sie zu einem Kaffee einladen?«

Er durfte.

Sie betrat das Direktorenzimmer mit gemischten Gefühlen. Ihr erster Blick registrierte, dass das Mobiliar neu war, zumindest ziemlich neu. Nicht mehr die plüschige gestreifte Couchgarnitur, auf der sie oft gesessen hatte bei so genannten Vier-Augen-Gesprächen mit verschiedenen Rektoren über die Jahre. Der Schreibtisch mit einer wuchtigen Acrylplatte, also doch nicht mehr der allerletzte Schrei; wahrscheinlich hatte ihn Dr. Bauernfeind selbst angeschafft, denn derart Extravagantes wurde normalerweise nicht genehmigt.

»Der Schreibtisch stammt noch von meinem Vorgänger«, erklärte der Rektor, als wolle er sich entschuldigen. »Ja, Frau Dr. Canisius, an dieses Zimmer haben Sie ja, wie man im Kollegium kolportiert, auch Ihre besonderen Erinnerungen. Nicht wahr?«

Sie schwieg, während er, eigenhändig und ohne sein Vorzimmer einzuschalten, Kaffee einschenkte. Warum musste er das Thema ansprechen? Schnee von vorgestern!

Ja, sie hatte damals Rektorin dieses Gymnasiums werden wollen und wähnte sich schon am Ziel, als sie noch abgefangen wurde. Abgefangen? Eher wohl aus der Bahn geworfen. Heute würde man sagen: gemobbt. Aber das Wort kannte man damals noch nicht. Ihr Konkurrent, dessen Namen sie seitdem nicht mehr in den Mund nahm, hatte ihr alles Mögliche angehängt, was er zwar nicht beweisen konnte, was sie aber auch nicht widerlegen konnte. Was sollte man gegen den Vorwurf ausrichten, sie habe den Sohn des örtlichen Sparkassendirektors im Unterricht bevorzugt? Natürlich hatte sie ihn bevorzugt, weil Wilfried zwar ein widerspenstiger, aber origineller, ideenreicher Kopf war. Wie hätte sie beweisen sollen, dass sie ihn nicht deshalb bevorzugte, weil sein Vater eine Position bekleidete und sowohl Kredite als auch Einladungen zu verschiedensten Anlässen zu vergeben hatte? Hätte sie ihr Gehaltskonto anderswo eröffnen oder Vorträge und Konzerte meiden sollen? Oder dem Schüler schlechtere Noten geben? Es war, fand sie, eine schmutzige Auseinanderset-

185

zung gewesen. Ihr Konkurrent war als Rektor in dieses Zimmer eingezogen, aber nicht für lange. Sie hatte ihm nicht, wie man sagte, die Pest an den Hals gewünscht, aber sich beherrschen müssen, um nicht seine Krankheit und Invalidisierung und seinen frühen Tod als eine Strafe anzusehen, von wem auch immer ausgesprochen und vollzogen. Sie selbst war inzwischen aus Altersgründen nicht mehr für die Nachfolge infrage gekommen.

»Ja, es gab gewisse Differenzen. Aber das ist alles lange her. Das Leben ist darüber hinweggegangen. In jeder Weise.«

Dr. Bauernfeind nickte und hielt eine Anstandspause ein, bis er von diesem Thema, das ihn eigentlich nicht sonderlich berühren konnte, zu einem anderen wechselte: »Wir haben heute für unsere Jubilare ein dichtes Programm vorgesehen. Sie werden ihren Spaß daran haben. Es sind auch etwas humoristische Elemente geplant.«

Das kann ja was werden, dachte sie und rührte ihren Kaffee um.

KAPITEL 44

Im ersten Augenblick, als sie vom Tageslicht aufwachte, denn das Zimmer hatte keine Jalousien, dachte Cornelia, Hansjörg habe sich an sie gekuschelt. Sie hatte die Nacht von ihm geträumt, ohne Zusammenhang zwar, aber sehr erfreulich. Doch es war Julian. Richtig, ihren Sohn gab's ja auch noch. Er hatte den Arm um ihren Nacken geschlungen, wie ein kleiner Liebhaber, und atmete ruhig und gleichmäßig.

Cornelia wunderte sich manchmal, dass sie, wenn sie die Augen aufschlug, stets wusste, wo sie sich befand. Mehr als die Hälfte der Zeit war sie beruflich auf Reisen und schlief in fremden Hotelbetten. Bei so einem Leben hätte man leicht die Feinorientierung verlieren können. Aber wahrscheinlich war es umgekehrt: Es übte.

Sie schaute auf ihren Wecker, er zeigte kurz vor halb acht. Gleich würde er seinen unangenehm quäkenden Ruf starten. Sie schaltete ihn aus und hoffte, nicht noch einmal einzuschlafen. Denn sie hatte zu tun. Musste sich um Wally und ihren Zustand kümmern. Musste noch mal Otto umzustimmen versuchen. Musste die Feier in der Schule auf den richtigen Weg bringen. Sie überlegte, was noch zu tun sei.

Du bist ein Schaf! dachte sie beim vorsichtigen Gliederstrecken. Es ist alles getan. Alles vorbereitet, abgesprochen. Es geht auch ohne dich.

Julian schlief wie ein Engelchen. Sie stahl sich aus dem Bett, lautlos, um ihn nicht zu wecken, und machte sich ins Bad. Sie schaute in den Spiegel: bisschen spät gestern Abend, bisschen viel Wein, man steckte es nicht mehr so weg wie mit zwanzig. Apropos: Sie war gespannt gewesen, wie die anderen Mädels sich über dreißig Jahre gehalten hatten. Also, Editha wie auch Hedwig wirkten nicht mehr ganz taufrisch, was aber zum guten Teil an ihrer Aufmachung lag: So sah man eben aus, wenn man in dieser Stadt geblieben war und nicht als exzentrisch verschrien sein wollte. Die arme Hilde schien auf Äußeres nicht mehr achten zu können, und es sprang ihr wohl auch niemand hilfreich zur Seite. Wally wirkte abgewrackt, genau wie ihre Kneipe. Ausgerechnet Sissi, die aus dem

Urwald kam, wirkte in dieser bürgerlichen Versammlung wie ein bunter exotischer Schmetterling.

Das Telefon klingelte. Sie schoss zur Tür. Welcher Unmensch musste sie am Samstag vor acht anrufen?

Julian war aufgewacht und hielt den Hörer: »Herr Hansjörg? Sie waren doch heute Nacht schon mal am Rohr. Wie soll ich denn glauben, dass sie bloß ein guter Freund sind?«

Er zwinkerte seiner Mutter zu.

Sie riss ihm den Hörer aus der Hand: »Hajö? Ich freue mich sehr, dich zu sprechen, aber ein bisschen später hätte ich mich noch mehr gefreut.«

»Es ist die Sehnsucht nach einer einsamen Nacht.«

Cornelia war aber nicht sehr romantisch zumute: »Hajö, ich habe die Zahnbürste in der Hand. Wir sehen uns nachher.«

Sie legte auf.

»Mama, wir müssen dringend über meine Sache reden«, verlangte Julian.

»Julian, darüber haben wir heute Nacht um halb zwei oder so hier an dieser Stelle beschlossen.«

»Ach ja? Und w a s haben wir beschlossen?«

»Dass du abgehst.«

»Toll!«, rief er, sprang auf und umarmte sie.

Dann schaute er sie aufmerksam an, vom noch unfrisierten Kopf bis zu den nackten Zehen: »Soll ich dir mal was sagen? Für fast fünfzig hast du noch eine echt geile Figur.«

»Danke!«, sagte sie. »Du verstehst ja was davon.«

Sie verschwand wieder im Badezimmer.

»Kommst du mit zum Klassentreffen?«, rief sie durch die angelehnte Tür.

188

»Was könnte man denn sonst in diesem Nest machen?«, rief er zurück.

»Nichts. Sterben.«

KAPITEL 45

Malve Masebach … Eigentlich ein schöner Name, wie aus Tausendundeinernacht, dachte sie. Angeblich hatte ihr Vater den ungewöhnlichen Vorschlag eingebracht. Das Einzige, sagte ihre Mutter, was er eingebracht habe. Na ja, außer der Nacht natürlich, als der Grundstein gelegt worden war. Manchmal durfte sie ihn ja in Berlin besuchen.

Am Samstag, wenigstens an jedem zweiten, wenn keine Schule war, schlief Malve meistens bis mittags. Sie redete sich, wie fast alle Schüler, beharrlich ein, die Woche sei so brutal anstrengend gewesen, dass sie den halb verschnarchten und vertrödelten Tag einfach brauche. In Wahrheit wollte sie vor allem ihrer Mutter entgehen, denn samstags war Großreinemachen in der Kneipe. Das Küchenpersonal hatte frei bis mittags, aber Malve war aufgefordert, mit Staubsauger und Wischtuch zu hantieren. Wir leben schließlich davon, sagte ihre Mutter: Ich lebe davon, du lebst davon, also pack gefälligst mit an!

Malve hatte immer geglaubt, das ginge sie nichts an. Ihre Mutter war schließlich verpflichtet, ihrer beider Lebensunterhalt sicherzustellen. Und diese blöden Steuern abzuführen, die penetranterweise gefordert und manchmal eingetrieben wurden. Wally hatte ihre Tochter mal beim Abendessen in erste Grundsätze der Geschäftsführung eingeweiht: Bei allem, was über die Bücher läuft, musst du möglichst viele Miese machen. Denn einem nackten Mann oder in diesem Fall einer nackten Frau lasse sich nicht in die Tasche fassen.

Es war sieben Uhr fünfzehn, als der Wecker das vor sich hin dösende Mädchen an die Pflicht erinnerte. Nach dem harten Abend gestern hatte sie eigentlich den heutigen Vormittag in der Schule schwänzen wollen, wie sie es ohnehin bisweilen tat. Sie schrieb sich dann eine halbwegs plausible Entschuldigung, die ihre Mutter ungelesen abzeichnete. Aber heute war Malve neugierig. Das Gymnasium wollte seine Jubilare ehren, und das konnte eigentlich nur furchtbar werden. Schon bei normalen Gelegenheiten wie dem Tag der Deutschen Einheit oder der Abiturientenentlassung gelang es Rektor Dr. Bauernfeind, so viel Peinlichkeit auf die Bühne der Aula zu häufen, dass man knietief darin waten konnte. Heute musste man geradezu darin ertrinken, denn der Direx hatte mit Dr. Wilfried Honnegger einen der einflussreichsten Menschen dieser Republik als Opfer vor sich. Das war Malve übrigens erst im Verlauf des gestrigen Tags halbwegs klar geworden. Bisher hatte sie Ministerpräsidenten oder Abgeordnete wie die aufgeregte Editha Gernreich für konkurrenzlos bedeutend gehalten, in zweiter Linie vielleicht noch Stars von Film, Funk und Fernsehen. Aber dieser freundliche Herr Honnegger steckte wahrscheinlich alle diese Leute in die Tasche. Und nun geriet er Herrn Dr. Bauernfeind vor die Flinte. Das durfte man sich nicht entgehen lassen.

Malve machte freiwillig Frühstück für zwei und holte sich, da sie noch allein am Küchentisch saß, die Zeitung. Sie blätterte normalerweise von hinten nach vorn; sie wusste, man musste politisch gebildet sein, aber sie mochte ihre Lektüre nicht mit der zähen Kost der Seite eins anfangen. Doch heute stieß sie ganz vorn auf ein Foto von Editha Gernreich. Aber ohne Honnegger! Ob das etwas half? Der Ort war angegeben: »Wally's Schnitzelstube«. Ob das etwas half?

Aus dem Badezimmer hörte sie es rumoren und ging nachschauen. Ihre Mutter stützte sich auf das Waschbecken und schaute sich im Spiegel tief in die Augen. Malve wusste Bescheid.

»Sag mir bloß nicht, du kannst nicht mit in die Penne!«

»Sag erst mal guten Morgen«, erwiderte ihre Mutter.

»Was für 'n guter Morgen. Ich hab allmählich die Schnauze voll.«

»Ach ja? Mein Fräulein Tochter möchte wohl ihrer eigenen Wege gehen? Hoch interessant!«

»Jetzt reiß dich zusammen und komm mit«, sagte Malve.

»Ich muss mich wieder hinlegen. Kreislauf, verstehst du?«

Malve verstand.

Sie suchte die Nummer von Cornelias Hotel heraus und ließ sich verbinden: »Meine Mutter hängt wieder mal durch und will nicht mitkommen.«

»Ach, Mädchen!«, stöhnte Cornelia durchs Telefon. »Bin ich denn für alles zuständig?«

»Ja!«, antwortete Malve. »Sie sind nun mal so.«

191

KAPITEL 46

»Du hast es mir versprochen!«

»Ich war vielleicht ein bisschen voreilig.«

»Ach so? Seit drei Jahren diskutieren wir mindestens einmal die Woche und beschließen es ein ums andere Mal. Und da redest du von voreilig? Du bist mir vielleicht ein komischer Heiliger.«

»Das hättest du nicht sagen sollen«, erwiderte Pfarrer Pius, mit Mühe beherrscht.

»Tut mir leid«, entschuldigte sich Senta. »Aber es geht mir wirklich tierisch auf den Geist.«

»Ich weiß es ja.« Pius strebte einen besänftigenden Ton an, hatte aber das Gefühl, er sei ihm wieder mal nur pastoral geraten. »Dir ist doch auch klar, was alles daran hängt. Unter anderem meine berufliche Existenz.«

Pius hatte versprochen, heute werde es passieren. Genau heute Abend! Bei dem festlichen Diner der alten Klassenkameraden samt Anhang, in einer Umgebung also, in der man Wohlwollen und Verständnis vermuten konnte. Heute also sollte Senta sozusagen halb offiziell eingeführt werden als seine Lebensgefährtin.

In der Stadt, hatte sie ihm berichtet, munkele man ohnehin seit langem, der Priester habe zu seiner Wirtschafterin mehr als nur ein wirtschaftliches Verhältnis. Die Reaktionen darauf seien keineswegs negativ. Die meisten Leute seien ganz unideologisch der pragmatischen Ansicht, so etwas sei doch nicht ungewöhnlich, vielleicht schon die Regel, und wenn jemand Schuld habe, dann jene, die die Priester zwängen zu einem Leben wider die Natur. Selten brachte Senta empörte Reaktionen konservativer Kirchenmitglieder nach

Hause, die so einen Priester am liebsten suspendiert gesehen hätten.

»Es ist sowieso rum in der Stadt«, drängte sie. »Die meisten glauben sogar, mein Felix sei dein Sohn.«

»Im Ernst?«, fragte Pius entgeistert.

Sie lachte: »Freu dich doch, dass sie dir's zutrauen!«

»Senta, du willst einfach nicht wahrhaben...«

»Ach, Pius, sei doch nicht so schwierig!«

So konnte man es auch nennen: schwierig. Dass diese Frau nicht verstehen wollte! Wenn man die Sache unter der Decke hielt, regte sich niemand darüber auf. Vielleicht ein paar fanatische Betschwestern und vereinzelte Wichtigtuer wie die Abgeordnete auf Abruf Editha Gernreich. Beim Bistum war die Angelegenheit, wie Pius verschlüsselten Andeutungen aus dem Umkreis des Bischofs entnommen hatte, so gut wie abgehakt: Bruder Pius, machen Sie einfach kein Aufhebens! Damit konnte man doch leben!

Aber die gute Senta drängte und drängte. Ja, er verstand, dass eine Frau um die vierzig den Status der geheim gehaltenen Mätresse endlich überwinden wollte. Aber da hätte sie sich einen Mann mit einem anderen Beruf aussuchen müssen.

»Du musst die Vorteile und die Nachteile gegeneinander abwägen«, mahnte er. »Und wenn du das unvoreingenommen tust, wirst du sehen, welche Waagschale sich senkt.«

»Pius! Ich will keine Lebenshilfe! Ich will Nägel mit Köpfen!«

»Also sind wir nicht füreinander bestimmt.«

»Das fürchte ich dann auch!«

Senta rauschte aus dem Zimmer und knallte die

Tür hinter sich zu. Nach kurzem Zögern ging Pius ihr nach, aber sie hatte das Haus verlassen, er hörte ihr Auto abfahren.

Pius dachte einen Moment lang daran, ein Gebet zu sprechen, weil es ihn beruhigt hätte. Aber dann tat er etwas anderes: Er rief im Hotel an und ließ sich mit Cornelia verbinden.

»Pius?«, fragte sie. »Hast du ein Problem?«

»Wie kommst du darauf?«

»Weil heute Morgen offenbar alle eins haben. Also, welches hast du?«

Pius holte Luft: »Es geht um Senta.«

»Um deine Frau?«

»Was heißt: meine Frau?«

»Pius, wollen wir ernsthaft reden?«

Er riss sich zusammen und berichtete, Cornelia hörte schweigend zu bis zum Ende.

»Pius«, sagte sie dann, »du hast die Verkehrte angerufen. Ich bin erstens eine Heidin und verstehe deine Kirche nicht. Zweitens bin ich eine Emanze und verstehe deine Frau. Mein Urteil ist nicht unvoreingenommen.«

»Ich habe dich als Menschen angerufen.«

»Ja, aber ich bin eine Menschin. Ich kann dir da wirklich nur raten: Trau dich! Aber das hilft dir wahrscheinlich nicht weiter. Pius, wir sehen uns nachher in der Penne.«

Pius ging hinüber in seine leere Kirche. Er tat, als müsse er hier und da nach dem Rechten schauen, aber in Wahrheit hoffte er auf einen Gedanken, der ihn erleichterte. Er stand vor dem Altar und schaute lange seinen Herrn an. Ein Zeichen müsste der geben.

Aber es half nichts: Da musste man jetzt ganz allein durch.

KAPITEL 47

Ob es nicht schrecklich sei, auf Schritt und Tritt begleitet und bewacht zu werden, quasi bis vor die Toilettentür, wurde Wilfried Honnegger oft gefragt. Nein, antwortete er dann, man könne sich daran gewöhnen. Im Übrigen seien Bodyguards nicht nur abgerichtet, Gefahren im Vorfeld zu ahnen und auszuschalten; sie hätten auch trainiert, dem Objekt ihrer ständigen Aufmerksamkeit nicht ständig das Gefühl der Einengung zu geben. Die beiden Herren in den dezenten dunklen Anzügen saßen ganz unaufdringlich am Nebentisch und witterten, während sie ihr Frühstücksei köpften und nach Kaffee riefen.

»Ich habe überlegt abzureisen«, sagte Wilfried. »Ich habe mit allen geredet, was soll ich noch hier?«

»Sie wollten ein Wochenende abschalten«, erwiderte seine Assistentin.

»Meine Frau würde mich auch gern mal wieder sehen.«

Frau Mausbach lächelte, hintergründig, wie Wilfried fand. Er hätte fragen können: Was lächeln Sie dabei? Aber sie hätte nur vielsagend weiter gelächelt. Er kannte sie.

Er bestrich sich einen Toast mit dick Butter und tropfte dick Honig darauf. Das machte er zu Hause nie. Es war ihm dort nicht verboten, ihm verbot man nichts, aber es hätte jedesmal zu Erörterungen geführt. Er war viel unterwegs und aß viel Honig.

»Wen müssen wir anrufen?«, fragte er, sich energisch gebend.

»Niemanden«, erwiderte Frau Mausbach und

hielt ihm zum Beweis ihren dicken Kalender vor, mit einer Doppelseite für jeden Tag.

»Wir müssen jemanden anrufen«, verlangte er. »Ich fühle mich sonst völlig nebensächlich.«

Doch, es gelang ihm auch in seiner Position immer noch manchmal, Abstand von seiner eigenen Wichtigkeit zu halten.

»Rufen Sie den Minister an«, bat er.

»Es ist halb neun Uhr morgens.«

»Dann rufen Sie irgendjemanden von meinem Vorstand an.«

»In welcher Sache?«

»Das ist wurscht. Mir fällt schon was ein. Die Kerle müssen bloß ständig das Gefühl haben, in der Verantwortung zu stehen. Rufen Sie Dr. Kleine an, der schläft am Wochenende immer gern aus.«

Frau Mausbach schaute ihn an, mitleidig, wie er fand. Sie war im vierten Jahr seine Assistentin. Perfekt! Eine Perfektionistin, wie er selbst sich für einen Perfektionisten hielt. Kein Gelaber. Keine Unklarheiten. Anders konnte man ein Geldinstitut dieser Größe nicht führen. Künstler, Philosophen, Professoren, Politiker mochten disputieren, sogar aus purem Spaß am geistreichen Wort. Aber von Wilfried wurde verlangt zu sagen: So machen wir das! Punktum! Frau Mausbach verstand.

»Aber wenn wir nach dem Frühstück abreisen würden«, begann er noch mal, »hätten Sie ein Wochenende mit ihrem Mann.«

Wilfried redete mit ihr wenig über Privates, aber Andeutungen hatte er entnommen, dass sie seit längerem mit ihrem Mann den traditionellen Streit ausfocht: Kinder oder Karriere? Diese Frage hatte Wilfrieds Frau ihm zum Glück nie gestellt. Zu eindeutig war von Anfang an, dass seine Art von Karriere derart kleinliche Diskussionen verbot.

Er fand noch ein Argument für die Abreise: »Hier wollen mich doch alle nur instrumentalisieren. Unsere Frau MdL! Sie will bloß, dass ich ihr noch ein paar Stimmen bringe.«

»Dabei kann es sein, es kostet sie ein paar Stimmen.«

O ja, das liebte Wilfried an seiner Assistentin!

»Also«, sagte er, »ich überleg's mir. Aber ich muss heute noch angerufen und um eine wichtige Entscheidung gebeten werden. Sonst ist der Tag im Eimer. Tun Sie was!«

Er sah Saskia Weseler mit suchendem Blick den Frühstücksraum durchqueren und sprang auf, um sie mit einem Wangenkuss an seinen Tisch zu bitten.

»Wie hast du die Nacht überstanden?«, fragte er. »Von Erinnerungen überwältigt?«

»Du hast Recht. Mir sind die Gespenster der Vergangenheit wie Fledermäuse um den Kopf geschwirrt.«

Gleich darauf hastete Cornelia durch den Frühstücksraum und winkte: »Keine Zeit! Voll im Stress! Muss noch verschiedene Katastrophen verhindern.«

»Sehen Sie, Frau Mausbach«, klagte er, »es gibt eben Leute, die wichtig sind.«

Was mochte, fragte er sich, in den Köpfen der beiden Damen an seinem Tisch vor sich gehen? Saskia hielt mit Sicherheit seine Assistentin für seine verkappte Geliebte. Alle nahmen das an. Also widersprach er nicht mehr. Wozu auch? Es konnte seinem Ansehen bei Geschäftspartnern nur nützen. Und Frau Mausbach? Ihr wurde förmliche Ehrerbietung entgegengebracht, wie einer Mätresse Augusts des Starken. Und es wurden gezielt Informationen an sie herangetragen, die sie, nach Wichtigkeit sortiert, an den König herantrug. Unbezahlbar, die Frau!

Saskia verabschiedete sich nach einem frugalen Frühstück aus Müsli, Knäckebrot und schwarzem Kaffee. Frau Mausbach schaute ihr anerkennend nach: »So hält man Figur. Sehr achtbar für Ende vierzig.«

»Und wenn ich Ihnen nun sage, dass sie in der Elften unsere Klassenlehrerin war?«

»Das glaube ich nicht.«

»Können wir nicht Dr. Kleine anrufen? Wenn wir zu lange warten, ist er schon wach, und dann macht mir die Sache keinen Spaß mehr.«

»Entschuldigen Sie die Indiskretion«, sagte Frau Mausbach, »aber kann es sein, dass diese Frau Weseler ihre Lieblingslehrerin war?«

Wilfried nickte anerkennend: Er hatte sich wirklich eine hervorragende Assistentin ausgesucht.

KAPITEL 48

Diese Wahlforscher waren ja beileibe keine Götter oder unfehlbar wie der Papst. Sicher, sie arbeiteten in der Regel mit verblüffender Präzision, aber hin und wieder lag eine Prognose auch gnadenlos daneben, so wie letztes Jahr im Saarland. Der Souverän war in der Kabine eben immer noch ein autonomes Wesen, sonst hätte man sich die aufwändige Wählerei längst sparen und die Parlamente

198

gemäß den Zahlen des Politbarometers besetzen können.

Editha hatte die Nacht sehr lebhaft geträumt, wahrscheinlich weil sie entgegen ihrer Gewohnheit lange aufgeblieben war und etwas Wein getrunken hatte. Ihr Traum hatte eine einfache Botschaft: Trotz aller Unkenrufe hatte sie ihren Wahlkreis mit der hauchdünnen Mehrheit von 0,3 Prozentpunkten verteidigt. Da war sie – wie gesagt: im Traum – vor den Kameras des Regionalfernsehens ihrem Ehemann in die Arme gefallen, hatte sich aber rasch wieder gelöst, um mit erhobenen Armen und geballter Faust zu demonstrieren, wem sie den Sieg zu verdanken hatte: allein sich selbst.

Man kannte das: Manchmal träumte man furchtbar konfuses Zeug und war zutiefst verängstigt und fühlte sich beim Aufwachen erleichtert und befreit. Ein anderes Mal badete man in Wohlgefallen, um vom Wecker brutal in eine Realität voller Sorgen und Probleme zurückgeholt zu werden. Diesmal war es eher Fall Nummer zwei.

Editha knipste das Licht an und ließ sich vom Wecker bestätigen, dass noch eine Viertelstunde Zeit war. Früher hätte sie eine Tür weiter ihren Mann besucht und ein wenig gekuschelt, an einem Tag wie heute auch ein wenig Trost und Mut für morgen gesucht. Ganz früher hätte sie dazu nur den Arm ausstrecken müssen. Aber nach zwanzig Jahren hatte es sich ausgekuschelt. Nein, keine Affäre, auch keine fundamentalen Meinungsverschiedenheiten, kein dramatisches Zerwürfnis, nicht einmal alltägliche Bösartigkeiten. Einfach die gemeinsame Erkenntnis, dass das Ende sich herbeigeschlichen hatte. Editha hatte gebeten, bis nach

199

der Wahl zu warten, Reinhard hatte genickt, nicht einmal ironisch gelächelt über diesen Terminwunsch.

Sie warf den Morgenmantel über und ging die Samstagszeitung holen. Auf der ersten Seite tatsächlich ein Foto von ihr! Mit ein paar Klassenkameraden. Leider auch mit dem Hinweis auf das schlechte Lokal. Bei einem Glas Multivitaminsaft ärgerte sie sich grün und blau, dass es nicht geklappt hatte mit Wilfried Honnegger. Sicher, kaum die Hälfte der Leser kannte den Big Boss mit Namen und Funktion; diese Kerle pflegten bei aller Eitelkeit jene öffentliche Zurückhaltung, die sie vom aufgeregten Geschnatter der Politik abheben sollte. Ein Foto mit Gottschalk oder Beckenbauer wäre deshalb effektiver gewesen. Aber immerhin: besser als nichts.

Reinhard betrat die Küche und grüßte freundlich. Eines musste man ihm lassen: Er war ein höflicher Mensch und eine gepflegte Erscheinung. Nie am Morgen in schlampigem Schlafanzug mit rutschenden Socken, nie mit struppigen Haaren oder stacheligem Kinn. Schade eigentlich, dass man sich nichts mehr zu sagen hatte!

Er deutete auf die Zeitung: »Bist du heute der Aufmacher? Beziehungsweise die Aufmacherin?«

»Warte mal bis Montag«, erwiderte sie, »wenn ich gewonnen habe.«

»Du hast gesagt, es hat nicht geklappt mit Honnegger? Es hätte dir auch nichts gebracht«, sagte er.

»Wieso nicht?«

»Weil Banker ein mieses Image haben: Abzocker. Banker machen riskante Geschäfte. Wenn's gut geht, sind sie die Größten. Wenn nicht, holen sie's wieder rein bei ihren kleinen Kunden.«

200

»So einfach ist es auch wieder nicht«, protestierte Editha.

»Aber so einfach sehen es die Leute. Ich habe dir immer gesagt, du solltest mich als Wahlkampfberater engagieren.«

»Mit wem hätte ich mich nach deiner Meinung ablichten lassen sollen?«

»Von mir aus mit Pius Heinzelmann. Mit dem können sie sich identifizieren: ein kleiner Mann, der gegen seine verknöcherte Hierarchie aufmuckt.«

»Tut er doch gar nicht!«, rief Editha. »Er hält seine Mauschelgeschichte feige unter der Decke. Und vergiss nicht, ich kandidiere für eine christliche Partei.«

»Eine christliche Partei gibt es nicht«, widersprach Reinhard, »höchstens eine bigotte.«

Editha spürte Streit aufziehen und versuchte ihn abzuwenden: »Ich habe mich umentschieden. Ich werde heute noch mal in den Wahlkampf ziehen. Ich werde kämpfen bis zur letzten Minute. Ich gebe nicht auf.«

Reinhard lächelte: »Die Tigerin von Eschnapur.«

Es wird wohl das Beste sein, dachte Editha, wenn wir am Montag die Scheidung einreichen. Egal, wie die Wahl ausgeht.

»Heute Abend beim Bankett bist du dabei?«, fragte sie.

Sie hatten es seit Wochen verabredet.

»Gern«, sagte er. »Wenn es dir nützt.«

»Das glaube ich nicht«, antwortete sie spitz. »Die meisten kennen dich gar nicht, aber ich werde dich vorstellen.«

KAPITEL 49

Diese schäbige Aula war wirklich eine Schande. Damals galt der neue Bau für das alte Gymnasium als richtungweisend. Kommunikationsfreundlich, kontaktfördernd, offen für Licht und Luft. Mit der Folge, erinnerte sich Amadeus Ibensee, dass man sich vor lauter Kommunikation und Kontakt kaum auf das konzentrieren konnte, weswegen man eigentlich halbe und bisweilen drei viertel Tage hier zubrachte: lernen! Aber er hatte es erfolgreich überstanden und seine vier Töchter später auch. Also musste man diesem rasch gealterten Kasten aus rohem Beton und blind gewordenen Glasbausteinen dankbar sein.

Amadeus bereitete den musikalischen Teil der Feier vor. Waren auch die Stühle noch dieselben wie damals? Er versuchte sich zu erinnern. Wie oft hatte er hier oben gesessen, damals noch mit klopfendem Herzen und schweißnassen Handflächen, um im Schulorchester seine Oboe zu blasen. Ein schönes Instrument, warm in der Hand, warm im Klang, freilich nicht strahlend wie eine Trompete oder brillant wie eine Violine. Seine Eltern hatten sich für ihn eine glänzende Solistenkarriere vorgestellt, deswegen auch der ausgefallene Vorname, der bis heute Gelegenheit zu Anzüglichkeiten bot. Als Oboist war man jedoch ein bisschen wie die Wasserträger bei der Tour de France.

Er bemerkte Frau Dr. Canisius, die eigentlich keinen Grund hatte, so früh zu erscheinen. Er begrüßte sie mit dem Respekt von damals.

»Irgendwie schließt sich da ein Kreis«, sagte sie. »Ich sehe Sie noch hier oben sitzen und spielen,

202

vor über dreißig Jahren. Und heute spielen Sie wieder hier.«

»Ich habe es eben nicht geschafft bis in die Berliner Philharmonie«, entgegnete er.

»Unsinn!«, fuhr sie auf. »So habe ich es nicht gemeint. Finden Sie, dass die strahlenden Stars des Klassentreffens es wirklich weiter gebracht haben? Der Herr Vorstandssprecher? Die Frau Gesellschaftskolumnistin? Die Frau Abgeordnete?«

»Eigentlich finde ich das schon«, gab Amadeus zu.

»Dann bin ich eben altmodisch mit meinen Ansichten«, sagte sie fast ein wenig schroff. »Aber in meinem Alter brauche ich nicht mehr neumodisch zu sein.«

Ja, das kannte Amadeus auch von seiner Frau. Was erwartest du eigentlich von dir? fragte Beate, wenn er wieder mal klagte, alles falsch angepackt zu haben. Du machst einen ehrbaren Job und machst ihn gut. Als Geiger oder Trompeter wärst du weniger als Mittelmaß gewesen. Wolltest du das? Du ernährst eine Frau und fünf Kinder, die du anständig auf den Weg ins Leben bringst. Was verlangst du denn sonst noch von dir?

Aber genau das war's! Man konnte sich im Kopf auf seine Grenzen besinnen. Aber man konnte nicht einfach im Herzen seine Träume begraben.

Amadeus rückte Stühle und überlegte, wie das mittelgroße städtische Orchester, verstärkt durch Schüler des Gymnasiums – falls das eine Verstärkung war –, auf der weniger als mittelgroßen Bühne zu platzieren war.

»Alles klar, Herr Ibensee?«

Der junge Herr: So nannten sie im Orchester den neuen Dirigenten. Das klang nach aufgestell-

ten Stacheln. Lasst ihn doch erst mal kommen!
hatte Amadeus geraten. Was habt ihr ihm vorzu-
werfen? Dass er etwas geworden ist, was keiner
von uns geschafft hat?

»Bisschen eng hier oben«, erklärte Amadeus.
»Sie können ja heute das Holz weglassen.«

»Ich hätte fast gesagt: Sie reden Blech. Sie werden's schon richten.«

Nachher, in einer Stunde, überlegte Amadeus,
werden wir uns in der Enge hier oben abmühen
und schwitzen, und von unten werden die Ehrengäste voller Huld herauflächeln: der Herr Oberbürgermeister, einige Stadträte, der Herr Rektor,
die Frau Noch-Abgeordnete, Hochwürden Heinzelmann. Und natürlich der große Gast von auswärts, Herr Vorstandssprecher Dr. Honnegger.

Aber solange wir hier oben spielen, dachte
Amadeus bissig, werden sie zu meinen Füßen sitzen und gefälligst die Klappe halten!

KAPITEL 50

Woher hatte sie das eigentlich: dass sie sich um alles kümmern musste, sich für alle verantwortlich
fühlte, jeden an die Hand nehmen wollte. Von
ihren Eltern sicher nicht. Das waren nette, freundliche Menschen, die aber entschuldigend die Hände
hoben, wenn sie hätten eingreifen sollen.

Zum Beispiel damals, als Cornelia in der dreizehnten Klasse schwanger war. Ein Ereignis zu jener Zeit, noch kaum denkbar. Ein paar Jahre früher
wäre es sogar indiskutabel gewesen: Schülerin mit
dickem Bauch macht Abitur! Inzwischen kein Prob-

lem. Aber damals musste sie das selbst regeln. Ihre netten Eltern schlugen die Hände vors Gesicht.

Cornelia hatte sich auch heute Morgen noch um Mühselige und Beladene zu scheren: um Wally, um Otto, um wen noch? Sie brauchtes Zuspruch oder Hilfe. Cornelia schickte ihren verschlafenen Sohn zum Frühstücksbuffet, drückte ihm die Adresse der Schule in die Hand und machte sich auf. Die Wege waren kurz in der Stadt.

Malve wartete schon und war regelrecht aufgebracht: »Das hätte meine Mutter dir nicht antun dürfen, dass sie auch heute ausfällt!«

Malve hatte sie bisher nicht geduzt, Cornelia nahm es als Beweis von Vertrauen.

»Sie tut mir nichts an. Höchstens dir. Und sich selbst.«

Der erste Augenschein bewies ihr, dass Wally heute Vormittag nirgendwo auftreten konnte. Es war schwer zu begreifen, dass man sich nicht mal am Riemen reißen konnte. Cornelia hatte zuzeiten auch gut etwas weggeschluckt, nicht nur aus Freude und Genuss, auch aus Frust und Verzweiflung. Jeder Lebensweg führte durch ein paar tiefe Täler, und nicht jeder bewältigte diese mit Beten und Enthaltsamkeit. Aber wenn es an die Existenz ging, wenn sich die große Krise anbahnte, der Zusammenbruch: Musste man da nicht die Notbremse ziehen können?

»Der Kreislauf«, stöhnte Waltraud und versuchte sich in ihren Kissen aufzurichten.

»Ach, Wally!«, Cornelia setzte sich auf den Bettrand. »Du weißt doch Bescheid. Lass doch das blöde Versteckspiel!«

Malve stand dabei mit einem Gesicht, als balle sie die Fäuste.

Waltraud fing an zu protestieren, aber Cornelia ließ sie nicht zu Wort kommen: »Du musst einen Entzug machen. Einen ganz brutalen. Damit du wieder arbeiten kannst. Es hat keinen Wert, wenn du selbst deine beste Kundin bist. Und dann musst du in deinem Lokal mal reinen Tisch machen. So wird das nichts. So ersäufst du in deinen Schulden.«

»Conny! Ich dachte, du bist eine Freundin.«

Ach ja! Diese selbstmitleidigen, weinerlichen Alkoholiker waren doch alle gleich. Sie wollten Verständnis, aber Verständnis, das hatte Cornelia oft genug erfahren, diente nur als Vorwand und Rechtfertigung, um weiter zu saufen. Man musste sich diese Brüder und Schwestern mit harter Faust zur Brust nehmen: Wenn du nicht aufhörst, dann geh eben unter! Das half, unter Umständen. Alles andere half nicht, mit Sicherheit.

»Heute Abend«, sagte Cornelia bestimmt, sogar ziemlich scharf, »bist du dezent geschminkt, sorgfältig frisiert und elegant gekleidet bei unserem Diner. Und stocknüchtern. Keine Widerrede!«

Ehe Waltraud Zweifel anmelden konnte, war Cornelia draußen auf dem Flur und nahm Malve in den Arm: »Eigentlich sollte mich das überhaupt nichts angehen. Aber wir kriegen das schon hin.«

Malve strahlte sie an.

»Pass auf deine Mutter auf!«

Zu Otto. Musste man ihn unbedingt beim Klassentreffen haben? Wenn er doch partout nicht wollte. Ein Verlust wäre es nicht. Dieser Querkopf. Dieser Misanthrop. Wahrscheinlich würde er den ganzen Abend kippen. Aber Cornelia hatte es sich in den Kopf gesetzt: die Klasse möglichst komplett! Also zu Otto.

Pius' Kirche und Pfarrhaus lagen am Wege. Das war auch so einer, auf den sie verzichten konnte. Der Himmelskomiker, wie sie ihn manchmal nannten, hatte ihr hartnäckig zugesetzt, als in der Dreizehnten ihre Schwangerschaft ruchbar und bald unübersehbar wurde. Sie sei nicht zu tolerieren an einer halbwegs anständigen Schule, hatte er gepredigt. Bis Frau Dr. Canisius aus der Haut gefahren war und kategorisch festgestellt hatte, für Moral und Menschlichkeit gebe es eine ganze Reihe von Kriterien, und sie könnten ja mal jeden auf den Prüfstand stellen. Das hatten alle verstanden. Sogar Pius. Und nun hatte er selbst ein Problem.

Cornelia klingelte kurz entschlossen am Pfarrhaus, niemand öffnete. Nach dem dritten Mal kam ihr der naheliegende Gedanke, in der Kirche nachzuschauen. Die Tür war angelehnt. Sie trat leise ein und sah sich um. Warum mussten derartige Gotteshäuser wie verstaubte Museen wirken, in denen neben toten Gegenständen tote Gedanken eingesperrt schienen? Geruch von kaltem Weihrauch. Sie musste an den kalten Zigarettenrauch in Wallys Kneipe denken.

Cornelia hörte ein Rascheln und entdeckte Pius, wie er sich am Altar zu schaffen machte. Sein kleines Reich! Das Wartezimmer zum großen. Hier, dachte sie, war Pius unangreifbar, hier widersprach ihm keiner. Cornelia machte ein paar Schritte, sodass Pius sie bemerkte.

»Du hier?«, fragte er verwundert.

»Ich hier. Manchmal schaue ich rein. Unverbindlich.«

»Keine Angst, dass dich jemand bekehrt?«

»Ich bin fest im Unglauben«, erwiderte sie.

207

»Außerdem seid ihr mir zu freudlos. Das hat euer Herrgott nicht gewollt, dass du zum Beispiel deine Freundin vor der Öffentlichkeit verstecken musst.«

»Was soll ich denn sonst machen?«, rief Pius.

»Handeln!«

Pius schien zu überlegen. Jetzt, mein Lieber, dachte Cornelia, ist der Augenblick. Jetzt musst du springen. Jetzt musst du sagen: Jawohl, Conny, du hast Recht. Senta ist meine Lebensgefährtin, und heute Abend werdet ihr sie alle kennen lernen.

Pius schüttelte entschlossen den Kopf: »Nein, nein, Conny. Es ist alles viel komplizierter, als du denkst.«

»Gut«, sagte sie, »ich bin nicht deine Seelsorgerin. Außerdem muss ich noch zu Otto. Habt ihr eigentlich Kontakt?«

»Mit Otto? Nein. Er bemüht sich auch nicht darum.«

»Und du? Wäre das nicht deine Sache?«

»Er gehört ja nicht zu unserer Gemeinde.«

»Ich verstehe: keine Zuständigkeit.«

Jetzt blieb kaum mehr Zeit für Otto. Cornelia klingelte ungeduldig, bis die Tür sich einen Spalt öffnete und ein unrasiertes Gesicht herausschaute.

»Otto, zieh dich an, und komm mit in die Penne!«

Er schüttelte den Kopf: »Ich muss nicht dabei sein, wenn Herr Honnegger angestaunt wird wie das achte Weltwunder.«

»Mensch, Otto! Lass doch mal den Scheiß! Wilfried ist Big Boss geworden, dagegen sind wir alle in Gottes Namen kleine Lichter. Na und?«

»Er ist nicht euer Big Boss. Aber er ist meiner.«

»Lässt er's raushängen?«

»Weiß ich nicht.«

»Und wenn: Du wirst es ertragen.«

Es schien, als wolle Otto eilig die Wohnungstür wieder schließen und sich zurückziehen in seine Höhle, aus der es nicht viel anders roch als in Wallys Schlafzimmer.

»Weißt du was?«, sagte Cornelia: »Mach, was du willst! Ich bin genau von dieser Minute an für nichts mehr zuständig.«

Sie machte kehrt und hörte die Wohnungstür nachdrücklich klappen. Sie war erleichtert über ihren Entschluss und wie beflügelt auf der Fahrt zur alten Penne. Lauter erwachsene Menschen! Musste man sie wie Kinder bei der Hand nehmen?

Apropos: Ob Julian kapiert hatte, dass er rechtzeitig vom Hotel losmarschieren musste? Er hatte manchmal einen merkwürdigen Begriff von Zeit und abwegige Vorstellungen von Entfernungen. Wenn ich einen winzigen Umweg mache, dachte Cornelia, kann ich ihn noch auflesen.

KAPITEL 51

Telefon? Samstag Morgen, kurz nach acht! Der sechste Tag der Woche war nicht geheiligt, aber ein gesitteter Mensch traute sich, sagen wir, nicht vor neun oder halb zehn.

»Hallo!«, sagte Ute Kollhoff. Sie meldete sich nicht mehr mit ihrem Namen, seitdem ein anonymer Strolch sie ständig verbal belästigte, sodass sie schon eine neue Telefonnummer beantragt hatte.

»Was heißt hier Hallo?«, fragte eine wohlbekannte Stimme, die sich überflüssigerweise mit Namen vorstellte: »Hier Anna-Luise. Weißt du, was ich eben in unserem lokalen Käsblättchen lese?«

»Lass mich raten! Editha rechnet immer noch mit ihrem Sieg.«

»Quatsch«, erklärte Anna-Luise, »deine Abiturklasse hat heute Klassentreffen.«

»Danke für den Hinweis. Und wie geht es deinem Ischias?«

Klassentreffen! Das hatte ihr gerade noch gefehlt. Es gab eine Art von Veranstaltungen, denen Ute konsequent auswich. Elternabende früher. Jahresmitgliederversammlung im Tennis-Club. Klassentreffen? Schon die penetrant ausgelassene Abiturfeier damals hatte sie genervt. Die tränenreiche Beschwörung der fabelhaften Klassengemeinschaft. Und was waren für unerträgliche Wichtigtuer oder Stinkstiefel dabei gewesen!

»Aber so ein Klassentreffen«, wunderte sich Anna-Luise, »ist doch was Lustiges. Wer lebt noch, wem geht's gut, wer ist geschieden, wer ist pleite?«

»Anna-Luise, sei mir nicht böse. Ich würde gern mal Wilfried Honnegger wiedersehen oder Cornelia König. Aber um Gottes willen nicht alle auf einem Haufen!«

Anna-Luise ließ nicht locker: »Ich kann für alle Fälle rauskriegen, wo das heute Abend ist. Setz dich in den Zug und komm rüber! Was glaubst du, was das für ein Hallo gibt!«

Sie versteht mich nicht, dachte Ute. Klassentreffen waren schließlich was Schönes, man hatte sich darauf zu freuen. Spätestens seit Heinz Rühmann und der »Feuerzangenbowle« wusste auch jede neue Generation: Die Erinnerung an wahre und erfundene Schülerstreiche wärmte das Herz und schweißte aufs Neue zusammen. Und niemandem konnte man so viel Vertrauen entgegenbringen wie den Kameraden von der Schulbank. Nein! Was sollte dieses sentimentale Theater? Sollte sie etwa mit Pius über die Liebe unter den Menschen diskutieren? Oder mit Editha über eine vernünftige Politik?

»Schönen Dank für deinen Hinweis«, sagte sie. »Aber ich hab schon was vor.«

KAPITEL 52

Verschlafen! Richtig verpennt.

Man merkte es sofort, nicht weil schon die Sonne in der Nase kitzelte oder der Müllwagen auf der Straße klapperte. Man hatte es sofort im Gefühl und schämte sich ein bisschen vor sich selbst für seine Schlafmützigkeit.

In zwanzig Minuten wurde die ehemalige 13b in der Aula erwartet. Hansjörg sprang aus dem Bett und schritt forsch ins Badezimmer. Erst beim hastigen Rasieren fiel ihm ein, dass er nicht wusste, wohin seine Frau gefahren war. Warum fiel ihm das ausgerechnet beim Rasieren ein? Weil Elke und er seit geraumer Zeit vermieden, sich gemeinsam oder wenigstens gleichzeitig im Badezimmer fertig zu machen? Nein, falsches Wort: zurechtzumachen. Sich fertig zu machen war etwas anderes. Aber das kannten sie auch.

Elke war oft auf Achse, zu Dreharbeiten oder Synchronisationen, manchmal zu Filmvorführungen oder gar offiziellen Premieren. Sie war nie der Star des Stücks, sie schien auf Nebenrollen abon-

211

niert zu sein. Aber darin war sie ziemlich gut. Das hatte nur den Nachteil, dass kein Regisseur an sie dachte, wenn er sich seine Hauptdarstellerin vorstellte.

Früher war Hansjörg oft mitgereist zu Dreharbeiten an schönen Orten. Ihn drängten schließlich keine Dienststunden, allenfalls Ablieferungstermine, und wenn die mal eng wurden, ging es auch mit drei Stunden Schlaf und achtzehn oder neunzehn im Atelier. Er war gut im Geschäft, aber nicht in der Gefahr, mit den Großen der zeitgenössischen Kunst in einen Topf geworfen zu werden. Also musste er es auch nicht mit ihnen aufnehmen.

Jedenfalls, um beim Rasieren der linken Wange auf den Eingangsgedanken zurückzukommen, wusste Hansjörg früher stets, wo seine Frau sich aufhielt. In letzter Zeit sagte sie es seltener, und er fragte seltener.

Gründlich Zähne putzen, denn heute stand die eine oder andere Lippenberührung ins Haus. Rasch duschen, obwohl die Zeit drängte. Auch ein engerer körperlicher Kontakt war nicht auszuschließen.

Dreißig Jahre lang hatte Hansjörg seine Jugendliebe nur von ferne beobachtet. Manchmal hatte er gedacht: Conny, Conny! Musst du als intelligentes Wesen dich wirklich mit diesem Klatsch und Tratsch befassen? Andererseits war auch er selbst bis zu einem gewissen Grade korrumpierbar. Manches bildnerische Werk hatte er nur zähneknirschend geschaffen, weil ein potenter Auftraggeber ihn mit einer hohen Summe überzeugt hatte.

Man musste heute Morgen bestimmt nicht auf die Minute pünktlich sein. Hansjörg gönnte sich

noch einen längeren Blick in seinen Kleiderschrank, ehe er sich für helle Hose, blau kariertes Jackett, die gelbe Wildlederweste und eine
gelb gemusterte Krawatte entschied. Als Künstler
wollte er nicht im dunklen Nadelstreifen auftreten, aber er wollte sich auch nicht mit schrillem
Künstler-Outfit zum Gespött machen. Er lockerte
den Krawattenknoten so weit, dass es leger wirkte,
aber nicht schlampig.

Schon auf der Schwelle, hörte er das Telefon
klingeln. Conny, die ihn vermisste und zur Eile
trieb? Elke, die doch melden wollte, wo sie sich
aufhielt? Genau das wollte er derzeit als Letztes
wissen. Wollte sie vielleicht mitteilen, dass sie erst
morgen oder gar am Montag zurückkehre? Das
wäre eine gute Nachricht gewesen.

Hansjörg schüttelte energisch den Kopf und
verließ die eheliche Wohnung.

KAPITEL 53

»Mein schönes Fräulein, darf ich's wagen, meinen
Arm und Geleit ihr anzutragen?«

»Hajö!«, rief Hilde. »Du alter Schleimer!«

»Sag wenigstens junger Schmeichler, das klingt
nicht so vernichtend. Es war immerhin von Johann
Wolfgang.«

Sie hakte sich unter, und sie schritten wacker
aus. Hilde war froh, dass Hansjörg sie aufgelesen
hatte, denn sie wusste im Moment nicht, ob sie
noch auf dem richtigen Weg war. Tausendmal war
sie diesen Schulweg gegangen, öfter sogar, neun
Jahre, also überschlägig fünfzehnhundertmal, je-

213

weils in beiden Richtungen. Jede Ecke, jede Kreuzung, jedes Haus hatte sie vor sich. Dennoch konnte es passieren wie eben, dass sie innehalten musste und sich fragte, wo sie angelangt sei.

»Wir haben uns ewig nicht gesehen«, sagte Hansjörg. »Nicht getroffen«, korrigierte er.

»Das ist wahr«, bestätigte Hilde.

Sie hatte nach der Rückkehr in ihre Stadt alle alten Freunde, Kumpels und Kameraden nur gelegentlich getroffen und immer zufällig. Da sprach sie jemand auf der Straße an oder im Laden: Mensch, bist du nicht die Hilde? Dann redete man kurz oder ging, wenn Zeit war, einen Cappuccino trinken. Aber gesucht hatte sie das nicht. Warum? War es einfach so, dass sie nicht Rede und Antwort stehen wollte über ihre Erblindung? Nicht die Ratschläge hören, wer ihr vielleicht doch noch helfen könne. Heutzutage repariere die Medizin doch fast alles. Ob sie im Alltag zurechtkomme oder Hilfe brauche. Und dann unweigerlich die Frage nach ihrem Mann. Dann sagte sie, irgendwie könne sie ihn verstehen, und sie wisse letzten Endes nicht, wie sie selbst gehandelt hätte. Da beteuerten alle rasch, für sie wäre nie infrage gekommen, den Partner in dieser Situation zu verlassen. Da dachte sie: Jaja. Man verabredete, sich irgendwann mal zu verabreden, und traf sich vielleicht irgendwann wieder zufällig in der Stadt. Aber Hilde war es ganz recht so.

Hansjörg schritt wirklich wacker aus, sie versuchte mitzuhalten. Nicht dass ihr die Luft gefehlt hätte, sie hielt sich mit Morgengymnastik fit. Aber sie war es gewöhnt, sich vorsichtig voranzutasten. Sie klammerte sich an Hansjörgs Arm und hoffte, sie kämen bald an.

»Und wie geht es dir?«, fragte sie, um nicht selbst gefragt zu werden.

»Willst du eine schöne oder eine wahre Antwort?«

»Natürlich eine wahre.«

»Also: Meine Kunst ernährt mich leidlich, meine Ehe ist im Eimer, aber gestern hatte ich eine erfreuliche Wiederbegegnung.«

»Ich weiß: Conny.«

»Dir entgeht aber auch nichts.«

»Man sagt ja, wir hätten den sechsten Sinn. Weil von den fünfen einer ausgefallen ist.«

»Und du?«, fragte Hansjörg nun leider doch. »Lebst du allein?«

»Wie sonst?«

»Aber du hattest doch damals geheiratet.«

Hilde beschloss, das Thema rasch zu beenden: »Mein Mann wollte nicht mit einer blinden Frau leben. Wenn ich er gewesen wäre, hätte ich auch nicht mit mir leben wollen. Und wenn du er gewesen wärst, hättest du es auch nicht gewollt. Jetzt musst du widersprechen.«

Hilde wartete eine Weile, aber Hansjörg antwortete nicht, schritt nur weiter kräftig aus.

»Wir sind gleich da«, versprach er.

»Ich finde so ein Klassentreffen etwas Schönes«, sagte sie.

»Ja, frei nach Bertold Brecht«, antwortete er: »Hier bin ich Mensch, hier darf ich's sein.«

»Ist das nicht von Schiller?«, fragte Hilde.

KAPITEL 54

Das war damals noch nicht möglich gewesen: in einem Rollstuhl ohne Hilfe in die Schule zu gelangen. Wie denn? Acht Stufen hinauf zum Haupteingang, von der Eingangshalle fünf Stufen hinab in den westlichen Klassentrakt, die Treppe hinauf in den ersten Stock: Eine uneinnehmbare Festung! Aber es hatte sich rasch eingespielt: Vier Klassenkameraden, meistens dieselben, wenn nicht einer krank war oder zu spät, warteten vor dem Eingang, wenn Andreas Aumüller mit dem Auto gebracht wurde. Sie luden den Rollstuhl aus dem Kofferraum und klappten ihn auf, hoben Andreas hinein und wuchteten ihn unter Hauruck-Rufen die Treppen hinauf, hinunter, hinauf. Nach einer ersten Phase der Beklommenheit wurde daraus ein kleines morgendliches Happening, von immer flotteren Sprüchen begleitet, die förmlich einen Bann brechen halfen. Mittags das Ganze retour.

Dabei hatte sich Andreas, als keine Hoffnung auf Genesung mehr bestand, nur eines gewünscht: so weit wie möglich unabhängig zu sein und nicht dauernd auf Hilfe angewiesen. Er war ja jung und immer noch kräftig, und nach einer Phase völliger Mutlosigkeit hatte er sich vorgenommen: trainieren, schlank bleiben, nicht behäbig werden, Kraft in den Armen sammeln, Ausdauer in der Pumpe.

Mit Schwung fuhr er die Rampe hinauf zum Eingang. Die Tür der Schule öffnete sich heute automatisch. In der Eingangshalle hatte sich ein Dutzend aus seiner Klasse versammelt.

»Überkommt euch in diesen Hallen auch so ein heiliger Schauder?«, fragte Konrad Ziese.

»Njet. Dafür ist Pfarrer Pius zuständig«, erwiderte Ruslan Rodmistrenko.

»Eine ziemliche Bruchbude«, stellte Lukas Förster fest: »Kaum zu glauben, dass hier Weltkarrieren gestartet wurden.«

Hedwig Weiss protestierte energisch: »Unser Gymnasium ist nicht schlechter in Schuss als jedes andere im Regierungsbezirk.«

»Du musst es dir ja schönreden«, erklärte Heiner Hollerbach, »du musst ja jeden Tag hier antreten.«

»So prächtig wie eure Versicherungszentrale ist es natürlich nicht«, stichelte Hedwig.

»Hier geht's ja auch nicht um Profit«, erklärte Ruslan theatralisch, »sondern bloß um die Zukunft der nachwachsenden Generationen.«

»Hört auf zu blödeln!«, bat Konrad.

»Wir sind so gerührt«, erklärte Lukas Förster, »das müssen wir irgendwie überspielen.«

Andreas wandte sich von den flachsenden Kameraden ab und fuhr durch die Halle hinab zum Klassentrakt. Eine richtige massive Rampe heute anstelle des hölzernen Provisoriums, das der Hausmeister gezimmert hatte. Wahrscheinlich wurde sie nur von Skatern benutzt.

Andreas fragte sich, wie er sich fühle, das erste Mal seit dreißig Jahren. Der alte Kasten, damals noch ziemlich neu und nach zeitgenössischem Geschmack hochmodern, war ihm immer recht gleichgültig gewesen. Man ging morgens hinein, tat seine Sache und ging mittags oder nachmittags wieder hinaus. Eine engere Beziehung hatte Andreas merkwürdiger-, vielleicht auch verständlicherweise erst gewonnen, als das Haus sich gegen ihn sträubte. Als er nur mit Mühe und mit Hilfe anderer hinein- und hinauskam. Als manche

217

Räume ihm überhaupt nicht mehr zugänglich waren, als Turnhalle und Sportplatz keine Rolle mehr in seinem Schülerleben spielten. Da hatte er fast das Gefühl gehabt, er müsse sich seine Penne täglich erobern.

Er wendete und fuhr den Gang bis zur Tür der Aula und schaute hinein. Das Schulorchester probte, Amadeus Ibensee winkte ihm zu.

Bei der Abiturfeier, erinnerte sich Andreas, hatten sie ihn samt seinem Rollstuhl die Treppe zur Bühne hinaufschleppen müssen. Bis heute war hier keine Rampe. Wenn die Jubilare am Ende der Feier auf die Bühne gerufen wurden, mussten sie noch einmal ran, seine Träger von damals: Konrad, der kampfgestählte Oberstleutnant, Ruslan, der undurchsichtige Geschäftsmann aus St. Petersburg, Lukas, der europaweite Experte für Wurstclips, Hansjörg, der regional bedeutende Künstler. Hochwürden Pius wollte er nicht unbedingt vertrauen, der war mehr fürs Geistige zuständig. Oder sagte man: fürs Geistliche? Amadeus musste seine Oboe bedienen. Und Wilfried Honnegger gehörte zu einer Gesellschaftsschicht, in der man schleppen ließ.

Wenn man es recht bedachte, war das Ganze irgendwie komisch. Jedenfalls nicht so schlimm, wie Andreas befürchtet hatte.

KAPITEL 55

Diese großen verstaubten Lappen an den Wänden über der Aula, sie kamen Heiner bekannt vor. Hatte nicht damals sein Klassenkamerad Hajö mit dieser Technik experimentiert? Batik! Alle paar Jahrzehnte war es wieder mal in Mode, dazwischen vergessen. Zum Glück, wie Heiner fand. Die Lappen sahen aus, als hingen sie seit dreißig Jahren. Keine Etatmittel für neue Anschaffungen? Oder kein neuer Künstler an der Schule? Oder hing das Zeug einfach nur, weil es immer hing?

Ein gehässiger Gedanke, musste Heiner zugeben. Aber er und Hajö hatten damals eine uneingestandene, aber unübersehbare, hartnäckige Konkurrenz gepflegt. Zwei kommende Genies? Heiner als Star auf der Bühne, mit seinen Auftritten, die er heute milde belächeln konnte: schrill, expressionistisch, überdreht. Hajö mit seinen skurrilen Plastiken und wilden Leinwänden, die jeder anders interpretierte, um nicht zuzugeben, dass er sie nicht verstand. Dann war da noch Wilfried Honnegger gewesen, ohne Genie, schulisch mittelmäßig, aber auf unerklärliche oder leicht erklärliche Weise attraktiv im ursprünglichen Wortsinn: Er zog die Mädchen an. Was hatte er, das die beiden kleinen Genies nicht hatten? Mittlerweile wusste Heiner: Wilfried war als Erfolgsmensch geboren. Dagegen war kein Kraut gewachsen. Erfolg machte erotisch.

Hajö, der Schöpfer der verstaubten Batik, durfte sich heute einen Künstler nennen. Aber was hieß schon Künstler? Eine nicht geschützte Berufsbezeichnung. Jeder durfte sich so nennen. Straflos. Man musste nicht mal Mitglied eines Künstlerbundes sein oder einer Kunstgewerkschaft. Wer also war eigentlich »Künstler«: ein mäßig bekannter hauptberuflich tätiger Hersteller von weitgehend unbeachteten Plastiken? Oder ein im Hauptberuf erfolgreicher leitender Angestellter, dessen

219

gelegentliche Auftritte auf anspruchsvollen Laien-
bühnen durchaus Aufsehen erregten? Im Kunstbetrieb war ohnehin einer wie Wilfried wichtiger:
Er schnipste mit dem Finger, und fertig war die
nächste Ausstellung.

Jetzt erst wurde Heiner gewahr, dass vorn an
der Bühne Andreas in seinem Rollstuhl saß.

»Weißt du noch«, fragte er, »wie wir dich damals
auf die Bühne gehievt haben?«

Andreas nickte: »War ich für euch nicht eigentlich eine riesige Last? Wenn du so willst: Konnte
man mich so einer Klasse zumuten?«

»Blödsinn!«, rief Heiner. »Es war sogar umgekehrt: Wir hatten jetzt eine Pflicht. Wir mussten
jeden Morgen pünktlich vor der Schule stehen,
sonst wärst du zu spät gekommen. Verantwortung
lernen, verstehst du?«

Andreas lächelte. »Wahrscheinlich ist das so, als
wenn du dich plötzlich um ein Haustier kümmern
musst.«

»Du bist ein Arsch«, sagte Heiner. »Ein blöder
Zyniker.«

»Nein, nein. Allenfalls ein Ironiker. Das brauchst
du, sonst wirst du meschugge in diesem beschis-
senen Rollstuhl.«

»Hast du dich gestern Abend mit unserem
Sportlehrer ausgesöhnt?«

»Was heißt ausgesöhnt?«, fragte Andreas. »Ich
habe mir erstmals eingestanden, dass es einen Unterschied gibt zwischen Schuld und Verantwortung. Rosen hatte die Verantwortung.«

»Aber das war uns doch von Anfang an klar.«

»Ja, euch vielleicht. Aber sitz mal im Rollstuhl
und gesteh dir ein: bist ja selbst schuld!«

Von der Tür her füllte sich die Aula mit dem

typischen Lärm zusammengetriebener Schulklassen. Die hinteren Reihen füllten sich sofort, dort fühlte man sich unbeobachtet, aber die Lehrer scheuchten ihre Schäfchen ohne Gnade nach vorn. So war es immer gewesen. Die ersten zwei Reihen waren reserviert für Jubilare und für Ehrengäste verschiedenster Art, auch die örtliche Presse.

Heiner wies auf die Bühne, die sich mit Musikern füllte: »Da müssen wir am Ende rauf. Zum Angestauntwerden.«

»Und wie ich da hinkomme«, grinste Andreas, »das ist euer Problem.«

»Das haben wir bei der Abifeier auch geschafft.«

»Aber das ist dreißig Jahre her, und ihr hattet es noch nicht an der Bandscheibe.«

KAPITEL 56

»Müssen wir eigentlich so hetzen?«, keuchte Waltraud.

»Möchtest du wieder als Letzte reinplatzen, wenn's angefangen hat?«, fragte ihre Tochter Malve zurück. »Dass dich alle blöd anstarren?«

»Nichts fängt pünktlich an. Nirgends.«

»Außer in der Penne. Da gibt's nämlich eine Glocke, und die denkt nicht nach, sondern klingelt. Immer auf die Sekunde.«

Malve war stolz auf sich. Sie hatte ihre Mutter doch noch hierher gescheucht. Bei uns müssen andere Saiten aufgezogen werden! dachte sie. In normalen Familien scheuchen die Eltern ihre Kinder, bloß bei uns ist es umgekehrt. Und wenn es mit der Kneipe – pardon: mit dem Lokal – so weitergeht, habe ich das auch bald am Hals. Waltraud atmete schwer und versuchte mitzuhalten.

Mumien-Meeting! Das fand Malve die schönste Bezeichnung, wegen des plastischen Bildes und wegen der Alliteration. Kalkriesel-Club war weniger witzig. Aber im Übrigen waren die Oldies gar nicht so grauenhaft, wie befürchtet. Sicher, Pfarrer Pius war ein stadtbekannter Trübspitz, dem man seine Affäre kaum zutrauen mochte. Die Abgeordnete Gernreich war eine Schwätzerin und die Studienrätin Weiss ein trockenes Brötchen. Aber die Liane aus dem Urwald zum Beispiel, mit ihrer beknackten Schmetterlingsfarm, die konnte schon imponieren. Dieser Ruslan aus St. Petersburg war bestimmt ein Gauner, aber ein Charmebolzen, zu dem einem spätestens in zwei Jahren etwas einfiel. Und bei diesem Honnegger konnte man glatt vergessen, dass er als Ausbeuter schlimmster Sorte bestimmt Kneipenbesitzer und andere Kleinkunden gnadenlos über die Klinge springen ließ. Na, und Conny war sowieso ein Schatz! Wenn man sich seine Mutter hätte backen können …

Nein, man musste zu seiner Mutter stehen, ohne Wenn und Aber, auch wenn sie es einem ekelhaft schwer machte. Der gestrige Abend, der Ausfall der Chefin, der Einbruch der Küche – das brauchte man nicht alle Tage. Und sehenden Auges in die Pleite zu steuern machte auch nicht fröhlich. Trotzdem: Mutter blieb Mutter.

Die Schulglocke hatte schon geschellt, aber die Veranstaltung in der Aula hatte noch nicht begonnen. Auf der engen Bühne wurden noch Stühle und Musikpulte gerückt.

»Das hätten sie sich auch vorher überlegen können«, monierte Waltraud, »wenn sie hier schon ›Ben Hur‹ aufführen wollen.«

Malve mochte dazu nichts sagen, gestern hatte ja auch, höflich ausgedrückt, nicht alles zu hundert Prozent geklappt. Sie brachte ihre Mutter in die erste Reihe und setzte sich zu ihrer Klasse.

»Was willst du denn hier?«, wurde sie gefragt, »Du hast doch heute frei gekriegt.«

»Stell dir mal vor«, antwortete sie: »Ich will mir freiwillig die Show anschauen.«

»Kann ich vielleicht für dich nach Hause gehen?«

Freiwillig in die Schule! Trotz einer schriftlichen Entschuldigung, die Malve selbst formuliert hatte: »Wegen der Feierlichkeiten anlässlich des Klassentreffens der ehemaligen 13b bitte ich meine Tochter Malve zu meiner Unterstützung freizustellen.« Das war genehmigt worden.

Es hätte losgehen können, aber der Direx blickte unruhig zur Tür. Fehlte jemand? Na, wer schon! Conny natürlich. Und Herr Honnegger. Sie waren einfach zu wichtig, um pünktlich zu sein.

Malve sah am Eingang einen Jungen stehen und suchende Blicke werfen, den sie noch nicht gesehen hatte. Er stammte nicht aus dieser Penne, wohl auch nicht aus der Stadt. Ha! Das musste dieser Julian sein. Der Sohn von Conny. Der kleine Chaot, von dem seine Mutter gestern vermutet hatte, er werde mitten in der Nacht im Hotel auftauchen und existenzielle Fragen diskutieren wollen. Genau so sah er aus. Malve stand auf und ging zu ihm.

»Bist du Julian?«, fragte sie.

»Soviel ich weiß: ja«, erwiderte er.

Du Arsch! dachte sie.

»Ich bin Malve«, sagte sie, »die Tochter von der Klassenkameradin von deiner Mutter.«

»Wie schön für dich.«

Noch so eine blöde Antwort, dachte Malve, und du kriegst eine gescheuert.

»Neben mir ist noch ein Platz frei.«

Er zockelte hinter ihr her.

Zum ersten Mal in ihrem Leben tat Malve der Direx leid, wie er nervös von einem Fuß auf den anderen trat und sehnsüchtig zur Tür blickte.

»Wo bleibt denn deine Mutter?«, fragte sie.

Julian hob die Schultern: »Keine Ahnung. Sie konzentriert sich auf ihren Auftritt.«

Sag nichts gegen meine Freundin! dachte Malve.

Da war sie endlich! Mit ihr Wilfried Honnegger.

Der Rektor eilte auf die beiden zu und schüttelte erleichtert Honneggers Hand: »Willkommen! Gut, dass Sie da sind«, hörte Malve ihn im Vorbeigehen sagen.

»Sorry, ich musste noch telefonieren.«

»Sicher internationale Geschäfte«, nickte der Rektor.

»Nein, nein. Es ging nur darum, ob ich nicht doch ins Finanzministerium will.«

Dem Direx verschlug es den Witz.

Endlich konnte das Schulorchester loslegen. Malve lehnte sich entspannt zurück. Im Augenblick musste sie sich um nichts Gedanken machen. Verschnaufpause.

Das Schulorchester fiedelte aus Leibeskräften und blies mit dicken Backen. War es Beethoven? Mozart? Jedenfalls nicht Bach oder Gershwin. Carlo hatte ihr in Grundzügen jene Musik erklärt, die ihr Lieblingssender mied wie der Teufel das

224

Weihwasser. Carlo arbeitete oben auf der Bühne am Kontrabass und blinzelte Malve zu. Bis vor zwei Monaten war sie mit ihm gegangen. Bis er eine unvorsichtige Äußerung über das Lokal ihrer Mutter gemacht hatte: Pressluftschuppen! Kneipe wäre gerade noch gegangen. In Wahrheit war Carlo ihr zu aufdringlich geworden. Sie wusste natürlich schon lange aus der »Bravo«, was Sache war und warum die Jungen so schlecht an sich halten konnten. Aber ihr ging alles zu schnell. Da kam ihr der Pressluftschuppen gerade recht.

Sie warf einen Blick zur Seite auf Julian. Dieser blöde arrogante Pinsel!

Er zwinkerte ihr zu und flüsterte: »Heiße Truppe habt ihr! Kratzen 'n flotten Darm.«

Malve lächelte mit aller Zurückhaltung. Wie kam ihre Freundin Conny zu so einem unmöglichen Sohn?

KAPITEL 57

Wilfried hatte sich auf den Programmzettel gesetzt und rätselte, von welchem Tonsetzer das Stück sei. Bei klassischer Musik war er nicht unbedingt bibelfest. Aber in seiner Position genügte es zu sagen: Ja, ja, unsere großen Meister sind einfach unübertroffen!, und schon nickten die Umstehenden eilfertig. Ähnlich war es übrigens beim Wein. Wilfried war kein wirklicher Kenner, aber wenn ihm das Etablissement gefiel oder die Gastgeber sympathisch waren, lobte er mit einem Blick aufs Etikett: O ja, den habe ich natürlich auch im Kel-

225

ler!, und schon waren alle glücklich. Wenn er allerdings Grund zum Ärger verspürte, ließ er schon mal den Wein zurückgehen: Kork. Nur ein einziges Mal hatte ein Sommelier gewagt, dem Herrn Vorstandssprecher zu widersprechen. Was das städtische Orchester gerade bot, würde er noch erfahren.

Die alte Aula: So eine Bruchbude konnte sich nur eine staatliche Institution leisten. Eine Bank käme sofort in Verdacht, sie pfeife auf dem letzten Loch oder sei Übernahmekandidat. Aber man konnte natürlich die Sache, wie jede andere, von zwei Seiten sehen: Hat dieser Staat nicht mehr übrig für seinen Nachwuchs? Oder: Sollen die Youngsters erst mal klein anfangen und sich hochdienen!

Links und rechts der ersten Reihe sah Wilfried seine Sicherheitsbeamten aufmerksam blicken. Eigentlich hätte er sie gestern nach Hause schicken können. Der eine hatte gerade vorgestern in einem ruhigen Augenblick geklagt, seine Freundin wolle nicht länger am Wochenende allein zu Hause sitzen, anstatt mit ihm ins Kino und in die Disco zu gehen. Andererseits war Dienst nun mal Dienst! Auch Wilfried hatte sich nicht nur mit Genialität an die Spitze gearbeitet, sondern auch mit Überstunden. Sogar in diesem Provinznest konnte übrigens ein Verrückter sich ein Attentat in den Kopf setzen.

Das Orchester hatte sich, auch für einen Laien hörbar, mit großem Mut etwas übernommen. Wilfried musste an seinen runden Geburtstag denken, zu dessen Feier ihm das Radio-Sinfonie-Orchester vor achthundert ausgesuchten Gästen aufgespielt hatte. Leider hatte sich der Kanzler kurzfristig entschuldigen müssen.

Als der wohlwollende Beifall abebbte, zupfte es an seinem Ärmel. Es war Frau Mausbach: »Herr Honnegger, Hongkong wartet dringend auf Ihren Anruf.«

Wilfried schüttelte den Kopf: »Wissen Sie was, Mausi? Ich riskiere einen weltweiten Börsenkrach und rufe Hongkong einfach nicht an.«

»Aber sie brauchen eine Entscheidung.«

»Dann sollen sie eine treffen. Eine historische Chance!«

Rektor Dr. Bauernfeind räusperte sich durchs Mikrofon, Wilfried nickte ihm zu und gab zu erkennen, dass seine Aufmerksamkeit ungeteilt war.

»Herr Vorstandssprecher Dr. Honnegger«, begann der Direktor seine Ansprache, »Frau Landtagsabgeordnete, verehrte Jubilare und Jubilarinnen, liebe Kolleginnen und Kollegen, liebe Schülerinnen und Schüler unseres Gymnasiums.«

Wilfried machte eine ärgerliche Kopfbewegung. Was für eine blödsinnige Begrüßung! Hier waren fünfzehn Leutchen, die vor dreißig Jahren zusammen Abitur gemacht hatten. Danach war jeder etwas geworden. Aber feiern wollten sie an diesem Wochenende, dass sie sich damals gemeinsam durchgekämpft hatten, bis man ihnen hier in dieser Aula das begehrte Schriftstück überreichte. Und da kam dieser Betonkopf mit seinem: Herr Vorstandssprecher! Frau Landtagsabgeordnete! Wilfried reklamierte für sich einen gewissen Respekt, für den hatte er genug gearbeitet, gewagt und eingesteckt. Und er konnte sehr unangenehm und gnadenlos arrogant werden, wenn jemand ihn kumpelhaft anmachte. Aber die Anbiederung dieses Herrn Direktor bereitete ihm beinahe körperliches Unbehagen.

»Wir begrüßen unsere Jubilare herzlich«, fuhr der Rektor fort, »an der Stätte ihrer frühen Erfolge und Misserfolge, Siege und Niederlagen. Wobei Sie ja alle damals einen Sieg errungen haben: die Bescheinigung Ihrer geistigen Reife. Zu Recht, wie ich vermute.«

Und so weiter und so fort, dachte Wilfried. Aber was sollte der arme Kerl auch sagen? Etwas Witziges mit Tiefgang. Etwas Ernsthaftes mit Humor. Etwas Originelles gar. Und er hatte keine Schar von Ghostwritern wie jeder Minister, jeder Intendant, jeder Vorstandssprecher, aber auch mancher besonders unfähige Fernsehmoderator. Der bedauernswerte Rektor musste auf seinen eigenen Witz bauen, und damit auf Sand.

»Dreißig Jahre sind eine lange Zeit«, erklärte der Rektor gerade, wogegen nichts einzuwenden war. »Unsere Aula beweist es und verbirgt nicht ihre Jahre. An den Seitenwänden haben wir einige Kunstwerke drapiert. Sie stammen vom größten bildenden Künstler, den diese Schule hervorgebracht hat: von Hansjörg Maslowski.«

Es wurde applaudiert.

»Herr Maslowski hat diese seine Werke vor über dreißig Jahren geschaffen, als Dekoration für einen Schulball. Unsere Sekretärin hat sich erinnert, dass die Werke irgendwo deponiert sein müssen. Wir haben sie gefunden, wie ich zugeben muss, hinter ausrangierten Turngeräten. Ich kann ihren Wert nicht einschätzen. Aber ich versuche mir vorzustellen, wir hätten im Keller einen echten van Gogh oder einen frühen Picasso gefunden ...«

War das, überlegte Wilfried, ein guter Gag oder eine peinliche Geschmacklosigkeit? Hajö, der regionale Gebrauchskünstler! Im Übrigen würde er an Hajös Stelle die Werke zurückverlangen, es handelte sich ja um eine Art Beutekunst. Verkaufen konnte man sie sicher nicht, aber vielleicht verwenden als Grundstock einer kleinen Abteilung im Heimatmuseum. Die Stadt hatte ja im abgelaufenen Jahrhundert sonst niemanden Bedeutendes hervorgebracht. Zumindest, schränkte Wilfried ein, nicht auf dem Gebiet der bildenden Künste.

Der Rektor redete immer noch: »Wir haben uns überlegt, ob wir die echten Maslowskis zu Geld machen, um einen dringend benötigten neuen Flügel für die Schule anzuschaffen. Aber vielleicht finden wir ja auch einen großzügigen Spender, der die Kosten eines Flügels von der Steuer absetzen kann.«

Jetzt kam wieder diese Tour! Und auch noch so plump, ohne Esprit und Eleganz. Wilfried konnte das auswendig mitsingen. Die Banken konnten, wenn sie nicht so geizig waren, alles finanzieren: die Schulden der missglückten Musical-Produktionen, den Umbau des stillgelegten Bahnhofs zum überflüssigen Kulturzentrum, die Druckkosten für die unverkäuflichen Werke unbegabter Autoren, die roten Zahlen dilettantisch gemanagter Fußballvereine. Die Sache mit dem Flügel konnte man sich freilich mal überlegen. Für zwanzig Mille, schätzte Wilfried als Laie, konnte man ein anständiges Instrument erwerben und mit einem guten Werk in die Annalen des Gymnasiums eingehen.

»Und nun«, endete der Rektor, »bitte ich den Ehrengast dieses Tages ums Wort. Bitte, Herr Dr. Honnegger!«

Das hatte Wilfried gerade noch gefehlt! Es war auch nicht abgemacht. Aber er kannte das: Wo immer er zu Gast war, musste er ans Mikrofon. Er konnte auch reden, das war sein Beruf, rechnen mussten seine Leute für ihn. Dennoch wäre er manchmal gern sitzen geblieben und hätte beobachtet, was dann passierte.

»Liebe Klassenkameraden«, begann er, »liebe Lehrer von damals, liebe Lehrer von heute, liebe Nachfolger auf der Schulbank und« – er betonte – »nicht zuletzt: sehr geehrter Herr Direktor.«

Hoffentlich merkte dieser Dr. Bauernfeind wenigstens, dass er als Letzter genannt wurde.

»Als wir damals nach einer aufwühlenden Feier in dieser schmucken Aula diese Anstalt verließen, waren wir alle gleich. Abiturienten eben, die meinten, nun hätten sie die Weisheit gefressen und den Löffel mit verschluckt. Zeugnis der Reife: Das haben wir wirklich wörtlich genommen. Ach, wenn wir gewusst hätten, was noch alles schmerzhaft zu lernen war! Danach hat jeder seinen Weg eingeschlagen und ist irgendwo angekommen, vorläufig jedenfalls. Aber wenn wir uns heute hier treffen, kommt es darauf gar nicht an. Wir sind wieder die 13b. Und wenn jemand – rein theoretisch – der Meinung wäre, er müsse einen oder zwei von uns besonders hervorheben, dann würden wir ihm sagen: Sie haben da etwas nicht verstanden.«

Wilfried beobachtete amüsiert, dass der Rektor rote Ohren bekam. Er schien intelligent genug, um wenigstens diese Sottise zu begreifen. Akademiker eben!

Wilfried wandte sich direkt an ihn: »Herr Direktor, Sie haben sehr verklausuliert darauf hingewiesen, dass das Piano schon etwas die Flügel hängen lasse. Sie haben es derart subtil angedeutet, dass ich es fast überhört hätte.«

Diesmal lachten sogar die Schüler.

»Wir können darüber reden. Vielleicht lässt sich ja die Erstbespielung des neuen Instruments verbinden mit einer Ausstellung des unbekannten Frühwerks unseres Freundes Hansjörg Maslowski in unserer Filiale.«

Die Idee erntete lang anhaltenden Beifall. Wen, dachte Wilfried, musste man noch glücklich machen?

»Einen Dank an Conny«, sagte er. »Sie hatte die Idee zu diesem Klassentreffen. Mir wäre so etwas nie eingefallen.«

Er trat ab, von Beifall begleitet bis auf seinen Platz. Dahinter stand Frau Mausbach: »Sie sollten jetzt wirklich Hongkong anrufen.«

KAPITEL 58

Das Klassenzimmer. War das damals wirklich so eine winzige Bude gewesen? Wie hatten sie sich alle hier hineinquetschen können? Immerhin zwanzig Schüler plus Lehrer. Jeder Mensch kannte den Effekt: Bei der Rückkehr an die Stätten der Kindheit kam einem alles viel kleiner vor als damals, da man aus seiner Winzlingsperspektive aufgeschaut hatte. Aber daran konnte es nicht liegen.

Vielleicht, überlegte Sissi, hing ihr Eindruck mit völlig anderem zusammen. Vielleicht fühlte sie sich hier überall beengt. Seit Tagen. Immer wenn sie alle paar Monate ihre Ansiedlung im Amazonas-Urwald verließ, um in Manaus oder in Belém oder gar im riesigen Rio irgendetwas zu erledigen, fühlte sie sich ihrer Freiheit beraubt, fehlte ihr förmlich die Luft zum Atmen. Das war an sich paradox, denn gerade der Urwald hatte eigentlich etwas Beengendes unter seiner grünen Kuppel. Aber wenn sie mit dem Boot die Tagesreise nach Manaus bewältigt hatte, wenn sie dort rasch und konzentriert ihre Geschäfte erledigte, fühlte sich Sissi überrumpelt von Lärm und Gestank der chaotischen Dschungel-Metropole und vom Gefühl, die Million Einwohner stürze gleichzeitig auf sie los. Du bist wirklich etwas absonderlich geworden, dachte sie dann.

Manaus: Als Sissi zum ersten Mal auf dem Flughafen angekommen und aus der Kälte der Air-Condition ins schwüle Freie getreten war, glaubte sie einen warmen Scheuerlappen ins Gesicht zu bekommen. Auf der Fahrt mit dem klapprigen Chevrolet-Taxi hatte sie bald keinen trockenen Faden mehr am Leib gehabt. Den Blick aus ihrem Hotelzimmer hatte sie nicht wieder vergessen: der Fluss, dreitausendsiebenhundert Kilometer vom Meer, aber breit wie der Bodensee, und im Hafen ein riesiger Frachter, zufällig einer mit deutscher Flagge am Heck. Für den ersten Stadtbummel hatte sie sich umgezogen, aber nach zehn Minuten hatte sie schon wieder vor Nässe getrieft. Erst nach Jahren hatte sie sich einigermaßen an das Klima gewöhnt. Auch an die Kontraste. Hier das prunkvolle Opernhaus, aber am Fluss die schief gezimmerten Bretterbuden, in denen die Ärmsten wohnten, schliefen, kochten, verkauften und die, wenn der Fluss in der Regenzeit anschwoll, einfach weggeschwemmt wurden. Die Geier, die auf den Dachfirsten lauerten. Die Leprakranken, die ihre verstümmelten Hände aufhielten. Eine völlig verrückte Stadt! Aber wem sollte sie davon erzählen? Wer wollte das wissen? Wichtig war, ob Wally ihre Kneipe am Leben erhielt, ob Pius am Sonntag seine Kirche voll kriegte, ob Editha morgen wieder in den Landtag gewählt wurde. Und was war wichtig für sie selbst? Sissi versuchte so wenig wie möglich an ihr Problem zu denken: die Untersuchung nächste Woche in der Uniklinik.

Direktor Dr. Bauernfeind hatte sich vor der Klasse aufgebaut und schlug ungeduldig mit einem Stöckchen auf den vordersten Tisch: »Ruhe bitte! Was ist das heute wieder für eine Disziplinlosigkeit?«

Die Schüler von ehemals quatschten unbeeindruckt weiter.

»Herr Honnegger!«, rief der Direx, »wenn Sie nicht augenblicklich still sind, werde ich Sie ins Klassenbuch eintragen.«

Wilfried spielte das alberne Spiel mit: »Entschuldigen Sie, Herr Direktor, ich hatte Ihre Persönlichkeit übersehen.«

»Meine Damen und Herren, ich gebe Ihnen jetzt Ihre Aufsätze zum Thema ›Non olet‹ zurück. Einen besonders bemerkenswerten hat Wilfried Honnegger geschrieben. Ich möchte daraus die abschließende Passage vorlesen: ›Es darf also mit Fug und Recht bezweifelt werden, ob die Erfindung des Geldes eine segensreiche war. In den archaischen Gesellschaften hatte der Mensch eine Leistung zu erbringen, ein Gefäß zu töpfern, ein Gewand zu schneidern, ein Tier zu erlegen, um diese Frucht seiner Arbeit zu tauschen gegen eine andere, derer er zum Leben bedurfte. Das Geld versetzt hingegen Geschickte und Skrupellose in die Lage, ohne derartige Mühe zu horten, zu schachern und zu wuchern, also mit Gerissenheit und Rücksichtslosigkeit ihren Profit zu mehren. Weil das so ist, sollte das Geschäft mit dem Geld der privaten Tätigkeit entzogen und öffentlichen beziehungsweise gemeinnützigen Einrichtungen überantwortet werden.‹«

»Bravo!«, rief Pius Heinzelmann, und einige andere murmelten beifällig.

»Das habe ich nicht geschrieben«, stellte Wilfried energisch fest.

»Das ist Ihr Aufsatz aus dem Jahr achtundsechzig«, beharrte der Rektor. »Hundert Prozent im Geist der Zeit.«

Wilfried ließ sich das Heft zeigen und musste seine Echtheit bestätigen.

»Und was hast du für deine revolutionäre Haltung als Note bekommen?«, fragte Sissi.

»Eine Fünf.«

»Wahrscheinlich wegen der Orthografie. Das war ja nie deine Sache.«

Dr. Bauernfeind rief Wilfried nach vorn und überreichte ihm das Heft: »Wenn Sie in Deutsch so weitermachen, ist Ihre Versetzung gefährdet. Und was Ihre Berufswahl angeht, so würde ich Ihnen empfehlen, sich in eine Richtung zu orientieren, in der mehr praktische Fähigkeiten gefragt sind.«

»Jawohl!«, rief Ruslan: »Wechsler im Tempel.«

»Sie können sich wieder setzen«, befahl Dr. Bauernfeind.

Die Inszenierung, fand Sissi, war von begrenztem Witz. Dieser Rektor hatte sich etwas einfallen lassen müssen und hatte nach dem nächstliegenden gegriffen, hatte sich auf humoristische Weise, so wie er es verstand, an den Star des Klassentreffens herangeschmissen. Und Wilfried, nicht übermäßig amüsiert, machte mit.

Sissi hätte lieber, wenn sie schon einmal hier war, ein paar ernsthafte Ansichten gehört über Schule damals und Schule jetzt.

»Herr Direktor«, fragte sie, »ist es heute leichter oder schwerer als damals, das Abitur zu kriegen?«

»Leichter«, antwortete Dr. Bauernfeind klipp und klar.

»Aber in den Zeitungen, die ich kriege, steht geschrieben, die armen Schüler seien total überfordert.«

»Ach ja!«

»Der umfangreiche Stoff. Die hohen Anforderungen. Die vielfältigen Ablenkungen.«

»Furchtbar, ja. Aber sorgen Sie sich nicht: Die paar Intelligenten machen etwas aus sich. Das war ja zu Ihrer Zeit und in Ihrer Klasse nicht anders, oder? Das kann die Schule überhaupt nicht verhindern.«

Mit dieser Auskunft, dachte Sissi, kann ich ja beruhigt und ohne Minderwertigkeitskomplex in meinen Urwald zurückkehren.

KAPITEL 54

»Das war aber echt 'ne Schnarchnasen-Veranstaltung«, schimpfte Malve. »Dieser Direx ist ein, ein ...«

»Eine Respektsperson«, ergänzte Cornelia.

»Unmöglich ist der«, befand Malve. »Ich kenne den doch.«

Nun ja, dachte Cornelia, die Feierstunde in der alten Penne war kein Höhepunkt gewesen. Aber man hatte noch mal gemeinsam den Ort der Tat

235

oder auch der Untaten besucht und ein paar verblasste Erinnerungen aufgefrischt. Darüber hinaus hatte niemand einen Nutzen, allenfalls Editha Gernreich, der es doch gelungen war, Wilfried Honnegger zu einem Gang über den Markt zu animieren.

Zur freien Verfügung, nannte man bei Pauschalreisen die Zeiten ohne Terminstress und ohne festes Programm. Der nächste Punkt war erst wieder der Empfang im Rathaus. Cornelia hatte ihren Sohn Julian zu einem Stadtrundgang unter den Arm geklemmt, und Malve hatte sich ihnen angeschlossen.

»Diese Pauker sind eben alle Schnarchnasen«, nahm Julian den Faden wieder auf. »Und in so einem Nest wie hier sind sie wahrscheinlich am schnarchnasigsten.«

»Ich weiß ja nicht, aus welcher Weltmetropole du kommst«, antwortete Malve spitz: »New York? Shanghai? Tokyo?«

»Immerhin aus einer Stadt, die jeder kennt, wenn er schon mal von Goethe gehört hat.«

»Bärenstark«, gab Malve zu, »aber man kann nicht behaupten, dass Goethes Ruhm dein Verdienst ist.«

»Jedenfalls habt ihr hier keinen, von dem man in hundert Kilometern Entfernung schon mal gehört hat.«

»Das war aber nicht die Frage«, erwiderte Malve. »Die Frage war, ob du etwas dafür kannst, dass Goethe erstens berühmt ist und zweitens aus eurer Ecke kommt.«

Cornelia musste schmunzeln. Das gefiel ihr: logisch denken und sich nicht die Butter vom Brot nehmen lassen. Julian, wusste sie, war ein bisschen überheblich geworden: berühmte Mutter, teures Internat. Sagen wir: halbwegs berühmte Mutter, nicht zu vergleichen mit Fürstin Gloria, halbwegs teures Internat, nicht zu vergleichen mit Salem. Aber immerhin, so was stieg manchem Youngster in den Kopf. Ein kesses Mädchen mit klaren Gedanken und kratzbürstigen Erwiderungen tat da gut.

»Jetzt zeige ich euch«, kündigte Cornelia an, »wo ich gewohnt habe. Nämlich hier, in diesem Haus, zweite Etage links.«

»Und keine Tafel dran?«, fragte Malve.

Julian stand vor dem Haus und maß es mit den Augen. »Können wir mal raufgehen?«, fragte er.

»Möchte ich nicht«, erwiderte Cornelia. »Zu viele schlechte Erinnerungen.«

»Meine Mutter hat mir erzählt«, sagte Malve, »Sie wären damals ziemlich Hals über Kopf aus der Stadt abgehauen.«

»Das stimmt.«

»Und warum?«

»Weil ich schwanger war, ohne wenigstens verlobt zu sein. Und weil damals die gesellschaftliche Akzeptanz nichtehelicher Schwangerschaften noch gering war.«

»Verstehe, war noch nicht in. Und von wem waren Sie schwanger?«

»Ja, das hätten alle gern gewusst!«

»Ich weiß es auch nicht«, bekannte Julian. »Ich glaube, meine Schwester weiß es. Sie war ja das Produkt. Aber sie sagt es auch nicht.«

»Ihr seid eine richtig zeitgemäße Familie«, stellte Malve fest: »Keiner weiß, von wem er abstammt. Wahrscheinlich weiß auch keiner, wo sich die verschiedenen Väter gerade aufhalten und wer für den Unterhalt aufkommen soll. Früher muss das furchtbar öde gewesen sein: Vater, Mutter, Kind. Basta! Da sind wir doch heute ein ganzes Stück weiter.«

»Und mit sechzehn«, erwiderte Cornelia, »weiß man ganz genau, dass man es selbst eines Tages besser macht.«

»Klar. Sonst kannst du es ja gleich ganz lassen.«

Das war, fand Cornelia, für sechzehn eine weise Antwort. Oder nur altklug. Vielleicht auch ein wenig resignativ. Weil Malve schon einigen Schlamassel hinter sich hatte. Manchmal dachte Cornelia, sie selbst und Waltraud und andere hätten mehr Rücksicht nehmen müssen. Sie hätten um der Kinder willen energischer an ihren Ehen und sonstigen Beziehungen festhalten müssen. Andererseits nahmen Kinder von einer ehrlichen Trennung weniger Schaden als von einer miserablen Ehe.

»Ich will mal eine richtig gute Ehe führen«, stellte Malve beinahe trotzig fest. »Und die will ich auch durchziehen.«

»Richtig gnadenlos?«, fragte Julian.

Das war, fand Cornelia, ein viel zu grundsätzliches Thema für einen Stadtbummel am Samstagmittag. Sie hatte den beiden ein paar Orte der Erinnerung zeigen wollen, nicht aber die zentralen Probleme des menschlichen Daseins lösen.

Cornelia bemerkte, dass Malve heulte. Sie blieb stehen und nahm das Mädchen bei den Schultern: »Kind, was hast du?«

Malve schniefte: »Nix. Überhaupt nix. Es ist bloß alles so bescheuert.«

»Was denn?«

»Alles. Das wird doch nichts mehr mit meiner Mutter.«

238

»Malve, man kann sich vieles im Leben aussuchen, aber die Eltern nicht. Zu denen muss man einfach stehen.«

»Ich weiß. Der Anfall ist ja auch schon vorüber.«

»Nach dem Klassentreffen kümmere ich mich um deine Mutter. Versprochen!«

»Und du kommst uns mal besuchen«, schlug Julian vor.

Cornelia lächelte. Wenn sie hätte tippen sollen, ob Malve ihrem Sohn gefiel... Sie führte die beiden zum nächsten historischen Ort: »In diesem verwunschenen Hauseingang habe ich meinen ersten Kuss bekommen.«

»Wow! Und von wem?«

»Jemand aus dem Konfirmandenunterricht. Ich muss allerdings zugeben: Eigentlich habe ich ihn geküsst.«

»Das kann ich mir genau vorstellen«, rief Malve.

»Danach war ich nicht ganz sicher, ob ich nun schwanger war oder nicht.«

»Und?«, fragte Malve.

KAPITEL 60

Warum mussten sie unbedingt diese ehemalige Lehrkraft mit in die Stadt schleppen? Editha hatte nach der Schule Wilfried Honnegger überredet, einen Spaziergang durch die Stadt zu machen. Sie wollte wie zufällig auf dem Marktplatz am Wahlkampfstand ihrer Partei vorbeistreunen und von ihren Helfern zum Stehenbleiben aufgefordert werden. Nun hatten sie Saskia Weseler im Schlepptau.

Natürlich war Editha klar, dass die beiden lieber alte Erinnerungen auffrischen wollten. Wie freudig sie sich gestern Abend in Wallys heruntergekommenem Lokal begrüßt hatten! Wie sie sich in die Augen geschaut, wie sie ein paar Sekunden zu lange Küsse auf die Wangen ausgetauscht hatten. Wenigstens nur auf die Wangen. Jeder im Raum hatte das Knistern gespürt. Und diese Dame war wirklich bis gestern der Meinung gewesen, niemand habe damals bemerkt, was da zwischen Lehrerin und Schüler vorging?

»Wenn ich mir vorstelle«, sagte Wilfried, der die beiden Frauen links und rechts eingehakt hatte, »ich wäre in dieser Stadt geblieben!«

»Was wäre dann gewesen?«, fragte Editha.

»Ich wäre einfach vertrocknet und irgendwann in einer kleinen Staubwolke verpufft.«

»Und wie, glaubst du, halten wir Zurückgebliebenen das aus?«

Wilfried hob die Schultern: »Ihr müsst anspruchslos wie Bergziegen sein. Hart wie gegerbtes Büffelleder. Wir anderen bewundern euch grenzenlos. Wir sind euch dankbar, dass ihr diesen Landstrich nicht versteppen lasst.«

»Wir erhalten uns am Leben, damit ihr auch hier eure schmutzigen Geldgeschäfte machen könnt!«

Sollte man jedesmal versuchen, einen draufzusetzen auf Wilfrieds Scherze? Wie war dieser Kerl von sich überzeugt! Fast beneidenswert. Schon damals war Wilfried immer allen einen Schritt voraus! Nicht nur die neueste Zigarettenmarke, auch die neuesten Klamotten, die neuesten Schallplatten, der neueste Karman Ghia, von Mama geliehen. Papa bezahlte alles. Die anderen in der Klasse? Meistens Kleinbürger, die aufstreben woll-

240

ten. Wenn Editha sich ein neues Kleid leisten konnte – damals trug man noch Kleid und nicht uniform Hose –, dann trug sie das Gesicht dazu: He, ihr Banausen, seht ihr mir nichts an? Wilfried brauchte so was nicht.

Alle Wege in dieser kleinen Stadt führten unauffällig zum Marktplatz. Um ihn unauffällig zu umgehen, hätte man auffällige Umwege gehen müssen. Unvermittelt waren sie am Wahlkampfstand der CDU angekommen.

»Da sind Sie ja endlich«, wurde Editha begrüßt.

Sie schüttelte ärgerlich den Kopf. Sie kam doch rein zufällig hier vorbei.

»Haben Sie Herrn Honnegger mitgebracht?«, fragte die Wahlkampfhelferin.

Das durfte doch nicht wahr sein! Wenn schon diese dusslige Kuh, übrigens eine BWL-Studentin, einen der Kapitäne der deutschen Wirtschaft nicht erkannte, sollte sie wenigstens den Schnabel halten. Politisches Engagement schön und gut, vor allem nach dem Schlamassel mit den schwarzen Konten, aber bitte unter Zuhilfenahme des Gehirns. Wilfried wirkte pikiert, aber da musste man jetzt durch.

Editha ergriff das Mikrofon: »Liebe Wählerinnen und Wähler! Morgen entscheidet sich das künftige Schicksal unseres Bundeslandes. Es sagt sich so leicht: Schicksalswahl! Wodurch unterscheidet sich eine Richtungswahl von einer Schicksalswahl? Ich will es Ihnen erklären. Bei einer Richtungswahl wird kurzfristig darüber entschieden, was in diesem Land in den nächsten Jahren geschieht. Aber bei einer Schicksalswahl geht es darum, ob dieses Land in seinem innersten Kern Bestand haben wird.«

Editha fühlte sich am Ärmel gezupft: »Du redest aber einen ziemlichen Mist«, hörte sie Wilfried flüstern.

Das wusste sie selbst. Aber es war Wahlkampf! Sollte sie den eiligen Passanten auf dem Marktplatz, den Frauen mit den Einkaufszetteln und den Männern mit den Gemüsetüten, differenzierte Weisheiten anbieten? Wenn sie morgen zwischen acht und achtzehn Uhr tatsächlich die Wahlkabine betraten und auf dem Zettel den Namen Editha Gernreich lasen, sollten sie sagen: Das war doch die auf dem Marktplatz gestern. Die sah ziemlich gut aus. Und die hat's denen da oben ganz schön gegeben!

»Ich darf Ihnen, liebe Wählerinnen und Wähler, einen Mann vorstellen«, säuselte Editha in ihr Mikrofon, »der aus unserer Stadt stammt und heute zu den Kapitänen der deutschen und internationalen Wirtschaft zählt: Dr. Wilfried Honnegger.«

Der dünne Applaus ließ erkennen, dass so gut wie niemand hier diesen speziellen Honnegger kannte. Was konnte diese Leute beeindrucken, deren Mienen nichts verrieten, keine Anteilnahme, keinen Widerspruch, keine Zustimmung. Von diesen Leuten musste Editha Gernreich sich ihr Mandat erkämpfen oder bestätigen lassen. Sie spürte plötzlich ein Gefühl der Trostlosigkeit. Sie hätte sich am liebsten umgedreht und wäre gegangen.

Sie ergriff Wilfrieds Hand und zog ihn vor das Mikrofon. Sie spürte seinen Widerstand, seinen Widerwillen, aber sie flüsterte ihm zu: »Sag ein paar Worte!«

Wilfried ließ sich das Mikrofon in die Hand drücken. Er zögerte einen Moment, dann lächelte er: »Liebe Wählerinnen und Wähler, überlegen Sie genau, für wen Sie sich morgen entscheiden! Die Auswahl fällt wirklich schwer. Ich sehe an den Ständen der verschiedenen Parteien auf diesem Marktplatz sehr Überzeugendes. Ich habe bunte Luftballons gesehen, ich habe bunte Kugelschreiber gesehen, es gibt bunte Baseball-Mützen, bunte Regenschirme, bunte Fähnchen. Die ganze politische Argumentation in ihrer unvorstellbaren Vielfalt. Wägen Sie sorgfältig ab, welches dieser Angebote das richtige ist für dieses Land und seine Zukunft! Ich danke Ihnen.«

Editha versuchte eine gute Miene zu diesem Spiel und klatschte Beifall.

»Verarschen kann ich mich selber«, zischte sie Wilfried zu.

»Aber nicht so gut«, gab er zurück.

Die Umstehenden lachten und applaudierten, das Mikrofon war noch offen gewesen.

»Editha, entschuldige uns bitte, ich war zum Klassentreffen gekommen und nicht zum Wahlkampf. Wir sehen uns nachher im Rathaus.«

Wie viele Stimmen hat dir das nun gebracht? fragte sich Editha. Eine? Vielleicht von jenem älteren Herrn dort, der sich eine Broschüre aufdrängen ließ, aber das Papierfähnchen freundlich zurückwies. Du hast einen Scheißjob, dachte sie. Du bist gut, du hast Ahnung von deinem Fach, du bewegst manchmal was. Trotzdem musst du hier tingeln und buhlen und schleimen und balzen.

Aber morgen kurz nach achtzehn Uhr, wenn kein Wunder geschah, war ihre politische Karriere fürs Erste zu Ende. Ein zweiter Anlauf? In der Partei drängten Jüngere auf die Startplätze, wie sie selbst vor fünfundzwanzig Jahren. Sollte man sich in endlosen Rückzugsgefechten aufreiben? Vielleicht wurde eines Tages, in Ansehung ihrer Verdienste, wenigstens eine Nebenstraße nach ihr benannt. Trotzdem musste ein neuer Job her. Vielleicht sollte sie wirklich mal mit Ruslan reden, wegen der Vertretung in Deutschland. Aber nur, wenn er versicherte, saubere Geschäfte zu machen.

Ihre Ehe, ja, die hatte sie ruiniert. Weil man eben nicht jahrelang auf zwei Hochzeiten tanzen konnte. Ob das unter den neuen Voraussetzungen doch noch zu reparieren war? Mein Gott, ein dramatisches Zerwürfnis hatte es nicht gegeben. Nur immer wieder Reinhards Vorwurf: Du bist ja mit deiner Partei verheiratet! Du solltest dein Bett im Landtag aufschlagen! Künftig, nach der letzten Sitzung des alten Landtags, hatte sie viel Zeit. Sollte man vielleicht doch nicht, wie im Zorn beschlossen, am Montag den Scheidungsanwalt konsultieren?

»Eigentlich dürfte man gar nicht wählen gehen«, sprach sie jemand an, »nach all diesen Affären. Es sind ja doch alle gleich. Alle haben sie Dreck am Stecken.«

»Da haben Sie so was von Recht«, erwiderte Editha und wandte sich zum Gehen.

KAPITEL 61

Das hätten sie sich damals trauen sollen: am helllichten Tag Arm in Arm durch diese Stadt zu gehen. Ein Eklat, ein Aufruhr. Moralische Entrüstung. Dienstaufsichtsbeschwerde mit nachfolgender Versetzung. Zeitungsschlagzeile: Lehrerin

244

verführt Schüler! Dabei war es eher umgekehrt gewesen.

In der Klasse hatten es also alle gewusst! Das hatte Saskia bis heute nicht für möglich gehalten, sie hatte doch peinlichst jeden Verdacht vermieden. Aber dichtgehalten hatte die Klasse. Einige mussten wahrscheinlich unter Androhung härtester Sanktionen zum Schweigen gezwungen werden, Editha zum Beispiel oder Pius.

Warum sie sich in Wilfried Honnegger verknallt hatte, wusste sie selbst nicht, damals nicht und heute nicht. Verknallt war übrigens das richtige Wort. Nicht verliebt, nichts für länger, nichts für ewig. Verknallt. Ein Abenteuer wagen und bald auch wieder hinter sich bringen. Aber als es zu Ende war, da blieb es eben doch nicht in den Kleidern hängen.

»Folgen uns eigentlich unauffällig deine Bodyguards?«, fragte Saskia.

»Ich habe sie weggeschickt. Wir können uns frei bewegen. Im Unterschied zu damals.«

»Fast ein bisschen langweilig.«

»Oh!«, rief er, »ich wüsste etwas sehr Aufregendes!«

»Ich weiß, das Heimatmuseum.«

Seit der Einladung zum Klassentreffen hatte Saskia sich vorzustellen versucht, wie Wilfried ihr begegnen würde beim Wiedersehen nach dreißig Jahren. Reserviert? Peinlich berührt? Gleichgültig? Nonchalant? Arrogant? Aber er hatte sie überrascht. Herzlich. Natürlich. Mit einem Schuss Selbstironie. Er hatte offenbar Format. Fast war sie stolz darauf, damals ausgerechnet auf ihn aufmerksam geworden zu sein.

Und was werden wir tun? hatte sie sich gefragt.

In den vielen Jahren seither war ihr manches Mal der Gedanke an die kurze feurige Liebelei gekommen. Manches Mal sogar mitten im schönsten Spiel mit ihrem langjährigen, aber dann doch nur zeitweiligen Ehemann. Dafür konnte er nichts, und davon ahnte er natürlich auch nichts. Es war völlig normal und stand in allen Büchern über die weibliche Sexualität, dass Gedanken an besondere Höhepunkte stimulierten. Wilfried mit seinem Ungestüm hatte ihr Höhepunkte bereitet. Im Nachhinein betrachtet, war er selbst ein Höhepunkt für sie gewesen.

Der Gedanke war Saskia ganz von selbst gekommen: es noch einmal zu tun. Warum nicht? Sie war geschieden und noch nicht wieder liiert. Wilfried musste wissen, was er tat. Die Situation lud ein, in diesem Städtchen kannte sie niemand, und es gab verschwiegene kleine Hotels. Aber! Wollte einer wie Wilfried ein Abenteuer mit einer Frau ihres Alters? Er konnte doch tausend jüngere haben. Und er hatte diese Frau Mausbach bei sich, über deren Rolle sich Saskia immer noch nicht im Klaren war.

»Ich bin gern in dieser Stadt«, sagte sie. »Hier war für mich der Start in den Beruf, und hier war ein aufregendes Abenteuer mit einem jungen Mann.«

»Kenne ich ihn?«, fragte Wilfried. »Muss ich eifersüchtig sein?«

»Er war noch ein bisschen unerfahren«, fuhr sie fort, »aber sehr ungestüm. Eine interessante Mischung. Manchmal habe ich mich gefragt, was er wohl heute macht. Nicht beruflich, sondern sonst.«

»Ich nehme an, er ist so gut verheiratet wie die meisten und so treu wie die meisten.«

»Und manchmal wird er von losen Frauenzimmern vom Pfad der Tugend abgelenkt.«

Das war eigentlich ein kindisches Geplänkel, dachte Saskia, das man beenden sollte.

Aber Wilfried kam ihr zuvor: »Weißt du was, Mädchen? Ich habe darüber nachgedacht, ob wir an diesem Wochenende noch mal die Vergangenheit heraufbeschwören sollten. Die Gelegenheit ist ja günstig. Und mir fiele ganz viel dazu ein. Aber dann habe ich mir gesagt, ich bin jetzt fünfzig und beruflich überlastet, ich krieg das gar nicht mehr so hin wie damals. Da hatte ich ja nichts anderes im Kopf, als dir zu gefallen. Heute wäre es eine Enttäuschung. Also kurz und gut, lass uns jetzt einen Wein trinken gehen und die letzten dreißig Jahre aufarbeiten. Ich mag keinen Stress haben.«

Saskia hakte sich etwas fester unter und sagte: »Ratskeller. Da wollte ich immer mal mit dir sitzen. Unter den Augen der Stadt, aber ohne Angst vor Entdeckung.«

»Übrigens ist das so ähnlich wie mit schönen Reisen«, sagte er: »Wenn du es irgendwo besonders toll fandest, sollst du nicht zurückkehren. Es kann kein zweites Mal so schön sein.«

»Also hättest du in meinem Fall doch Angst vor Enttäuschung gehabt?«, fragte sie.

»Weißt du was?«, sagte er: »Ich bin froh, dass ich in meinem Job meistens mit Männern zu tun habe. Die sind nämlich nicht so spitzfindig.«

KAPITEL 62

Eine Art heiliger Halle, dieser alte Ratssaal mit seinen allegorischen Gemälden, seinen Bürgermeisterporträts, seinen gedrechselten Bänken. Ein Schmuckstück, vielleicht bis auf die enge, steile Besuchertribüne dort oben, auf der Amadeus oft saß und Debatten über Kultur verfolgte, also über die Kürzung von Mitteln. Kultur war nicht so wichtig wie Kanalisation, Konzerte ließen sich aufhalten, Abwässer nicht. Manchmal hatte er deshalb schon erwogen zu kandidieren. Er war ein Bürger dieser Stadt in sechster Generation, viele kannten ihn und seine Oboe, er wäre nicht ohne Chance gewesen. Aber er fand nicht die richtige Partei. Es hätte eine sein müssen, die Kürzungen im Kulturhaushalt rigoros ablehnte.

Der Oberbürgermeister hatte, obwohl der Empfang streng genommen kein offizieller Termin war, die Amtskette angelegt, dieses furchtbar geschmacklose Monstrum, das ein guter Freund von Amadeus nach eigenem Entwurf geschmiedet hatte. Das Original hatte angeblich ein GI bei Kriegsende eingesteckt, und vierzig Jahre hatte die Stadt auf eine Nachricht des ehrlichen Finders gehofft. Kleinstadtlegenden.

»Vor einem Vierteljahr«, flüsterte Amadeus Cornelia zu, »hat mir der OB hier im Ratssaal die Bürgermedaille überreicht.«

»Toll!«, erwiderte Cornelia. »Und wofür um Gottes willen?«

»Für meine Verdienste natürlich. Fünfundzwanzig Jahre fest angestellt im Stadtorchester.«

»Und nicht einen Einsatz verhauen!«

»Ich weiß, ich weiß«, sagte Amadeus, »in deinen

Kreisen fängt der Homo sapiens beim Bundesverdienstkreuz an.«

Sie nickte: »Am Bande.«

Amadeus kicherte, obwohl er sich in Wahrheit über Conny ärgerte. Besaß sie selbst irgendeine Auszeichnung? Außer Faschingsorden. Wofür denn auch? Für ihren Klatsch und Tratsch? Was musste Cornelia König können, was musste sie leisten? Sich das Vertrauen so genannter Prominenter erschleichen, um ihnen unwichtige Informationen aus der Nase zu ziehen. Wenn sie als Erste erfuhr, wer gerade neu verliebt, wer schwanger, wer frisch getrennt und wer demnächst voraussichtlich tot war, dann war sie die Königin in diesem aufgeregten Geschäft. Wie konnte sich ein intelligenter Mensch bloß ein Berufsleben lang mit derart nebensächlichen Dingen abgeben?

Oberbürgermeister Hinzpeter schritt die Reihe der Abitursjubilare ab und reichte die Hand. Amadeus beobachtete, dass er bei jedem etwa gleich lange stehen blieb und sich unterhielt, auch bei Wilfried Honnegger, in dessen Glanz er sich doch vor den Fotografen ein paar Minuten hätte sonnen können. Die Noch-Abgeordnete Editha versuchte ihn in ein Gespräch zu verwickeln, aber der OB nickte ihr freundlich zu und schritt zum Nächsten. Nein, der Mann hatte ein gewisses Format.

Das Fernsehen war erschienen, ein junger Kerl mit Kamera auf der Schulter, ein junges Mädchen mit Mikrofon und Notizblock. Sie gaben sich cool professionell. Aber hätten sie sich nicht anders anziehen können? Keinen Smoking und kein Abendkleid, aber musste sie ein nabelfreies Top tragen und er ein Boxer-Shirt? Wahrscheinlich mussten sie das in ihren Kreisen.

Der OB war bei Cornelia angelangt: »Leider hat unsereins ja keine Chance«, sagte er, »jemals in einer Ihrer repräsentativen Kolumnen erwähnt zu werden.«

»Lassen Sie sich was einfallen«, erwiderte Cornelia.

»Was soll ich tun? Ich bin heterosexuell, habe nicht mal eine außereheliche Beziehung, keine Lustreisen auf Kosten der Kommune. Nicht mal schwarze Kassen. Es ist zum Verzweifeln.«

»Damit müssen Sie nur umzugehen lernen. Ich hätte für Sie ein tolles Buch eines amerikanischen Psychiaters.«

Der OB lächelte höflich und wandte sich zu Amadeus als Nächstem in der Reihe: »Ich denke, wir kennen uns. Warten Sie, ich komme drauf!«

Endlos lange drei Sekunden verstrichen, vielleicht auch vier oder fünf.

»Ibensee«, sagte Amadeus. »Städtisches Orchester.«

»Richtig! Das Fagott.«

»Oboe«, korrigierte Amadeus.

»Jedenfalls kein Blech. Wie geht es Ihnen?«

»Sehr gut. Sehr gut. Man freut sich ja heutzutage, wenn man mit fünfzig nicht wegrationalisiert wird.«

»Aber wie denn! Stellen Sie sich mal unser Orchester ohne Fagott vor!«

»Oboe«, korrigierte Amadeus.

»Aber Sie haben schon Recht: Eigentlich können wir uns Sie gar nicht mehr leisten.«

Der OB schritt zum Nächsten, während Amadeus sich ärgerlich auf die Lippe biss.

»Findest du«, fragte Conny, »du musst ausgezeichnet werden, weil du fünfundzwanzig Jahre immer das Gleiche getan hast? Ein Beweis für Flexibilität ist das nicht gerade.«

»Na und? Ist Flexibilität vielleicht ein Wert an sich? Ist Flexibilität vielleicht etwas anderes als Ratlosigkeit?«

»Amadeus, das ist eine gute Frage.«

Der OB hatte das Spalier abgenommen und schritt zu einer kurzen Ansprache.

»Wir fühlen uns geehrt«, sagte er, »dass Sie uns heute besuchen. Unser bescheidenes Gemeinwesen ist für manche von Ihnen nichts weiter gewesen als das Sprungbrett zu einem Leben weit weg und in höheren Sphären, von denen die Bürger hier nur in den Medien staunend Kenntnis nehmen können. Andere sind bodenständig geblieben und verrichten hier ihre bescheidenen Dienste zum Wohl dieser Stadt. Ich wüsste nicht zu entscheiden, wer das größere Werk vollbringt. Misst man es nach der verkauften Auflage oder nach der Zahl der geretteten Seelen oder nach der Bilanzsumme oder nach dem Erststimmenergebnis? Bei so einem Klassentreffen, stelle ich mir als etwas Jüngerer vor, werden Bilanzen eines halben oder zweidrittel Lebens gezogen und verglichen. Und manches sieht nicht so aus, wie man es sich vor dreißig Jahren vorgenommen hatte. Aber das sollte ja nicht der eigentliche Sinn eines Klassentreffens sein. Ich wünsche Ihnen vielmehr, neben einem angenehmen Aufenthalt in unserer kleinen Stadt, dass Sie gemeinsam im Geiste dorthin zurückkehren, wo sie vor mehr als dreißig Jahren begannen. Ab Montag ist dann wieder Kampf angesagt.«

Das war, fand Amadeus, verhalten Beifall klatschend, eine durchaus sinnvolle und sogar originelle Ansprache. Nur dass dieser Bursche sich nicht merken konnte, wen er gerade kürzlich für fünfundzwanzig Jahre Oboe ausgezeichnet hatte! Wahrscheinlich musste man doch endlich kandidieren, um wahrgenommen zu werden.

Während bereits Sekt und Häppchen gereicht wurden, interviewte das Fernsehteam Wilfried Honnegger.

»Sie sind ja nun echt ein Paradiesvogel aus der so genannten großen weiten Welt«, hörte Amadeus die nabelfreie Reporterin kess fragen: »Finden Sie es hier nicht furchtbar miefig und provinziell?«

»Zugegeben, man muss Abstriche machen«, antwortete Wilfried freundlich lächelnd. »Aber man kann ja hier auch gerechterweise nicht verlangen, dass man zum Beispiel von Wolf von Lojewski oder von Ulrich Wickert interviewt wird.«

Amadeus schaute in ein betretenes Reporterinnengesicht und dachte: Irgendwie merkt man doch, wenn jemand seit längerer Zeit draußen lebt.

»Wenn ich auf Ihre zweite Frage antworten darf, damit Sie was zu senden haben«, sagte Wilfried zu der nach wie vor wortlosen Reporterin: »Ein Besuch wie heute hier bedeutet natürlich so was wie back to the roots, verstehen Sie, eine Rückbesinnung auf den eigenen Ursprung. Hier warst du noch völlig unwichtig, du konntest von einer glänzenden Zukunft träumen, aber du hattest noch keine Verantwortung für irgendetwas. Heute hast du etwas erreicht, etwas geleistet, jettest um die Erde, wirst zu Hofe gebeten. Oder zu Fernsehinterviews. Wichtig, wichtig! Aber wenn du hierher zurückkehrst, in deine alte Penne, zu deinen alten Freunden, stellst du fest, aber nur wenn du Glück

252

hast, dass du im Großen und Ganzen derselbe geblieben bist. Das ist ein großer Erfolg. Reicht Ihnen das als Statement? Oder ist es vielleicht zu abstrakt? Soll ich lieber etwas über die Folgen des Euro-Kurses für die Stadt sagen?«

»Nein, nein«, sagte die Reporterin. »Es war sehr gut. Wir schneiden uns das schon zurecht.«

»Dann danke ich Ihnen für das Gespräch.«

So was, dachte Amadeus, wäre mir nicht eingefallen. Dazu hätte man wirklich in anderen Kreisen verkehren müssen und nicht im städtischen Orchester.

KAPITEL 63

Diese Wochenenden! Montags bis freitags verstrichen die Stunden halbwegs widerstandslos. Dienst von 8.30 Uhr bis 17.00 Uhr, donnerstags Schalteröffnung bis 21.00 Uhr. Nach dem Dienst ein Drink in Erwins Pinte, Einkaufen, Haushalt, Abendessen, Fernsehen auf irgendeinem der dreißig Kabelkanäle. So brachte man seine Zeit bis Mitternacht hinter sich, mit der freundlichen Unterstützung einer guten Flasche oder auch zweier. Das hatte sich so eingespielt seit Ottos Trennung von Frau und Töchtern.

Aber die Wochenenden wurden ihm immer länger. Man hätte etwas unternehmen müssen. Aber was, wenn einen nichts mehr wirklich interessierte? Der Samstag ging noch einigermaßen, mit dem Wochenmarkt und dem Frühschoppen im Ratskeller. Die Zeitung zu Hause war dick, selbst ohne die Anzeigenseiten reichte sie, bis endlich im Fernsehen die Bundesliga begann. Aber was danach? Samstagabend bis Montagmorgen: Diese Zeit müsste man einfach abschaffen, überspringen, aus dem Kalender tilgen.

Otto orderte noch ein dunkles Weizenbier, es musste das vierte sein. Dieser Ratskeller war ein traulicher Ort, viel weniger prunkvoll als oben die Repräsentationsräume. Was Otto besonders schätzte, waren die Abteile, in denen man zurückgezogen saß, fast wie in einem intimen Séparée, und sich unbeobachtet fühlte. Bisweilen traf er Bekannte und verplauderte einen frühen Nachmittag, sodass sich die Zeit nicht so schleppte bis zu »ran!« in Sat 1. Aber heute war er allein.

Für übermorgen, Montag zu Dienstbeginn, war Otto einbestellt bei seinem Filialleiter. Er konnte sich vorstellen, was der ihm vorwerfen wollte. Was sollte er darauf antworten? Wenn man einen derart radikalen Umbruch seiner persönlichen Verhältnisse erlebt hatte wie Otto in den letzten Monaten, dann musste die Leistungsfähigkeit darunter leiden. Man legte doch seine Probleme nicht an der Garderobe ab. Der Herr Filialleiter selbst fuhr natürlich abends in sein trautes Heim und wurde vermutlich auf der Schwelle seines Bungalows von seinem liebenden Eheweib mit den angewärmten Pantoffeln empfangen, während die Kinder ihm freudig ihre Schulhefte mit den glänzenden Noten entgegenstreckten. Da ließ sich fröhlich sein bei der Arbeit. Verehrter Herr Klausen, würde der Filialleiter voraussichtlich fragen, was geht es die Firma an, was der Mitarbeiter zwischen Dienstschluss und Dienstbeginn tut? Allenfalls interessiert uns, dass der Mitarbeiter sich anständig regeneriert, denn er soll zwischen

254

Dienstbeginn und Dienstschluss funktionieren. Basta. Da sind Sie aber weit hinter ihrer Zeit, würde Otto antworten müssen, aber er würde sich vermutlich nicht trauen. Hatte sein Chef noch nichts gehört von moderner Menschenführung, von Verantwortung im Kollektiv, gar von Corporate Identity? Da waren ja die Brigaden in den VEB der DDR schon weiter gewesen!

Nein, mit seinem Schulkameraden Wilfried Honnegger konnte Otto nicht mehr kommen. Das kannten sie erstens in der Firma, das war aufgebraucht. Und zweitens wusste selbst so ein kleiner Filialleiter, dass der Big Boss sich nicht für einen alten Kumpel wie Otto einsetzen konnte, ohne selbst Schaden zu nehmen, zumindest an seiner Reputation. Die Firma war nämlich, bei aller Bilanzsumme und Weltbedeutung, ein klüngelhafter Mikrokosmos geblieben, in dem sofort die sprichwörtliche Wasserspülung zu rauschen begann. Nein, nein, der Montagmorgen würde unerfreulich. Wahrscheinlich war es sogar das Beste, den Abschied anzubieten und dafür die bestmöglichen Konditionen auszu...

Da war ja Wilfried! Und der Rest: Cornelia, Waltraud, Pius, Amadeus, Hilde, Hajö. Die anderen erkannte Otto nicht auf Anhieb. Mein Gott, man hatte sich verändert in den letzten dreißig Jahren, er selbst würde sich vermutlich auch nicht auf Anhieb wiedererkannt haben. Mehr Kilo, weniger Haare. Die ganze Klasse strömte laut diskutierend ins Lokal. Otto griff nach einer Zeitung, es war zufällig die »Süddeutsche«, und hielt sie sich vors Gesicht. Nein, er wollte jetzt nicht entdeckt und erkannt und gefragt werden: Warum verkriechst du dich? Warum gehst du uns aus dem Weg? Was hätte er denn antworten sollen? Die Wahrheit? Warum sollte er sich zwingen lassen, die Wahrheit zu sagen? Niemand sagte die Wahrheit.

Sie sammelten sich an zwei Tischen ein Abteil weiter. Otto fühlte sich wie gefangen. Aus dieser Falle kam er nicht unerkannt heraus, hier musste er jetzt ausharren, hinter seiner Zeitung und mit seinem Weizenbier. Hoffentlich kam keiner und fragte höflich, ob er einen der freien Stühle nach nebenan nehmen dürfe.

»Der OB war aber ziemlich gut«, hörte Otto jemanden sagen.

»Kein Vergleich mit dem Direx. Dieser Wichtigtuer!«

»Ein Schleimer.«

»Sag mal, Wilfried«, fragte eine Stimme, die wie Cornelia klang, »warum veranstaltet eure Filiale nicht irgendwas, wenn der Big Boss zum Klassentreffen in der Stadt ist?«

»Weil das endlich mal mein Privatvergnügen ist«, erwiderte Wilfried. »Außerdem stehen bei der Filiale Veränderungen an. Da wäre es nicht geschickt, mich mit irgendjemandem auf irgendeine Weise abzugeben. Firmenpsychologie, verstehst du?«

Hoppla! dachte Otto. War am Ende doch etwas dran an den Gerüchten? Es hieß, die Filiale solle neu besetzt werden. Das hieß es freilich immer wieder mal, bei fast allen Filialen, aber nun kam das Gerücht quasi aus erstem Mund.

»Willst du wieder mal jemanden absägen?«, hörte man Pius fragen.

»Eine Veränderung, mein lieber Hochwürden, kann bedeuten, dass einer aufsteigt oder dass einer über die Klinge springt. Alles völlig offen.«

»Und du spielst dabei Gottvater.«

Otto rückte mitsamt Stuhl und Zeitung näher ans Nachbarabteil und lauschte. Was lernte er aus Wilfrieds kurzen Bemerkungen? Dass man jetzt auf Zeit spielen sollte? Wenn wirklich eine Veränderung anstand, war es äußerst unklug, am Montagmorgen beim Filialleiter anzutreten und sich seine Abkanzlung abzuholen. Am Montag, beschloss Otto, war er erst mal krank!

»Otto will dich ja partout nicht treffen«, hörte er Cornelia sagen. »Kannst du das verstehen?«

»Ja«, antwortete Wilfried.

»Kannst du nichts für ihn tun?«

»Conny! Ich bin Vorstandssprecher eines auf Profit ausgerichteten Großunternehmens. Ich bin nicht General der Heilsarmee.«

»Aber ein gutes Wort ist doch drin«, beharrte Cornelia.

»Conny! Muss ich dir das wirklich erklären? Es wird von mir eine Rechtfertigung verlangt, wenn ich einem Ministerialdirigenten eine etwas teurere Zigarre anbiete. Und wenn ich ihm gar noch Feuer dazu gebe, steht das sofort im Spiegel. Das ganze Land ist hysterisch geworden: Korruption, Korruption! Dabei, in Parenthese, warten die meisten nur händeringend darauf, dass man endlich versucht, sie selbst zu korrumpieren, aber sie sind zu unwichtig. Klammer zu, zurück zum Thema. Ich kann nicht über einen alten Kumpel meine schützende Hand halten, wenn er nicht selbst für sich sorgt. Das mag bei euch noch anders sein. Aber, wenn du mir die Einschätzung verzeihst: Zwischen mir und dir ist noch ein kleiner Unterschied. Faktisch, nicht qualitativ.«

Otto wäre an dieser Stelle am liebsten aufgesprungen und hätte Wilfried die »Süddeutsche« auf den Kopf geschlagen. Dieser überhebliche Pinsel! So berauschend war seine Leistung nun auch wieder nicht. Es gab Großbanken mit glücklicherer Fusionspolitik und höheren Gewinnmargen! Irgendwann würde auch Dr. Wilfried Honnegger das Handtuch werfen müssen, abgefunden zwar mit Millionen, aber versehen mit dem Makel mangelnden Erfolgs. Die dünne Luft dort oben konnte einen urplötzlich nicht mehr tragen. Otto spürte richtigen Hass.

Aber dann winkte er unauffällig der Bedienung und orderte ein weiteres Weizenbier. Mochte die Bande nebenan sitzen, so lange sie wollte, und an Wilfrieds Lippen hängen. Es war ja genug Zeit, dachte Otto. Es war ja nichts zu versäumen. Jedenfalls nicht für ihn.

KAPITEL 64

Hilde war richtig aufgekratzt. Mein Gott, wann fühlte sie sich schon – oder noch – so wie heute mitten im Leben? Die Tage, die Wochen, die Monate verliefen gleichförmig, mit langen Phasen der Depression. Was für andere Routine war, die täglichen Verrichtungen und Begegnungen, bedeutete für sie, seit sie nicht mehr sehen konnte, Mühe und Aufregung. Aber an Höhepunkten wie heute war ihr Leben arm geworden.

Und dann immer wieder die Frage nach dem Warum. Sie wollte bei diesem Klassentreffen Andreas Aumüller fragen, wie er im Rollstuhl zurechtkam. Ob er nach über dreißig Jahren immer noch dieses bohrende Gefühl der Ungerechtigkeit verspürte: Warum ausgerechnet ich? Warum diese verhängnisvolle Sekunde? Vielleicht kam sie noch dazu.

Vor allem aber wollte Hilde noch ihr Tonband zu Ende abspielen. Seit Monaten hatte sie sich auf ihren Überraschungscoup gefreut. Sie hatte die Kassette dort gestartet, wo sie sie gestern angehalten hatte, und drückte nun auf Wiedergabe. Ganz laut.

»Hansjörg«, hörte sie sich selbst sagen, *»du wirst eines Tages den künstlerischen Ruhm unserer Stadt und unserer Schule hinaustragen in die Welt. Paris, Venedig, New York.«* – *»Neustadt nicht zu vergessen«*, erwiderte Hansjörg. – *»Neustadt an der Weinstraße oder Neustadt am Rübenberge?«*, fragte Hilde. – *»Neustadt an der Waldnaab. Ganz egal. Neustadt als Synonym für deutsche Provinz.«* – *»Aber du bist doch ungewöhnlich talentiert!«* – *»Ich wage die Vorhersage, dass das niemandem auffallen wird.«*

»Prophetische Worte!«, rief Amadeus.

»Wir sollten uns zusammentun«, erwiderte Hansjörg: »Club der verkannten Genies.«

Hilde spielte rasch ihr Band weiter.

»Bodo, du bist an der Reihe!« – *»Ich? Was soll ich groß sagen? Ich habe keine Ansprüche ans Leben. Ich will ein ganz normaler Millionär werden und zurückgezogen an der Côte d'Azur meinen Kaviar frühstücken.«*

»Weiß wirklich niemand«, fragte Cornelia, »wo Bodo steckt?«

»Bis vor einem halben Jahr«, berichtete Amadeus, »saß er manchmal noch in der Fußgängerzone. Ich habe ihn mal hier in den Ratskeller zu einem Bier eingeladen, und er wirkte sogar ganz relaxed. Er sagte, das Geschäft mit dem Hut ist ganz einträglich, ein Dach überm Kopf findet er immer. Und vor allem: Keiner verlangte mehr was von ihm.«

»*Ute, du bist dran.*« – »*Soll ich ganz ehrlich sein? Ich will endlich die Penne hinter mir haben und mit keiner Silbe mehr daran erinnert werden.*« – »*Gehen wir dir dermaßen auf den Keks?*« – »*Ja. Erheblich. Ewig dieses Getue mit Klassengemeinschaft und Klassengeist.*« – »*Also würdest du später auch nie zu einem Klassentreffen kommen?*« – »*Nein. Nie.*«

Beifall am Tisch. Wer klatschte da und warum? Hilde konnte es nicht feststellen. Aus Abneigung gegen Ute und ihren Hochmut? Oder aus Zustimmung? Rasch wieder auf die Taste gedrückt.

»*Und du, Karin? Deine Pläne?*« – »*Hundert Jahre. Sieben Kinder. Fünfunddreißig Enkel.*« – »*Und wie viele Männer?*« – »*Immer denselben.*« – »*Bis zum Ende?*« – »*Ja, achtzig Jahre lang.*«

»Woran genau ist sie eigentlich gestorben?«, fragte jemand, es musste Andreas sein.

»Lungenkrebs«, sagte Hilde. »Obwohl sie keine einzige Zigarette geraucht hat. Es war sowieso alles völlig widersinnig. Sie war nie verheiratet, nie länger liiert, hatte kein Kind. Bei ihr ist alles schief gegangen.«

»Ist denn alles schief gegangen«, fragte Andreas, »wenn jemand nicht heiratet und keine Kinder hat?«

»Nein. Im Prinzip nicht. Aber wenn es ihr wichtigster Wunsch war.«

Jetzt kamen noch Konrad, Cornelia und sie selbst; Hilde kannte ihr Tonband auswendig. Sie musste zum Ende kommen, ehe die anderen wieder ungeduldig wurden.

»Konrad, du bist an der Reihe. Willst du allen Ernstes zum Bund?« – »Stell dir vor! Alle demonstrieren dauernd für oder gegen etwas, keiner weiß richtig, wogegen und wofür. Und dann will ein Mensch, der halbwegs bei Trost ist, zur Bundeswehr.« – »Aber es ist Vietnam-Krieg!«, rief Hildes Stimme. *»Stell dir mal vor: Ich will gerade w e - g e n Vietnam zur Bundeswehr. Verstehst du nicht, oder?«* – *»Nein, Konrad, geh du zu deinem Bund!«*

»Ich war ja jetzt mit meinem Bataillon ein Dreivierteljahr im Kosovo«, sagte Oberstleutnant Konrad Ziese, »und ich sage euch, da stehen wir genau so auf der richtigen Seite wie damals die USA.«

»Vielleicht sollten wir jetzt nicht über Weltpolitik reden«, meinte Editha, die Noch-Abgeordnete.

»Du hast Recht«, rief Wilfried, »lass uns bei Themen bleiben, in denen wir uns auskennen.«

Schnell das Statement von Cornelia gestartet: *»Was ich will? Ich will nur weg hier! Raus aus diesem entsetzlichen Nest. Weg von diesen Pharisäern, die eine Abiturientin mit dickem Bauch für eine Zumutung halten, die ihr aber gern dazu verholfen hätten. Sobald ich mein Zeugnis in der Hand habe, werde ich es ganz oben in meinen fertig gepackten Koffer tun und in derselben Stunde in den Zug steigen und nie zurückkehren.«* – *»Nie?«* – *»Nie!«*

»Wer war denn nun damals der Glückliche?«, fragte Ruslan.

»Ach, mein Bub! Das werde ich ausgerechnet dir auf die Nase binden. Das weiß ich, und das weiß meine Tochter. Das genügt.«

Hilde sah sich am Ziel, denn jetzt musste sie nur

noch ihr eigenes Statement starten. So oft sie das Band abhörte, fand sie diesen Schluss besonders eindrucksvoll. Denn sie hatte wirklich nur einen wichtigen Wunsch gehabt.

»Jetzt bin ich noch selbst an der Reihe. Ich habe einen ganz einfachen Wunsch: Ich will die ganze Welt sehen. So ungefähr vom Nordkap bis nach Feuerland. Und ein paarmal rings rum. Zwischendurch muss ich nur ein bisschen Geld für die nächste Reise verdienen. So, Leute, waren alle dran? Dieses Tonband werde ich aufheben, und eines Tages spiele ich es euch vor. Danke, das war's.«

KAPITEL 65

Es war immer das Gleiche: Wenn in irgendeiner Gesellschaft die Rede auf diesen Krieg kam, fiel sofort die Klappe. Rasch versuchte jemand das Thema abzubiegen, und selten hinderte ihn jemand anderes daran. Es war aber auch wirklich unangenehm, dass sie sich nicht nur fern auf einer indonesischen Insel oder mitten im afrikanischen Regenwald die Köpfe einschlugen, das galt ja als halbwegs typisch. Nein, vor der sprichwörtlichen eigenen Haustür! Keine drei Flugstunden von Frankfurt oder Berlin.

Konrad Ziese hatte sich daran gewöhnen müssen. Er konnte ja auch über andere Themen reden. Auch wenn manche es einem Berufssoldaten nicht zutrauten: Er las richtige Bücher, nicht nur über Strategie und Waffenkunde, auch über Historie und Utopien, sogar über Liebe und Leidenschaft.

Er wagte sich ohne Schwellenangst in Theater und Museen. Um die Verblüffung auf die Spitze zu treiben, zitierte er auch mal ein kurzes Gedicht, nicht den »Guten Kameraden«, sondern »Wanderers Nachtlied« oder »Das Lied von der Moldau«. Schau her! sagten dann die Blicke: dieser olle Kommisskopp!

»Ich war, wie gesagt, ein Dreivierteljahr im Kosovo«, begann Konrad mit kräftiger, befehlsgewohnter Stimme.

Das wollte er doch jetzt mal sehen!

»Man hört ja nicht viel von dort«, erwiderte Amadeus.

»Vielleicht hört man nicht viel hin«, verbesserte Konrad.

»Man kann sich aber auch nicht dauernd mit solchen Themen befassen. Ich meine, wir haben ja auch eigene Probleme.«

»Welche?«

»Ganz allgemein die Angst vor der Zukunft.«

»Und ganz konkret?«

»Konkret zum Beispiel die verheerende Arbeitslosigkeit. Oder unser dramatischer Bildungsnotstand. Oder die katastrophalen Zustände in den neuen Ländern.«

»Da bin ich ja nun zufällig seit Jahren ansässig.«

Das wäre, dachte Konrad, ein zweites Thema, wenn schon das Kosovo nicht gern genommen wurde. Die Wahrheit über den Osten! Irgendwo zwischen blühenden Landschaften und trostloser Industriebrache. Ein tolles Thema. Oder die spannende Geschichte, wie sie die letzten Reste der Nationalen Volksarmee in die Bundeswehr integriert hatten. Wie die langjährigen erbitterten Klassenfeinde Kameraden wurden. Das war vielleicht die

263

aufregendste Geschichte der ganzen Vereinigung. Aber niemand stellte eine Frage.

»Was jammert ihr Deutschen eigentlich immer?«, fragte stattdessen Ruslan in die Pause hinein. »Ihr seid so reich, dass ihr schon vor Reichtum stinkt.«

»Von wegen!«, rief Amadeus. »Den Osten aufzubauen, weil ihr ihn abgewirtschaftet habt, das kostet Milliarden.«

»Wir?«, fuhr Ruslan auf. »Ich bin vor den Kommunisten abgehauen, mein Lieber. Und außerdem habt ihr sie herzlich eingeladen, halb Deutschland einzukassieren.«

Amadeus, Musiker und Schöngeist, als Politikexperte. Das war schon in der Oberstufe jedes Mal in die Hose gegangen. Sie hatten häufig und herzlich gelacht.

»Ich glaube«, unterbrach Konrad Ziese mit dem energischen Organ des Oberstleutnants, »man sollte bei einem Klassentreffen auf gar keinen Fall über Politik reden.«

K A P I T E L

»Leute, ich muss los. Im Unterschied zu euch muss ich am freien Samstag arbeiten. Man sieht sich heute Abend!«

Waltraud machte sich auf. Im Hinausgehen bemerkte sie Otto, der sich ins Nachbarabteil des Ratskellers gedrückt hatte und an seiner Tageszeitung vorbeilugte. Als Waltraud erstaunt aufsah und auf ihn lossteuern wollte, legte er den Finger an die Lippen. Sie nickte ihm zu und ging.

Dieser Otto, dachte sie, war ja fast noch kaputter als sie selbst. Saß den alten Schulfreunden beinahe auf dem Schoß, aber versteckte sich wie ein gejagter Dieb. Otto! Der arme Kerl schien ein Alkoholproblem zu haben. Dabei hatte er, objektiv betrachtet, kaum einen Grund: gut bezahlter fester Job, sichere Altersversorgung, geräumige Wohnung. Da war der arme Bodo Klug schon viele Stufen tiefer gerutscht. Ach was: abgestürzt.

Dieser Ratskeller brummte jeden Samstagmittag vor Umsatz. Mit Ende des Wochenmarkts stürzten sie mit ihren vollen Einkaufskörben und Plastiktüten herein und drängelten um die Plätze. Auch über die Woche gute Auslastung, sonntags sogar Ruhetag. Man denke: sonntags! Waltraud kannte keinen freien Tag. Manchen Abend stand sie hinter ihrer Theke und starrte auf die Tür: Kommt nicht doch noch jemand? Bis sie um zehn ihr gelangweiltes Personal entließ. Einen strammen Max für einen späten Gast oder eine angeblich ungarische Gulaschsuppe aus der Dose bekam sie allein hin. Sie saß und ließ den Fernseher laufen und trank noch ein paar Gläser Wein. Lange konnte das nicht so weitergehen!

Mensch, warum kriegten die anderen das hin? Wilfried kam vor Millionen nicht in den Schlaf, Conny kassierte Zehntausende für ihre komischen Kolumnen, Ruslans undurchsichtige Geschäfte brachten ihm Berge von Dollars, Editha zockte ihre Abgeordnetendiät ab, selbst ein bodenständiger Kunstschaffender wie Hansjörg lebte vorzüglich. Mit Hilde hätte sie natürlich nicht tauschen mögen, aber die hatte immerhin ausgesorgt mit ihrer Behindertenrente. Nein, es half nichts: Waltraud hatte ihre so genannte bürgerliche Existenz in den Sand gesetzt. Eigentlich konnte man sich genauso gut die Kugel geben.

In »Wally's Schnitzelstube« saßen tatsächlich sechs Gäste. Das war ein regelrechter Andrang für einen späten Samstagmittag oder frühen -nachmittag. Waltraud schaute in der Küche nach dem Rechten. Qualm hing in der Luft, das Personal drückte rasch seine Zigaretten aus. Wally war heute eher melancholisch gestimmt und schüttelte nur den Kopf.

Sie stieg hinauf in ihre Wohnung.

»Was treibt ihr denn hier?«, rief sie.

»Es ist nichts passiert«, erwiderte Malve rasch.

»Von wegen! Ich habe doch Augen im Kopf.«

»Es hat jemand für dich angerufen«, flocht Malve rasch ein.

»Lenk bitte nicht ab!«

»Eine Klassenkameradin, hat sie gesagt. Eine Ute Sowieso. Sie wollte wissen, wo ihr heute Abend feiert.«

Ute? Ausgerechnet Ute! Auf Hildes Tonband hatte sie Stein und Bein geschworen, sich nie zu so etwas Spießigem herabzulassen. Nun hatte wahrscheinlich auch sie die Neugierde infiziert: auf die Geschichten von Glanz und Erfolg oder von Pannen und Pleiten. Und wo konnte man selbst sich da einordnen? Ja, das war der eigentliche Reiz.

»Junger Mann«, sagte Waltraud streng, »benimm dich bitte wie ein Gentleman! Meine Malve ist nämlich ein anständiges Mädchen.«

Julian nickte eifrig Zustimmung: »Das kann ich Ihnen sagen. So was Anständiges habe ich lange nicht erlebt.«

»Raus, ihr zwei!«

Waltraud griff aus dem Kühlschrank eine angebrochene Flasche Wein und goss sich ein Glas ein. Malve hatte an diesem Wochenende wirklich eine tadellose Figur gemacht. Hatte sich gestern richtig hineingehängt und den krankheitsbedingten Ausfall ihrer Mutter so gut wie wettgemacht. Im Grunde, dachte Waltraud, mute ich dem Mädchen eine Menge zu. Sie muss ohne Vater aufwachsen. Sie muss auf tausend heutzutage normale Dinge verzichten. Sie muss zuschauen, wie dieses Lokal den Bach hinuntergeht. Sie muss mit meiner Krankheit zurechtkommen. Ein ganz schönes Pensum für das Kind!

Waltraud trank aus und goss sich neu ein. Heute Abend sollte es also festlich zugehen, mit Fünf-Gänge-Menü und vier Sorten Wein. O ja, die Stadt bot auch Spitzengastronomie. Auch die musste man den Heimkehrern von auswärts mal vorführen. Sie sollten ja morgen nicht mit einem völlig falschen Eindruck abreisen.

KAPITEL 67

Cornelia streifte ihre Schuhe ab und schlenkerte sie quer über den Teppich. Irgendwie reichte es ihr gerade. Pause! dachte sie. Wenigstens eine halbe Stunde Pause, ehe es weiterging.

Hansjörg nahm sie in die Arme: »Soll ich dir was sagen, Conny? Du machst dieses Wochenende einen prima Job. Ohne dich wäre das Treffen eine Pleite.«

»Mach dich nicht lustig«, bat sie. »Es nervt manchmal, wenn alle kommen und sagen: Mach mal! Du kannst das am besten.«

»Das kommt davon, wenn man derart kluge und abgeklärte Kolumnen schreibt.«

Sie wusste, dass er das Lachen unterdrückte.

Cornelia befreite sich aus seinen Armen: »Meine Klugheit und Abgeklärtheit sagen mir, dass du nie im Leben an einen Ort zurückkehren sollst, an dem du besonders glücklich warst. Du kannst nämlich nur enttäuscht werden. Das Gleiche gilt übrigens für Menschen.«

»Merkwürdig, dass du trotzdem jetzt mit mir zusammen bist.«

»Das ist mein Verhängnis: die ewige Inkonsequenz.«

Sie fragte sich wirklich, warum sie Hajö in ihr Hotelzimmer gebeten hatte. In den Augen eines Mannes, wahrscheinlich eines jeden Mannes, war das eine ziemlich unverblümte Aufforderung. Diese Kerle konnten sich ja nicht vorstellen, dass man einfach mal in Ruhe reden und voll Vertrauen zuhören wollte. Einfach nur reden und zuhören. Reden zum Beispiel über diesen ersten Besuch seit dreißig Jahren in diesem verhassten Nest. Da war so vieles aufgebrochen und manches sofort wieder zugeschüttet worden, darüber hätte man jetzt reden müssen. Auch über die vielen Geschichten von Aufstieg und Absturz. Und über Hildes nervtötendes Tonband, das an hochfliegende Pläne und unerreichte Ziele erinnerte. Dann war auch noch Julian hereingebrochen mit seinem angeblich unaufschiebbaren Problem.

»Du wohnst ziemlich luxuriös«, bemerkte Hajö und sah sich im Zimmer um.

»Angemessen«, erwiderte sie. Es sollte ein Scherz sein, aber sie merkte, dass es eher überheblich wirkte.

Ja, ein breites Bett gab es, zwei Sessel, einen Schreibtisch, eine Minibar, einen Fernseher, ein Badezimmer. Wie es heute Standard war. Sogar mit Bidet. Früher hätten sie gegrübelt, wozu man ein Bidet brauche. Früher, da hatten sie sich ihre einsamen Stellen, ihre verschwiegenen Ecken suchen müssen. Sturmfreie Buden hatten sie zu Hause nicht. Manchmal musste eine Sommerwiese genügen. Oder das Bett im Kornfeld. Aber herrlich war es gewesen. Außer im Winter.

Hajö stand unschlüssig und wie zum Gehen bereit im Zimmer. Nun ja, ein richtig forscher Eroberer war er damals auch nicht gewesen. Aber wenn es dann erst mal so weit war…!

Konnte man jetzt noch sagen: Tschüss, mein Lieber, es hat mich gefreut, wir sehen uns heute Abend beim Essen?

»Hajö, was stehst du eigentlich noch herum?«, fragte sie.

»Das frage ich mich allerdings auch.«

Sie küsste ihn auf den Mund. Immer musste sie die Initiative ergreifen. Zur Vorsicht drehte sie den Türschlüssel um.

Sie beeilten sich ohne Worte.

KAPITEL 68

»Nun waren wir heute schon das zweite Mal im Ratskeller«, sagte Saskia, als sie mit Wilfried Honnegger und den anderen hinaus auf den Marktplatz trat.

»Beim dritten Mal«, erwiderte Wilfried, »kaufe ich meistens das Lokal.«

»Du bist dasselbe elende Großmaul geblieben!«

»Falsch, Frau Lehrerin! Damals war ich erst ein schüchterner blutjunger Aufschneider und hätte wahnsinnig gern angegeben mit meiner schönen erwachsenen Geliebten. Aber du hast es mir ja verboten.«

»Heimlich ist es viel aufregender.«

Der Platz hatte sich weitgehend geleert, die Marktstände waren abgebaut, eine Kehrmaschine zog ihre Kreise und trieb Kohlblätter und Blumenstengel in ihren Bauch. Die Wahlkampfstände der Parteien waren nur noch dünn besucht.

»Editha«, rief Wilfried, »schmeiß dich ins Getümmel! Zwei bis drei entscheidende Stimmen könntest du noch rüberholen!«

Editha schaute ihn mit einem Blick an, den er nicht zu übersetzen wagte.

Wilfried entschuldigte sich bei den Damen und schaltete sein Handy ein, das er im Ratskeller rücksichtsvoll ruhig gestellt hatte. Auf der Mailbox bat ihn seine Assistentin dringend ins Hotel, da Entscheidungen zu treffen seien, und der unvermeidliche Minister wollte wissen, ob Wilfried es sich nicht doch überlegen wolle.

»Herr Minister«, sprach Wilfried seinerseits auf den ministerlichen Anrufbeantworter, »ich bedanke mich für Ihr Angebot. Ich hätte eine Idee: Warum lassen Sie nicht Ihren Ministerpräsidenten zurücktreten? Irgendeine Spendenaffäre wird sich finden. Das wäre für mich eine attraktive Alternative. Dann bräuchte ich nicht unter Ihnen zu leiden, sondern könnte Sie schikanieren. Ein schönes Wochenende!«

Editha schüttelte den Kopf: »Wilfried, du kannst doch nicht so mit einem Minister reden.«

»Warum?«, fragte er.

Die Klasse hatte sich vor dem Ratskeller aufgelöst, kleine Grüppchen, auch ein paar Einzelne, strebten in verschiedene Richtungen. Nach den langen gemeinsamen Stunden seit gestern Abend schienen sie erst mal eine Pause verdient zu haben.

»Weißt du, Saskia, was ich jetzt am liebsten täte?«, fragte Wilfried, als sie allein waren: »Ich möchte in die Tropfsteinhöhle.«

»Wozu denn das, um Gottes willen?«

»Weil ich dort zum letzten Mal mit elf Jahren war.«

»Das ist natürlich ein zwingender Grund.«

Wilfried winkte vom Stand neben dem Rathaus das einzige Taxi herbei.

Die Höhle! Wahrlich keine Weltsensation. Wilfried war bei Gott herumgekommen und herumgereicht worden. In Ministerien, Staatskanzleien und Präsidentenpalästen, in Firmenzentralen und Gästeresidenzen. Auch in Opernhäusern und Gemäldegalerien, die durchaus gern eine Firmenspende akzeptiert hätten. Und einmal sogar in eine Höhle. Die Slowenen hatten ihm, um die Verhandlungsatmosphäre aufzulockern, eines Nachmittags ihre weltberühmte Tropfsteinhöhle von Postojna gezeigt, so stolz, als hätten sie sie selbst erbaut.

Diese bescheidene Höhle ein paar Kilometer vor der Stadt war jedoch in Wilfrieds Kindheitsträumen herumgegeistert. Dort hatten sich für ihn die Geschichten von Tom Sawyer und Indianer Joe abgespielt. Dort war er mutig vorgedrungen in unerforschtes Dunkel und hatte das Knochengrab der Mammuts entdeckt. Und natürlich hatte er geträumt, eine gefesselte Schöne zu befreien und mit einem Kuss belohnt zu werden. Die liebreizende

Elfjährige hatte damals übrigens immer die Züge seiner Klassenkameradin Conny getragen.

Der Taxifahrer wollte nur vor dem Eingang warten, wenn die Hinfahrt schon mal bezahlt wurde. Wie sie denn, fragte Wilfried, unter Prellung der Zeche aus der Höhle entkommen sollten? Der Mann zog betreten seine Forderung zurück.

Zwei Mark Eintritt pro Person. Friedenspreise. Geöffnet nur am Wochenende. Damit konnte man keine Höhle bewirtschaften. Sie sah auch völlig ramponiert aus. Die Decke vom Ruß der Fackeln geschwärzt. Die Wände mit Spraydosen veredelt. Die Stalagmiten, soweit in erreichbarer Höhe, abgegriffen oder abgebrochen. Oder waren die Hängenden die Stalaktiten? Wie merkte man sich das endlich mal!

»Da müsste man was investieren«, murmelte er. »Das kann jedenfalls nicht so bleiben.«

»Und dann schreiben wir dran: Doktor-Wilfried-Honnegger-Gedächtnishöhle,« schlug Saskia vor. »Täglich von null bis vierundzwanzig Uhr. Eintritt und Getränke frei.«

Es wurde rasch kühl, als sie weiter eindrangen, und Wilfried sah Saskia frösteln. Jetzt zog man als Kavalier sein Jackett aus und hängte es der Dame über die Schultern. Immer und überall waren Damen zu leicht bekleidet und eröffneten Herren die willkommene Chance, einen Rest alter Ritterlichkeit zu demonstrieren. Wie angenehm! Warum diese Weiber sich nicht vernünftig anziehen konnten, dachte Wilfried, durfte man sich möglichst nicht fragen.

»Ich gebe dir mein Jackett.«

»Danke, das ist lieb von dir. Aber es wäre ganz bestimmt nicht nötig.«

Das Ende der Höhle war bald erreicht. Zumindest die hölzerne Barriere mit dem Blechschild, das ein Weitergehen untersagte.

»Da hinten ist das Massengrab der Mammuts«, raunte Wilfried.

»Ich weiß«, flüsterte sie zurück. »Das muss aber unter uns bleiben.«

»Und Conny hatten sie entführt und da drinnen eingesperrt.«

»Ich weiß. Aber du hast sie ja befreit, Tom Sawyer.«

»Ja. Und einen Kuss zum Dank hab ich auch bekommen.«

»Weiß man eigentlich bei deiner Bank«, fragte Saskia, »dass du ein totaler Spinner bist?«

»Nein. Das dürfen sie auch nie erfahren. Du hältst doch dicht, oder? Großes Indianerehrenwort?«

»Ganz großes!«

»Das muss man mit einem Kuss besiegeln.«

»Ewig diese Knutscherei!«

Der Taxifahrer hielt, als wolle er sich für vorhin entschuldigen, den Schlag auf und verbeugte sich leicht.

Saskia gab Wilfried das Jackett zurück und noch einen Kuss: »Ab Montag musst du dich dann wieder verstellen.«

»Aber bloß noch fünfzehn Jahre«, sagte Wilfried.

KAPITEL 66

Es war auf der einen Seite genau wie damals: Kam man vom Weibe, fühlte man sich in einer nach oben offenen Hochstimmung. Jede Liebesnacht, auch am hellen Nachmittag, war ein Sieg über die Niederungen des Daseins. Die Frau wäre ja keineswegs verpflichtet gewesen! Sie gewährte eine Gunst, und wem sie gewährt wurde, der war ein glücklicher Mann. Hansjörg war heute Nachmittag ein glücklicher Mann.

Dennoch war alles anders als damals. Man war soeben fremdgegangen, wie es hässlich hieß. Man hatte ein unangenehmes Gefühl. Auch wenn man sich hundertmal beruhigend vor Augen hielt: Beischlaf mit einer anderen Frau war dann kein wirklicher Betrug, wenn die eigene sich seit Monaten verweigerte. Kurz und gut, mitten im Schönsten hatte Hansjörg an diese Problematik denken müssen, und das hätte seine Manneskraft um ein Haar entscheidend beeinträchtigt. Er war also doch nicht rundherum glücklich.

Auf der Fahrt nach Hause überdachte er den Tag. Seit gestern, als er Conny nach dreißig Jahren wiedergesehen hatte, nicht in einer Talkshow oder einem bunten Blatt, sondern von Angesicht zu Angesicht, seitdem kreiste in seinem Kopf der Gedanke: Warum hast du damals zugeschaut, als sie davonlief aus der Stadt? Warum hast du sie nicht in die Arme genommen und hast gesagt: Wenn schon, gehen wir zusammen! Oder bleiben zusammen. Konnte man jedes Versäumnis damit entschuldigen, dass man noch nicht ganz zwanzig war?

Freilich hatte ihn verstimmt, dass Conny sich so

strikt weigerte, den Vater ihres Kindes preiszuge-
ben. Hansjörg war vielleicht zu altmodisch gewesen, vielleicht auch nur zu stolz, um zu akzeptieren, dass seine Freundin sagte: Von dir ist es
nicht.

Aber das war Schnee von vorvorgestern! Jetzt
müsste man sein bisschen Mut zusammenraffen
und einen Absprung wagen. Weg aus dieser Stadt.
Raus aus diesem provinziellen Kunstbetrieb. Raus
vor allem aus dieser gescheiterten Ehe. Hin zu einer neuen alten Liebe. Auch zu neuen beruflichen
Horizonten. Vielleicht war doch noch die Chance,
mehr aus sich zu machen. Zumal Conny sicher
jeden kannte, der in dieser Republik auf irgendeinem Gebiet Wichtigkeit zu verleihen hatte. Die
Frage war allenfalls, was Conny davon hielt, quasi
vom Scheidungstermin in die nächste Beziehung
zu stolpern.

Hansjörg erschrak: Vor dem Haus parkte Elkes
Auto. Also hatte sie ihren angekündigten Ausflug
ins Ungenannte vorzeitig beendet.

Was nun? Erst einmal fuhr Hansjörg halb ums
Karree und hielt an. Er überlegte. Zurück zu
Conny? Sie würde sich kaputtlachen. Das war ein
gefundenes Fressen für ihr loses Mundwerk. Wenn
er, anstatt nach Hause zu gehen, sich die Stunden
bis zum festlichen Diner irgendwo in der Stadt
vertrieb? Umziehen wollte er sich allerdings noch,
die Kombi vom Vormittag tauschen gegen den
Nachtblauen. Kurz kam ihm sogar der Gedanke,
sich rasch noch einen Anzug zu kaufen, aber die
kleinstädtischen Läden hatten ja schon längst geschlossen. Und es war ohnehin alles Unsinn: Elke
würde abends auftauchen beim Klassentreffen
und den großen Star geben.

Aus der Wohnung quoll laute Musik, alte Abba-Titel, die gerade wieder wahnsinnig in waren. Elke im Bademantel, ein Tuch um die Haare getürmt. Sie umarmte Hansjörg: »Mein Schatz, ich bin zurück, wie du siehst.«

»Wie schön!«, erwiderte Hansjörg, obwohl er eigentlich das Gegenteil hätte sagen wollen.

»Ich habe mich ohne dich gelangweilt.«

»Hattest du niemanden zum Streiten?«

Er meinte das durchaus ernst, aber Elke lachte: »Ich habe festgestellt, man kann sich nur richtig streiten, wenn man sich eigentlich richtig mag.«

Hansjörg ärgerte sich, dass er sich von ihrer Fröhlichkeit, ob nun echt oder aufgesetzt, überrumpeln ließ. Genau jetzt wären Anlass und Augenblick gewesen, mit allem Ernst und aller Entschiedenheit zu verkünden: Elke, es geht nicht mehr mit uns beiden. Es ist Schluss!

»Was soll ich heute Abend anziehen?«, fragte sie.

»Ein bisschen was Festliches.«

»Dachtest du, ich gehe in Jeans? Ich werde meinen Mann doch nicht blamieren!«

Aus! Vorbei! Überfahren! Die Weibchen-Tour plötzlich: Dagegen war man als Mann machtlos.

»Hajö, mein Katerchen, wir haben ja noch endlos Zeit bis heute Abend«, flötete Elke. »Wollen wir uns noch ein bisschen hinlegen? Wir müssen ja nicht unbedingt die Augen zumachen.«

O nein, bitte nicht schon wieder! dachte Hansjörg.

»Ich muss noch mal in mein Atelier«, antwortete er. »Mein umschlungenes Paar hat nächste Woche Abliefertermin.«

»Na gut«, sagte Elke, »der Tag ist noch lang.«

KAPITEL 70

»Dann wollen wir heute Abend mal den Papst herausfordern!«

»Senta, Senta! Das ist kein Gesellschaftsspiel. Hier geht es um unsere Existenz.«

»Höchstens um deine«, verbesserte sie. »Es geht allerdings um unsere Beziehung.«

Senta wollte endgültig nicht länger hingehalten werden. Wenn ihr lieber Pius auch heute wieder einen Rückzieher machen wollte, dann war für sie die Angelegenheit entschieden. Das sagte sie bei Gott nicht leichthin. Sie liebte ja diesen Kerl. Und sie wusste, der Mann rang erbittert mit sich und dem Respekt vor seiner Obrigkeit. Aber konnte er bis in alle Ewigkeit verkünden, er werde mutig die strenge Regel missachten, um im entscheidenden Augenblick wieder den treuen Diener herauszukehren?

Senta holte ihr bestes Kleid aus dem Schrank und begann sich umzuziehen. Es war nicht aufregend oder gar aufreizend, hochgeschlossen und fast knielang, aus der Zeit vor ein paar Jahren, da man nichts außer Schwarz tragen konnte. Den schwarzen BH, damit nichts Helles hindurchschien.

»Ich bin nicht darauf aus, heute Abend für einen Eklat zu sorgen«, sagte sie. »Aber ich mache das Versteckspiel nicht länger mit.«

»Du sollst ja auch mitkommen. Ich werde dich als meine Haushälterin vorstellen.«

»Mach mir lieber den Reißverschluss zu.«

Warum hatte sie sich damals in Pius verliebt? Es war doch alles absehbar gewesen! Zuerst nahm er sie und ihr Kind aus christlicher Nächstenliebe in sein Pfarrhaus auf. Bald jedoch unterlag er der verdammten Fleischeslust. Aber er bekannte sich nicht zu ihr. Haushälterin! Die Leute kniffen ein Auge zu, wenn sie sagten: seine Haushälterin. Irgendwann musste der Konflikt auf die Spitze treiben. Wahrscheinlich heute Abend.

»Es ist doch ein angemessener Rahmen«, sagte sie, »um unser Verhältnis zu offenbaren. Es sind deine ältesten Freunde. Sie werden dich nicht in der Luft zerreißen.«

»Du kennst Editha nicht. Sie ist katholischer als der Papst.«

»Aber Editha ist outer als out! Spätestens ab morgen achtzehn Uhr.«

»Aber sie hat noch Einfluss.«

Senta nahm ihren heimlichen Lebensgefährten ins Visier: »Pius, aus dir wird nie im Leben ein Revolutionär!«

»Das wollte ich auch nie werden.«

Senta richtete ihre Frisur.

»So wie bisher«, sagte sie, »können wir jedenfalls nicht weitermachen. Ich nicht. Hörst du? Ich nicht!«

KAPITEL 71

»Du musst sie wecken«, drängte Julian. »Meine Mutter ist tierisch stinkig, wenn deine Mutter heute Abend nicht bei dem Essen antanzt.«

Malve schaute ihn an, war es mitleidig, oder war es traurig, das konnte er nicht genau ausmachen: »Das erlebe ich doch dauernd«, sagte sie, »dass jemand stinkig auf sie ist.«

»Hat sie immer das Problem?«

»Was denn für ein Problem? Wo haben wir denn

278

ein Problem? Mal ehrlich: Wie kommst du auf die Idee, dass wir ein Problem hätten?«

So was gefiel ihm ja nun!

Julian war seit heute Vormittag, seit der ersten Begegnung in der Aula, nicht von Malves Seite gewichen. Er war ihr auf Schritt und Tritt gefolgt, und wenn ihm der Verdacht aufstieg, sie wolle mal eine Weile für sich sein, erfand er rasch noch etwas, das sie ihm zeigen oder erklären solle. Schließlich waren hier in dieser Stadt in gewisser Weise seine familiären Wurzeln.

»Jetzt geh doch und weck sie!«, drängte er.

»I will do my very best«, antwortete sie, und er überlegte, wo er diesen Satz im Fernsehen schon mal gehört hatte.

Bin ich schon wieder mal verknallt? fragte sich Julian, allein im Wohnzimmer. Alles sprach dafür. Das Gefühl kannte er ja inzwischen. Beim letzten Versuch war er freilich so gnadenlos abgeblitzt, dass er sich schwören wollte, bis an sein Lebensende auszusteigen aus diesem aufreibenden Geschäft. Vielleicht wollte er vor allem deswegen weg aus dem Internat und der ganzen verhassten Gegend. Aber das durfte er nicht zugeben, nicht mal vor sich selbst.

Von der anderen Seite des Flurs drang lauter Streit herüber: »Wenn du dich jetzt nicht aufraffst, dann gehe ich zu diesem Diner und verkünde vor allen Leuten: Sorry, meine alte Dame ist aus dem bekannten Grund leider verhindert.«

Die Antwort konnte Julian nicht verstehen. Es war ihm unangenehm, diese familiäre Auseinandersetzung mit anhören zu müssen. Aber vor allem tat ihm Malve leid.

»Soll ich Conny holen?«, hörte er sie fragen.

Bitte nicht! schoss es in Julian hoch. Seine Mutter war doch nicht der Mülleimer für alle und alles. Auch wenn sie sich am Ende immer breitschlagen ließ, seufzend zwar, aber auch befriedigt.

Eine Tür knallte, und Malve stürmte zurück in ihr Zimmer.

»Und?«, fragte Julian.

»Ja, ja«, sagte sie ärgerlich.

»Du hast da immer ziemlichen Zoff, oder?«

»Doch, schon. Aber das übt. Für später. Für die Ehe.«

»Ganz schön abgebrüht!«

Malve schaute ihn ernst an, und plötzlich sah Julian das Glitzern in ihren Augen, das Tränen ankündigte. Er nahm sie rasch in die Arme.

»Ist doch halb so schlimm«, murmelte er und merkte im selben Augenblick, wie blödsinnig seine Bemerkung war. Natürlich war es schlimm, dass sie so viel Grund zum Heulen hatte. Dass ihr alles über den Kopf wuchs.

»Da kommen wir schon durch«, flüsterte er, aber auch das meinte er eigentlich nicht.

»Was heißt hier: wir?«, fragte Malve und zog die Nase hoch: »Es ist doch mein Schlamassel und nicht deiner. Du bist morgen wieder weg.«

»Ich habe meinen eigenen Schlamassel.«

O nein! Wie konnte man mit jedem Satz so falsch liegen! Er hatte sie trösten wollen: Jeder hat sein Päckchen zu tragen. Und was kam dabei heraus? Stell dich nicht so an, mir geht's auch nicht besser!

»Tut mir leid«, beteuerte er, »kann ich dir irgendwie helfen?«

Sie löste sich aus seinen Armen und ging noch mal nach ihrer Mutter schauen.

Du bist morgen wieder weg, hatte Malve gesagt. War das ein Vorwurf? Oder war das vielleicht Bedauern? Und was hieß überhaupt: weg? Er fuhr morgen mit seiner Mutter nach Hause. Nicht mehr in das blöde Internat, so viel schien sicher zu sein, sondern nach Hause. Aber das musste ja nicht bedeuten, dass er Malve zum ersten und gleichzeitig letzten Mal gesprochen und gesehen hätte. Es gab Telefon in jedem Haus und in jeder Tasche, und wo immer man sich aufhielt, man war nur durch Sekunden getrennt. Und schnelle Züge gab es. Wenn man Glück hatte, übersah einen sogar der Schaffner.

Vielleicht, dachte Julian, ist sie ja auch verknallt!

Malves Mutter rauschte ins Zimmer: »Habt ihr etwa geglaubt, ich versäume unser Festessen?«

Malve kam hinterher: »Ach wo! Ich wäre nie auf die Idee gekommen.«

»Macht's gut, ihr beiden! Und bleibt vor allem anständig.«

Sie rauschte wieder hinaus.

»O Scheiße!«, rief Malve und hielt sich die Hände vors Gesicht.

Julian stand daneben und überlegte, ob er sie wieder in die Arme nehmen sollte.

KAPITEL 72

Stehempfang. Endlich ein Glas Sekt! Oder Champagner, völlig egal. Cornelia hatte sich den Tag über zurückgehalten, jetzt griff sie zu und trank etwas zu durstig.

Ihr Klassentreffen war zum guten Teil gelaufen. Ein paarmal hatte es geknistert, aber es hatte keine Katastrophen gegeben. Nur ein paar Animositäten. Toi, toi, toi!

Das edle Restaurant bot einen angemessenen Rahmen. Hierher konnte man bedenkenlos auch einen Vorstandssprecher einladen. Cornelia schüttelte sich bei dem Gedanken, sie hätte sich auf Waltrauds Wunsch eingelassen, auch dieses festliche Diner am Samstagabend zu gestalten. Manchmal hatte man eben ein Näschen.

Wilfried trat gerade ein und hatte seine attraktive Assistentin im Schlepptau. Eine solche Erweiterung des Kreises war mit der Bezeichnung »Anhang« nicht gemeint gewesen. Aber Wilfried wollte wohl das arme Mädchen nicht den lieben langen Abend mit zwei Leibwächtern an der Hotelbar veröden lassen.

»Ich habe sie mitgebracht«, erklärte Wilfried bei der Begrüßung, »damit sie mal den modrigen Hauch von echten Grufties schnuppern kann.«

»Wilfried!«, rief Frau Mausbach, aber korrigierte sich rasch: »Herr Dr. Honnegger, das ist fishing for compliments.«

»Wir pflegen«, erläuterte Wilfried, »in unserem modernen Unternehmen einen sehr kollegialen Ton. Wegen der Corporate Identity, du verstehst.«

Hab ich's doch geahnt! dachte Cornelia.

Hilde kam herein und tastete sich vor, Cornelia nahm sie bei der Hand und führte sie zu einem Glas.

»Hast du wieder dein Tonband mit?«

»Du brauchst keine Angst zu haben. Heute gehe ich euch nicht mehr auf den Keks.«

Wallys Auftritt. Mein Gott, von weitem konnte

die Frau noch richtig eindrucksvoll aussehen. Was ließ sich bloß für sie tun? Einfach zu Wilfried gehen: Hilf ihr, verdammt noch mal, sie war unsere Klassenkameradin, und du kannst es als Einziger! Jetzt war auch noch Julian drauf und dran, sich in Wallys süße Tochter zu verlieben. Falls es nicht schon passiert war. Wenn die Hormone schossen, spielte die Aussichtslosigkeit einer Liebe für diese Youngster keine Rolle. Nun ja, Julian würde es überleben.

Pius war allein gekommen. Wollte er also doch nicht den Papst in die Schranken weisen! Wie lange würde sich seine liebe Senta noch gefallen lassen, als Pfarrhausputtel versteckt zu werden? Während doch alle Bescheid wussten! War das nun komisch? Oder doch traurig? Wahrscheinlich beides. Wie das Leben.

Sechsundzwanzig Leute hatten zugesagt für den Abend, wenn man Senta erst mal nicht einrechnete. Wilfrieds sehr persönliche Assistentin hinzu, waren es siebenundzwanzig. Cornelia zählte die Häupter, zuständigkeitshalber. Fast alle waren eingetroffen. Hansjörg noch nicht.

Ein Gesicht in der Tür. Sie kannte es, wusste es aber nicht sofort irgendwo hinzustecken. Das Gesicht musste früher nicht nur schlanker gewesen sein. Und nicht so rot.

»He, Bodo!« rief sie und lief auf ihn zu.

»Conny«, strahlte er.

Bodo, der Aussteiger, der Versager, der Nichtsesshafte, der Penner. Als sie ihn in die Arme nahm, roch sie den Gestank, die Mischung aus Schnaps, ungeputzten Zähnen, verfilzten Haaren und muffigen Klamotten.

»Wie kommst du hierher?«, fragte sie.

Die anderen waren aufmerksam geworden und horchten.

»Ich weiß, ich gehöre nicht mehr so richtig dazu«, erwiderte Bodo.

»Quatsch! Aber wie hast du erfahren, dass wir heute hier Klassentreffen haben?«

»Ute hat's mir gesagt.«

»Wieso Ute? Welche Ute?«

»Na, unsere Ute.«

Erst jetzt fiel Cornelias Blick auf die Frau, die hinter Bodo eingetreten war: Ute. Die sie monatelang vergeblich gesucht hatte. Die sie sozusagen abgeschrieben hatte. Jetzt musste man, dachte sie, noch zwei Stühle hinzustellen und zwei zusätzliche Gedecke auftragen.

»Ute, woher tauchst du so urplötzlich auf?«

»Ich hab übers Radio erfahren, dass Wilfried und ihr beim Oberbürgermeister empfangen wurdet. Und dass ihr heute Abend feiern wollt. Und auf dem Weg habe ich Bodo sitzen sehen und habe ihm eine Mark gegeben. Meine gute Tat für den Tag. Ich hab ihn nicht erkannt, aber er mich. Und da hab ich ihn mitgebracht. Er hat sich gesträubt, aber ich hab ihn überredet. Ich hoffe, es ist euch recht.«

»Natürlich!«, rief Cornelia. »Jetzt sind wir ja fast komplett.«

Sie fühlte sich gefragt und gefordert. Es wäre beinahe ruhig um sie geworden, aber jetzt: Wo sollte sie Bodo platzieren? Wem war seine Nachbarschaft zuzumuten? Vielleicht am ehesten Sissi? Sie schien mit Abstand am wenigsten zickig, und im Urwald roch es auch manchmal. Oder Pius? Der hätte es von Berufs wegen nicht verweigern dürfen, aber er hatte diese subtile wie penetrante Art, Missfallen spüren zu lassen. Jedenfalls nicht

284

Waltraud als Nachbarin! Die beiden hätten sich einen Abend lang zugeprostet, bis sie oder er oder beide vom Stuhl gefallen wären. Sie winkte Sissi zu sich und flüsterte mit ihr. Sissi nickte.

»Na ja, ich geh dann mal wieder«, sagte Bodo.

Das wäre die einfachste Lösung, dachte Cornelia eine Sekunde.

»Aber nicht doch!«, rief sie. »Jetzt bist du hier, jetzt bleibst du hier.«

Eine dunkelhaarige Frau von etwa vierzig betrat das Lokal, es konnte nur Senta sein nach den Beschreibungen. Das nächste Problem! dachte Cornelia. Toll sah Senta aus! Das schlichte schwarze Kleid, hochgeschlossen und etwas weniger als knielang, war viel erotischer als alle die knappen Fummel mit Schenkelfreiheit und Buseneinblick. Das musste man eben wissen als Frau. Senta stand im Raum und füllte ihn beinahe aus. Und so etwas wollte Pius als Haushälterin in der Küche verstecken!

Cornelia winkte ihn herbei: »Du solltest dich um Senta kümmern. So wie sie aussieht, findet sie ganz schnell einen anderen. Vielleicht sogar einen Besseren.«

Pius schüttelte energisch den Kopf: »Ein Klassentreffen ist nicht der Rahmen, um existenzielle Fragen auszutragen.«

»Pius, du wartest doch bloß darauf, dass sie klein beigibt. Aber ehe du es dich versiehst, entscheidet sie anders: gegen dich!«

»Ach Conny!«

»Ich sage dir: Sie wird es tun! Also nimm sie bei der Hand und sage laut und vernehmlich: Leute, darf ich euch Senta vorstellen, meine Frau! Mach endlich!«

Pius lachte verlegen.

Cornelia schaute auf ihre Uhr, es war Zeit, schon fast c.t., es waren auch alle eingetroffen außer Hansjörg. Oder hatte sie noch jemanden vergessen? Sie griff sich das Sektglas von Sissi und klingelte damit an ihr eigenes.

»Freundinnen und Freunde, Ehe- und Lebensgefährten, Lehrkörper!«

Sie wartete einen Augenblick, bis es wirklich still war.

»Ich bin gerührt. Ich dachte zwischendurch, ein erstes Klassentreffen nach derart langer Zeit sei eine so blödsinnige Idee, dass ich heute Abend hier allein vor meinem Glas säße. Denn wenn man dreißig Jahre lang keinen Grund gesehen hat, sich zu treffen, dachte ich, beweist das doch, dass man nicht wissen will, was die anderen inzwischen tun. Aber weit gefehlt! Die Neugierde scheint alle Terminschwierigkeiten besiegt zu haben. Ich bedanke mich also bei euch, dass ihr gekommen seid, und bei mir, dass ich euch eingeladen habe.«

Beifall.

»Unsere alte 13b ist beinahe komplett. Leider nur beinahe. Unsere Freundin Anita werden wir morgen auf dem Friedhof besuchen. Danach sind wir bei Pius zu einer Messe, bei der wir auch unserer Freundin Karin gedenken wollen. Einen gibt es, der nicht dabei sein wollte. Ich habe ihn zu überzeugen versucht, aber Otto hat ein Problem, das ich nicht beheben konnte. Ein bisschen empfinde ich sein Fernbleiben als persönliche Niederlage. Aber alle anderen sind da, überraschend auch Ute und Bodo. Soll ich euch was sagen? Ich finde euch bärenstark!«

Der Beifall schwoll an, wie immer, wenn Redner ihr Publikum lobten.

»Heute Abend gibt es kein Programm. Wir hätten eine folkloristische Kapelle verpflichten können oder einen ortsansässigen Humoristen. Aber alle Lebenserfahrung sagt: Wir wollen miteinander quatschen, quatschen, quatschen! Alte Antipathien bestätigen und alte Sympathien pflegen. Dazu ist jetzt Gelegenheit. Open end!«

Cornelia sah Hansjörg eintreten und lächelte ihm zu. Er hatte jemanden bei sich. Eine Frau. Seine. Cornelia kannte ihr Gesicht vom Bildschirm. Die berühmte Nebenrollendarstellerin. War sie doch heute nach Hause gekommen. Hatte Hajö nicht gesagt, sie werde das ganze Wochenende …

Warum gab das Cornelia einen Stich? Was hatte sie erwartet? Heute Nachmittag ihr kleines Abenteuer mit ihrer großen Jugendliebe. Vorher für möglich gehalten, aber nicht geplant. Spontan. Schön. Nicht zu bereuen. Aber auch nicht wichtig.

Nachdem er gegangen war, hatte sie ein bisschen nachgedacht: Eine neue Beziehung mit einer alten Liebe? Wo sie doch erst mal hoffte, übermorgen aus ihrer bislang letzten Ehe ohne größeren Schaden herauszukommen. Bloß nicht schon wieder eine Verpflichtung! Bloß nicht wieder die vorwurfsvollen Fragen: Warum kommst du wieder so spät? Musst du am Wochenende schon wieder auf Achse? Kannst du nicht über Weihnachten Urlaub machen? Als sei ihr Job ein Spaß.

Hansjörg suchte mit seiner Frau einen Platz. Es war nur noch links neben Bodo etwas frei. Recht so! Wer zu spät kam, wurde eben bestraft.

Cornelia erhob noch einmal ihr Glas, und alle applaudierten ihr, ehe sie sich setzten.

KAPITEL 73

»Entschuldige, wenn ich ein bisschen von dir ab-rücke«, sagte Sissi, »aber du riechst wirklich etwas streng.«

»Echt?«

»Bodo, es kann ja sein, du merkst es selbst nicht mehr. Aber ich, weißt du, ich lebe praktisch in der freien Natur, und da ...«

»Ich ja an sich auch.«

»Eben. Aber jetzt sind wir in einem geschlosse-nen Raum, da sticht es halt in die Nase.«

»Da hast du wahrscheinlich Recht«, musste Bodo zugeben, »dann bleib mal ein bisschen auf Distanz. Aber wieso lebst du ebenfalls in der freien Natur?«

»Ich lebe«, erwiderte Sissi, »in Brasilien. Im Ur-wald.«

»Und was treibst du dort?«

»Schmetterlinge züchten.«

»Na klar«, sagte Bodo, »das ist ja dort ganz nor-mal.«

»Nein, normal ist es genau nicht. Wir züchten seltene Arten von Schmetterlingen, um sie zu ver-kaufen.«

»Ist das ein gutes Geschäft?«

»Nein. Weißt du, wir machen das, damit sich für die Leute, die die wilden Schmetterlinge fangen und verkaufen und ausrotten, das Geschäft nicht mehr lohnt.«

»Verstehe«, sagte Bodo. »Das ist ja eine wahnsin-nig spannende Geschichte.«

»Das finde ich auch. Aber du scheinst mir hier der Erste, der sich richtig dafür interessiert.«

»Oh, mach dir nichts draus!«, tröstete Bodo. »Diese Leute haben nur ihren Kontostand im Kopf.«

»Da hast du wohl Recht«, erwiderte Sissi. »Konrad Ziese zum Beispiel wollte was erzählen vom …«

»Ja, ja, Konrad. Welcher ist das?«

Sissi zeigte ihm Konrad: »Er ist beim Bund und war im Kosovo, aber keiner hier wollte etwas davon hören.«

»Völlig normal«, wiederholte Bodo. »Das betrifft nicht ihr Konto. Alle Menschen interessieren sich erstens für sich selbst und zweitens für ihr Konto. Was an sich merkwürdig ist, denn über sich selbst wissen sie doch schon alles. Sie müssten doch begierig sein, etwas Neues zu erfahren. Aber sie wollen immer nur das Gleiche hören: Ich, ich, ich!«

Es wurde die Vorspeise gereicht, etwas mit Hummer, Lachs und Kaviar, aufwändig dekoriert.

»Weißt du, welche von den vielen Gabeln man da nimmt?«, fragte Bodo. »Ich hab's vergessen.«

»Nee«, gestand Sissi. »Entweder von innen nach außen oder von außen nach innen. Zu Hause haben wir immer bloß eine Gabel.«

»Aber eine für jeden?«

»Klar. Wir sollten warten, wie die anderen es machen.«

Irgendwie, dachte Sissi, war das Ganze komisch. Da war sie in eine Gesellschaft hineingeraten, mit der sie die gleiche Vergangenheit verband, mit der sie jedoch überhaupt nichts mehr gemein hatte. Ob Wilfried die Bilanzsumme in die Höhe trieb oder Pius seine Kirche füllte, ob Editha es noch mal packte oder Waltraud Pleite ging, ob Amadeus sich verspielte oder Ruslan Millionär war: Sie wünschte allen alles Gute, aber es war ihr ziemlich egal.

Bodo hatte sich entschieden, den Hummer mit den Fingern zu essen.

»Erzähl mir, wie es dir geht«, sagte Sissi.

Bodo leckte genussvoll seine Finger ab: »Im Augenblick hervorragend. Ansonsten beschissen.«

»Wieso?«, fragte Sissi, weil sie gelernt hatte, dass man auf die einfachsten Fragen immer noch die besten Antworten bekam.

»Klassische Karriere. Erst den Job verloren, dann gesoffen, dann die Frau verloren, dann die Wohnung. Mensch, was soll ich dir erzählen? So was steht doch dauernd in der Zeitung.«

Jetzt mischte sich Hansjörgs Frau ein. Weil sie zu spät gekommen waren und wegen der bunten Reihe musste sie neben Bodo sitzen. Bisher hatte sie sich demonstrativ abgewandt.

»Wollen Sie ernsthaft behaupten«, fragte sie, »Sie hätten keine neue Arbeit finden können? Das Land ist gepflastert mit freien Stellen. Man kann ihnen nur mit größter Mühe ausweichen.«

»Haben Sie eine für mich?«, fragte Bodo.

»Sagen wir, bis nächsten Freitag kann ich Ihnen eine beschaffen. Wo finde ich Sie, wenn ich etwas für Sie habe?«

Bodo hob die Schultern: »Irgendwo auf der Straße.«

»Richtig scharf drauf scheinen Sie ja nicht zu sein.«

Hansjörgs Frau wandte sich demonstrativ wieder ab.

»Ich glaube, sie hat Recht«, sagte Sissi. »Ich glaube, du willst es so.«

»Wie kommst du denn darauf?«, fragte Bodo.

»Ich kenne das von unseren Indianern. Die wollen auch nichts. Einfach nichts. Das ist nicht mal Faulheit. Das ist einfach Mentalität.«

Sissi beobachtete, wie Bodo seinen Fischvorspeisenteller sorgfältig mit viel Weißbrot abtupfte und danach einen herzhaften Schluck Weißwein nahm. Er schien wirklich den unerwarteten Segen zu genießen. Hoffentlich, dachte Sissi, tut ihm das gut.

»Obwohl«, sagte Bodo kauend, »man muss auch mal ehrlich sein: Endlich verlangt keiner mehr was von dir. Du hast keine Verpflichtungen mehr. Du musst nicht mehr pünktlich deine Versicherung bezahlen. Du musst nicht mehr schippen, wenn es schneit. Du musst nicht mehr Karten schreiben, wenn jemand Geburtstag hat. Frieren musst du manchmal. Und hungern.«

»Und du bist beschissen allein!«, rief Sissi.

»Ja. Schon. Aber auf eine Menge Leute hättest du schon immer gern verzichtet. Und du kannst eben nicht beides haben.«

Du kannst eben nicht beides haben. Sissi hatte sich anfangs begeistert in ihr exotisches Dasein gestürzt und hatte alle bedauert, manchmal verachtet, die behäbig in der Heimat dahinexistierten. Inzwischen musste sie sich mit Mühe davon überzeugen, dass sie richtig gewählt hatte. Mal ein bisschen Kultur, ein bisschen Oper, Theater, Konzert, mal ein paar Leute, die weiter dachten als bis an die Biegung des Flusses: War das wirklich nur Spießer-Kram? Man müsste zwei Chancen haben, eine im Amazonas-Urwald und eine zweite an der Fifth Avenue.

»Was ihr da mit euren Schmetterlingen macht«, meinte Bodo, »das ist eine tolle Sache. Das hat wenigstens einen Sinn.«

»Findest du? Die meisten hier wirkten ziemlich ratlos, als ich davon erzählte.«

»Weil's nicht die dicke Kohle bringt. Aber wenn du mich fragst: Ich würde da gern mitmachen.«

»Gute Idee!«, lobte Sissi. »Aber wie willst du zu uns kommen?«

»Mit dem Schiff. Irgendwie. Ich sage dem Sozialamt, sie sollen mir ein Ticket kaufen, und ich liege ihnen nie mehr auf der Tasche. Auch nicht eines Tages mit den Begräbniskosten.«

»Bodo! Das geht nicht. Dafür haben die keinen Paragrafen in ihrer Vorschrift.«

KAPITEL 74

Diese Fischvorspeise hätte sie auch hingekriegt. Besser sogar. Und billiger. Aber wenn man ihr und ihrem Lokal nichts zutrauen wollte!

Irgendwie wollte Waltraud die Schmach nicht stillschweigend ertragen. Sie winkte dem Ober und schob ihm dezent ihren halb leeren Teller hin: »Ich will kein Aufhebens machen«, raunte sie, »aber es ist ein bisschen versalzen.«

»Oh, das tut mir leid. Bisher hatten wir noch keine Reklamation.«

»Die anderen sind auch nicht aus der Branche«, erklärte sie ihm vertraulich.

»Soll ich Ihnen etwas anderes bringen?«

Waltraud schüttelte den Kopf: »Wenn Sie nur nachschenken.«

Rundherum tobte eine Art Redeschlacht. So sollte ein Klassentreffen nach dreißig Jahren auch sein. Frau Oberstudienrätin a.D. Dr. Canisius thronte lächelnd wie einst bei einer Klassenarbeit. Saskia Weseler, die Junglehrerin von damals, strahlte auffällig oft Cordt Rosen an, den ehemaligen Sportlehrer. Bodo Klug mampfte begeistert

292

und hielt der Bedienung sein leeres Weinglas hin. Sissi aus dem Urwald redete angeregt mit ihm, schien sich an den Geruch gewöhnt zu haben. Hilde Scholz lauschte aufmerksam in alle Richtungen und lachte aufgekratzt alle paar Augenblicke. Wilfried Honnegger unterhielt sich leutselig mit allen und drückte bisweilen den Arm seiner Assistentin. Die Abgeordnete Editha turtelte, und zwar mit ihrem eigenen Mann, obwohl doch jeder Bescheid wusste. Ein Palaver nannte man bei den Naturvölkern, was hier stattfand. Nur Pius wirkte abwesend und schaute in Abständen zu seiner nicht öffentlich akzeptierten Lebensgefährtin. Doch Senta plauderte demonstrativ gut gelaunt mit ihren Nachbarn.

Waltraud beschloss, etwas Leben in die Bude zu bringen.

»Sag mal, Editha«, rief sie über den Tisch, »was würde dein Verehrer dazu sagen, dass du mit deinem Mann schmust?«

Mit einem Schlag erstarben die Gespräche rings umher, vereinzelt wurde gelacht.

Editha erstarrte nur kurz, ehe sie zurückschlug: »Besser, du hast zwei Beziehungen als gar keine.«

Das war nicht so schlecht.

»Ich bin aus diesem Geschäft ausgestiegen«, erklärte Waltraud, »weil ich erkannt habe, dass maximal zwei bis drei Prozent den idealen Partner fürs Leben finden. Auch bei mehrfachen Versuchen ist die Wahrscheinlichkeit nicht viel größer als beim Lotto.«

»Eine düstere Prognose«, warf Wilfried ein.

»Das ist keine Prognose«, widersprach Waltraud, »das ist eine Analyse. Sie beruht auf der bitteren Erkenntnis, dass Frauen und Männer von

Natur aus nicht zueinander passen. Ich sage das wohlgemerkt nicht als überzeugte Homoerotin. Ich war das Gegenteil. Begeistert. Aber es funktioniert einfach nicht. Sagt doch mal ehrlich: Wer von euch führt eine richtig gute Ehe?«

Amadeus hob die Hand: »Ich. Ziemlich. Meistens. Jedenfalls überwiegend.«

Seine Frau wischte ihm eine empörte Handbewegung hin und wurde etwas rot.

»Dann bist du ein Exot«, erklärte Waltraud. »Die Praxis sieht doch so aus: Wenn der Gebärauftrag erfüllt ist, wird die Libido abgeschaltet. Und wenn nichts anderes hilft, erklärt sie dir mit begeistertem Bedauern, sie habe leider, leider, leider gerade ihre Tage. Das ist wohlgemerkt eine kritische Äußerung über mein eigenes Geschlecht.«

»Hauptsache«, erklärte Amadeus, wie um etwas gutzumachen, »deine Frau ist dir treu.«

»Und woher weißt du eigentlich«, fragte Ruslan in die Runde, »ob sie dir treu ist?«

»Weil sie es sagt«, rief Wilfried.

Ein Treffer! Alle lachten herzlich. Wirklich eine lustige Truppe, dachte Waltraud, man musste sie bloß ein bisschen aufmischen.

Die Suppe wurde serviert. Aus frischen Tomaten. Alle löffelten andächtig. Bei den Preisen konnte es ja nur exzellent sein. Dabei war es nun wirklich einfach zu machen und überdies der kleinste gemeinsame Nenner. Oder auch der Gipfel der Einfallslosigkeit. Jeder Mensch aß Tomate, jedenfalls gekocht. Waltraud hätte sich etwas Originelles einfallen lassen, vielleicht ihre Kürbissuppe mit Krabben und Räucheraal und einem Schuss Pernod. Aber man hatte ihre Küche ja nicht gewollt.

Schade um mein Lokal! dachte Waltraud.

KAPITEL 75

Dass Weiber immer flennen mussten!

Julian korrigierte sich: Dass Mädchen immer weinen mussten! Er nahm Malve in den Arm, sie hielt nur noch vorsichtig dagegen. Das musste sie, wie er wusste, wenn sie etwas auf sich hielt.

»Was hast du denn?«, fragte er. »Ist es meinetwegen?«

»Quatsch!«

Wenn sie schon flennte beziehungsweise weinte, dachte er, konnte sie es wenigstens aus Liebe tun.

Malve wischte sich mit dem Ärmel über die Augen: »Jeder in unserem Kaff weiß Bescheid. Aber meine Mutter meint, alle sind ahnungslos.«

»Worüber?«

»Dass wir pleite sind! Unsere Kneipe ist bankrott. Wenn wir nicht bald zumachen und die Leute entlassen, schwappen uns die Schulden über den Kopf, und wir ersaufen. Aber ich glaube, sie will es nicht wahrhaben.«

»Und was machen wir da?«

Malve schaute ihn kopfschüttelnd an: »Julian, das ist eine echt originelle Frage. Ich dachte, du hast eine Idee.«

Jetzt musste er das Problem systematisch angehen, wenn er noch ernst genommen werden wollte. Von Kneipen verstand er nichts. Kneipen waren eben da, wie Bahnhöfe oder Kaufhäuser oder Museen.

»Warum läuft es denn nicht?«, fragte er. Das klang nach ernsthafter Analyse.

Malve wollte offenbar nicht mehr in den Arm genommen sein, sondern stand auf und ging in ihrem Zimmer auf und ab. Julian beobachtete sie.

Das war schon eine schnuckelige Maus! Vor allem, wenn sie gerade mal nicht heulte.

Malve blieb unter der Lampe stehen: »Eine Wirtin gehört hinter den Tresen und in die Küche. Wenn sie meistens am Tisch sitzt und mit den Gästen anstößt, dann haut das nicht hin. Das weiß ja sogar ich.«

»Dann müssen wir ihr das sagen.«

»Ach Julian! Ich glaube, dass du in deinem Internat völlig am Leben vorbeigelebt hast. Meine Mutter ist krank. Und wir müssen hier raus.«

Dazu hatte er nichts zu sagen. Er war in seinem Leben schon mit der einen oder der anderen Schwierigkeit konfrontiert worden. Vor allem mit der Trennung seiner Mutter von seinem Vater. Da ging es ihm wie Malve, da konnten sie ihre Erfahrungen austauschen. Probleme hatte er auch mit der Arroganz mancher Mitschüler auf dem Internat. Aber hier ging es um Existenzsorgen, damit kannte er sich nicht aus.

»Wir pfeifen schon auf dem letzten Loch«, sagte Malve. »Keine Klamotten. Keinen PC. Keine Urlaubsreisen.«

»Vielleicht können wir mal zusammen wohin fahren. Oder du besuchst uns.«

Das war wieder nichts! Malves aktuelle Probleme waren nicht mit einer Einladung für die großen Ferien aus der Welt zu schaffen.

Aber Julian hatte plötzlich eine Idee: »Und wenn du mal diesen Big Boss fragst?«

»Das habe ich auch schon überlegt.«

»Schade. Ich dachte, ich wäre als Erster drauf gekommen.«

»Ich glaube nur«, sagte sie, »das traue ich mich nicht.«

Jetzt waren sie auf dem richtigen Dampfer! Das wollte er wohl hinkriegen, dass Malve mit ihrem Problem morgen Früh bei diesem Honnegger vorsprechen konnte! Julian kannte nicht genau seine Position, aber sie musste mächtig genug sein, um einer alten Klassenkameradin aus der Patsche zu helfen. Wie, das wusste so einer schon selbst.

»Soll ich ihn morgen Früh anrufen?«, fragte Julian.

»Das wäre nett von dir. Ich trau mich wirklich nicht.«

Julian sprang auf und umarmte sie. Sie wich seinem Kuss aus.

»Magst du mich nicht?«, fragte er.

»Das hat doch damit nichts zu tun.«

»Aber wenn man sich liebt, dann kann man das doch auch zu erkennen geben.«

»Sagtest du: liebt? Julian, ich habe jetzt wirklich was anderes im Sinn. Und ihr Kerle habt immer nur das eine im Kopf. Oder wo auch immer.«

»Das ist eben der kleine Unterschied.«

Malve lachte und küsste ihn, aber nur auf die Wange.

»Lass uns runter ins Lokal gehen, was essen«, sagte sie. »Solange es dort noch was gibt.«

»Und die Sache mit dem Honnegger«, versicherte er noch mal, »die arrangiere ich.«

»Bist ein netter Mensch. Aber dass ihr einem immer gleich an die Wäsche wollt.«

»Wenn es nicht so wäre«, erklärte Julian, »wäre die Menschheit schon längst ausgestorben.«

Diese Bemerkung gefiel ihm sogar selbst.

KAPITEL 76

»Wir sollten mal ausrechnen«, rief Wally in den Raum und schnitt ihr Kalbssteak an, »wie viel wir alle zusammen auf die Waage bringen. Und dann vergleichen mit damals.«

Sie waren also beim Hauptgericht, beim unvermeidlichen Kalb, aber Pius musste zugeben, es war auf den Punkt gebraten und mit einer köstlichen Soße übergossen. Er kam nicht oft dazu, nach Art von Gourmets zu speisen. In der Nachfolge des Herrn wollte er eine gewisse Bescheidenheit demonstrieren und sein Image des Asketischen bewahren.

Senta hatte ihn den ganzen Abend geschnitten. Sie saß an einem entfernten Ende der Tafel, diskutierte unermüdlich und lachte mit den anderen. Seinen Blicken war sie meist ausgewichen, hatte ihm nur einmal kurz in die Augen geschaut. Dabei spürte er eine gewisse Herablassung, vielleicht sogar Verachtung. Das traf ihn, machte ihn aber auch ärgerlich: Was glaubte sie denn, wer sie sei? Und wer war er!

»Ist das hier nun schon Völlerei«, fragte Amadeus über den Tisch, »oder ist es gerade noch gottgefällig? Du bist da doch Spezialist.«

»Du solltest morgen nach der Messe beichten«, riet Pius. »Für alle Fälle.«

Dabei war er überhaupt nicht zum Scherzen aufgelegt.

Ja, zum Teufel! Er hatte Senta unvorsichtigerweise versprochen, sich heute und hier, vor den Klassenkameraden, zu ihr zu bekennen. Was er nicht richtig bedacht hatte, obwohl es doch auf der Hand lag: Sein Bekenntnis würde wie auf Flü-

298

geln durch die Fenster des Saals in die ganze Stadt hinausschwirren, zu den Gläubigen seiner Gemeinde, zu seiner Obrigkeit. Mit allen Konsequenzen für ihn. Warum sollte er das bloß auf sich laden? Wegen Sentas ehrgeizigen Wunschs nach einer anerkannten gesellschaftlichen Stellung? Wo war eigentlich der Unterschied zwischen einer heimlichen Gefährtin, von der offenbar immer mehr wussten, und einer nicht heimlichen Gefährtin, von der jeder wissen durfte? Seine Obrigkeit hatte außerdem Toleranz signalisiert, wenn er Verschwiegenheit zusagte. Wozu also das alles?

»Wie findet ihr das Essen?«, hörte er Waltraud über den Tisch trompeten. Sie schien gut aufgelegt.

Als ihr niemand antwortete, tat sie es selbst: »Sogar aus Kalbfleisch könnte man etwas machen. Wenn man kann. Und sich traut.«

»Und der Rotwein ist zu stark gechlort«, rief Amadeus.

Es war wohl der Zeitpunkt, dachte Pius, da die bescheideneren Charaktere das unstillbare Verlangen spürten, sich in den Vordergrund zu schieben. Er schaute zu Cornelia, die aufmerksam die Tafel im Blick behielt. Das hätte ihr wohl noch gefehlt: dass ihr Klassentreffen auf den letzten Metern aus dem Ruder lief.

Wie sollte es jetzt wirklich weitergehen mit Senta? Unwahrscheinlich, dass sie sich wieder beruhigte. Er kannte sie gut genug: Sie wollte sich nicht mehr hinhalten lassen. Was nun, wenn er mit dem Löffel an sein Glas schlug und in die bald eintretende erwartungsvolle Stille verkündete: Liebe Freunde, darf ich euch meine Frau vorstellen!

Die meisten würden Beifall klatschen. Ach was:

Fast alle würden ihm heftig applaudieren. Editha würde natürlich protestieren, aber die hatte ja bald nichts mehr zu melden in der Stadt. Zwei oder drei würden vielleicht keine Hand rühren. Das war's. Also, warum nicht doch?

»Kannst wenigstens du mir erklären«, fragte Oberstleutnant Konrad Ziese, »warum bei jedem sofort die Klappe fällt, wenn die Sprache auf unseren Einsatz im Kosovo kommt? Als sei das Thema mit Aussatz behaftet. Uns ging es fünfundvierzig auch nicht besser, sagen sie dann. Dabei waren die meisten fünfundvierzig noch nicht mal ein frommer Wunsch.«

In diesem Augenblick mochte sich Pius, allerdings aus persönlichen Gründen, der Angelegenheit ebenfalls nicht richtig widmen.

»Hier ist vielleicht nicht der Rahmen dafür«, sagte er. »Ich würde ihnen auch nicht mit einer theologischen Fragestellung kommen. Ein Klassentreffen soll gemütlich sein. Feuerzangenbowle. Rühmann. Pfeiffer mit drei f.«

»Nein, nein, es geht mir anderswo genauso. Mit deiner Begründung kommst du mir nicht davon.«

Jetzt müsstest du was Substanzielles sagen, dachte Pius. Ein kluges, abgewogenes, moralisch vertretbares Urteil abgeben. Eine Art Hirtenwort. Dafür wirst du schließlich bezahlt. Aber er wünschte sich nur, dass Konrad den Mund hielt.

»Geben Sie doch endlich zu, dass Sie mich schikaniert haben!«

Es war Hedwig Weiss, die das rief, und Frau Oberstudienrätin Dr. Canisius war gemeint. Aller Aufmerksamkeit wandte sich sofort den beiden Frauen zu, und Pius sah sich mit der Kosovo-Problematik aus dem Schneider.

»Ich habe Sie möglicherweise strenger behandelt als andere«, gab Frau Dr. Canisius gelassen zu. »Das sagte ich ja schon gestern. Aber das hatte seinen Grund.«

»Ich finde, es gab keinen.«

»Noch einmal: Ihre Mutter unterrichtete an unserem Gymnasium. Da musste jeder aus unserem Kollegium dem Verdacht entgegenwirken, die Tochter einer Kollegin zu bevorteilen. Dann sind Sie dort Lehrerin geworden, und ihre Töchter waren Schülerinnen. Heute ist Ihre älteste schon Studienreferendarin. Das Problem perpetuiert sich durch die Generationen.«

»Ja, sollen wir denn auswandern?«

»Liebe Kollegin«, erwiderte Frau Dr. Canisius: »Dies ist wohlgemerkt kein Fall von Korruption. Nur eine Frage des Stils. Und über den kann man bekanntlich streiten, ohne je zu einem einvernehmlichen Ende zu kommen.«

Macht weiter! dachte Pius, damit nicht wieder Konrad mit seinem Kosovo anfängt. Aber Hedwig hatte aufgegeben.

»Ja, du bist mir noch eine Antwort schuldig in Sachen Kosovo.«

»Konrad, entschuldige mich, ich muss mal kurz auf die Toilette.«

Pius ging nur bis in den Vorraum und schaute in den Spiegel. An etwas anderes denken! Morgen Vormittag die Messe. Hoffentlich kamen nicht nur alle aus der Klasse mit Anhang, hoffentlich erschien auch seine Gemeinde vielzählig. Er hatte den besonderen Besuch angekündigt, mit Wilfried Honnegger konnten seine Schäfchen wenig anfangen, aber Cornelia König kannten sie aus ihren bunten Blättchen, und natürlich ihre christliche

301

Abgeordnete, die freilich nicht mehr in höchstem Ansehen stand wegen der Gerüchte um ihre bröckelnde Ehe. Schaun wir mal! dachte Pius. Ja, Kaiser Franz müsste man ankündigen können! Dann brummte die Bude und sank der Altersschnitt um die Hälfte.

Auf dem Rückweg ins Lokal traf er Elke Maslowski, die sich an der Garderobe ihren Sommermantel aushändigen ließ.

»Wollen Sie schon los?«, fragte er.

»Ich esse nie Dessert«, antwortete sie.

Na bravo! dachte er: Auch in Hajös Ehe krachte es also. Ob es an Hajös Wiedersehen mit seiner alten Liebe lag? Oder war es nur wie überall: Der Herrgott hatte einfach, entgegen anderslautenden Meldungen, Mann und Frau nicht füreinander bestimmt. Und da sollte er, Pius Heinzelmann, in dieselbe Falle tappen?

KAPITEL 77

Nächstes Mal sollte jemand anderes sich den Stress aufhalsen! Die Leute ausfindig machen und zusammentrommeln, auch die Uninteressierten und die Widerstrebenden. Die Vielbeschäftigten und die viel beschäftigt Tuenden. Dass Wilfried Honnegger für das ganze Wochenende gekommen war, rechnete sich Cornelia persönlich als Erfolg an. Dass Otto Klausen nicht gekommen war, ärgerte sie nur aus statistischen Gründen. Dass die verschollene Ute mit dem abgetauchten Bodo überraschend aufgetaucht war, glich die Bilanz doppelt aus.

Nächstes Mal wollte sich Cornelia völlig heraushalten. Falls es ein nächstes Mal gab. Morgen Mittag, beim Abschied nach der Kirche, würden ihr alle unisono versichern: tolle Idee! Klasse umgesetzt! In fünf Jahren sind wir anderen an der Reihe. Da brauchst du keinen Finger krumm zu machen, musst bloß rechtzeitig anreisen. So weit, so gut. Alle menschliche Erfahrung ließ jedoch erwarten, dass es kein nächstes Mal gab, wenn sie nicht wieder die Initiative ergriff.

Für diesmal war die Sache gelaufen. Wally hatten sie, bevor sie renitent wurde, ein Taxi gerufen; der Fahrer kannte die Adresse und das Problem, man war in einer Kleinstadt. Wally hatte Bodo Klug angeboten, in einer freien Kammer fürs Personal zu übernachten. Sie sagte Kammer, obwohl es das Wort nicht mehr gab, seitdem Gesinde aus der Mode war. Bodo hatte spontan angenommen und nur gefragt, ob sie zu Hause noch etwas zu trinken habe.

Und die anderen? Editha witzelte angestrengt über das morgige Wahlergebnis, aber was blieb ihr jetzt noch übrig? Auffällig oft legte sie ihren Arm um den Nacken ihres Mannes und schaute ihm tief in die Augen. Höre ich die Nachtigall trapsen? fragte sich Cornelia. Hedwig Weiss war nach der kurzen Kontroverse mit Frau Oberstudienrätin in konsequentes, feindseliges Schweigen verfallen. Pius brütete vor sich hin und schickte ab und zu strafende Blicke in Richtung Senta. Aber alle anderen waren ausgelassen und diskutierten fröhlich.

Cornelia beobachtete amüsiert, dass ihre beiden ehemaligen Lehrkräfte Saskia Weseler und Cordt Rosen schon seit einer guten Stunde in ein

intensives Gespräch vertieft waren. Nach ihren
Mienen zu urteilen, schien es nicht um pädagogi-
sche Probleme zu gehen. Anfangs hatte er ab und
zu ihren Unterarm ergriffen, aber seit zwanzig
Minuten ließ er ihre Hände nur los, um einen
Schluck zu trinken. Vielleicht zeitigte das Klassen-
treffen auf menschlicher Ebene doch irgendeinen
Erfolg.

Hansjörg schaute immer wieder herüber und
suchte Cornelias Blick. Ja, mein Lieber! Heute
Nachmittag war kurz die alte Leidenschaft aufge-
flammt. Freilich, als er gegangen war, hatte sie gedacht: Bitte nicht wieder Herz und Schmerz! Am
Montag wollte sie geschieden werden und ab
Dienstag tief durchatmen. Und der gute Hajö lag
augenscheinlich wieder an der kurzen Leine seiner Gattin. Allerdings hatte sich Frau Elke aus
nicht ersichtlichem Grund vor dem Dessert kühl
und knapp verabschiedet. Vielleicht war das hier
kein Milieu für eine Darstellerin bedeutender Nebenrollen. Ich müsste ihr mal, dachte Cornelia,
eine große Home Story mit Interview vorschlagen:
Elke Maslowski, der Star aus dem zweiten Glied!
Frau Maslowski, wie konnten Sie den gesellschaftlichen Protest der portugiesischen Putzfrau so
überzeugend umsetzen? Wie schwer war es für
Sie, sich in das Seelenleben der geschiedenen Ser-
viererin hineinzuversetzen? Apropos: Führen Sie
eine glückliche Ehe?

Jemand schlug an sein Glas. Es war Ute Kollhoff.

»Ich muss mal was sagen«, rief sie in die Runde:
»Ich wollte eigentlich nie zu so einem Treffen kommen. Was sollte der Quatsch: Klassentreffen! Irgendeiner ist immer am weitesten oben angelangt,

304

da dürfen die anderen sich fuchsen. Einer ist ganz unten angelangt, da dürfen die anderen stolz und zufrieden sein. Warum, habe ich gedacht, muss ich das alles haben?«

Ute machte eine Kunstpause. Sie war schon in der Oberstufe eine geschickte Rhetorikerin gewesen, die aus unbedeutenden Gedanken eindrucksvolle Girlanden flocht.

»Aber soll ich euch was sagen?«, fragte Ute. »Ich habe heute Abend festgestellt, hier ist der einzige Ort, die einzige Gesellschaft, wo mir die Kategorien von Erfolg und Misserfolg gleichgültig sind. Im normalen Leben erstarre ich voller Ehrfurcht vor einem Vorstandssprecher und fühle mich einem bürgerlich Gescheiterten haushoch überlegen. Aber unter den alten Weggefährten wird mir klar, wie viel Zufall – oder nennt es Schicksal – im Spiel ist, wenn der eine lichte Höhen erklimmt und der andere sich in dunklen Tiefen verirrt.«

Jetzt redet sie endgültig Blech, dachte Cornelia und klatschte laut Beifall. Die meisten klatschten mit, sodass Ute das Wort abgeschnitten war.

»Danke für deine Worte«, rief Cornelia, »die uns aus tiefstem Herzen gesprochen sind! Ein ergreifendes Schlusswort. Wir treffen uns morgen fünf vor neun am Friedhof.«

KAPITEL 78

Gezeter aus dem Lokal, bis ins Obergeschoss zu hören. Malve erschrak, befreite sich aus Julians Umarmung und rückte sich zurecht. Diese Jungs hatten wirklich immer nur eines im Kopf.

305

»Was ist das hier für eine Schlamperei!«, hörte sie ihre Mutter im Lokal rufen. »Eines Tages schmeiße ich euch alle raus und hole mir neue Leute.«

Das wird bald nicht mehr nötig sein, dachte Malve. Sie ließ Julian zurück und lief die Treppe hinunter. Der Gastraum war so gut wie leer, nur zwei Tische besetzt, drei Gäste zusammen, von denen einer gerade zahlte. Die Chefin saß auf einem Barhocker, neben ihr ein zerzauster Typ mit Stoppelbart und abgewetzten Klamotten. Sie bekamen Drinks gereicht, dem Anschein nach zwei Eimerchen Whisky. Sie kippten.

»Meine Tochter«, stellte ihre Mutter vor. »Hat vor allem die Beine unter meinem Tisch. Und ihr Vater versucht möglichst nichts zu zahlen. Kampf um jede müde Mark.«

Der Zerzauste kicherte und hielt sein Glas noch mal hin.

Malve spürte plötzlich kalte Wut aufsteigen. Es konnte auch heiße Wut sein, das ließ sich in diesem Augenblick nicht mehr genau unterscheiden. So konnte es nicht weitergehen! Genau an diesem Punkt, genau in dieser Minute: Schluss! Aus! Ende!

»Frau Waltraud«, fragte sie, »was hältst du davon, ins Bett zu gehen?«

Ihre Mutter schaute sie überrascht an: »Sagtest du Frau Waltraud?«

»Soll ich Mammilein sagen?«

»Hör mal! Wirst du etwa aufsässig? Ich bin immer noch Herr im Haus.«

»Dame«, verbesserte Malve. »Wenn überhaupt.«

»Mädchen, ich glaube, wir müssen mal Tacheles reden.«

Das war eine gute Idee! Tacheles. Über alles! Nicht mehr immer so tun als ob. Als ob ein Gläschen Wein jeden Abend nicht weiter schlimm sei. Als ob die leeren Tische jeden Abend kein Problem seien. Als ob sich das leere Konto eines Tages schon wieder füllen werde.

»Wie viele Miese haben wir nun wirklich?« fragte sie.

»Malve! Glaubst du im Ernst, das geht dich was an?«

»Aber voll!«, rief Malve. »Also: fünfzigtausend? Siebzigtausend?«

Ihre Mutter antwortete erst nach ungefähr zehn Sekunden: »Das wird nicht ganz reichen.«

»Ich glaube«, sagte Malve, »ich bringe dich jetzt ins Bett.«

Merkwürdigerweise leistete sie keinerlei Widerstand.

Auf dem Rückweg holte Malve Julian aus ihrem Zimmer ab. Er war wirklich ein netter Kerl, herrlich aufgeregt und niedlich naiv. Ein bisschen aufdringlich, aber das glaubten sie wohl ihrer Männlichkeit schuldig zu sein. Vermutlich ein Erbe der Natur, der Drang zur Fortpflanzung, die Verpflichtung zur Arterhaltung. Davon abgesehen, ließ sich Julian prima um den Finger wickeln. Und er hatte eine tolle Mutter!

Der Typ an der Bar hatte schon wieder einen neuen Drink und schwadronierte, obwohl ihm keiner zuhörte.

Malve sprach ihn an: »Ich glaube, es ist Zeit für Sie, nach Hause zu gehen.«

»Ich übernachte hier«, lallte er.

»Ganz bestimmt nicht.«

»Wally hat mich eingeladen.«

»Und im Himmel ist Jahrmarkt.«

Malve wunderte sich schon wieder über sich

selbst. Konnte ja sein, dass ihre Mutter diesem Typen ein Bett versprochen hatte. Aber jetzt musste einfach Schluss sein mit der Großzügigkeit. Er konnte noch eine Boulette mit Kartoffelsalat haben und ein kleines Bier. Aber dann sollte er sich gefälligst vom Hof machen.

»Ich darf hier übernachten«, wiederholte er eigensinnig.

»Lass ihn halt«, sagte Julian, »es ist Mitternacht, wo soll er denn hin?«

Na schön, dachte sie. Aber ab morgen werden hier andere Saiten aufgezogen.

Morgen Früh nach dem Frühstück oder auch ohne Frühstück ging's zu Wilfried Honnegger. Julian hatte tatsächlich im Hotel angerufen und gebeten, dem Herrn Vorstandssprecher den dringenden Besuch anzukündigen. Herr Honnegger, meine Mutter ist pleite und will es nicht wahrhaben. Was können wir da machen? Mädchen, wie viel brauchst du? Siebzigtausend Mark? Hier hast du einen Scheck! Nein, so einfach war es leider nicht. Aber die Kneipe schließen, das Inventar verkaufen, die Leute wegschicken, eine kleine Wohnung nehmen, einen Job finden, den Kredit von Honnegger abstottern: Das müsste sich doch darstellen lassen.

»Du musst nach Hause«, sagte Malve. »Beziehungsweise in euer Hotel. Deine Mutter ruft sonst die Polizei.«

»Die hat bestimmt vergessen, dass ich überhaupt hier bin.«

»Ach, Julian! Du armes verlassenes Kind.«

Sie schob ihn mit einem Kuss auf die Straße und wies ihm den Weg.

Konnte nicht mal jemand was Positives sagen?

KAPITEL

Geduld, Geduld, auf eine wie Conny musste man warten. Das war schon früher so gewesen, nach der Schule, nach der SMV-Sitzung, nach der Theater-AG, nach der Tanzstunde, nach dem Volleyball-Training: Conny hier, Conny da, Conny dies, Conny jenes. Als müsste sich jeder seine Meinung und seine Entscheidung von ihr bestätigen lassen, bevor er selbst daran zu glauben wagte. Hansjörg ließ sich noch ein Glas Wein einschenken und wartete.

Mit Wilfried Honnegger hatte sie noch etwas zu besprechen. Es sah allerdings mehr aus, als müsse sie ihn von etwas überzeugen. Dass der Big Boss gekommen war, musste für sie eine große Genugtuung gewesen sein. Daneben wirkten die anderen wie Staffage. Zum Beispiel Pius, der hier vor Ort nur den lieben Gott vertrat. Was war das gegen Wilfrieds Bilanzsumme! Der alte Neid! sagte sich Hansjörg: Er machte immer noch gehässig.

Pfarrer Pius drängte sich in das Gespräch zwischen Conny und Wilfried. Ob es wirklich eine gute Idee war, alle diese Ungläubigen morgen in seine Kirche zu scheuchen? Hansjörg hätte auch etwas anzubieten gehabt: Ich könnte euch in meinem Atelier was vormeißeln. Oder Oberstleutnant Ziese könnte mit den Herren etwas exerzieren. Lass ihn, Hajö! hatte Conny gesagt, Pius hat doch nichts außer seinem Himmel!

»Tut mir leid«, sagte Cornelia, als sie endlich zu Hansjörg trat, »aber ich musste Wilfried überzeugen, morgen nicht nach dem Frühstück abzureisen.«

»Warum?«

»Na, weil es doch ein schöner Erfolg wäre, wenn alle bis zum Schluss blieben.«

»Unter sportlichen Gesichtspunkten hast du Recht.«

Sie wurde ernst. »Ich wollte nun mal, dass das hier eine große Sache wird. Aber du glaubst natürlich, das sei alles nur meine Eitelkeit.«

Cornelia wandte sich dem Oberkellner zu und fragte, ob alles bezahlt sei. Drei Flaschen Wein seien noch offen, zwei Flaschen Wasser übernehme das Haus. Sie zückte ihr Portemonnaie. Hansjörg zögerte zu lange, eigentlich war es ja auch nicht seine Sache, aber er ärgerte sich, nicht ganz fix großzügig gewesen zu sein.

»Bringst du mich zum Hotel?«, fragte sie und hängte sich ein.

Es war, obwohl nach Mitternacht, noch angenehm lau. Sie gingen ein ganzes Stück, bis es beinahe zu spät war, noch etwas von Belang zu sagen.

»Warum ist deine Frau so früh gegangen?«, fragte Cornelia.

»Frag mich was Leichteres«, antwortete er beinahe barsch.

»Warum ist sie überhaupt gekommen?«

»Mein Gott, ich weiß es nicht. Wir tauschen uns nicht mehr aus über unsere wechselseitigen Programme.«

»Aber so lange sie neben dir saß, warst du ausnehmend nett zu ihr.«

»Soll ich sie öffentlich desavouieren?«

»Ein tolles Wort! Wo hast du das her?«

»Aus einer Talkshow bei RTL«, sagte Hansjörg. Wozu dieses blöde Thema? Wäre nicht jetzt der Augenblick, noch einen Versuch zu wagen? Ohne

310

langes Drumherumreden. Conny, ich hab's mir ernsthaft überlegt heute Abend: Wir beide sind einfach füreinander geschaffen. Lass es uns noch mal versuchen! Lass uns einfach abhauen! Nach Sizilien. Oder nach Brasilien. Völlig egal. Einfach Hals über Kopf. Liebe last minute. Das müsste man jetzt vorschlagen! Genau das.

»Ich bin gespannt, ob mein Sohn im Hotel ist«, sagte Cornelia.

»Wo soll er denn sonst sein?«

»Er hat sich in die Kleine von Wally verknallt. Hoffentlich kommt er da heil wieder raus.«

»Wieso heil?«

»Weil Wally bankrott ist.«

»Das ist ein einleuchtender Grund«, platzte Hansjörg heraus, »da soll man sich möglichst nicht verlieben.«

»Hajö! Wie alt bist du inzwischen?«

Sie hatte ja Recht! Kein Junge sollte sich in ein Mädchen verlieben, dessen Mutter gerade mit ihrem Lokal in die Pleite segelte. Da wurde man hineingezerrt in eine Sache, die einen überhaupt nichts anging. Es gab schließlich genug Mädchen aus geordneten Verhältnissen. Allerdings hatte sich damals, vor über dreißig Jahren, Conny Hals über Kopf in alles Mögliche gestürzt. Aber man lernte ja dazu im Leben.

»Wir wissen doch inzwischen ein bisschen Bescheid«, sagte sie. »Du musst immer versuchen, heil rauszukommen aus dem aktuellen Schlamassel und nicht sehenden Auges in den nächsten zu tappen.«

»Redest du jetzt von deinem Sohn oder von dir?«

Cornelia lachte: »Ich rede vom Leben.«

Schien übrigens der Mond über der Stadt? Gott sei Dank tat er es nicht. Es hätte überhaupt nicht gepasst. Denn es war das rasche Begräbnis einer kurzen romantischen Vorstellung.

»Eines würde ich jetzt wirklich gern wissen«, sagte er.

»Ich weiß: Wer ist der Vater von Tanja?«

Hansjörg wartete. Die Frage war gestellt. Entweder kam eine Antwort oder nicht.

Er lieferte seine Jugendliebe vor ihrem Hotel ab. Sie gab ihm einen Kuss. Er ging nach Hause und hoffte, dass seine Frau schon schlief.

KAPITEL 80

Ein Sportlehrer! So einen hatte sie als Philologin damals überhaupt nicht zur Kenntnis genommen. Und wenn er hundertmal seinen Schülern die Riesenwelle am Reck vormachen konnte. Mit Sport assoziierte sie verschwitzte Leibchen, und wenn ein solcher Schmalspurstudienrat im Zweitfach Biologie unterrichtete, geschah das ihrer Meinung nach nur zur Tarnung.

Als damals der Unfall mit Andreas Aumüller passierte, hatte sich Saskia, wie alle im Kollegium, solidarisch auf die Seite von Cordt Rosen geschlagen. Wie sollte auch ein Lehrer verantwortlich gemacht werden, wenn ein fast erwachsener Schüler mit dem Kopf voraus ins Nichtschwimmerbecken sprang und sich die Wirbelsäule brach. Aber die Richter hatten Rosen verurteilt, und er musste den Schuldienst quittieren. Seither hatte Saskia ihn nicht mehr gesehen.

Er schlug vor, zusammen die fünfzehn Minuten zum Hotel zu gehen.

»Sie waren auch nicht lange in dieser Stadt«, sagte er.

»Nein, es war meine erste Station«, antwortete sie, »und ich wollte die Welt sehen.«

»Und dann sind Sie im ganzen Regierungsbezirk herumgekommen?«

»Ja, so ähnlich. Ich habe geheiratet, mein Mann war beruflich an einen Ort gebunden. Also wurden die großen Pläne begraben.«

»Dankt er es Ihnen wenigstens?«

»Ich habe ihn nicht mehr danach gefragt. Wir sind geschieden.«

Eigentlich ging das Herrn Rosen überhaupt nichts an. Und wahrscheinlich würde er jetzt berichten, er sei ebenfalls geschieden. Fast jeder konnte heute auf dieses Statussymbol hinweisen. Aber er sagte nichts zu dem Thema und blieb überhaupt für hundert Meter stumm. Saskia fand es angenehm, durch die laue Nacht zu laufen und nichts antworten zu müssen. Bis sie selbst eine Frage hatte.

»Wie sind Sie eigentlich mit Andreas Aumüller verblieben?«

»Verblieben?«, fragte er zurück. »Wir haben nicht verabredet, uns nun häufig zu sehen oder so etwas. Das würde uns nur jedes Mal an ein unglückseliges Zusammentreffen erinnern. Nein, es war nur wichtig, dass wir uns wieder in die Augen sehen können.«

»Wir waren damals im Kollegium alle auf Ihrer Seite. Auch ich. Obwohl ich gestehen muss, dass ich im Allgemeinen nicht viel von Sportlehrern gehalten habe.«

»Ich erinnere mich«, sagte Cordt Rosen.

»Wollen Sie damit sagen«, fragte Saskia, »dass ich einen Dünkel gehabt hätte?«

»I wo! Keinen Dünkel.« Er lachte. »Sie fanden bloß alle anderen Menschen mehrere Nummern zu schlicht. Weiter nichts.«

Das durfte doch nicht wahr sein! Sie hatte sich stets um Kollegialität bemüht. Obwohl sie die meisten Kollegen als uninspiriert und unengagiert empfand. Sie hatte ohne Unterschied jedem freundlich geantwortet, auch wenn er den größten Unsinn behauptete. Hatte sich alle Argumente angehört und geduldig widerlegt. Um nun zu erfahren, dass sie als dünkelhaft gegolten hatte!

Sie waren am Hotel angelangt, aber Saskia hatte Lust, noch über damals zu reden. Sie stimmte sofort zu, als Cordt noch eine Runde durch die schöne laue Nacht vorschlug. Sie hängte sich bei ihm ein.

»Ich habe wohl damals als ziemlich zickig gegolten?«, fragte sie in der Hoffnung, er werde entrüstet widersprechen.

»Hauptsache«, antwortete er, »so was legt sich im Lauf der Jahre.«

Patsch! dachte sie. Wie charmant! Aber wahrscheinlich hatte er Recht.

»Aber wenn ich mal«, fuhr Cordt fort, »was ausgesprochen Positives sagen darf: Sie waren damals der Star unseres Ensembles. Wenn man so will, ein ausgesprochen attraktiver Lehrkörper. Die Damen des Kollegiums, wie zum Beispiel die Mutter unserer Klassenkameradin Hedwig, gaben sich sehr reserviert. Aber die Herren waren neidisch.«

»Neidisch? Auf wen?«

»Auf Wilfried.«

Auf Wilfried? Ja, hatte denn damals nicht nur die Klasse Bescheid gewusst, sondern buchstäb-

314

lich jeder? Vielleicht die halbe Stadt? Trotz aller Tarnung und Heimlichtuerei?

»Waren auch Sie neidisch?«, fragte sie.

»Natürlich.«

Sportlehrer! Ihre Kolleginnen, erinnerte sie sich, waren immer ganz versessen darauf, bei Konferenzen oder Ausflügen neben dem Kollegen Rosen zu sitzen.

»Wo leben Sie denn heute?«, fragte sie.

»Ganz in Ihrer Nähe.«

»Und was macht Ihre Frau?«

»Habe ich völlig aus den Augen verloren.«

Wenn er jetzt fragt, dachte Saskia, ob wir morgen zusammen nach Hause fahren sollen, dann wäre das für mich schon bequemer als die Reise mit der Bahn.

KAPITEL 81

»Bitte den Schlüssel von Frau König«, verlangte Julian beim Nachtportier.

Der schaute ihn prüfend an: »Sie sind … äh?«

»Ich bin ihr Sohn. So junge Liebhaber hat sie nicht.«

Der Portier griff zum Schlüsselbrett: »Tut mir leid, Frau König ist schon auf ihrem Zimmer.«

Scheiße! dachte Julian.

Bevor er anklopfte und die Türklinke niederdrückte, holte er tief Atem.

»Wo steckst du denn?«, rief seine Mutter. »Es ist fast ein Uhr nachts.«

»Macht doch nichts«, beschwichtigte er sie, »hier ist ja nicht Manhattan.«

»Aber du bist ja nicht erwachsen. Du bist noch so was Ähnliches wie ein Kind.«

»Schön wär's!«, rief Julian. »Dann wäre ich jetzt nicht verknallt.«

»Ich hab's befürchtet«, seufzte sie laut.

Seine Mutter war abgeschminkt und in ihrem seidenen Nachthemd. Julian fand sie schön, gerade wenn sie ungeschminkt und ungestylt war. Viel schöner als auf den grellen Blitzlichtfotos mit der grinsenden High Society, den aufgezickten mageren Ladys und den grau melierten beleibten Herren. Er wusste natürlich, auch er lebte ganz komfortabel vom Job seiner berühmten Mutter. Aber wenn er sich fragte, ob er selbst eines Tages so etwas machen wolle…

»Also erzähl!«, sagte sie und setzte sich auf die Bettkante.

»Wir müssen Malve helfen!«, drängte Julian sie.

»Das habe ich mir gedacht.«

»Überleg doch mal: Ihre Mutter ist pleite. Bald sitzt Malve auf der Straße. Und was machen wir dann? Siehst du, da fällt dir nichts ein.«

»Es ist auch nicht unmittelbar mein Problem.«

»Aber meins!«

»Wieso deins? Ich meine, dein Vater pfeift auch auf dem letzten Loch und möchte lieber nicht zahlen. Kümmert sich Malve etwa darum?«

»Sie ist doch ein Mädchen!«

»Und schwört sicher auf Emanzipation.«

»Das habe ich jetzt nicht verstanden«, sagte Julian.

»Es war auch keine qualifizierte Äußerung. Aber ganz im Ernst: Was geht uns das Problem von Wally an?«

Das konnte nicht ihre wirkliche Meinung sein!

Sie wollte ihn auf die Probe stellen. Ausgerechnet seine Mutter, die sich für alle in der Luft zerriss.

Den ganzen Abend hatte er mit Malve diskutiert. Gern hätte er ein bisschen mehr geknutscht und gefummelt. Aber er sah ein, dass es nicht der Moment war. Was würde passieren, wenn die Kneipe geschlossen und die Wohnung verlassen werden musste? Wer nahm eine Frau auf mit einer halbwüchsigen Tochter, ohne Einkommen, dafür mit Schulden bis über den Kopf? Sie hatten Pläne gewälzt und waren immer wieder bei Wilfried Honnegger gelandet. Alle anderen hatten kein Geld oder nichts zu sagen, meistens beides.

»Wir haben beschlossen«, berichtete Julian, »Malve stiefelt gleich morgen zu eurem Big Boss und bittet ihn um Hilfe.«

»Ach ja? Und der zückt seine Brieftasche und drückt ihr ein Bündel Tausender in die Hand.«

»Nee, so nicht. Aber wer soll denn sonst was tun? Willst du vielleicht einen Aufruf loslassen in irgendeinem eurer Käseblätter?«

Julian war plötzlich sauer auf seine Mutter. Wollte sie einfach nicht verstehen? So oder so, Malve würde sich morgen anständig anziehen und höflich anmelden und Herrn Dr. Honnegger die Ausweglosigkeit schildern.

»Ich finde euch sehr mutig«, sagte seine Mutter. »Wenn es klappt, kann Malve ihm sagen, machen wir darüber eine Story.«

»Nix da!«, rief Julian, »das wird sie ihm nicht sagen. Er macht's für Malve und ihre Mutter, oder er lässt es eben.«

Seine Mutter deckte die Betten auf: »Wir sollten jetzt schlafen gehen. Es war ein endloser Tag. Und immerzu war ich für alles zuständig.«

»Das brauchst du doch«, sagte Julian.

Er ging ins Badezimmer, Zähne putzen, Haare kämmen, Hände waschen. Disziplin eines Internatsschülers. Was war er froh, gestern kurz entschlossen mit der Bahn hierher gefahren zu sein. Am Telefon hätte er seine Mutter nie und nimmer überzeugt, nur auf diese brachiale Art und Weise.

Jetzt auch noch das Glück, Malve getroffen zu haben! Schade, er konnte sie morgen nicht einfach mit nach Hause nehmen. Aber irgendwelche Ferien standen immer vor der Tür.

Julian kam ein Gedanke: Malve und er hatten heute etwas ausbaldowert, ohne vorher zu fragen. Einfach auf eigene Faust. Konnte es sein, dass eine Cornelia König so etwas nicht vertrug? Denn wo ein Problem war, da war auch sie nicht weit!

Sie gingen zu Bett und löschten bald das Licht, der Tag war wirklich lang gewesen.

»Genau genommen«, sagte Julian, »haben wir die Idee mit dem Honnegger dir zu verdanken.«

»Wieso?«, fragte sie.

»Wir haben überlegt: Was würdest du jetzt tun?«

»Aha? Das ist ja interessant.«

»Ist es auch. Denn plötzlich wussten wir: Honnegger! Du würdest Honnegger fragen. Es muss eine Art Gedankenübertragung gewesen sein.«

»So was gibt es«, sagte sie.

KAPITEL 82

»Sie dürfen die Dame zu mir lassen.«

Weiblicher Besuch auf dem Hotelzimmer, da spürte man sogar durchs Telefon das Augenzwinkern des erfahrenen Portiers. Selbst wenn es noch ein halbes Kind war, das sich da anmeldete.

Wilfried bat Frau Mausbach, so lange auf ihr Zimmer zu gehen: »Das glaubt die Kleine nie, dass ich meine Assistentin am Sonntagmorgen zur dienstlichen Besprechung gebeten habe.«

Malve Masebach klopfte mäßig forsch und trat ein. Sie hatte sich schick gemacht. Mein Gott, wann sah man das heute noch, da die Mädels meistens in trostlosem schlabbrigem Schwarz uniformiert waren? Sie hatte sich wirklich in ein geblümtes Kleid gesteckt, das sogar einen harmlosen Ausschnitt andeutete. Nur die klobigen Treter passten nicht recht dazu.

Wilfried wollte nicht gleich nach dem Grund des Besuchs fragen, den er sich ohnehin vorstellen konnte.

»Einen Drink?«, fragte er mit der lässigen Geste eines Harald Juhnke. »Alkoholfrei natürlich.«

Malve nickte rasch. Sie wirkte hinter der Fassade nervös.

Aber sie fragte etwas: »Fanden Sie das Klassentreffen zum Aushalten?«

»Ja. Erst wollte ich nicht kommen. Dann wollte ich später kommen. Dann wollte ich früher abreisen. Aber mit einem Mal habe ich mich sauwohl gefühlt.«

»Warum?«

»Schwer zu sagen.«

»Versuchen Sie's doch mal!«

Sie war ja nicht direkt auf den Mund gefallen. Wilfried prostete ihr mit einem Campari Soda zu, den durfte man sich an einem freien Sonntagmorgen erlauben.

»Also, warum? Erstens fühlt man sich auf Anhieb wohl unter Leuten, die man schon so lange kennt. Da muss man auch nichts verbergen.«

»Was müssen Sie denn zum Beispiel anderswo verbergen?«

»Nun, was man inzwischen falsch gemacht hat.«

»Haben Sie was falsch gemacht?«

»Fräulein Malve Masebach! Wollen Sie mich verhören? Zweitens, wenn du mich das noch sagen lässt, ist es ungeheuer angenehm, sich mal für ein Wochenende aus allen seinen so genannten Pflichten auszuklinken.«

»Also glauben Sie nicht, dass die Bank ohne Sie zusammengebrochen ist? Das ist gut. Ich habe nämlich ein Anliegen.«

»Ich ahne es«, sagte Wilfried.

Warum hatte nicht Wally selbst ihn angesprochen? Nur aus Stolz? Sie musste doch wissen, wie es um ihr Lokal stand. Oder hatte sie die Realität schon völlig verdrängt? Das gehörte ja zu ihrem Krankheitsbild. Nun traute sich das kleine Mädchen vor und warf sich in die Bresche. Es musste sie viel Überwindung gekostet haben.

»Ich weiß«, sagte er, »dass euer Lokal eigentlich am Montag geschlossen werden müsste.«

»Am Dienstag«, verbesserte Malve. »Montag ist sowieso Ruhetag.«

»Jedenfalls so schnell wie möglich. Ich glaube jedenfalls nicht, dass es in dieser Form zu halten ist.«

»Meinen Sie, in anderer Form?«

Die Kleine war wirklich hellwach! Sogar einige seiner Vorstandsmitglieder hatten nicht die Gewohnheit, ständig wie aus der Pistole geschossen die richtigen Fragen zu stellen. So ein junges Talent musste man eigentlich fördern.

»Was willst du übrigens mal werden?«, fragte er.

»Ich weiß nicht. Echt keine Ahnung. Doch, vielleicht mach' ich 'ne Banklehre. Wenn ich irgendwo genommen werde.«

Wilfried musste lachen. Raffiniertes kleines Biest!

»Aber erst das Abi«, sagte er. »Und was das Lokal angeht: Ich kann nicht einfach die Schulden deiner Mutter übernehmen.«

»Sind das für Sie nicht Peanuts?«, fragte sie.

»Bitte!«, rief Wilfried: »Komm mir nicht mit diesem verdammten Wort!«

»Ich dachte, so was machen Sie aus der Portokasse.«

»Fräulein Malve Masebach! Wenn das rauskäme, würde die gesamte Presse aufschreien: Vetternwirtschaft!«

»Basenwirtschaft«, verbesserte Malve.

»Okay. Ich werde mich der Sache annehmen. Genügt das für heute?«

»Wenn Sie's nicht vergessen.«

Wilfried hob wieder mal die Hand zu einem Schwur: »Großes Indianerehrenwort!«

»Ich bin Ihnen zu aufrichtigem Dank verpflichtet«, sagte Malve etwas theatralisch und wollte sich verabschieden.

»Warte mal, ich hab noch was für dich.«

Wilfried Honnegger suchte in seinem rindsledernen schwarzen Aktenkoffer und fand nur allerlei Papiere, die er übers Wochenende hatte bearbeiten wollen. Mausi musste mal wieder umgeräumt haben. Endlich, in einem Seitenfach, wurde er fündig. Er überreichte Malve feierlich ein Sparbuch.

»Sind fünfzig Euro drauf«, erklärte er. »Das ist

natürlich ein Trick, um junge Kunden zu gewinnen.«

»Danke. Vielleicht funktioniert's ja bei mir. Haben Sie eigentlich Kinder?«

»Ja. Zwei. Zwölf und vierzehn.«

»Und wie heißen die?«

»Wanja und Rusalka.«

»Wow!«, rief Malve. »Was Deutsches ist Ihnen wohl nicht eingefallen?«

»Sie hießen schon so, als wir sie aus dem Waisenhaus holten.«

»Ach so. Entschuldigung. Konnten Sie keine eigenen Kinder kriegen?«, fragte sie voller Anteilnahme.

»Nein.«

»Und an wem lag's?«

Wilfried gab Malve die Hand: »Ich glaube, wir müssen uns jetzt fertig machen für den Friedhof.«

An der Tür verabschiedete sie sich artig: »Ich glaube, Sie sind gar kein richtiger Kapitalist.«

Doch, das Mädchen musste man fördern. Vielleicht wurde sie eines Tages sogar Vorstandsassistentin.

Er rief Frau Mausbach an: »Ich muss auf den Friedhof. Bitte mit Bodyguards. Sonst heißt es noch, ich brauche überhaupt keinen Schutz mehr. Und Sie halten hier die Stellung.«

»Den Herrn Minister wollen Sie bestimmt umgehend zurückrufen?«

»Natürlich. Morgen als Erstes aus dem Büro. Aber ich will nicht Staatssekretär werden.«

»Es ging um Fußball«, erklärte ihm Frau Mausbach.

»Soll das etwa heißen, er will mich nicht mehr als Staatssekretär?«

322

KAPITEL 83

»Herrgott, wo ist denn nun dieses Grab!«, rief Cornelia ungeduldig.

»Ich sag doch«, antwortete Wally: »Genau hier muss es sein!«

»Hier ist es aber nicht.«

Das war, fand Amadeus, eine völlig logische Antwort.

Seit einer guten Viertelstunde trotteten sie, ungefähr fünfzehn Leute, durch die Reihen der Gräber und lasen Inschriften. Immer wieder kam Amadeus ein Name bekannt vor, das war nicht verwunderlich, wenn man seit fast fünfzig Jahren in einer mittelkleinen Stadt lebte. Was sie suchten, fanden sie allerdings nicht: das Grab von Anita Kramer, die in der dreizehnten Klasse Selbstmord begangen hatte.

»Wally, du wolltest das mit dem Grab doch vorher checken«, sagte Conny ungeduldig. »Jedenfalls hast du's versprochen.«

»Mensch, ich war ja auch hier.«

»Wann?«

»Vor kurzem.«

»Wann? Vor zwei Jahren? Du solltest vorige Woche noch mal nachschauen.«

Amadeus' Eltern, die zu früh gestorben waren, lagen auch auf diesem Friedhof, in einer anderen Abteilung. Die Grabstätten, das wusste er, wurden laut Friedhofssatzung auf dreißig Jahre verpachtet, dann musste man verlängern. Wenn man das versäumte, klebte für einige Zeit ein Zettel auf dem Grabstein, man möge in der Verwaltung vorsprechen. Irgendwann wurde das Grab aufgelassen. Anita war vor dreißigeinhalb Jahren beerdigt worden.

323

Ruslan hatte die ganze Zeit den Kranz getragen mit der Schleife: »In Erinnerung, deine Klasse 13b«. Jetzt legte er ihn mit müden Armen am Rande des Weges nieder. Sie standen herum. Ratlose Gesichter.

»Auch wenn ich mich jetzt unbeliebt mache«, sagte Conny: »Das ist einfach unprofessionell.«

»Es ist nicht mein Beruf«, erwiderte Wally, »Gräber aufzuspüren.«

»Leider, meine Liebe, kriegst du überhaupt nichts auf die Reihe.«

»Hau nur richtig drauf!«, schluchzte Wally. »Ich hab zu tun gehabt, das Essen für euch vorzubereiten. Ich konnte mich nicht um alles kümmern.«

»Ist ja gut«, versuchte Conny zu beschwichtigen.

»Das Grab ist wahrscheinlich nach dreißig Jahren aufgelassen«, erklärte Amadeus.

»Was machen wir jetzt mit dem teuren Kranz?« fragte Ruslan.

»Den nimmst du mit nach St. Petersburg«, schlug Konrad Ziese vor, »und hängst ihn in deinen Flur.«

Amadeus lachte. Das war natürlich eine Anspielung auf damals. Es war nun mal so: Alle hatten gewusst von Anitas Liebe zu Ruslan. Freilich hatten sie es für eine der tausend Geschichten gehalten, mit glänzenden Augen und klopfendem Herzen, auch mit glitzernden Tränen, wenn es wieder zu Ende war. Jedem passierte das! Für Anita war es tiefer Ernst gewesen. Aber das hatten sie erst hinterher begriffen.

Ruslan hob den Kranz wieder auf und hielt ihn unschlüssig in den Händen. Ein Kranz ohne Grab, dachte Amadeus, machte wirklich keinen Sinn. Wohin damit? In den Drahtkorb für die abgeblühten Blumen? Das wäre pietätlos gewesen. Auf ein fremdes Grab? Das hätten die Angehörigen nicht so gut gefunden. Zurück in die Friedhofsgärtnerei? Konnte die, bei allem Geschäftssinn, einem anderen Toten einen gebrauchten Kranz zumuten? Amadeus beneidete Ruslan nicht.

Auf dem Weg zum Ausgang überholte er Wally, die verbissen wirkte, und schloss zu Ruslan auf: »Sag mal, macht dir der Gedanke an Anita noch Schwierigkeiten?«

Ruslan hielt den Kranz fest und trottete schweigend über den knirschenden Kies.

»Hör mal, Ruslan, nach über dreißig Jahren kann man doch darüber reden.«

»Das macht sie doch auch nicht mehr lebendig, oder?«

Am Ausgang des Friedhofs setzte Ruslan den Kranz ab und lehnte ihn an einen Pfosten des Tores. Er zog die Schleife ab, die mit zwei Drahtklammern im Tannengrün befestigt war, strich sie glatt und faltete sie zusammen. Er steckte sie in seine Jackentasche. Die anderen schauten zu und sagten nichts.

Auf dem Parkplatz bestiegen sie die Autos, Amadeus nahm, wie schon auf der Herfahrt, Ruslan mit.

»Was glaubst du eigentlich«, fragte Ruslan kurz vor Pius' Kirche, »warum ich meine Tochter Anita getauft habe? Das ist nicht sehr gebräuchlich in Russland.«

325

KAPITEL 84

Wenn sein Herz daran hing!

Konrad Ziese war, wie er es nannte, nur knapp katholisch. Mit elf herauskommuniziert aus seiner Heiligen Römischen Kirche. Das Fest samt Geschenken noch mitgenommen. Aber die Vorstellung hatte ihn erschreckt, vor seinen Freunden und vor dem Mädchen seiner Träume als Messdiener in so einem Hemd aufzutreten und Schwaden von Weihrauch zu verbreiten. Seine Eltern mussten ihn gewähren lassen.

Pfarrer Pius hatte sich in den Kopf gesetzt, heute für seine alte Schulklasse eine Messe zu zelebrieren. Bitte, warum, nicht? Es wäre ähnlich, wenn er selbst, Oberstleutnant Ziese, in Anwesenheit seiner Klassenkameraden einen Großen Zapfenstreich bekäme. Den konnte er natürlich nicht bekommen, weil die Sterne auf seinen Schulterklappen zwar die richtige Zahl hatten, aber die verkehrte Farbe.

So strebte also die Klasse der Kirche zu und das Treffen unwiderruflich seinem Ende. Hatte es sich gelohnt herzukommen? Hatte es irgendeine Erkenntnis gebracht? War es nicht doch nur ein Wettstreit, ein Schaulaufen gewesen: Was habe ich erreicht, was habt ihr nicht erreicht?

Nein, nein! Es war schön gewesen. Ab und zu brauchte man wohl dieses berühmte Wisst-ihr-noch? Nicht dauernd, aber vielleicht in fünf Jahren wieder. Warum hatten sie beim ersten Mal dreißig Jahre verstreichen lassen?

In Pius' Kirche war Konrad damals nie gewesen. Warum auch? Man verlief sich nicht in fremde Gemeinden. Und schon gar nicht in einen Bau, der unter kunsthistorischen Gesichtspunkten nicht existierte. Ein neuer Außenanstrich, fand Konrad, hätte gut getan, aber das grundsätzliche Problem nicht gelöst.

Gerade wollten die Ersten eintreten, da sprang ein dicklicher Mann aus der Kirchentür und zielte wortlos mit seiner Pistole auf Wilfried Honnegger, der in schneller Reaktion zur Seite sprang.

Konrad rannte ein paar Schritte auf den Attentäter zu, aber Wilfrieds Bodyguards waren fixer. Der eine entrang dem Mann mit geübtem Griff die Waffe, der andere schmiss ihn mit einem Schulterwurf zu Boden und trat ihm auf den Hals. Ruck, zuck! ihren Job erledigt, dachte Konrad, wirklich gute Leute! Sie hatten nicht einmal ihre Waffen aus dem Holster gerissen.

»Otto!«, rief Conny. »Bist du übergeschnappt?«

Der eine Leibwächter durchsuchte den Mann mit raschen, derben Griffen nach weiteren Waffen. Dann riss er ihn am Kragen hoch und stellte ihn auf die Füße.

Der zweite Leibwächter hatte die Waffe untersucht: »War nicht geladen«, stellte er knapp fest.

»Natürlich nicht«, stöhnte Otto und rieb sich die schmerzende Schulter. »Ich wollte ihn ja nicht totschießen.«

Wilfried trat vor ihn: »Was wolltest du denn sonst?«, fragte er barsch.

»Es war ein Joke.«

»Aber ein beschissener!«, rief Wilfried erregt. »Ich wäre in meinem Job bekanntlich nicht als Erster abgeknallt worden.«

»Aber Otto ist doch kein Terrorist«, versuchte Amadeus zu beschwichtigen.

Konrad fand Ottos Aktion in keiner Weise komisch. Wollte der kleine Bankangestellte auf diese mäßig originelle Weise seinen obersten Dienstherren darauf aufmerksam machen, dass es da noch einen alten Klassenkameraden gab? Das hätte er hausintern tun können, am besten durch herausragende Leistungen. Oder wenigstens beim Klassentreffen. Das hatte er geschwänzt, und Konrad ahnte jetzt den Grund. Diese kindische Aktion eben! Otto schien nicht mehr ganz richtig im Kopf.

»Sollen wir jetzt hier rumstehen?«, fragte Conny. »Pius und der liebe Gott warten.«

»Oh, forget it!«, sagte Wilfried. »Ihr versteht bitte, dass ich abreisen möchte. Und zwar sofort. Ich wünsche euch noch einen gesegneten Abschluss.«

Er gab Conny die Hand und winkte den anderen zu. Seine Bodyguards folgten ihm unauffällig.

»Weißt du was, Otto?«, sagte Conny verächtlich. »Du bist ein echtes Arschloch. Wenn ich Wilfried wäre, würde ich dir fristlos kündigen lassen.«

»Es war wirklich ein Joke.«

»Das müssen wir ihm glauben«, meinte Amadeus.

Er nahm Otto beim Arm und zog ihn hinein in die Kirche.

Diese Chaoten! dachte Konrad Ziese im Hineingehen. Man stelle sich vor, sie wären mit wirklichen, mit harten Problemen konfrontiert. Man stelle sich vor, wir schickten Otto oder Amadeus mit unseren Jungs ins Kosovo. Man stelle sich das bloß einmal vor! Solche schlappen Kerle konnten doch nur hier überleben, in ihrem kleinbürgerlichen Biotop.

Die Kirche war mäßig gefüllt, vielleicht zu einem knappen Drittel, wie Konrad überschlug. Pius würde ab morgen berichten, es habe kaum mehr

Sitzplätze gegeben, und nach ein paar Wochen hatten die Leute bis in den Mittelgang gestanden.

Konrad nahm Hilde beim Arm und schob sie in die zweite Bankreihe.

»Ist es voll geworden?«, fragte sie.

»Nicht sehr«, erwiderte Konrad.

»Das habe ich mir gedacht«, sagte Hilde. »Unser Freund Pius gilt auch nicht gerade als ein feuriger Rhetoriker. Die Sache mit seiner Senta bringt ihm auch keine Pluspunkte. Die einen verachten ihn, weil er als Priester eine Freundin hat, die anderen, weil er sich nicht zu ihr bekennt.«

Konrad schüttelte verwundert den Kopf: Richtig spannend war es ja hier. Gemälde menschlicher Leidenschaften! Warum musst du eigentlich immer wieder hinaus in diese aufgeregte Welt?

KAPITEL 85

»Was war denn da vorhin genau los?«, erkundigte sich Hilde, als Konrad neben ihr in der zweiten Bankreihe Platz genommen hatte. »Ich habe bloß herausgehört, dass jemand auf Wilfried schießen wollte.«

»Otto war das«, erklärte Konrad. »Es war nicht ganz so dramatisch, die Waffe war ungeladen. Aber dramatisch erscheint mir Ottos Geisteszustand.«

»Ach, unser Otto«, seufzte Hilde. »Ich habe schon damals nicht für möglich gehalten, dass der sich normal entwickelt.«

»Warum ist er dann so was Stinknormales geworden: Bankangestellter?«

329

»Das kapiere ich ja auch nicht. Vielleicht wollte er mit Gewalt normal werden.«

Seit sie wieder in ihrer Stadt lebte, war Hilde manches Mal auch von Otto auf der Straße angesprochen worden. Die anderen hatten fast immer Zeit für einen Schwatz, Otto rannte stets nach ein paar Sätzen weiter. So furchtbar wichtig, dachte sie, kann der Kerl doch unmöglich sein.

»Und was machen wir nun mit Otto?«, fragte sie. »Soll Wilfried den Vorfall auf sich beruhen lassen?«

»Was soll er sonst tun?«, fragte Konrad: »Anzeige erstatten? Als Zeuge vor unserem Amtsgericht auftreten? Durch die Presse gezerrt werden mit der skurrilen Story? Es ging ja vorhin alles so fix, dass es bloß ein paar von uns mitgekriegt haben.«

Da hatte Konrad Recht. Aber wenigstens in seiner Bank musste Otto doch mit Konsequenzen rechnen. Gerade jetzt, da man dort von Veränderungen munkelte. Dieser blöde Kerl!

In die Kirche ging Hilde jeden Sonntag, in den Gottesdienst ihrer evangelischen Gemeinde. Wenn sie ehrlich sein sollte, war es vor allem ein regelmäßiger Anlass, aus dem Haus und unter Leute zu gehen. Zu groß die Versuchung, sich aus Bequemlichkeit in die vier Wänden einzuigeln. Freilich waren die Predigten der jungen Pastorin erfrischend und bedenkenswert. Über Pfarrer Pius wurde solches in der Stadt nicht kolportiert.

Die Messe wurde eingeläutet. Hilde war nicht vertraut mit dem Zeremoniell der konkurrierenden Konfession. Wenn sie früher aus Interesse einer Messe beiwohnte, auf Reisen in katholische Länder, hatte sie sich einfach dem häufigen Auf und Nieder ihrer Nachbarn angeschlossen. Jetzt bat sie Konrad, sie jedes Mal anzustoßen. Sie

330

wollte nicht einfach sitzen bleiben, sie wollte immer und überall möglichst normal erscheinen.

Während Pius zelebrierte, kam Hilde ins Sinnieren. Ihr Tonband, das hätte sie gern ein zweites Mal vorgeführt, um jeden zu fragen: Warum hast du einen ganz anderen Weg eingeschlagen? Einen anderen Beruf ergriffen? Dir zu viel zugetraut? Dein Talent überschätzt? Angst vor der eigenen Courage bekommen? Angst, davon nicht existieren zu können? Wann war die Erkenntnis gekommen, dass Beruf auch zu tun hatte mit schnödem Broterwerb? Ja, es hätte viel zu diskutieren gegeben. Nächstes Mal!

Die Stimme von Pius mit einem Satz, der Hilde aufmerken ließ: »Ich höre, einer unserer Freunde hat uns vor Beginn der Messe verlassen. Weil ein anderer sich einen üblen Scherz mit ihm erlaubt hat. Dieser Jemand ist bei uns geblieben. Ich frage euch: Wie urteilen wir darüber?«

Ja, wie urteilen wir denn wohl darüber? Der kluge Hirte wird seinen dummen Schafen schon erklären, wie sie darüber zu denken haben. Uns Dummchen bräuchte er doch gar nicht danach zu fragen.

»Jesus würde verzeihen«, stellte Pius fest. »Jesus ist mit den Schwachen. Jesus verzeiht ihnen. Er verzeiht ihnen lieber als den Starken.«

Schade, dachte Hilde, dass er jetzt nicht hier ist! Vielleicht würde Jesus seinem Diener Pius widersprechen. Otto in den Senkel stellen für seine Bösartigkeit und Wilfried loben für seine nachsichtige Verzeihung. Vielleicht würde er widersprechen: Er sei keineswegs von vornherein für die Erfolglosen, er prüfe jeden unvoreingenommen, dabei falle manchmal sein Wohlwollen auf einen Erfolrei-

chen. Und wie käme Pius eigentlich dazu, ihm vor-
zugreifen? Aber zum Glück für die Geistlichkeit
kam Jesus nicht zurück.

»Auch wenn der eine unserer Freunde«, fuhr
Pius fort, »sich in der ersten Erregung nicht in der
Lage sah zu verzeihen: Der Herr wird ihn dazu bewegen. Der andere, liebe Gläubige, steht für die
vielen in unserem Lande, die schwindlig geworden sind beim Tanz ums Goldene Kalb. Sie können nicht mithalten im Wettstreit um Erfolg. Sie
haben nicht die Fähigkeiten, die gerade verlangt
sind. Die in sind, wie man so sagt. Das lässt manchen vielleicht zu völlig unsinnigen Mitteln greifen. Aber wir sollten erkennen: Das sind Hilferufe!
Lasset uns beten für alle Benachteiligten unserer
unbarmherzigen Gesellschaft!«

O Gott! dachte Hilde. Einen besseren Abschluss
hätte das Klassentreffen wohl verdient gehabt.

Ihr Banknachbar Konrad entschuldigte sich
und quetschte sich an ihr vorbei. Wo wollte er hin?
Was hatte er vor? Immer noch gab es Dutzende Situationen jeden Tag, in denen Hilde gern gesehen
hätte, was sie nur hören konnte.

»Lieber Pius«, hörte sie Konrad sagen, mit kräftiger Stimme, wohl ohne Mikrofon, »es ist, wie ich
natürlich weiß, nicht üblich, eine Zeremonie wie
diese zu unterbrechen. Aber ich erlaube es mir als
alter Gefährte. Du hast von unserer unbarmherzigen Gesellschaft gesprochen. Nun, ich bin gerade
mit unserer KFOR-Einheit ein Dreivierteljahr im
Kosovo gewesen. Ich will nicht berichten, was ich
gesehen und gehört habe, in Pristina und in Priz-
ren und in Mitrovica und in den Dörfern der
Berge. Aber ich kenne die Geschichten der Kinder,
deren Väter vor ihren Augen erschossen und de-

ren Mütter vergewaltigt wurden. Ich weiß, dass die meisten Deutschen davon nichts hören wollen. Sie haben ja selbst ihre Probleme zu bewältigen. Lanzarote ist schon wieder ausgebucht. Ich will nur sagen: Der Herr meint es gut mit uns! Ich danke.«

Hilde hätte ums Haar Beifall geklatscht an diesem geheiligten Ort, aber sie hielt sich gerade noch zurück. Die lange Pause nach Konrads Worten, kaum durch Geflüster gestört, ließ erkennen, dass etwas Ungeheuerliches vorgefallen war. Konrad drängte sich zurück auf seinen Platz. Hilde suchte nach seiner Hand und drückte sie fest.

KAPITEL 86

»Hat es euch denn ein bisschen was mit auf den Weg gegeben?«, fragte Pius draußen vor seiner Kirche.

»Ganz sicher!«, beteuerte Conny. »Ich spüre es, ich habe richtig einen seelischen Vorrat angelegt.«

Du und dein loses Maul! dachte Pius. Aber so war sie nun mal. Verloren für den Ernst des Lebens. Man durfte sie einfach nicht ernst nehmen.

Die Klasse stand in der Mittagssonne vor dem Kirchenportal, als könne sich niemand entschließen, mit dem Verabschieden zu beginnen.

Pius ergriff die Initiative: »Ich sollte sagen: Nun geht mit Gott! Aber ich sage einfach: Nun macht euch auf die Socken! Es war nett mit euch.«

Er begann bei Conny: »Schönen Dank für deine Initiative. Leider habe ich dafür keinen Orden zu vergeben.«

»Ich weiß. Aber dein Segen genügt mir.«

333

»Conny, wann wirst du endlich seriös?«

Er schüttelte Hände.

Waltraud entschuldigte sich: »Tut mir leid, die Sache mit Anitas Grab. Das habe ich wirklich versaubeutelt. Ich werde Buße tun!«

»Übernimm dich nicht! Wo ist übrigens unser Freund Bodo geblieben?«

»Oh, er hat gestern Abend bei uns noch ein Bierchen genommen und schläft.«

»Wally, Wally, ich glaube, ich muss mich mal um euch fröhliche Zecher kümmern.«

Er schüttelte die Hände von Hedwig, von Sissi, von Ute, von Lukas, von Heiner.

»Du wirst mir nicht verzeihen«, sagte Konrad, »dass ich vorhin deine geheiligte Zeremonie gestört habe. Aber mir brennt das Thema einfach auf der Seele.«

»Es war schon ungewöhnlich«, erwiderte Pius etwas streng, um mit Milde anzufügen: »Aber wenn es dich erleichtert hat.«

»Du hast Recht, mehr war es nicht. Und es war der verkehrte Rahmen. Man müsste so was nicht vor deinen paar ergrauten Schäfchen tun, sondern live bei Gottschalk. Aber da komme ich nicht so leicht hin.«

Andreas hatte sich mit seinem Rollstuhl wieder aus der Kirche bugsieren lassen. Pius fand, es war wirklich Zeit, eine Rampe anzulegen, beantragt war sie seit vier Jahren. Wahrscheinlich musste man die Bürokraten des Bistums beschämen, indem man ein paar junge Gläubige zusammentrommelte und die Sache ruck, zuck! selbst erledigte.

Amadeus, Hansjörg, Ruslan, Saskia Weseler und Cordt Rosen, Frau Dr. Canisius. Wirklich, Conny hatte enorm was auf die Beine gestellt!

»Hilde, ich will ja niemanden abwerben, aber hin und wieder kannst du auch zu unserer Messe kommen. Wir leben schließlich im Zeitalter der Ökumene.«

»Danke, Pius, sehr freundlich von dir«, erwiderte Hilde vorsichtig, »aber eure Zeremonie ist mir doch sehr fremd. Und da ich nichts sehen kann, stehe ich garantiert immer an den verkehrten Stellen auf.«

»Ich weiß schon, was der eigentliche Grund ist: Du liebst mehr die überschäumenden, temperamentvollen Feiern bei euch Evangelischen.«

Wie konnte man Editha etwas Tröstendes auf den Heimweg geben? Mein Gott, das Leben endete ja nicht mit dem Ablauf der letzten Legislaturperiode. Es sollte sogar Menschen geben, die außerhalb des Landtags ein sinnvolles Dasein führten. Und Niederlagen hatte jeder einzustecken. Davon wusste Pius gerade heute ein Lied zu singen.

»Kopf hoch, Frau Abgeordnete!«

Otto stand als Letzter unschlüssig da.

Pius nahm ihn am Arm: »Otto, was du dir heute geleistet hast, geht einfach nicht. Da kann ich tausendmal mit der Autorität meines Amtes um Verständnis und Vergebung werben. Jeder vernünftige Mensch wird sagen: Der Kerl hat ein Rad ab! Ach was: Der hat alle vier Räder ab!«

»Pius! Es war ein Joke!«

»Aber wenn wir allesamt das nicht verstanden haben, lag es vielleicht doch an dir. Du hast nämlich seit jeher das Problem, dass es immer die anderen gewesen sind. Niemals du.«

»Ein bisschen was ist da aber dran«, wandte Otto ein.

»Ach was! Otto, du weißt, wir waren nie die

dicksten Freunde. Aber ich helfe dir gern. Das ist sozusagen mein Job. Ich besorge dir auch einen wirklich guten Psychiater.«

»Das lass mal lieber«, antwortete Otto. »Du hast ja selbst ein paar Probleme.«

Otto hob die Hand zum Gruß und ging. Pius schaute ihm nach. Er wirkt schon äußerlich unglücklich, dachte er, mit seinem schlurfenden Gang und seinen hängenden Schultern. Aufgeschwemmt, ungepflegt. Man musste sich um ihn kümmern. Bloß nicht heute.

Pius kehrte zurück in seine Kirche. Die Messdiener hatten ihre Gewänder abgelegt und verabschiedeten sich rasch, wohl um nicht noch eine Aufgabe zugeteilt zu bekommen. Arbeit gab es nämlich genug, man musste nur mal genauer in die Ecken und Winkel schauen, gar in den Keller oder auf den Dachboden. Es war Zeit, sich endlich wieder diesen völlig profanen Dingen zuzuwenden. Aber man musste eben den Kopf frei haben.

Pius stand vor dem Altar. Wenn er gleich in seine Wohnung kam, wusste er, war Senta mit ihrem Jungen gegangen.

Ein Zettel lag vielleicht auf dem Küchentisch. Früher wäre er in einer Situation wie dieser vor dem Altar auf die Knie gefallen und hätte seinen Herrn um Rat gefragt. Doch was hätte der ihm jetzt noch empfehlen sollen? Pius war nicht stark genug gewesen, um sich zu Senta zu bekennen, sie freilich nicht einsichtig genug, um seinen Konflikt zu verstehen.

Dieses Kruzifix auf dem Altar war ein Werk von Hansjörg Maslowski. Eine ziemlich grobe Arbeit, aber so war die Auffassung des Künstlers und überhaupt der Zeit. Man arbeite heute nicht mehr wie Tilman Riemenschneider, hatte Hajö kategorisch erklärt. Wie solltest du wohl auch? hätte Pius beinahe gefragt.

Dieses Klassentreffen, überlegte Pius, es hat mir kein Glück gebracht. Aber wem hatte es überhaupt irgendetwas gebracht? Wer war heute glücklicher als gestern oder vorgestern? Doch, einige gab es, die sich wieder gefunden hatten. Wenigstens das.

Er riss sich von seinem Arbeitsplatz los. Er stieg die Treppe seines Pfarrhauses hinauf in seine Wohnung. Er sah auf dem Küchentisch den erwarteten Zettel: »Adieu, Pius!« Nichts weiter. Nichts über Sentas Ziel. Keine neue Anschrift. Nur: »Adieu, Pius!«

Nein, am Klassentreffen lag es nicht. Alles wäre in jedem Fall genauso gekommen. Vielleicht einen Monat später oder zwei. Aber nicht anders. Du hattest eben keinen Mut, dachte Pius.

Auf dem Küchenherd stand ein Topf Gemüsesuppe, die brauchte er nur aufzuwärmen.

KAPITEL 87

»Ja, ich komm dich in den Ferien besuchen. Indianerehrenwort! Und wir telefonieren. Gleich heute Abend, wenn ihr angekommen seid. Ob ich dir schreibe, weiß ich nicht, das tut heute kein Schwein mehr.«

Malve versprach alles. Sie spürte jetzt sogar ein bisschen Abschiedsschmerz. Auch wenn sie nicht das Gefühl hatte, Hals über Kopf in diesen Julian verliebt zu sein. Er war ein netter Typ, ziemlich hübsch, ziemlich lieb, ziemlich intelligent. Bloß eben ein wenig aufdringlich. Als Frau wollte man schon erobert werden, aber nicht über den Haufen gerannt.

Im Übrigen hatte Malve ihren Kopf die meiste Zeit ganz woanders. Solange ihre Mutter in der Kirche war, hatte sie die Küche auf Trab gebracht für die erhofften Mittagsgäste. Sie verstand nichts von betriebswirtschaftlicher Kalkulation, hatte sich bis vor ein paar Tagen aus allem herausgehalten, war auch herausgehalten worden. Aber dass zwei besetzte Tische ein Lokal für einen halben Tag ernährten, das konnte auch sie sich nicht vorstellen.

Oben in ihrem Zimmer war Julian ihr gleich wieder um den Hals gefallen, diesmal hatte sie sich nur noch pro forma gewehrt.

»Warum«, fragte sie, »soll eigentlich ich dich besuchen? Warum kommst du nicht zu mir? Es ist genau gleich weit.«

»Aber bei uns ist alles einfacher. Meine Mutter ist toleranter. Und viel auf Achse.«

Gut herausgeredet! In Wahrheit, dachte sie, stinkt ihm mein Milieu. Diese abgetakelte Kneipe, mit Bierdunst und Zigarettenqualm. Und sie konnte es sogar verstehen.

Malve war gespannt, ob Big Boss Honnegger tatsächlich etwas unternahm. Noch hatte sie ihrer Mutter nicht berichten können über den Vorstoß von heute Morgen. Sie hatte riesigen Bammel davor, denn Wally würde aus der Haut fahren. Aber da musste man jetzt durch.

»Ich bin tierisch happy«, gestand Julian, »dass ich vorgestern einfach hierher bin. Als hätte mich eine unsichtbare Fee geleitet.«

»Nun mach mal halblang!«, rief Malve. »Du wolltest nur raus aus deinem Internat. Und zufällig stand ich rum.«

»Malve, so ein Spruch könnte von meiner Mutter stammen.«

Richtig: Cornelia König! Nichts gegen ihren Sohn, auch wenn Malve ihn voraussichtlich nicht heiraten würde. Aber der Gewinn dieses Wochenendes, das war die Bekanntschaft mit Cornelia. Man durfte ja nicht sagen, nicht einmal denken: Ich hätte lieber eine andere als Mutter. Aber Cornelia als große Schwester? Als Tante? Als ältere Freundin!

»Julian!«, rief eine Stimme von unten, und eine andere: »Malve!«

Sehr anständig, dachte Malve, dass ihre Mutter nicht, wie sonst, unangekündigt ins Zimmer platzte.

Malve nahm Julian diesmal selbst in die Arme und küsste ihn zum Abschied. Direkt unangenehm war das wirklich nicht.

»Sissi fährt mit uns«, erklärte Cornelia unten. »Wir müssen uns noch eine Menge erzählen. Die Koffer sind schon im Auto.«

Malve gab die Hand und winkte dem Auto nach. Dann drehte sie sich um und ging ins Haus.

»Kein Geschäft heute Morgen?«, fragte Wally.

Malve schüttelte den Kopf: »Wir können die Bevölkerung nicht mit Waffengewalt zwingen.«

Jetzt musste die Geschichte mit Wilfried Honnegger ans Licht!

»Wir sind ja ziemlich pleite«, begann Malve.

Wally schaute nur fragend zurück.

Malve entschloss sich zur Attacke: »Ich war heute Morgen bei Wilfried Honnegger und habe ihn gefragt, wie wir da rauskommen können. Der versteht ja angeblich was davon.«

»Was sagst du da? Was treibst du hinter meinem Rücken für ein Spiel!«

»Er meint auch, wir müssen den Laden hier dichtmachen, bevor uns die Schulden auffressen.«

»Malve! Was mischst du dich da ein?«

Malve ließ sich nicht mehr bremsen: »Er hat versprochen, uns zu helfen. Schenken kann er uns nix, da würde er nur selbst Zoff kriegen. Aber ich glaube, er will uns einen Experten schicken, der alles checkt und einen Plan macht. Ich habe gesagt, nicht vor Dienstag. Weil wir Montag Ruhetag haben.«

»Malve!«

Ihre Mutter schaute sie aus großen Augen an, in denen plötzlich Tränen standen.

»Malve! Was soll das werden?«

»Es wird schon«, antwortete Malve und nahm ihre Mutter in den Arm.

KAPITEL 88

»Mein Schatz, wie fandest du denn euer nostalgisches Wochenende?«

Mein Schatz, mein Schatz! Wieso mein Schatz? Das war eine ungewöhnliche Anrede, lange nicht gehört von der eigenen Ehefrau. Fast eine Provokation!

»Wo warst du plötzlich gestern Abend?«, fragte er zurück.

»Tut mir leid, aber ich muss ziemlich viel Text lernen für nächste Woche.«

Was ließ sich dagegen sagen? Schauspieler-schicksal.

»Hättest dich wenigstens mal verabschieden können.«

»Ich wollte nicht stören.«

Leider, dachte Hansjörg, ist das kein echter Grund zum Streiten.

Vor einer Stunde, nach Pius' Messe, hatte er sich von allen mit Handschlag verabschiedet. Er wollte vor allem Conny noch einmal unter vier Augen sprechen, aber es war ihm nicht gelungen. Alle umringten sie: Conny hier, Conny da! Wie immer. Hansjörg hätte ihr gern zum Abschied versichert, dass er wirklich hinauswolle aus seinem Dasein. Was hätte sie ihm erwidert? Warum, zum Teufel, tust du's dann nicht!

Sie hatte gut reden. Sie stand unmittelbar vor der Scheidung. An diesen Punkt musste man erst einmal gelangen. Sich auseinander zu leben war leicht, das ging ganz von selbst und geschah millionenfach. Aber praktisch die Konsequenz zu ziehen! Conny war schon an dem Punkt, er noch nicht. Lass mir ein wenig Zeit! dachte er.

»Ich habe mir überlegt«, sagte Elke, und Hansjörg schrak auf, »dass wir so schlecht gar nicht zueinander passen.«

»Und wie kommst du so plötzlich darauf?«

Elke lächelte: »Ich finde keinen besseren als dich.«

Hansjörg riss sich zusammen: »Elke, ich glaube, ich muss raus hier. Ich muss noch mal von vorn beginnen. Neue Ideen, neue Fragen, neue Umgebung, neue Frau.«

Elke protestierte nicht, sondern nickte ernsthaft: »Mein armer Hajö, das bräuchtest du eigentlich auch. Du bist nämlich stehen geblieben. Menschlich wie künstlerisch. Alle beobachten das mit Sorge. Aber es ist nicht damit getan, dass du kurzfristig einer Leidenschaft folgst. Wir müssen dir gemeinsam aus dem Tief helfen. Ich bin bereit dazu.«

Das ist ja nicht zu ertragen! dachte Hansjörg wütend. Vorgestern noch Gift und Galle, heute Honig und Zuckerwatte. Und übermorgen?

An diesem Wochenende hatte er ohne Zweifel eine Chance vertan. Aber es musste nicht die letzte sein. Er musste nicht auf ewig in seinem Nest hocken, seine Aufträge abarbeiten und gelegentlich einen mittelmäßig dotierten Kunstpreis in Empfang nehmen. Er musste nicht die Karriere seiner Frau bestaunen und sich damit abfinden, dass auf Empfängen nicht mehr wie früher gefragt wurde, wer die Frau an seiner Seite sei, sondern wer der Mann an ihrer Seite.

»Ich glaube«, sagte Elke, »du Armer brauchst heute Abend einen großen Schnaps. Grappa oder Himbeergeist?«

»Wodka«, bestellte er. »Doppelt. Dreifach.«

KAPITEL 84

»Es wäre wirklich nur ein winziger Umweg für mich.«

»Was verstehen Sie unter winzig?«

»Keine fünfhundert Kilometer.«

»Das kann ich unter keinen Umständen annehmen«, sagte Saskia mit entschiedener Stimme.

Natürlich würde sie heute nicht mit der Deutschen Bahn AG nach Hause fahren. Das war keine Frage. Aber die alten Konventionen, noch von ihrer Mutter eingetrichtert, erforderten eindeutig, dass sie nicht sofort zustimmte, wenn ihr ehemaliger Kollege Cordt Rosen sie in seinem Auto nach Hause fahren wollte.

»Also, ich gehe mal packen«, sagte sie. »Sie dürfen mich nachher gern zum Bahnhof bringen.«

Aus der Minibar nahm sie einen Piccolo. Sie trank sonst nie vor dem Abend, aber jetzt war ihr danach. Außerdem galt Sekt als Medizin gegen niedrigen Blutdruck. Sie legte ihre Wäsche und ihre Kleider zusammen. Sie erinnerte sich, wie sie vor drei Tagen vor ihrem Schrank gestanden und mit besonderer Sorgfalt ausgewählt hatte. Sie wollte Eindruck machen. Sie wollte, dass ihre ehemaligen Schüler und Kollegen nicht nur dachten: noch ganz manierlich für ihr Alter. Sie sollten denken: Mensch, sieht die Frau klasse aus! Ohne den Zusatz: noch. Es schien gelungen zu sein.

Saskia musste lachen. Dieses aufreizende Stück Unterwäsche hatte sie für alle Fälle eingepackt. Man wusste ja nie, was so ein Wochenende brachte. Die Vorstellung, nach dreißig Jahren Wilfried wieder zu begegnen, hatte etwas Prickelndes gehabt. Doch dann hatte sich alles geräuschlos erledigt. Wilfried hatte schon immer bestimmt. Diesmal hatte er bestimmt, dass die Vergangenheit besser ruhe, also hatte sie geruht. Die erlesenen Spitzen waren im Schrank geblieben.

Es klopfte, sie öffnete die Tür. Es war Cordt.

»Ich wollte Ihren Koffer holen.«

Sie klappte rasch den Deckel zu, aber er hatte schon die zarte Wäsche entdeckt. Er lächelte flüchtig, und Saskia fand beruhigend, dass er keine anzügliche Bemerkung machte. Schließlich war er ein Mann.

»Ich komme wieder«, sagte er.

»Nein, bleiben Sie ruhig.«

Saskia öffnete ihren Koffer und packte zu Ende. Warum sollte er nicht zuschauen?

»Damals haben Sie wirklich auf Schritt und Tritt spüren lassen, dass ein Sportlehrer nicht Ihr Niveau ist.«

»Ist es auch heute nicht«, antwortete sie. »Eigentlich.«

Ein bisschen zu kess? Aber sie musste sich wehren. Man durfte sich nicht einfach ergeben, hatte ihre Mutter immer gesagt. Jedenfalls nicht, wenn man etwas auf sich hielt. Und vor allem nicht gleich zu Anfang.

»Fahren Sie mich jetzt bitte zum Zug«, bat sie nach dem Bezahlen an der Rezeption.

Er steuerte am Bahnhof vorbei.

»Ich glaube, ich habe mich verfahren«, entschuldigte er sich.

»Ach ja?«, sagte sie und legte ihre Hand auf seinen Arm.

KAPITEL 90

»Oh, shit!«, rief Julian: »Mein Discman.«

Cornelia, kurz vor der Autobahnauffahrt, stieg auf die Bremse und wendete mit quietschenden Reifen.

»Wo hast du ihn?«, fragte sie ruhig.

»Auf dem Badewannenrand.«

»Klar, dort gehört er auch hin.«

»Bist du immer so gelassen?«, fragte Sissi.

»Ich kann mir aussuchen«, erwiderte Cornelia, »ob ich ruhig bleibe und zurückfahre oder mich aufrege und ein neues Teil bezahle. Youngsters sind Chaoten. Wahrscheinlich waren wir genauso.«

Beim Frühstück im Hotel hatten sie beschlossen, dass Sissi mitfuhr und noch einen Tag bei Cornelia bleiben würde. Trotz des Scheidungstermins morgen. Vielleicht gerade deswegen. Sie hatten übers Wochenende nicht viel Zeit füreinander gefunden, Cornelia musste ständig begrüßen, organisieren, schlichten, aufmuntern, trösten, verabschieden. So wusste sie zwar, dass Sissi ihren Reisetermin nach dem Klassentreffen gerichtet hatte, aber den eigentlichen Grund der Reise kannte sie noch immer nicht.

Der Discman lag an der Rezeption bereit. Julian verschanzte sich sofort dahinter. Er hatte ja heute genug zu überdenken. Zweiter Anlauf zur Autobahn.

»Sissi, mal ehrlich«, fragte Cornelia: »Hat sich für dich das Klassentreffen gelohnt?«

»Gelohnt? Ich glaube, das ist nicht das richtige Wort.«

Ungefähr einen Kilometer lang schien Sissi zu überlegen, dann antwortete sie: »Ich habe mich, wie jeder, immer öfter gefragt: Hat es einen Sinn, was du da tust? Mit Mann und Kindern in einem Holzhaus im Urwald zu wohnen und seltene bunte Schmetterlinge vor dem Aussterben zu bewahren. Dich von Leuten, denen du das Geschäft vermasselst, beschimpfen und bedrohen zu lassen. Ab und zu die Bude angezündet zu kriegen. Ich habe mich gefragt: Sissi, hast du nicht in Wahrheit eine Macke?«

»Und? Hast du eine?«

»Wahrscheinlich nicht. Jedenfalls keine bedrohliche. Ich habe das Wochenende über zugehört und mich gefragt: Wer von denen tut was Sinnvolleres als du? Wer braucht zum Leben Wallys Kneipe? Edithas Landtagsreden? Amadeus' Geblase? Pius' Gepredige? Andreas' Kanonen? Die braucht man schon gar nicht zum Leben, höchstens zum Gegenteil. Mit Verlaub gesagt: Auch eure Klatschblättchen und Quatschrunden sind nicht notwendig für die Existenz.«

»Du raubst mir den letzten Rest Selbstachtung!«, rief Cornelia.

»Du weißt schon, was ich meine«, fuhr Sissi fort. »Ruslan angelt im Trüben und geht dabei irgendwann unter. Otto wird sich demnächst um seinen Arbeitsplatz gebracht haben. Sogar Wilfried ist ganz schnell weg vom Fenster, wenn er mit der verkehrten Bank zu fusionieren versucht. Zwanzig Millionen Abfindung, und ab aufs Altenteil!«

»Dafür könntest du alle Schmetterlingshändler der Welt aufkaufen.«

Sissi lachte: »Ja, das könnte ich dann. Aber das wäre ja langweilig. Kein Kampf. Nur Geschacher.«

»Siehst du auch jemanden, der was Sinnvolles tut?«

»Natürlich!«, rief Sissi, »Ich bin doch nicht größenwahnsinnig. Hedwig bringt Kindern was bei. Konrad versucht da unten die Knallerei zu unterbinden. Sogar Lukas mit seinen komischen Wurstclips ist wichtig. Aber die Welt braucht auch Schmetterlinge.«

Cornelia ließ den schlichten, pathetischen Satz einige Zeit auf sich wirken.

»Warum bist du eigentlich nach Deutschland gekommen«, fragte sie dann.

»Aus medizinischen Gründen«, erwiderte Sissi knapp.

Aus medizinischen Gründen? Also musste es besonders ernst sein. Denn auch in Brasilien gab es gute Ärzte, wenn nicht gerade mitten im Urwald, dann in Manaus oder in Brasilia oder in Rio.

»Also kurz und gut«, sagte Sissi, »es ist Blutkrebs. Ich möchte herausbekommen, wie lange ich noch zu leben habe.«

»Sissi! Du kannst hundert werden heutzutage!«

»Oder auch nur einundfünfzig. Und die Schönheit wird auch bald dahin sein. Aber ich muss ja nicht ins Fernsehen.«

»Mensch, sei nicht sarkastisch! Solche wie du werden gebraucht.«

»Hoffentlich weiß der Krebs das.«

Das erlebte man immer öfter, je älter man wurde: das unerwartete Geständnis einer schweren Erkrankung. Dann musste man etwas dazu sagen. Es wird schon wieder werden, es gibt ungezählte Beispiele! Denk an die heutigen Möglichkeiten der Medizin! Oder aber: Überleg mal, wer schon alles mit zwanzig gestorben ist! Da haben wir doch eine ganze Menge mehr erlebt. O nein! Eines so belanglos wie das andere. Besser schweigen.

»Weißt du was«, sagte Cornelia, »wenn wir bei der nächsten Ausfahrt abbiegen und zwanzig Kilometer über Land fahren, kommt ein wunderschöner Gasthof. Mein Geheimtipp! Einverstanden?«

Cornelia wurde von der Wirtin überschwänglich begrüßt. Zwei- bis dreimal im Jahr besuchte sie diesen Gasthof, seit mehr als fünfzehn Jahren.

Das erste Mal war sie mit dem Mann hier gewesen, von dem sie morgen geschieden werden sollte. Aber das war jetzt nicht das Thema.

Julian schaute sich verwundert um: »Hier waren wir doch früher manchmal mit Papa.«

»Du hast ein gutes Gedächtnis«, lobte Cornelia.

Sie bestellte eine große Schinkenplatte mit Bauernbrot und dazu zwei Glas Wein, das musste sein an diesem Ort der Erinnerung.

»Julian, hast du eigentlich Probleme mit der Scheidung deiner Eltern?«, fragte Sissi.

»Nicht mehr als andere«, antwortete Julian. »Ich meine, im Internat erlebe ich das alle naslang.«

Natürlich, das wusste Cornelia, hatte er Probleme. Zwar genoss er, wie er gestand, den einzigen Vorzug einer Scheidungswaise, von beiden Eltern besondere Zuwendung zu erfahren, zeitlich und natürlich finanziell. Im Übrigen versuchte er mit dem Verstand zu bewältigen, was das Gefühl noch nicht verarbeiten konnte. Er ging bis zum Essen ein wenig das Gelände erkunden. Cornelia wusste, er mochte das Thema nicht.

»Sissi, ich komme nicht über deine Eröffnung hinweg«, gestand Cornelia. »Weiß es deine Familie?«

»Natürlich. Ich kann doch meine Angst nicht verstecken.«

»Mensch, Mensch! Kann ich irgendetwas tun für dich?«

Sissi lachte: »Ich fürchte, dies hier ist der ungewöhnliche Fall, wo eine Cornelia König einfach nichts tun kann.«

Sie stießen mit dem Wein an.

»Ich muss, solange der Junge nicht da ist, mal ganz indiskret sein«, kündigte Sissi mit gedämpfter

348

Stimme an: »Wir haben damals wie die Wilden spekuliert über den Vater deiner Tochter.«

»Aha. Und nun willst du's endlich wissen. Dabei weiß der Vater selbst es noch nicht mal.«

»Wirklich? Ich bin verschwiegen wie ein Grab.«

»Versprochen? In die Hand? Wenn nicht, bringe ich dich vor Gericht und streite alles ab. Also, es war ein Klassenkamerad.«

»Also doch! Hansjörg?«

»Nein. Er wäre es vielleicht gern gewesen. Es geschah bei einer unserer wilden Feten, du erinnerst dich, die wir damals abzogen, um uns nicht provinziell vorzukommen. Wir waren ziemlich blau.«

»Wer war's denn nun?«, drängte Sissi.

»Er ist heute Big Boss einer Großbank.«

»Was?!?«

»Nun bist du geplättet.«

»Und er weiß nichts?«

»Er hat nicht mal einen Verdacht.«

»Weiß es deine Tochter?«

»Tanja weiß es. Aber wir haben vor langer Zeit beschlossen, dass wir alles allein schaffen. Vielleicht war das Unsinn, aber jeder muss mit seinem selbst verzapften Unsinn leben. Und irgendwann gibt's vielleicht doch noch ein Familienfest.«

Gerade als die Schinkenplatte aufgetragen wurde, jaulte Cornelias Handy. Sie hatte es auszuschalten vergessen. Vielleicht konnte sie sich aber auch nicht vorstellen, nicht erreichbar zu sein.

»Hallo, Conny, hier ist Hajö! Hast du einen Moment Zeit?«

»Weißt du was, Hajö?«, antwortete sie. »Morgen um diese Zeit, wenn ich zurück bin vom Gericht, sieht die Welt anders aus. Morgen Abend telefonieren wir miteinander. Nein, sagen wir übermor-

349

gen, wenn Sissi abgereist ist. Wir telefonieren ganz lange. Wenn du willst, stellen wir uns was zu trinken hin und telefonieren die halbe Nacht. Einverstanden?«

»Einverstanden.«

Wieder auf der Autobahn, schaltete Cornelia um achtzehn Uhr die Nachrichten ein. Die Prognosen der Landtagswahl waren eindeutig, Editha hatte mit gebüßt für die Fehler ihrer Vortänzer.

Cornelia ließ ihre Beifahrerin auf dem Handy Edithas Nummer anwählen. Bei anderem Wahlergebnis wäre der Anschluss auf Stunden von Gratulanten blockiert gewesen. Aber so kam sie sofort durch.

»Hallo?«

»Conny hier. Editha, halt die Ohren steif! Es gibt ein Leben jenseits der Fraktionsdisziplin. Außerdem hast du gestern Abend mit deinem Mann sehr überzeugend ein glückliches Paar gegeben.«

»Haben wir tatsächlich so gewirkt?«

»Wenn man sich in der Materie auskennt: unbedingt.«

»Wir brauchen schon noch eine Weile, man muss sich erst wieder an den anderen gewöhnen.«

»Du und ich«, sagte Cornelia, »wir sind ja nicht gerade unzertrennliche Freundinnen gewesen. Aber jetzt sollten wir uns ab und zu mal sehen. Man hätte einiges zu bereden.«

Ehe Editha zustimmen konnte, war die Verbindung unterbrochen.

Nach der nächsten Ausfahrt sagte Cornelia: »Sissi, ich glaube nicht, dass du bald stirbst.«

Schon wieder jaulte das Handy.

»Nur O.K. drücken«, bat Cornelia. Sissi reichte das Handy herüber.

»Hallo, Edith?«, rief Cornelia.

»Nix Edith. Hier ist Wilfried.«

»Wilfried? Der Überlebende.«

»Genau der. Sag mal, Conny, ich habe gehört, da soll so ein Klassentreffen stattfinden. Zum Dreißigjährigen. Ich kann mir so was nicht vorstellen. Meinst du, es lohnt sich zu kommen?«

Ehe Cornelia antworten konnte, war die Verbindung schon wieder unterbrochen. Das war eben das Problem beim Telefonieren auf der Autobahn.

Ein intelligent-heiterer »Männerroman« BUCHJOURNAL

Anwältin Clarissa hat ihrem Beruf Adieu gesagt, um sich künftig ausschließlich Kindern und Haushalt zu widmen. Da tritt plötzlich ihr Exchef auf den Plan und möchte, dass sie wieder zurückkommt.

Just zu diesem Zeitpunkt geht es abwärts mit des Gatten beruflicher Karriere. So fasst dieser den folgenreichen Entschluss, sich auf einen Rollentausch einzulassen: ER Hausmann, SIE Karrierefrau. Damit sind hochexplosive Turbulenzen natürlich vorprogrammiert ...

3–404–14282–9